Inseln im Sturm

ISBN: 979-8-6252-7509-5

Cover-Foto: Susanne Bacon
Autoren-Foto: Donald A. Bacon

Susanne Bacon

Inseln im Sturm

Roman

Weitere deutschsprachige Bücher von Susanne Bacon:

Träume am Sund (2020)

<u>*Non-Fiction*</u>

In der Fremde daheim. Deutsch-Amerikanische Essays (2019)

Für Mutti (1938-2014).

Und für meinen geliebten Ehemann und besten Freund,

Donald Andrew Bacon,

„Alle großen Dinge sind einfach,

und viele können

mit einem einzigen Wort ausgedrückt werden:

Freiheit, Gerechtigkeit, Ehre, Pflicht, Gnade,

Hoffnung."

Sir Winston Churchill

Island of Herbs

The Pillar

La Terrible Tombs

Les Sirenes

Fisherman's Path

Alderney

Bay des Salins

Beach

The Promenade

Devil's Corner

The Grove

The Lane

St. Paul's

Country's Lane

Church

Manor

St. St. Germain's

Route La Long

"Lateau Corner"

Beach

Rd. Les Roquettes

Rue St. Lacaire

Main Street

7

6

The Waterfront

Beach

Bay Belaconier

Beach

"The Queen's Arms"

Guernsey

Jersey

Herm

Sark

→ French coast

1 The Crown & Anchor
2 Shop
3 School
4 Doctor
5 Herbs News

6 Belvidere Hotel
7 The Manor
8 Vicarage
9 Police Station
10 Liberty Square

1

Man sagt, Reisen bildet. Aber nicht aus diesem Grund landete ich vor Jahren in einem Frühjahr auf den Kanalinseln. Eigentlich rannte ich vor meinem Leben davon.

Meine kleine Galerie in einer ebenso kleinen Stadt in Deutschland hatte ich für die Dauer meiner Abwesenheit einem unbedeutenden Künstler überlassen. Und meinen Verlobten meiner ehemals besten Freundin. Das heißt, es war in umgekehrter Reihenfolge der Fall gewesen. Thomas' plötzliche Entscheidung, Giselas mütterliche, anbetungsvolle, hausfrauliche Gesellschaft meinem eher aufregenden Bohème-Leben vorzuziehen, hatte mich aus meinem Dornröschenschlaf gerissen. Ehrlich gesagt war ich mit 35 und einer Sanduhr-Figur mit Neigung zum Molligen nicht gerade Prinzessinnen-Material. Aber Thomas, ein ganz gut beschäftigter Rechtsanwalt, war auch sicher kein Prinz. Wenn ich mit Vernissagen und Ausstellungen auf volles Risiko ging, rechnete er mir vor, welche Folgen mich erwarteten, wenn ich mein Geld in den Sand setzte. Wenn ich sonntags bis zwölf Uhr schlief, lief er unruhig wie ein Tiger in meinem Atelier auf und ab. Weil dann die Decke über meinem Schlafzimmer knarrte (ich habe ein richtig altes Haus gemietet), war's mit dem Schlaf natürlich getan.

Kurz, Thomas war grundsolide, und was ich anfänglich für ausgesprochen distinguiert gehalten hatte, entpuppte sich jetzt als langweilig und einfallslos. Kein Wunder, dass ihm Gisela gefiel. Als ich herausgefunden hatte, dass er sich hinter meinem

Rücken mit ihr traf und deswegen meine neuste Vernissage verpasst hatte, war ich erst furchtbar wütend gewesen. Nach einer halben Flasche Wein hatte ich wie ein Schlosshund zu heulen begonnen. Am nächsten Morgen war ich mit einem Kater erwacht, hatte die inzwischen leere Flasche ins Kellerregal geschoben und den Entschluss gefasst, etwas zu ändern.

Ich hatte Gisela und Thomas meinen Verlobungsring in den Briefkasten geworfen, die Koffer gepackt und war nach St. Malo gefahren. Dort hatte ich die Fähre nach Guernsey genommen und mir in St. Peter Port ein kleines Hotel gesucht. Telefonisch hatte ich die Galeriebetreuung geregelt. Und ich musste wirklich in mich hineinkichern, wenn ich mir Thomas' dummes Gesicht vorstellte, das er gemacht haben musste, als er anderntags einen Rosenstrauß in die Ausstellungsräume mitgebracht und nicht mich, sondern einen etwas exzentrisch wirkenden Künstler dort vorgefunden hatte, meine Vertretung für vielleicht ein paar Monate.

Natürlich hatte Thomas meine Adresse auf Guernsey bald herausgefunden und mir einen für seine Verhältnisse leidenschaftlichen Brief geschrieben. Er erwarte meine Rückkehr sehnlichst, und er wisse seit unserer Trennung, was er an mir habe. Als ich den Brief las, stieß ich einen Wutschrei aus, zerknüllte den Briefbogen und bat an der Rezeption meines Hotels, mir keine weiteren Briefe mehr durchzustellen.

Natürlich begann ich nun zu überlegen, womit ich meine reichliche Freizeit zubringen könne. Die Galerie würde noch eine

Weile auf meine Rückkehr warten müssen und Thomas den Rest seines Lebens.

Inzwischen wanderte ich über die Insel Guernsey und versuchte, sie mir in unterschiedlichen Zeitaltern vorzustellen. Ein paar strenge Mönche bei Ste. Apolline's im Mittelalter, während sich sogenannte Hexen bei den Dolmen-Gräbern der Insel trafen. Später lärmende Reitknechte in Lakaienuniform, die die Kapelle als Reitstall missbrauchten. Bei den Martellos die ernsten, pulvergeschwärzten Gesichter der Soldaten, die Guernsey gegen die Franzosen verteidigten. Bei einem kleinen Gutshof im 19. Jahrhundert die fleißige Bäuerin mit ihrer Familie mit staunendem und verängstigtem Gesicht ob der ersten dampfgetriebenen Dreschmaschine. Den Reeder, der wochentags über Klippen und Winde fluchte, die seinen Segelschiffen zum Untergang verschworen schienen, und der sonntags mit der Kutsche zur Kirche in St. Sampson fuhr, um dort den Feiertag zu heiligen. Und später den allgegenwärtigen harten Hall von Schaftstiefeln auf dem Kopfsteinpflaster von St. Peter Port, in den Bunkern von Pleinmont, Les Landes und Torteval, den Gesang deutscher Wehrmachtsoldaten in den engen Gassen der Inselhauptstadt.

Auf einem dieser recht ziellosen Spaziergänge entdeckte ich eine Werbung für Ferien auf der kleinen Nachbarinsel Herks. Warum nicht abseits der Massen gehen und mich dort von meinem erfolglosen Liebesleben erholen?! Ich mietete ein Cottage mit dem Namen „Les Silences", das geradezu perfekt dafür klang. Mein Vermieter würde der Inselarzt, Dr. Brian Slater, sein. Er kündigte mir telefonisch an, dass ich für meine Bootsüberfahrt beim Weighbridge Tower abgeholt werden würde. Ich packte also meine Sachen und stand an einem Spätnachmittag Ende April abholbereit im Hafenareal von St. Peter Port.

*

„’tschuldigung, Ma’am, sind Sie der Passagier nach Herks?“

Ich zuckte aus meinen Gedanken auf und drehte mich um. Vor mir stand ein junger Bursche, kaum zwanzig Jahre alt, in derbem Ölzeug, mit pausbäckigem Gesicht und zerzaustem, dunklem Haar.

„Ja“, erwiderte ich.

„Jeremy Oats, Ma’am. Der Käpt’n hat mich geschickt, um Sie abzuholen“, stellte sich der Junge vor und reichte mir die Hand. Dann blickte er suchend neben mich. „Kein Gepäck?“

„Doch“, lachte ich. „Ich hab’s drüben in einem der Pubs deponiert. Es sah so nach Regen aus.“

„Im ‚La Mère de la Laine‘, nehme ich an?“ fragte Jeremy vorsichtig.

Ich schüttelte den Kopf. „Im ‚Black Boar‘. Ich wollte die Koffer doch nicht so weit schleppen.“

„’ne Dame wie Sie im ‚Black Boar‘, Ma’am?“ staunte er. „Naja, ich werd’ dann eben mal rübergehen und Ihre Koffer holen. Am besten warten Sie so lange hier.“ Und schon marschierte er los in Richtung Pub. Rasch hatte ich seinen Schopf im Gewühl der Northern Esplanade aus den Augen verloren.

Ich warf einen Blick auf die Uhr im Weighbridge Tower. Gleich vier. Die Überfahrt von St. Peter Port nach Herks würde etwa anderthalb Stunden dauern. Also würde ich in vermutlich zwei Stunden gemütlich im Cottage sitzen, das ich mir für einen Monat gemietet hatte, und Tee trinken. Und dann würde ich alle Ruhe der Welt haben, um an meinen Zukunftsplänen zu arbeiten. Keine Anrufe, die mich aus einer Tätigkeit herausreißen würden; keine Ablenkung in Form von Vernissagen, Einladungen zum Abendessen und Kinoverabredungen. Einfach nur Ruhe. Herks. Der Name klang wie ein Schluckauf. Beim Gedanken daran musste ich schmunzeln.

„So, Ma'am!" Jeremy kam schon wieder zurück und brachte mein Gepäck mit. Ich lächelte ihn dankbar an. Während Jeremy mein schweres Gepäck schleppte, trug ich lediglich einen kleinen Nylon-Rucksack. Darin steckten mein Notebook, meine Kamera und mein Tagebuch.

„Das Boot liegt drüben in der Queen Elizabeth Marina", erläuterte Jeremy ein wenig kurzatmig, während er mich über den Parkplatz an der St. Julian's Pier führte. „Der Steg hinunter zum Boot ist vermutlich vom Regen heute Mittag noch etwas nass. Sie haben hoffentlich rutschfeste Schuhe an?" Mit leisem Zweifel im Blick registrierte Jeremy meine Halbschuhe.

„Doch, doch", beruhigte ich ihn sofort. „Da ist noch prima Profil drunter. Ich bin damit sogar den Klippenpfad gelaufen."

13

Jeremy blickte noch ungläubiger. „Okay", gab ich zu, „es war nicht der ganze Klippenpfad. Bloß das Stück hinten in Pleinmont."

Jeremy zog die Brauen hoch, dann grinste er. Abgesehen von ganz wenigen Steigungen ist der Klippenpfad in Pleinmont, dem westlichsten Teil der Insel Guernsey, recht eben. So etwas wie ein Spazierweg für ältere Leute. Da waren die Halbschuhe ausreichend gewesen. Aber auch die Gangway hinunter zur Marina würde ich damit bewältigen, ohne kopfüber ins Hafenbecken zu stürzen. Da war ich mir sicher.

Natürlich rutschte ich dann doch eher, als dass ich gegangen wäre, die steile Planke zu den Booten hinunter. Der arme Jeremy mit meinen beiden Koffern hörte hinter sich meine überraschten Laute, wenn ich ausglitt und mit den Armen wild in der Luft wedelte, um mein Gleichgewicht wieder zu erlangen. Aber am Ende waren wir beide heil unten und standen vor dem Boot.

Es war eines von diesen typischen Mehrzweckbooten, wie man sie in den Kanalinseln so häufig sieht. Ein relativ plumper Aufbau auf einem relativ plumpen Rumpf. Kein angeberisches Boot für Wochenend-Cruises. Sondern das Boot, in dem man fischen geht. Das Boot, mit dem man Frachten befördert. Das Boot, mit dem man Kranke auf die nächste Insel zum Krankenhaus transportiert. Das Boot, das man schon seit ein oder zwei Generationen in der Familie hat und liebevoll hegt. So ein Boot war es, vor dem wir standen. Um ehrlich zu sein, ich war enttäuscht. Man konnte wenig Eindruck damit schinden, von so einer Nussschale an Bord genommen zu werden. Immerhin war ihr Name faszinierend: „Gilliatt". Ich entsann mich dunkel, dass in einem Roman von Victor Hugo eine der geheimnisumwobenen Hauptfiguren so hieß, ein Mann mit scheinbar magischen Kräften.

„Käpt'n!" rief Jeremy neben mir. „Wir sind da!"

Erwartungsvoll blickte ich auf das leer scheinende Boot. Doch dann schaukelte es ein wenig, und aus der Tiefe des Rumpfes tauchte ein Kopf auf. Eisgraue Locken über einem wettergegerbten Gesicht und darin grimmige Brauen mit ein paar widerspenstig nach oben stehenden Borsten.

„Dann nichts wie an Bord, Junge!" kam es rau zurück. „Die Flut wartet nicht auf uns." Mich schien der Mann gar nicht zu beachten, denn der Kopf verschwand sogleich wieder.

Jeremy nickte mir ermutigend zu. „Er ist manchmal ein bisschen grob. Aber er meint es nicht so."

Ich lächelte zweifelnd und schwieg. Jeremy kletterte nun geschickt über die Bordwand, wobei er einen Teil meines Gepäcks gleich mitnahm. Etwas hilflos blieb ich auf den Planken des Stegs stehen und sah zu. Der Bursche sprang hin und her und verstaute einen Koffer nach dem anderen, während ich mir völlig überflüssig vorkam. Am Ende erbarmte sich Jeremy allerdings und forderte mich auf, doch an Bord zu kommen.

„Schaffen Sie's alleine, Ma'am?" fragte er. „Sie können ja erst einmal den Rucksack 'rüberwerfen."

Aber ich schaffte es auch so, obwohl die „Gilliatt" plötzlich vom Steg abzudriften schien und ich in einer albernen Grätsche zwischen Steg und Bordwand hing. Da packte mich eine kräftige Hand und zog mich vollends an Bord.

„Stadtmenschen", knurrte der Käpt'n. Aber es klang nicht ganz unfreundlich. Jeremy zwinkerte mir zu.

„Anne Briest", stellte ich mich dem Käpt'n vor und streckte ihm die Hand entgegen.

Er ergriff sie etwas verlegen und kratzte sich am Kopf. „Keith Morrison, Ma'am", erwiderte er.

„Die meisten Leute nennen ihn nur Käpt'n Keith", warf Jeremy vorlaut ein und wich einem wohlmeinenden Puff des Älteren aus, indem er schnell auf den Steg hinabsprang und die Taue löste.

Käpt'n Keith verschwand nun im Steuerhaus. Kurze Zeit später erschütterte ein Ruckeln das Boot, und der Motor begann recht laut zu tuckern. Jeremy sprang an Bord, und dann fuhren wir langsam an all den herrlichen Jachten in der Marina vorbei.

„Eine halbe Stunde später, und wir säßen jetzt fest", bemerkte Jeremy. „Dann liegt der Hafenausgang nämlich über der Wasseroberfläche."

Das hatte ich zu meinem Staunen selbst schon gesehen. Natürlich: Bei einem Tidenhub von annähernd zwölf Metern liegt da eine Jacht ganz schnell trocken.

Ich drehte mich um und blickte auf die zauberhafte Hafenidylle von St. Peter Port. Die Spätnachmittagssonne tauchte den Hügel in ein rotgoldenes Licht und verwandelte die Türme in schwarze Silhouetten mit gleißenden Koronen. Ich seufzte und stützte mich auf die Reling.

„Geht's Ihnen nicht gut?" fragte Käpt'n Keith misstrauisch. „Wenn Sie jetzt schon seekrank werden, dann steht Ihnen heftig 'was bevor. Wir haben eine ganze Strecke vor uns; und zwischen Herm und Herks ist offenes Gewässer."

„Nein, nein", beeilte ich mich zu erwidern. „Ich bin absolut seefest. Ungefähr so wie ein Hering!"

Käpt'n Keith drehte sich wieder um und zuckte die Achseln. Er schien mir nicht zu glauben. Aber er würde es ja sehen.

Nun arbeitete der Motor heftiger, und das anfängliche Tuckern wurde zu einem lauten Röhren. Die „Gilliatt" begann, auf der Dünung zu schaukeln, und ich setzte mich auf den Gerätekasten, mit dem Gesicht in Fahrtrichtung. Ich kam mir mit einem Mal sehr pioniermäßig und kühn vor, wie ich da als einziger Passagier in einer Nussschale hockte, um zu einer kaum besiedelten Insel überzusetzen, auf der ich einen Monat lang fast wie Robinson Crusoe leben würde. Naja, nicht ganz – immerhin gab es dort so etwas wie Zivilisation. Vorerst hielt das Boot jedoch auf die Insel Herm zu, deren Ortschaft im Sonnenschein dalag. Die weißen Strände im Norden des Eilands glänzten herüber; und ich fragte mich, ob Herks wohl ein ähnlich freundliches Fleckchen Erde sein werde.

Jeremy hatte wohl meine Gedanken gelesen. Er stand bei Käpt'n Keith im Steuerhaus, aber er rief über den Lärm des Motors hinweg: „Kennen Sie Herm, Ma'am?" Ich nickte. „Nun, dann wird Herks Sie nicht weiter überraschen. Es ist ziemlich ähnlich dort."

Die „Gilliatt" drehte nun ab und fuhr nördlich weiter. Backbord qualmten die riesigen Schlote von St. Samson. Steuerbord ragten schroffe Klippen aus dem Meer. Vor uns lag die glitzernde Fläche des Meeres. Der Wind frischte auf, und ich kuschelte mich fester in meine Jacke. Dennoch begann ich zu frösteln. Vermutlich würde ich mit den Zähnen klappern, bis wir erst in Herks wären.

„Was wollen Sie eigentlich auf Herks?" Käpt'n Keith hatte Jeremy für einen Augenblick das Steuer überlassen und lehnte in der Kajütentür. Er war immer noch nicht freundlicher zu mir, aber ich versuchte, das zu ignorieren. „Wollen Sie Land kaufen?"

„Land kaufen?" Ich platzte plötzlich vor Lachen. Also das war es gewesen. Käpt'n Keith hatte Sorge, eine Fremde könne sich mit ihrem Geld auf seiner Insel einnisten und das Inselidyll zerstören. „Land kaufen? Nein, Mr. Morrison. Beim besten Willen nicht! Ich werde einen Monat in einem Cottage Urlaub machen und hinterher wieder schön brav nach Hause fahren."

Käpt'n Keith grinste plötzlich. „Na, das ist ein Wort, Ma'am. Ich hatte schon befürchtet, Sie würden eine Schickimicki-Clique nach sich ziehen."

„Sehe ich etwas aus wie Schickimicki, Mr. Morrison?"

„Sagen Sie ruhig Käpt'n Keith, Ma'am."

„Anne."

„Okay." Er wandte sich um, überlegte es sich dann doch für einen Moment anders, drehte den Kopf über die Schulter und sah mich prüfend an. „Es geht mich ja nichts an, Ms. Anne. Aber was wollen Sie einen Monat allein auf einer Insel wie Herks machen?"

„Vielleicht ein Buch schreiben", erwiderte ich lässig. Das schien ihm Antwort genug, denn nun verschwand er wieder im Steuerhaus.

*

Die Fahrt verlief relativ ruhig. Irgendwann tauchte ein dunklerer Schimmer Blau am Horizont auf, und Jeremy wies mich darauf hin, dass nun Herks in Sicht komme.

Anhand verschiedener Bücher hatte ich mich in der Bibliothek längst kundig gemacht. Herks, ungefähr auf der Hälfte der Luftlinie zwischen Herm und Alderney, ist west-östlich ausgerichtet wie Guernsey. Die Leute nennen es manchmal „The Bone", weil es aussieht wie ein an einem Ende abgebrochener Hundeknochen. So eine Art „Y".

Während der Norden ausgesprochen steil ist, liegen im Süden der Insel sanfte Strände und der Hafen. Einen weiteren Badestrand bieten, quasi in der Astbeuge des ‚Y', die Bay

Détournée und an der Nordküste die Bay du Soleil. In der Geschichte war Herks weitgehend von Eroberern verschont geblieben, zuletzt während der Regierungszeit Elisabeth I. – die Klippen im Südwesten, an der französische Schiffe zerschellt waren, heißen bis auf den heutigen Tag The Queen's Arms. Die Haupteinnahmequelle der Insel stellen Fisch- und Milchwirtschaft und der Tourismus dar. Sanfter Tourismus. Denn das Belview Bay Hotel, gebaut in den Fünfzigern und fast schon eine Bausünde, ist das einzige Hotel auf der Insel. Im Pub, The Crown & Anchor, gibt es nur ein paar Zimmer einfachster Kategorie; und dann bieten einige der etwa 50 Inselbewohner noch Bed & Breakfast oder Cottages an. Ich hatte – auf totalem Rückzugsgefecht einerseits, aus Strategiegründen andererseits – mich für eines der letzteren entschieden. Les Silences. Als besonders interessante Punkte von Herks ausgelobt wurden La Trétête und The Pillar, Belview Bay wie auch Devil's Corner am Ostende. Die Ortschaft Herks selbst sei ein gewachsenes Dorf, in dem man alles Notwendige finde. Aber nichts Überflüssiges. Sanfter Tourismus eben.

Das dunkle Blau löste sich aus dem scheinbar unendlichen Horizont von Wasser und Himmel und wurde Eiland. Links und rechts drohten schroff abfallende Steilufer. Mittig glänzte hell ein Strand, und die lose gestreuten Gebäude einer Ortschaft wurden sichtbar.

„Herks!" rief Jeremy jauchzend, als sei er nach langer Reise endlich zu Hause. Ich nickte und lächelte.

„Und wo auf dieser Insel finde ich Les Silences?"
erkundigte ich mich.

„Oberhalb der Bay Détournée beim nördlichen Zweig des
‚Y'. In der Nähe des Dolmengrabs, für das Herks berühmt ist",
sagte Jeremy.

„Wirklich berühmt?" fragte ich.

Jeremy nickte. „Darin gibt es ein Deckengemälde so wie
in dem Grab von Déhus auf Guernsey, aber anders. Eine weibliche
Figur mit einem Pfeil in der Brust und einem Kreuz in der Hand.
Niemand weiß, was es bedeutet. Aber es ist 3.000 Jahre alt. Wir
Inselbewohner nennen sie auch L'Ange Douce."

Und dann legten wir an der steinernen Pier an, großartig
„Herks Harbor" genannt. Jeremy hievte mein Gepäck auf den Kai,
nachdem er die „Gilliatt" festgemacht hatte. Käpt'n Keith
verabschiedete sich verlegen lächelnd. „Wiederseh'n, Ms. Anne."

Ich nickte freundlich und ging an Land. Mein Abenteuer
begann.

Zunächst freilich suchte ich nach jemandem, der mich
wohl in Empfang nehmen und mir zumindest die Schlüssel für Les
Silences aushändigen würde. Doch bis auf Jeremy, meine Koffer
und mich war die Pier leer. Über das Klatschen der Brandung an
die Mole hörte ich von fern das Lärmen eines Traktors. Und dann
kam auch schon ein Gefährt zwischen den Häusern von Herks um
eine Kurve und hielt auf den Hafen zu. Hinter dem Steuer saß ein
junger Mann, kaum älter als Jeremy, der seine Ohren mit
Lärmschützern bedeckt hatte. Er wirkte ein wenig wie von einem

anderen Stern damit. Als er uns erreichte, drosselte er den Motor, sprang von seinem stehenden Fahrzeug, nahm die Ohrenschützer ab und trat auf uns zu.

„Hi", sagte er. „Sie sind bestimmt die Mieterin von Les Silences!"

„Hallo", erwiderte ich und reichte ihm die Hand. Er war wirklich noch furchtbar jung. „Dr. Slater, nehme ich an?"

Jetzt lachte er übers ganze Gesicht. „Nein, Ma'am. Dr. Slater konnte leider nicht kommen. Er hat heute seine Frau hinüber nach Guernsey ins Krankenhaus gebracht und mich gebeten, Ihnen behilflich beim Einzug zu sein. Ich heiße Pete Cawdry."

Nun wandte er sich Jeremy zu. „Sehen wir uns nachher beim Bier?"

Jeremy nickte. „Klar, aber ich muss erst noch in der Marina vorbei und für mein Boot ein paar Sachen besorgen." Unterdessen lud er bereits meine Koffer in den Anhänger des Traktors. „Ma'am", sagte er dann wieder zu mir, „wir sehen uns bestimmt bald wieder. Wenn Sie etwas brauchen sollten, fragen Sie einfach in der Marina nach mir. Und ansonsten – ja, einen schönen Urlaub auf unserer schönen Insel!"

Ich dankte ihm, und er kletterte nochmals zu Käpt'n Keith in die „Gilliatt". Während ich versonnen auf das kleine Boot vor dem Hintergrund des großen Meeres starrte, sprach Pete mich von der Seite an. „Ma'am, wenn Sie jetzt aufsteigen wollen, bin ich Ihnen gern behilflich."

„Aufsteigen?" fragte ich zweifelnd und sah innerlich das lärmende Fahrzeug, holperige Pisten, durchgeschüttelte Knochen und Ohrenschmerzen vor mir. „Ich würde eigentlich gern nach Les Silences laufen, wenn es nicht zu weit ist."

Pete nickte bedächtig. „Kein Problem, Ma'am."

„Anne", berichtigte ich ihn.

„Anne", wiederholte er. „Sie können den Weg dahin gar nicht verfehlen. Hinter der Marina führt eine Straße links in die Hügel, die Rue Les Rocquettes. Der folgen Sie, bis Sie im Wäldchen sind. Wir nennen es The Grove. Dort gabelt sich der Weg, und Sie halten sich einfach rechts, in Richtung La Trétête. Ich werde Ihr Gepäck im Haus abstellen. Den Schlüssel finden Sie unter dem Blumentopf neben der Haustür."

„Danke, Pete." Ich stiefelte munter los, während er wieder seinen Sitz auf der Lärmmaschine erklomm. Am Ende der Pier überholte er mich. „Sind Sie immer noch sicher, dass Sie laufen möchten?" fragte er unsicher.

„Klar!" lachte ich und dehnte als Zeichen meines Wohlbefindens meine Glieder in der frischen Inselluft. Er lachte kurz, hob die Rechte zum Gruß und fuhr vollends davon.

Ich hingegen schlenderte geruhsam an der Marina vorbei, an deren Front eine weitere Mole gebaut wurde. Auf der anderen, der rechten Straßenseite, lud das alte Wirtshausschild zu The Crown & Anchor ins Pub ein. Dahinter wies ein Schild um die Ecke zur Praxis Dr. Slaters auf der Rückseite des Pubs.

Und dann entzückte der kleine Platz, Liberty Square, mein Auge. Hier blühte es in allen Farben, Violett, Golden, Weiß; sogar die Fuchsien waren schon im Kommen. Ein paar lauschige Bänkchen luden zum Sitzen ein.

Von Liberty Square führten vier Abzweigungen weg. Main Street verlief am Haus des Doktors und des Herks Herald, der Inselzeitung, vorbei in Richtung Herrenhaus („The Manor" hieß es auf dem Wegweiser) am Devil's Corner. Halbrechts gelangte man über die Church Street zur Kirche St. Paul's. Geradeaus und dann halblinks führte ein Wiesenweg den Inselrücken hinauf; ein liebevoll gemaltes Schild zeigte an, dass dies der Weg nach Cawdry's Love sei. Netter Name, dachte ich. Ob dort wohl Pete Cawdry wohnte? Nun, und links lag die Rue Les Rocquettes, die ich einschlug. Vorbei an der Rückseite der Marina, an der der Flieder ganz herrlich blühte, und noch drei rosa oder himmelblau gestrichenen Wohnhäusern mit Nutz- und Ziergärten schritt ich munter hügelanwärts.

Rasch lag die Ortschaft Herks hinter mir, und um mich dehnten sich saftig grüne Wiesen und goldener Stechginster. Unwillkürlich blieb ich stehen und atmete tief ein. Die Intensität des Duftes schien meinen ganzen Körper hinzureißen. Da mischte sich die süße Ginsterschwere von Zitrone und Kokos mit dem herben Geruch des Meeres und dem erdigen Aroma von Gras. Auch die Farben waren berauschend. Wohl selten hatte ich bis dahin solche satten Kontraste von strahlendem Blau und kräftigem Gelb gesehen.

Und dann diese Ruhe! Auf Herks gab es, wie auf den anderen kleinen Kanalinseln, nur landwirtschaftliche Nutzfahrzeuge. Keine Autos, die temporeich die Stille des Eilands gebrochen hätten. Hier zirpten die Grillen; und die Schreie der Möwen schallten hart durch die Luft. Auch verwandelte sich das Teersträßchen bald in zwei torfige Fahrrinnen, zwischen denen es bunt grünte und blühte.

Es begann allmählich zu dämmern. Ich legte einen Schritt zu, wenngleich der Aufstieg nach Les Silences kurz vor The Grove recht steil wurde. Am Eingang des Wäldchens kam mir Pete schon wieder entgegen.

„Sie haben es gleich geschafft", ermutigte er mich. „Nur noch so zehn Minuten, und Sie stehen vor der Tür."

Ich holte kurz Luft. „Fein", erwiderte ich. „Ich stelle mir nur gerade vor, dass ich in den nächsten Tagen meine Einkäufe den Weg heraufschleppen darf."

„Sagen Sie mir Bescheid, und ich helfe Ihnen", beruhigte mich Pete.

„Sie wohnen wohl in Cawdry's Love, oder?" spekulierte ich kühn.

Pete nickte. „Sie müssen aber nicht extra den Weg dahin machen, um mir Bescheid zu geben. Wir haben auch schon so etwas Modernes wie Telefon", verspottete er mich nachsichtig. „Wir sind vielleicht ein wenig aus der Welt hier in Herks, aber sicher nicht hinter dem Mond."

Er nickte mir mit einem belustigten Lächeln zum Abschied zu und fuhr dem Dorf entgegen. Voller Erwartung, was mich wohl in Les Silences erwarten würde, beschleunigte ich mein Tempo, bog in The Grove auch auf den Weg nach rechts ab und sah bald durch das noch frühlingshaft dünne Laub der Bäume das Haus schimmern. Keine zehn Minuten nach der Begegnung mit Pete stand ich vor der Tür und stieß Laute der Begeisterung aus.

Les Silences lag fantastisch. Das Haus schmiegte sich in eine leichte Senke, hinter der der Hügel eine Wand bildete. Der Weg führte am Steilhang entlang. Ein Pfad stieg fast senkrecht in eine stille, sandige Badebucht hinab. Es war atemberaubend wild, einsam und schön.

Das weiß verputzte Cottage selbst hatte gerade einmal zwei Stockwerke. Die Haustür teilte das Gebäude in exakt zwei Hälften. Links und rechts davon gab es je zwei kleine Fenster, hinter denen Topfpflanzen und Gardinen ein wohnliches Inneres vermuten ließen.

Ich fand den Hausschlüssel unter dem umgedrehten Blumentopf neben der schiefgetretenen Eingangsstufe und schloss auf. Drinnen roch es leicht modrig, wie das so häufig bei alten Häusern der Fall ist, die nur selten bewohnt werden. In der Diele, in der eine Treppe geradeaus nach oben führte, stand schon mein Gepäck. Ich ließ es erst einmal dort stehen.

Neugierig steckte ich meinen Kopf erst einmal durch die linke Tür. Aha, die gute Stube. Ein viktorianisches Sofa stand darin, einige Sessel und ein uralter Sekretär, ein offener Kamin neben der Tür und ein Panoramafenster an der Schmalseite. Es reichte fast bis zum Boden und gewährte einen weiten Blick über die Bay Détournée und das Meer.

Ein Blick in den Raum auf der anderen Seite der Diele zeigte mir eine urgemütliche Küche mit schwerem Esstisch und einigen rustikalen Holzstühlen. Auch hier wieder ein Kamin neben der Tür. Das Schlafzimmer lag dann also oben. Ich stieg die knarrende Holztreppe hinauf und betrat linker Hand ein rosafarbenes märchenhaft kitschiges Schlafzimmer mit Toilettentisch und Krug mit Waschschüssel. Mit einem Betthimmel aus roséfarbenem Musselin. Mit begehbarem Kleiderschrank. Und mit einem Schaukelstuhl aus Rohr. Es sah aus wie die Beschreibung aus einem Groschenroman.

Auf der gegenüberliegenden Seite fand ich ein weiteres Schlafzimmer. Hier wirkte alles etwas nüchterner, als habe sich ein Mann darin eingerichtet. Statt des Frisiertisches ein kleiner Schreibtisch. Statt des Betthimmels ein schlichtes Eisen-Bettgestell mit wärmendem Patchwork-Quilt als Zier. Anstelle des Schaukelstuhls ein behäbiger Ohrensessel mit Fußschemel. Ob das extra für Gäste der Slaters so eingerichtet worden war? Oder ob hier wirklich einmal ein Mann und eine Frau getrennt unter demselben Dach gewohnt hatten? Ich würde gelegentlich Dr. Slater fragen.

Vorerst schleppte ich meine Koffer die steile Stiege hinauf, wobei ich fast hinterrücks das Gleichgewicht verlor. Aber am Ende hatte ich meine Siebensachen ordentlich verstaut und aufgeräumt, einen kalten Käse-und-Kartoffel-Pie – Reiseproviant noch aus St. Peter Port – verschlungen und mir mit der Pumpe in der Küche etwas zu Trinken verschafft (mein Bad verfügte hingegen über fließendes Wasser!). Dann gab es erst einmal nichts mehr zu tun.

Fast war mir ein wenig feierlich zumute, und so beschloss ich, das elektrische Licht nicht anzuschalten. Ich zündete mir eine Kerze an, die ich in einer Küchenschublade gefunden hatte, und ging damit hinüber in die Stube. Die Kerze stellte ich auf dem Kaminsims ab; dann kuschelte ich mich aufs Sofa.

Draußen war es Nacht geworden. Von der Bay Détournée drang leise der regelmäßige Puls der Brandung herauf. Das Meer war ein schwacher Schein gegen die Nachtschwärze, aber unterbrochen von den grünen und roten Positionslichtern vorbeiziehender Schiffe und wegweisender Tonnenbaken. Ich träumte hinaus in die Dunkelheit. Ich war endlich angekommen – aber ich hatte keine Ahnung, was mich erwartete.

2

Ich erwachte am nächsten Morgen mit einem Gefühl der Zufriedenheit. Durch das Giebelfenster grüßte mich das Glitzern des Wassers in der Bucht. Und als ich frische Luft hereinließ, hörte ich das Geschrei der Möwen, den Wind in den Bäumen und das Rauschen der hereinflutenden Brandung. Malen müsste man können, dachte ich. So wie der Künstler, der zuletzt in meiner Galerie ausgestellt hatte. Er war keine Berühmtheit gewesen, aber mir hatten seine Bilder gefallen. Und meinen Kunden offenbar auch.

Der Mann hatte begriffen, dass nicht nur die Dinge vorhanden sind, die man sieht und in irgendeiner Formel definieren kann; der hatte seine Empfindungen in die Motive gezaubert. Mein Cottage, einfach wie es war, hätte in seinem Bild ausgesehen wie ein gemütliches Nest in wilder Einsamkeit. In der Senke gelegen, mit goldenem Ginster und einem blühenden Gärtchen wäre es der Inbegriff von Geborgenheit in der Schroffheit der Küstenlandschaft gewesen.

Zu schade, mein Lieblingsbild hatte Thomas gekauft, um es mir zu unserem fünfjährigen Beziehungs-Jubiläum zu schenken. Damit hatte er „einmal etwas wirklich Unvernünftiges" tun wollen. Vermutlich verscherbelte er das Bild jetzt oder tauschte es gegen einen von diesen abstrakten Schinken, von denen man nicht weiß, wo oben und unten ist.

Ich biss mir heftig auf die Lippen. Verflixt, musste dieser Kerl denn immer noch meine Gedanken beherrschen? Er hatte mir wehgetan. Ich hatte ihn verlassen. Er hatte doch gar keinen Platz mehr in meinem Leben. Wirklich nicht.

„Aber gehabt …", hörte ich meine innere Stimme. „Und was vergangen ist, kannst du nicht ändern. Er ist ein Stück deines Lebens. Lerne daraus. Und blicke vorwärts."

Ich blickte in den Badezimmerspiegel. Ein paar Fältchen mehr hatte ich schon über unserer Trennung bekommen. Ich war eben keine zwanzig mehr. In nochmals zwanzig Jahren wäre ich vielleicht eine verbitterte ältere Frau, die sich fragen würde, wann sie den entscheidenden Fehler gemacht hatte, der ihr immer die falschen Männer über den Weg geschickt hatte. Keine Kinder, keine Enkel, die am Wochenende zu Besuch kommen würden. Vielleicht eine lahmende Katze, die schnurrend und desinteressiert in ihrem Korb in einer Ecke läge. Ich streckte mir die Zunge heraus. Sentimental, wie? Und nur wegen des einen Typs, der gar nicht zu dir gepasst hat. Wann war ich so bedürftig geworden? Mich an jemanden zu hängen, dessen Welt so anders als meine war, nur damit ich einen Partner vorweisen konnte?

„Thomas", sagte ich laut und schmachtend wie noch vor ein paar Wochen. Es klang erlösend hohl.

*

Nach dem Frühstück – nur zwei Pop-Tarts – musste ich endlich die Umgebung von Les Silences erkunden. Schließlich hatte ich gestern am Ende meines Spaziergangs hierher nur noch das Haus im Kopf gehabt und die schnell einsetzende Dämmerung. Also zog ich rasch meine Wanderschuhe an, packte auch noch für alle Fälle eine Windjacke zu Schreibgerät, Taschenlampe (falls mich auf meiner Expedition die Dunkelheit überraschen würde), Kamera und Reiseführer in meinen kleinen Rucksack und stiefelte los.

Der grasige Weg führte am Steilufer stellenweise noch einmal stark bergan. Drunten gischtete das Meer gegen die felsigen Klippen. Am Wegrand lockte der Ginster Schmetterlinge und einige Insekten an, die ich nicht kannte, widerliche schwarze Tiere, die mit einem Scheinstachel ausgerüstet waren. Hätte mir nicht so viel an La Trétête gelegen, ich wäre umgekehrt. So zog mich das Geheimnis des 3.000 Jahre alten Dolmengrabs magisch an und ließ mich den Widerwillen gegen den unbekannten Insektenschwarm überwinden.

Und dann stand ich auf der kreisrunden Kuppe des Hügels und erblickte die Steinformation. Grauer Granit, bewachsen mit Flechten und winzigen Moosen, in saftigem Frühlingsgras – mir fuhr ein Schauer über den Rücken. Diese Stelle in der Landschaft war vorherbestimmt für kultische Handlungen. Das runde Hochplateau, von dem aus der Rest der Insel durch die üppige Vegetation nicht eingesehen werden konnte. Der durch nichts unterbrochene Blick aufs Meer bis zum Horizont. Die konzentrische Gestaltung des Baus, der durch keinen Baum, keinen Strauch in der Nähe eine Milderung der Optik erfuhr. Strenge Blickführung auf das Zentrum. La Trétête.

Das musste der geheime Treffpunkt der Hexen von Herks gewesen sein. Weit abgelegen von jeder menschlichen Behausung, war La Trétête prädestiniert dafür. Hierher waren nach Einbruch der Dämmerung die Frauen geschlichen, immer wieder einen Blick über die Schulter werfend, ob ihnen auch niemand folge. Hier hatten sie Rezepturen und Tinkturen ausgetauscht, hier vielleicht Beschwörungen vorgenommen, hier vielleicht auch nur besprochen, wie dem Geschwätz abergläubischer Nachbarn zu begegnen sei. Waren sie im Dunkel gekommen, so hatte hier vor dem Steingrab ein Feuer gebrannt. Hier hatten sie um die Flammen getanzt, um sich vom gesellschaftlichen Druck zu befreien, von der Angst vor der Inquisition. Hier waren sie einmal in einer Gemeinschaft gewesen, während tagsüber jede für sich, bedroht und gemieden, in Einsamkeit ihr Dasein gefristet hatte. Hier waren sie fast so etwas wie glücklich gewesen. Bis sie im Dunkel der Nacht wieder einzeln nach Hause geschlichen waren.

Ich ertappte mich dabei, wie ich ehrfürchtig auf den alten Steinhaufen starrte. Wie hatte man vor 3.000 Jahren wohl alle diese Monolithen hierhergeschafft? Wer hatte in dem Grab gelegen? War es eine Stammesfürstin gewesen? Ich stand da und starrte es an. Aber als sich eine kecke Möwe auf La Trétête niederließ und einen kurzen, heiseren Schrei ausstieß, war der Zauber gebrochen. Ich ging langsam auf das Grab zu.

Von außen sah es aus wie Le Trépied auf Guernsey. Die Steine waren nicht mehr von Erde bedeckt. Das ganze Gemäuer war damit kaum mehr als hüfthoch. Und doch wirkte es geschlossener. Möglicherweise hatte man hier die besseren Steinmetze gehabt. Ich legte eine Hand auf den rauen Stein und merkte zu meiner Überraschung, dass ihn die Morgensonne schon recht stark erwärmt hatte. 3.000 Jahre unter meiner Hand. Es war ein verrückter Gedanke.

Nach einer Umrundung des Grabs bückte ich mich schließlich entschlossen zum Eingang. Ein paar Spinnweben streiften mein Gesicht und legten sich über meine vorsichtig vorgestreckten Hände, während ich hineinschlüpfte. Drinnen war es dunkel, und ich kruschtelte rasch nach meiner Taschenlampe. Ich wusste, dass ich mich im Hauptgang befand, von dem zwei kleinere Kammern abzweigen würden. Ich musste mich nur geradeaus halten, um in die Hauptkammer des Grabes zu gelangen. Aber ich wusste nicht, wie niedrig die Decken sich gestalten würden, und ich hatte vor, allenfalls erschüttert, aber nicht gehirnerschüttert wieder ans Tageslicht zu gelangen.

Die Handtasche einer Dame entpuppt sich gemeinhin als Bermudadreieck; ein Rucksack ist das in Potenz. Ich stieß also zunächst auf jeden Gegenstand bis auf meine Taschenlampe und fluchte schon leise, dass ich doch noch einmal würde hinauskriechen müssen – als ich die Lampe zu fassen bekam. Ich knipste sie an.

Zuerst musste ich meine Augen ein wenig zusammenkneifen, weil sie so grell schien, doch dann blickte ich mich interessiert um. Tatsächlich gab es zu beiden Seiten des kurzen Gangs je eine Öffnung.

Nun bin ich von Natur aus zwar ein ungemein neugieriger Mensch, aber ich liebe es, besondere Erlebnisse durch Verzögerungstaktiken in ihrer Wirkung auf mich noch zu erhöhen. Ich ging also nicht zuerst geradeaus zur Hauptkammer mit dem Deckengemälde, sondern wandte mich zur linken Nebenkammer. Sie war deutlich niedriger als der Hauptgang, und ich musste mich ducken, um hineinzugelangen. Die Grabgaben waren längst geplündert, die Skelette vollends vermodert. Der Erdboden war glattgestampft wie auch in den Grabkammern auf Guernsey. Schmucklose Wände und Decken. Schmuck gebührte dem Herrn in der Hauptkammer; seine Diener waren nur weitere Grabbeigaben gewesen. Ich kehrte um und ging in die rechte Nebenkammer. Sie sah genauso aus: niedrig, karg, klein.

Zurück im Hauptgang konnte ich mich immerhin wieder in lediglich gebückter Haltung bewegen. Dann holte ich tief Atem. Ich stand vor der Hauptkammer in La Trétête. Gleich würde ich das uralte Deckenbild eines weiblichen Grabwächters sehen. Ich zitterte plötzlich vor Aufregung. Mein Mund war trocken.

Das schwarzbraune Loch vor mir lockte. Schließlich bückte ich mich und trat vorwärts. Die Grabkammer war groß, etwa fünf auf fünf Meter. Die Decke hatte die Höhe des Ganges. Dennoch hockte ich mich nieder auf den festgetretenen Boden, um die Decke besser ableuchten zu können. Ich wählte dazu einen Platz ganz am äußersten Rand der Kammer, damit ich das Gesamtmotiv würde schneller entdecken können. Doch zunächst sah ich nichts.

Wer auf Guernsey in Le Déhus zum ersten Mal die Hauptkammer betritt, wird den Grabwächter, eben nämlichen Mann mit Pfeilen und Bogen, auf den ersten Blick nicht entdecken. Das Deckengestein ist uneben. Überall haben sich im Lauf der Jahrtausende Flechten gebildet. Immer wieder meint das Auge, etwas gefunden zu haben, aber dann ist es doch nur ein Schatten. Und die Linien des eigentlich gesuchten Bildes bleiben verborgen. Enttäuschung kommt auf. Man ist wohl ein paar Jahre zu spät gekommen, um das Höhlenbild noch zu sehen. Witterung und Zeit werden es ausgelöscht haben. Und wenn man endlich schon aufgeben möchte, streift der Lichtpegel der Taschenlampe eine Linie, fein wie ein Hauch. Ein rötliches Nichts auf ockerfarbenem Stein. Eine umrandete Fläche erschließt sich, von der Form eines Menschen. Und nun sieht man das Gesicht, zum Schluss die Pfeile, den Bogen. So erlebt man Le Déhus.

Nicht anders präsentierte sich mir La Trétête – dachte ich. Zunächst sah ich nämlich nichts. Aber im systematischen Ableuchten der Decke fiel mir mit einem Mal ein Andreaskreuz ins Auge. „Kreuz", durchfuhr es mich. Ob es das Kreuz war, das ich suchte? Warum stach es hervor? Wo war der Rest der Figur?

Ich kroch ein paar Schritte vorwärts. Leuchtete die Decke erneut ab. Und siehe da: Wieder erkannte ich zuerst das Andreaskreuz, aber dann sah ich auch die Hand, die es hielt. Und dann den Körper, den weiblichen Körper. Und den Pfeil, der eine Brust durchbohrte. Eindeutig eine steinzeitliche Höhlenmalerei aus derselben Zeit wie die von Dehus. Bis auf eine Kleinigkeit. Und damit ergab sich ein Geheimnis. Jemand hatte das Kreuz nachträglich hinzugemalt. Es hatte nie zu dem steinzeitlichen Bild gehört. Aber wer war es gewesen – und warum? Und warum ein Andreaskreuz? Und wann war es gemalt worden?

Ich richtete den Pegel der Taschenlampe nochmals auf die Linien des Kreuzes und verglich sie mit denen der ursprünglichen Malerei. Keine Frage: Es sah aus, als habe sich der Maler einer Ölpastellkreide bedient. Mehr noch: Der Maler hatte dieselbe Farbnuance gewählt. Er hatte ein Auge für Farben gehabt und andererseits nicht bedacht, jemand könne erkennen, dass es sich bei dem Andreaskreuz um keine urzeitliche Darstellung handeln würde.

Ich musste einfach mehr herausfinden. Außerdem hatte ich das Gefühl, dass ich am Tatort Beweise finden würde, das heißt: Beweise für die Fälschung. Es musste so sein wie in Poes Geschichte vom gestohlenen Brief; er konnte offenkundig vorhanden sein, ohne dort vermutet zu werden. Irgendwo hier in La Trétête musste das erste Stück zu diesem Fall liegen, und es musste eine Kreide sein. Weil es sich um eine Ölpastellkreide handelte, würde sie sich auch nicht aufgelöst haben durch die

Feuchtigkeit. Und da der Fälscher nicht so kühn gewesen sein würde, das Tatwerkzeug in der Hauptgrabkammer zu verstecken, würde es sich in einer Nebenkammer befinden. Und zwar in der rechten vom Grabeingang gesehen. Und wohl da, wo niemand sie vermuten würde: offen sichtbar.

Ach, natürlich schlug in diesem Augenblick mein Galeristenherz höher. Ich hatte es mit einer unentdeckten Original-Kunstfälschung zu tun. Ich kroch zurück aus der Hauptkammer in die rechte Nebenkammer. Dort leuchtete ich die Ecken und Nischen um den Einlass aus. Und richtig, unter einem der großen Granitsteine schimmerte etwas Papier hervor. Vorsichtig kratzte ich mit den Fingern die Erde um das Papier fort, immer tiefer. Und dann hatte ich gefunden, wonach ich gesucht hatte: eine Ölpastellkreide in der Farbe des Andreaskreuzes. Fast zu schön, um wahr zu sein. Mein erster Beweis dafür, dass die Fälschung noch gar nicht so alt war. Denn der Stempel auf dem Papier lautete „1937". Der Fälscher hatte also die Fälschung im Jahr 1937 oder später vollzogen.

Mich überlief ein Schauer. Dann musste die ältere Inselgeneration eingeweiht sein. Sie musste wissen, dass das Steinzeitbild nicht vollständig echt war. Sie hatten den Mythos nicht an seiner Verbreitung gehindert. Warum? Und man nannte das Bild L'Ange Douce. Was hatte das zu bedeuten? Oder war dieser Name ein Teil der Geschichte noch vor 1937?

Nachdenklich packte ich die Kreide in meinen Rucksack. Dann kroch ich wieder ans Tageslicht. Einen Augenblick lang war ich geblendet von der Sonne, und meine Glieder taten weh vom ungewohnt langen Bücken. Doch dann fühlte ich mich wieder „draußen". Mir scheint, ich bin etwas klaustrophobisch veranlagt. Immer wenn ich in einem unterirdischen Raum bin, erfasst mich irgendwann eine Panik, ich könne nie wieder hinausgelangen. So eine Art Angst, lebendig begraben zu werden. Nicht weil ich Angst vor dem Sterben hätte; sondern Angst, weil ich dabei einen letzten Wimpernschlag natürlichen Tageslichts missen würde. Ich musste erst einmal meinen Kopf schütteln, um ihn wieder klar zu bekommen. Was für einer Geschichte war ich da auf der Spur?

Langsam setzte ich mich wieder in Bewegung, und zwar in Richtung Les Silences. Ich würde erst einmal mein Beweisstück für die Kunstfälschung in Sicherheit bringen. Klingt ziemlich dramatisch, spöttelte ich über mich selbst. Doch letztlich war es das ja auch. Ein gut Teil des gegenwärtigen Tourismusgeschäfts von Herks baute auf die Steinzeitmalerei von La Trétête. Auf ein Kulturgut, dessen Herkunft mit einem Mal zweifelhaft war. Und über das jeder auf der Insel Bescheid wissen musste.

So trabte ich den steilen Weg an der Felsküste hinab. Bergab verfalle ich immer in diese Gangart, weil sie mir irgendwann am bequemsten erscheint. Thomas hatte mich deswegen früher immer geneckt: In meiner Verwandtschaft müsse einmal ein Pferd gesteckt haben, so ein übermütiges, unbezähmbares. Wenn er wütend auf mich war, verglich er meinen Charakter aber eher mit dem eines Maultiers. Und manchmal fauchte ich ihn dann an, ob ihm nichts Besseres einfiele, als Menschen immer mit Haustieren zu vergleichen. Ob er zu borniert sei, etwas anderes zum Vergleich heranzuziehen, oder ob er tatsächlich nie über seinen Stall hinausgekommen sei. Hui, da wurde Thomas dann völlig unleidig und knallte die Türen. Hinterher waren wir dann meist ziemlich geknickt wieder aufeinander zu geschlichen und hatten Frieden geschlossen. Wortlos. Auch wenn in mir das Maultier weiter nagte und in ihm vermutlich der Stall.

Thomas. Himmel, wollte mir der Typ denn gar nicht aus dem Kopf? Nun war ich schon meilenweit fort von ihm. Und hier, an einer einsamen, schroffen Küste, irgendwo am Ende der Welt hatte ich nichts Einfallsreicheres zu tun, als während meiner Spaziergänge an ihn zu denken? Wenn ich zurückblicke, wundere ich mich, dass ich an meine ehemalige Freundin und Rivalin nicht einen Gedanken verschwendete. Etwas inkonsequent, wenn ich ehrlich bin. Aber so ist man wohl manchmal.

Unter all diesen Gedanken hatte ich Les Silences wieder ins Blickfeld bekommen. Ich stiefelte also munter darauf zu, trat mir in der Diele die schweren Wanderschuhe von den Füßen und nahm den Rucksack mit in die Küche. Ihn packte ich dort aus, setzte mich an den rohen Tisch und verfiel in tiefes Grübeln.

Wo sollte ich bei meinen Nachforschungen anfangen? Ich würde mit der Bedeutung des ursprünglichen Deckengemäldes beginnen müssen. Aber die Fälschung stammte eindeutig aus viel späterer Zeit. Ich erwischte mich dabei, wie ich die Ölpastellkreide nervös zwischen meinen Fingern drehte. Ich starrte blind auf den Herstellerstempel; irgendwo war da das Produktionsjahr aufgedruckt. 1937...

Gedanken fasst man am besten im Gehen. Den Rucksack ließ ich diesmal zurück, und ich schlug ganz bewusst nicht die Richtung zum Dolmengrab ein. Jetzt wollte ich den anderen, unbekannten Pfad an der Weggabelung zwischen Les Silences und dem Dorf Herks gehen. Mal sehen, wohin der führen würde und welches Panorama mir die Steilküste bescheren würde. Vielleicht würde ich in der Ferne im Dunst Guernsey und Herm erahnen?

Als ich das noch lichte Wäldchen betrat, The Grove, strömte mir ein betörender Duft in die Nase, und er wurde immer intensiver, bis ich meine Gedanken auf nichts anderes mehr richten konnte als darauf, woher dieses intensive Aroma wohl kommen mochte. Der Boden unter meinen Füßen wurde rasch torfiger. Kleine Borkenstücke brachen unter meinen Sohlen, und da und dort ragten Steine und knorrige Wurzelknollen aus dem Boden hervor. Und dann fand ich in einer Lichtung den ganzen Waldboden ein einziges Blütenmeer wilder Hyazinthen. Es sah aus, als sei ein Stück Himmel auf die Erde heruntergefallen und habe sich zwischen den zierlichen Stämmen windzerzauster Steineichen niedergelassen. Dies unwirkliche Blau, dieser Duft, diese Stille! Nicht einmal die Möwen hörte man hier.

Was mochte wohl jenseits The Grove liegen? Ich riss mich von der Szenerie los (schließlich würde ich in den kommenden Wochen sattsam Gelegenheit haben, hierher

40

zurückzukehren) und setzte meinen Weg Richtung Steilufer fort. Immer schwerer erkennbar wurde der Pfad, und manchmal zweifelte ich, ob ich ihm überhaupt noch folgte. Als ich schon glaubte, mich verlaufen zu haben, lichtete sich das Wäldchen wieder, und ich bewegte mich rasch darauf zu.

Vor mir lag nur noch eine karge Wiese mit Hartgräsern und wenigen blühenden Pflanzen. Das Steilufer begann in wohl kaum zehn Metern Entfernung. In der Ferne erkannte ich die dunstigen Konturen der südlicher gelegenen Nachbarinseln, im Osten noch schemenhafter die der französischen Küste. Ein paar Meter vor mir lag eine Stelle, die wie gemäht wirkte. Ich schritt darauf zu und hielt dann überrascht inne.

Die Stelle war umfriedet, und darin lagen zwei halbverwitterte Grabsteine. Inschriften konnte ich nicht mehr entziffern, wohl aber noch, dass auf beiden ein Kreuz eingeschnitten war. Welch arme Teufel hatte es wohl zur letzten Ruhe hierher verschlagen und nicht auf den Kirchhof von Herks? Und dann traf es mich wie ein Blitz. Das Kreuz auf dem einen Stein war kein gewöhnliches Kreuz. Es war – ein Andreaskreuz.

*

Natürlich hatte ich auch noch das, was sich „Haushaltpflichten" nannte. Simpler gesagt, um meiner Lebenserhaltung zu dienen, musste ich zwangsläufig die Strecke ins Dorf zurücklegen, um mich mit Nahrungsmitteln für die nächsten paar Tage zu versorgen. Mit dem Rucksack auf dem Rücken machte ich mich auf den Weg und fand mich bald auf dem Liberty Square wieder. Ein Greis mit Stock saß auf einem der Bänkchen und genoss die Strahlen der Frühjahrssonne.

„Entschuldigung, Sir," rief ich. Er rührte sich nicht. Ich trat ein paar Schritte näher auf ihn zu. „Sir? Entschuldigung, ich wüsste gern, wo hier das Lebensmittelgeschäft ist."

Er rührte sich immer noch nicht. Seine Augen waren halb geschlossen, und ich bekam es schon mit der Angst, ich könnte es mit einem Toten zu tun haben. Nicht, weil ich Angst vor einem Toten gehabt hätte. Oder Angst vor den Erklärungen gegenüber dem Police Inspector der Insel, der mir eine Menge Fragen stellen würde. Eher Angst vor meiner eigenen Hilflosigkeit. Doch der alte Mann zuckte kurz mit den Wimpern, als ihm eine Fliege etwas zu nahe auf den Leib rückte, und ich war wie erlöst. Zugleich ertönte hinter mir eine rostige Frauenstimme.

„Den können Sie lange fragen, Mädchen. Der alte Jeremiah ist taub." Ich wandte mich um und blickte in ein runzeliges Gesicht unter einer verwehten weißen Dauerwelle. „Jaja, der hat sein Gehör verloren, als er gerade einmal fünfzig war, der Jeremiah. Und ist der Organist von St. Paul's gewesen!"

Zögernd setzte ich an: „Vielleicht können ja Sie …"

„Sie suchen sicher den Weg zum Laden," lächelte die alte Frau mich an. Etwas verwirrt bejahte ich. „Es gibt hier nur einen Laden, mein Kind. Da bekommen Sie alles, was zum Leben notwendig ist. Und was Touristen meinen, dafür zu brauchen."

„Danke. Ich wollte eigentlich nur ein paar Lebensmittel,“ erwiderte ich und fühlte mich in meinem Stolz getroffen. Ich war ja nun wirklich keine x-beliebige Touristin, die sich mit Luftmatratze und Sonnenhut ausrüsten wollte. Ich fühlte immerhin so etwas wie eine Mission in mir.

„Sie müssen nicht gleich gekränkt sein, Mädel,“ lächelte die alte Frau freundlich. „Ich sehe schon, dass Sie keine von den Swimmingpool-Ladies sind.“

„Swimmingpool-Ladies?“

„Ja! Das sind die, die den lieben langen Tag am Hotelpool liegen, um mit ihrer Bräune den Mann ihrer Träume zu becircen. Der ist natürlich Millionär. Drunter tun es die Ladies nicht. Von Herks sind sie immer noch enttäuscht abgereist.“ Jetzt kicherte die alte Frau erstaunlich mädchenhaft. „Nicht, dass wir nicht wohlhabend wären. Aber wo viele ihre geheimen Bankkonten auf Guernsey oder Jersey pflegen, da haben wir auf Herks ehrliche Immobilien. Land, Mädel. Und das verkauft keiner von den Jungs hier, nur um einer von den Swimmingpool-Ladies ein paar teure Klunker um den Hals zu legen.“ Jetzt lachte auch ich.

„Ich bin Molly Perkins.“ Die alte Frau streckte mir die Rechte entgegen.

„Ich bin Anne Briest.“ Ich schüttelte ihre Hand. Sie kniff eine Sekunde lang die Augen fest zusammen, fast als lauere sie oder schlucke einen schlechten Geschmack im Mund herunter. „Sagen Sie einfach Anne.“

Sie hatte sich wieder in der Gewalt und lächelte. „Anne, was für ein hübscher Name. Und woher kommen Sie?"

Ich hatte das Gefühl, sie wusste genau, wohin sie meinen Nachnamen einordnen musste. Aber sie spielte die Naive. „Aus Deutschland", sagte ich hölzern.

„Oh", markierte sie. „Wie interessant. Nun, man hört es Ihnen überhaupt nicht an. Wo haben Sie so gut gelernt, unsere Sprache zu sprechen?"

„Imitation ist alles, Molly", antwortete ich.

„Imitation?"

„Ja, gewiss. Ich höre gern Radio, meist amerikanische und britische Sender, und ahme die Aussprache nach."

„Nun, Anne, Sie haben mich beinahe getäuscht. Sie klingen wie eine Muttersprachlerin." Ich grinste Molly verlegen an. Sie wollte ihr sekundenlanges Zurückscheuen überdecken. Zurückscheuen aber wovor? Hatte sie etwa auch die Zeit der Schaftstiefel miterlebt? Das Dritte Reich auf einer der Inseln? Von Herks war doch in den Geschichtsbüchern nie explizit die Rede gewesen. Hatte sie mir einen Moment nachgetragen, woher ich kam? Und hatte sie sich im nächsten erinnert, dass ich damals noch gar nicht geboren war?

„Molly", wechselte ich das Thema. „Können Sie mir bitte sagen, wo der Laden ist? Ich fürchte, er schließt sonst, und ich müsste dann heute Abend hungrig zu Bett."

„Aber natürlich! Sie gehen jetzt hier in Richtung Pier und biegen am Pub um die Ecke. Direkt daneben finden Sie den Laden."

Ich bedankte mich und machte mich auf den Weg dorthin. Natürlich, ich hätte den Anblick des einzigen knallroten Ziegelbaus an der Waterfront von meiner Ankunft im Hafen her noch in Erinnerung haben müssen. Neben dem Eingang hingen einige der unbedingt notwendigen Touristen-Artikel – Gummibälle zum Aufblasen, Strohhüte in verrückten Farben und Formen, eine Leiste mit kitschigen Postkarten und bunten Reiseführern in mehreren Sprachen, ein Display mit Sonnencremes und Sonnenbrillen. „Duty-Free" pries ein verschnörkelt geschriebenes, schon leicht verblichenes Pappschild an der geöffneten Ladentür Alkohol, Zigaretten und Parfum an. Ein Blick ins Ladeninnere verriet mir allerdings, dass wohl auch Einheimische hier kauften. Ich trat ein.

„Guten Tag, Ma'am", grüßte es mich geschäftig hinter der Theke. „Was kann ich für Sie tun?"

Ich räusperte mich und erwiderte den Gruß. Er galt einer ältlichen Frau mit wasserstoffblondem Haar und einer hellblauen, ärmellosen Kittelschürze in unsäglichem Blümchenmuster. „Darf ich mich erst ein wenig umsehen? Es ist nämlich vermutlich am besten, ich treffe meine Wahl sorgfältig. Ich kann nicht so viel mitnehmen, weil ich meine Einkäufe bis nach Les Silences tragen muss."

„Oh, Sie müssen dann die Mieterin von Dr. Slater sein!" rief die Frau aus. „Willkommen auf unserer Insel. Ich bin Rebecca Gordon."

Wir reichten einander über die Theke die Hand, und ich war überrascht über den freundlichen Empfang. Überhaupt hatte mich die Freundlichkeit der Inselbewohner im Golf von St. Malo immer wieder angenehm erfreut. Aber nach Molly Perkins' offensichtlicher Skepsis noch vor wenigen Minuten hatte ich nicht gleich wieder mit solcher Herzlichkeit gerechnet.

„Sie haben bestimmt auch schon meinen Mann gesehen, wenn Sie von Les Silences hergekommen sind." Ich blickte Mrs. Gordon etwas ratlos an. „Oben am Liberty Square?"

„Jeremiah?" fragte ich vorsichtig.

„Ja, Jeremiah", lachte Rebecca Gordon. „Früher wäre er um die Zeit in der Kirche gewesen und hätte Orgel gespielt. Er war einfach unglaublich gut. Man hat ihn gehört bis hinunter zum Hafen. Wenn es einmal nachmittags still war, wusste jeder auf der Insel gleich, dass Jeremiah krank war. Oder drüben auf einer der Nachbarinseln zu Besuch."

„Aber er kann wohl nicht mehr spielen?" fragte ich ganz vorsichtig, durch Molly Perkins schon über seine Taubheit informiert.

„Nein, leider", erwiderte Rebecca. „Er ist seit einem unserer Liberation Days taub. Er hatte in einer Bucht eine alte Mine entdeckt. Noch aus dem Krieg. Zum Salut wollte er sie hochgehen lassen. Es gelang ihm auch, und es war gewiss der lauteste Böller, den es je während eines Liberation Days bei uns gegeben hat. Aber so weit er auch davon entfernt stand, es hat ihn das Gehör gekostet. Himmel, ich möchte lieber nicht wissen, was passiert wäre, wenn jemand das Ding versehentlich ausgelöst hätte."

Diese letzte Äußerung verblüffte mich. Offenbar war sie gar nicht verzweifelt darüber, dass Jeremiah über der Detonation sein Gehör und damit seinen Beruf verloren hatte.

„Jeremiah ist hier eine Art Liberation Day Held", bestätigte die muntere Ladenbesitzerin meine Mutmaßung.

Ich murmelte etwas Unverständliches, was wie Bewunderung klingen sollte. Dann begab ich mich zwischen die doch erstaunlich erkleckliche Zahl der Regale. Rasch fand ich, was ich gesucht hatte. Ein paar Packungen Toastbrot (sehr leicht zu transportieren und mit ein wenig Druck recht platzsparend zu verstauen). Ein Päckchen Guernsey-Butter. Ein paar Wurstkonserven. Tomatenmark in der Tube und ein paar Pakete Spaghetti. Und noch so ein paar dauerhafte und nicht allzu schwierig zu Fuß transportierbare Kleinigkeiten. Die häufte ich alle auf die Theke. Schließlich zückte ich mein Portemonnaie.

„Wollen Sie das alles wirklich wieder zur Bucht zurücktragen?" fragte mich Mrs. Gordon zweifelnd. Und einen Augenblick lang war ich mir selbst nicht sicher, ob ich mir da nicht zu viel auflud. „Ich kann Ihnen doch rasch Jeremy oder Pete anrufen, dass sie Ihnen beim Transport helfen. Um die Zeit sind die noch nicht im Pub." Ich blickte Mrs. Gordon fragend an. „Ja, unsere Jungs treffen sich jeden Abend im Pub. Manche nach dem Tea, manche kommen auch erst viel später. Sie sind dran vorbeigekommen auf Ihrem Weg hierher", gab Rebecca Gordon bereitwillig Auskunft. „Pete oder Jeremy helfen Ihnen bestimmt gern. Die sind nicht so."

Ich lächelte. Nein, die wären bestimmt nicht so, das wisse ich schon. Immerhin hätten sich mir beide zu eben solchen Hilfeleistungen bereits angeboten. „Aber ich bin nun einmal eine ziemlich störrische Frau, die sich am liebsten nur auf sich selbst verlässt", erklärte ich lahm, bezahlte meine Einkäufe und hob mir dann an meinen Plastiktüten mit den „paar leichten Kleinigkeiten" fast einen Bruch.

Dennoch schaffte ich es, heroisch aufrecht aus dem Laden zu marschieren. Kaum um die Kurve beim Pub stellte ich dann erst einmal meine Taschen ab und atmete tief durch. Verflixt! Ich hätte doch Pete Cawdry anrufen lassen sollen. Den Hügel hinauf würde ich einen kleinen Höllentrip vor mir haben.

Gerade wollte ich mich wieder nach den Henkeln der Tüten bücken – wie lange sie dem Zug wohl standhalten würden? – als ich hinter meinem gebeugten Rücken Schritte hörte, die dann plötzlich innehielten. Ich drehte meinen Kopf zur Seite. „Oh, hi Jeremy!" ächzte ich und brachte ein schiefes Lächeln zustande.

„Hallo, Anne!" lachte Jeremy. „Sie sehen so aus, als hätten Sie sich beim Einkaufen nicht an Ihre Liste gehalten."

„Oh doch", grinste ich verlegen, richtete mich auf und strich eine lose Strähne, die aus meinem Pferdeschwanz gerutscht war, hinters Ohr. „Nichts davon war ungeplant. Es war nur so wenig, was ich in Les Silences *nicht* brauche."

Jeremy grinste. „Okay, Anne. Machen wir einen Deal. Ich bringe Ihnen nachher die Taschen und den Rucksack nach Hause, und dafür leisten Sie Pete und mir beim Dinner Gesellschaft. Abgemacht?"

„Aber", protestierte ich, „aber das ist doch ein sehr einseitiger Deal. Ich meine, der Einzige, der den ganzen Vorteil daraus zieht, bin ich."

„Anne, Pete und ich haben ganz gern mal Damengesellschaft. Und Sie brauchen nichts zu befürchten. Ehrlich." Jeremy sah mich aus seinem frischen Burschengesicht an, und seine dichten Wimpern verliehen ihm einen so treuherzigen Ausdruck, dass ich mit einem lachenden Seufzer nachgab.

„Okay, Jeremy." Ich hob eine Tüte an. In dem Augenblick riss ein Henkel. Bevor jedoch die Äpfel und Tomaten herauspurzeln konnten, griff Jeremy zu. „Danke! Ich glaube, das war so etwas wie ein Wink der Zustimmung von oben."

„Wer sagt Ihnen das, Anne?" meinte Jeremy, und ein schelmisches Grübchen erschien unter seinem linken Mundwinkel. „Vielleicht haben wir auf Herks eher ein Bündnis mit dem Herrn der Tiefe?!"

Mit diesen Worten nahm er auch den Rest meines Einkaufs auf und schwenkte sein Kinn energisch in Richtung

Eingangstür zum Pub. „Nach Ihnen, Mylady. Willkommen im The Crown & Anchor."

*

Das letzte Mal, dass ich in einem englischen Pub gewesen war, war in meinem vorletzten Schuljahr gewesen. Ich vergesse nie, wie romantisch mir damals die aufgerissenen Polster, die bierverklebten Tische und die Darts werfenden, meist männlichen Gäste vorgekommen waren. Es war irgend so eine winzige Eckkneipe in London gewesen. Die Martinis waren wässrig vom vielen Eis gewesen, und die Steak & Kidney Pies hatten fast nur aus Blätterteig bestanden mit einer undefinierbaren, aber durchaus sehr aromatischen Sauce. Die neugierigen Blicke auf jedes weibliche Wesen, das den Eingang verdunkelte, hatten es in den Ort eines Dickens-Romans verwandelt.

Hier auf Herks hatte ich etwas Schickeres erwartet, ganz offen gestanden. Schließlich waren wir hier auf einer dem Tourismus geweihten Insel. Doch kaum war ich vor Jeremy durch die Tür geschlüpft, fand ich mich in genauso einem schummerigen Halbdunkel wieder wie seinerzeit in London. Der Parkettboden war abgenutzt und zerschrammt, mancher Lampenschirm hing beschwipst auf seinem Fuß, die Polster an den Fenstern waren verschossen, während zwei der Barhocker am Tresen ihr Innenleben zur Schau stellten.

Gedämpftes Murmeln erfüllte den Raum. Kaum war ich zwei Meter hinter der Eingangstür stehen geblieben und blickte mich etwas verloren nach Jeremy um (der gerade beinahe meine Custard-Dosen aus einer der Tüten verlor), da dünnte das Gemurmel aus. Ich spürte ungefähr ein Dutzend Blicke verstohlen in meine Richtung gleiten und war mir nicht sicher, ob ich zusammenschrumpfen oder mich ein wenig blähen sollte. Typisch Frau vermutlich – unser inneres Mauerblümchen kämpft gegen unseren inneren Vamp, wenn wir uns auf Terrain befinden, das wir nicht ganz einschätzen können. Ich entschied mich für die Variante touristischer Eisblock. Ich warf mich ins Kreuz und Kennerblicke auf die Einrichtung, die ungefähr dem deutschen „Hirsch in Öl"-Gasthausstil entsprach, nur dass sie das gute alte Albion zelebrierte. Die Männer an der Theke und an den Tischen ignorierte ich gewissermaßen. Einem oder zwei Typen, die mich ansahen als stamme ich aus einer Kuriositätenschau, warf ich einen staunenden Augenaufschlag zu, sodass sie ihre Blicke wieder abwandten.

Dann folgte ich Jeremy, der inzwischen mit meinen Warenbergen an mir vorbeigezogen war, scheinbar brav an einen der Tische in einem Eck nahe der Theke. Meine Einkäufe waren bald irgendwo im Dunkeln verstaut. Und Jeremy rückte mir, ganz englischer Gentleman, einen Stuhl zurecht.

„Was trinken Sie, Anne?"

„Ein, äh, Bitter Lemon?"

„Sie trinken wohl nichts Richtiges?"

„Doch schon, aber ..." Ich verstummte verlegen. Ich wollte den Jungen doch nicht in Unkosten stürzen.

„Dann trinken Sie doch einen Gin Tonic mit mir, ja? – Tom, zwei Gin Tonics. Und sobald Pete einläuft, kannst Du den dritten mixen." Jeremy lehnte sich entspannt zurück. „Und?"

Ich blickte ihn ratlos an. „Was und?"

„Wie gefällt Ihnen Herks?"

„Danke, gut. Sehr gut sogar."

Ich schwieg, weil plötzlich all die Eindrücke meines morgendlichen Ausflugs in mir aufstiegen. Er blickte mich erwartungsvoll wie ein kleiner Junge an (mein Gott, er war ja nun wirklich bestimmt zehn Jahre, wenn nicht noch jünger als ich). „Es blüht jetzt alles so schön", stammelte ich etwas hilflos hervor. „Der Ginster und der Thymian ..."

„Thymian?!" Pete Cawdrys Stimme klang seltsam wie aus dem Off. Unversehens war er hinter mir an den Tisch getreten. Im Aufblicken bemerkte ich erst, wie groß er war. Sein Gesicht schien wirklich fast unter der Decke zu hängen.

„Ha! Äh ...!" Ich lachte. „Ich meinte Hyazinthen. Duften aber beide ganz kräftig, oder?"

Pete grinste. „Na, Anne, wenn Sie kochen, wie Sie Pflanzen auseinanderhalten, dann gute Nacht!"

„Ach, Pete", schäkerte ich zurück. „Auf den Gläschen, die ich zum Kochen benutze, steht immer genau, was drin ist: Digitalis, Schierling, Bilsenkraut ..."

Pete warf seinen dunklen Schopf zurück und lachte dröhnend. Jeremy neckte mich: „Eine moderne Hexe?!"

Die an der Theke wurden aufmerksam und drehten sich um. „Anne", stieß Jeremy lachend hervor, „benutzen moderne Hexen eigentlich immer noch Besen?"

„Nein", erwiderte ich mit finsterer Miene. „Staubsauger."

Jeremy kriegte sich fast nicht mehr ein, und ich setzte mich mit bravster Kleinmädchenmiene am Tisch auf, die Hände im Schoß gefaltet. Ich erntete eine Lachsalve. Pete platzierte sich inzwischen mir gegenüber.

„Okay, Anne", sagte er plötzlich sehr ernst. „Ich denke, wir sollten die Bestellung zum Essen aufgeben. Was darf's denn sein?" Und dann verzog sich sein Gesicht zu einem schelmischen Grinsen. „Giftpilze oder Eidechsenragout?"

„Oh nein, Pete", protestierte ich. „Ich hätte gern einen jungen Mann – am liebsten paniert und gut durchgebraten."

Unser Schlagabtausch war von der Theke aus belauscht worden, und nun hatte ich die Lacher erneut auf meiner Seite. Vor allem ein paar ältere Seebären amüsierten sich prächtig und zogen Pete noch ein wenig auf, während ich mich nun wirklich in die Speisekarte vertiefte.

Am Ende saßen wir drei vor einer großen Platte mit fangfrischem Fisch und Schalentieren. Es war ein Hochgenuss. Meine beiden Tischherren waren ausgesprochen zuvorkommend. Und ich fühlte mich unbeschreiblich entspannt. Bis wir zum Kaffee und den dazu servierten After-Dinner-Mints kamen.

„Also, Anne", wollte Pete Cawdry nun doch wissen, „was hat Ihnen denn nun auf Herks bisher am besten gefallen? Waren Sie schon oben am Herrenhaus?"

Plötzlich fühlte ich wieder die Spannung von heute Morgen in mir. Wieviel sollte ich sagen? Wie viele meiner Entdeckungen sollte ich preisgeben? Ich beschloss, die Sache vorsichtig anzugehen.

„The Manor hatte ich mir für später aufheben wollen", erwiderte ich vorsichtig. „Ich musste doch erst einmal die nähere Umgebung von Les Silences erkunden."

Pete und Jeremy nickten. „Dann waren Sie bestimmt am Dolmengrab."

„Stimmt", bestätigte ich. „Ein entzückendes Hochplateau. So abgeschieden – es muss eine wahre Wonne für die Hexen von Herks gewesen sein, dort zu tanzen."

Die beiden jungen Männer grinsten sich vielsagend an.

„Ich wundere mich nur über das Kreuz in der Hand der Grabwächterin. L'Ange Douce nennt man sie ja hier, oder?" Ich tat bewusst harmlos, um ihre Reaktionen einzufangen. Und richtig, wer meine Worte gehört hatte, schien sich plötzlich innerlich zu ducken. Darum setzte ich noch etwas oben drauf: „Es ist gar kein richtiges Kreuz; es ist ja ein Andreaskreuz. Ich möchte wohl wissen, was das bedeutet."

„Keine Ahnung", fiel ein Graubart an der Theke mir ins Wort. Zu schnell geantwortet, registrierte ich. „Vielleicht haben die Erbauer des Dolmengrabs eben den Heiligen Andreas verehrt."

Klar, 3.000 vor Christus! Ich nickte, als habe ich die Antwort akzeptiert, und setzte meinen Bericht fort. „Und dann war ich an der Küste oberhalb von The Queen's Arms. Ein traumhafter Blick, ich muss schon sagen. Bis hinüber nach Herm und Guernsey."

Wieder sahen mich die Männer ringsum misstrauisch an. Als erwarteten sie, dass ich im nächsten Moment etwas Unangenehmes sagen könnte. Ich nehme an, das tat ich auch, denn dann erwähnte ich die Gräber. „Zwei Steine. Und auf dem einen war ganz deutlich ein Andreaskreuz eingeritzt. Wenn das kein Zufall ist?!"

„Doch sicher", kam es etwas gepresst zwischen Pete Cawdrys Lippen hervor. Und Jeremy Oats drängte plötzlich zum Aufbruch. Er müsse morgen rasch mit der „Gilliatt" hinüber nach Guernsey, um Dr. Slater nach Herks zurückzubringen. Und er wolle mir doch noch meine Einkäufe nach Les Silences transportieren.

Auch empfand ich, dass mir Misstrauen von den Gästen wie von meinen beiden Begleitern entgegenschlug, während ich meine Windjacke anzog. Irgendetwas hatte ich also mit meiner Bemerkung über die Andreaskreuze ausgelöst. Doch was? Fast ging es wie ein Aufatmen durch das Pub, als ich ihn mit Pete und Jeremy verließ. Draußen half mir Jeremy wortlos auf den

Anhänger von Petes Traktor, und dann fuhren wir zu dritt aus dem Ort hinaus, hinein in die Inselstille.

Alles war finster. Nur die Sterne funkelten, und eine dünne Mondsichel stand am Himmel, fast schmerzhaft klar für das Auge. Draußen auf See blinkten wieder die roten und grünen Positionslichter von Baken und Schiffen. Und alles hätte unglaublich romantisch sein können, wäre ich nicht alle paar Meter fast von meiner Sitzbank gerutscht, hätte ich nicht den Dieselgestank in der Nase und den Wahnsinnslärm des Motors im Ohr gehabt. Ich war froh, als ich schließlich wieder an meiner Haustür stand – gut durchgerüttelt – und dem Gefährt und den beiden Männern nachwinkte.

Himmel, waren die beiden beim Abschied schweigsam gewesen! Nachdenklich betrat ich mein Cottage und schleppte meine Vorräte in die Küche. Das Auspacken konnte bis morgen warten. Jetzt wollte ich erst einmal zu Bett gehen. Nicht, dass ich bereits müde gewesen wäre. Es ist nur, dass das Bett für mich ein idealer Ort zum Nachdenken ist. Nirgends fühle ich mich so ungestört. Deshalb stehe ich morgens manchmal sogar später auf.

Ich stieg also die steile Treppe nach oben und begab mich in mein „niedliches viktorianisches Mädchenzimmer", wie ich es bei mir nannte. Vermutlich passte ich mit meinem geblümten Rüschennachthemd sogar ideal in diese Kulisse. Allerdings verriet mein schulterlanges Haar dann doch meine Modernität. Ich setzte mich auf die extrem hohe Bettkante und ließ meine Beine baumeln. Meine silbernen Ohrgehänge, ein altes Erbstück von irgendeiner Urgroßcousine meines Vaters, kamen dem Viktorianischen übrigens auch schon wieder sehr nahe. Gerade wollte ich den einen lösen, da blieb ich ganz dumm an einer Haarsträhne hängen. Und schon entglitt mir das gute Stück und fiel mir zwischen den Fingern hindurch zu Boden.

Ich habe vergessen zu erwähnen, dass ich kurzsichtig bin. Ungefähr so kurzsichtig wie ein Maulwurf. Ohne meine Kontaktlinsen, die ich vor dem Zubettgehen immer zuerst ablege, sehe ich außer ein paar schemenhaften Umrissen gar nichts. Ich tastete mich also zum Frisiertisch, um nach meiner Brille zu angeln. Siegreich setzte ich sie nach etwa fünf Minuten Suche auf. Da hatte ich bereits mehrere Parfum-Flakons umgeworfen, war mit meiner Hand in einem offenen Glas mit Nachtcreme gelandet und hatte mich an einer Nagelfeile gepikst. In guter alter Selbstironie warf ich mit möglichst elitärer Miene einen Blick in den Spiegel. Mir blickte die Mischung aus einer gerupften Eule und dem Klischee einer übereifrigen Sekretärin entgegen. Verschwommen – ich sehe auch mit meiner Brille kaum. Aber wohl genug, um diesen blöden Ohrring zu finden, dachte ich.

Ich bewegte mich also zurück in Richtung Bettkante, wo ich den Klunker verloren hatte, und ging in die Hocke. Meine Finger glitten systematisch über den Dielenboden, über den Bettvorleger. Nichts.

Nochmals über die Dielenbretter.

Nichts.

Vielleicht war das gute Stück ja unter das Bett gerutscht? Wenig wahrscheinlich. Aber einen Versuch wert. Ich streckte meine Hände also mutig in das staubige Unbekannte unter meinem Bett aus, in der Hoffnung, keinen Spinnen oder Asseln zu begegnen. Und jaulte auf.

So schnell ich meine Finger zurückgezogen hatte, um sie kurz zu liebkosen, so schnell schickte ich sie auch wieder dorthin zurück, wo sie sich – eingeklemmt hatten. Nur dass ich diesmal mit meinem Kopf unter das Bett nachfolgte.

Erst sah ich in dem Dämmerlicht unter dem Gitterrost gar nichts. Dann gewöhnte ich mich an das Licht und nach zwei Niesern an den Staub und erkannte, wo ich mich eingeklemmt hatte. Eines der Dielenbretter war lose, und meine Finger hatten sich in der Fuge zwischen den scharf geschnittenen Brettern kurz gefangen. Gleich daneben lag mein Ohrgehänge. Aber irgendwie kam mir das Dielenbrett seltsam vor. Ich kroch ein Stückchen näher, um es zu untersuchen.

Ein sanfter Druck auf eine Seite bewegte das Dielenbrett leicht nach oben. Mit der anderen Hand fasste ich darunter. Und dann hob ich die Diele vollends aus ihrem Bett. Darunter kam ein rechteckiger Hohlraum zum Vorschein.

Ein Versteck, durchfuhr es mich. Als habe hier jemand seine Geheimnisse aufbewahren wollen! Was würde ich wohl in diesem Loch finden?

Trotz meines Ekels vor Asseln und einer unerklärlichen Abneigung gegen Spinnen fasste ich in den Hohlraum, und tastete ihn der Länge nach ab. Staub, ein Stück Holz, ein Rascheln. Ein Rascheln …

Ich packte den Gegenstand und bewegte mich mit meiner Beute rückwärts auf den Teppich vor dem Bett. Ein Blick an mir herunter bestätigte meine Ahnung. Mein Nachthemd hatte sich in ein Staubtuch verwandelt, und meine Hände starrten vor Flusen. In der Hand hielt ich Papier, mehrere Blätter.

Es war altes Papier, an den Kanten schon leicht vergilbt und brüchig. Und es waren unterschiedliche Papiersorten, wie ich beim näheren Betrachten feststellte. Das eine war relativ fest und pergamentartig dünn, das andere fluderig und weich. Nun bin ich zwar von Natur aus ein Mensch, der seine Nase nicht gern in die Geheimnisse anderer steckt, schon gar nicht, wenn es um Schriftstücke geht. Aber in diesem Fall konnte ich nicht widerstehen. Es sah aus, als sei ich auf ein vergessenes Versteck gestoßen. Und wer weiß – vielleicht hatte ich ja etwas Wertvolles darin gefunden.

Ein näherer Blick verriet mir, dass die einen Papiere Ausweispapiere, die anderen wohl eher etwas Privates waren. Ausweispapiere? Ich schlug das labberige Papier auf. Ein Jungmännergesicht blickte mich an mit hohen Wangenknochen und schweren Lidern, einem sinnlichen Mund; kein auf Anhieb attraktives Gesicht. Die Papiere bezeichneten ihn als Alexej Miranow. Russisch, dachte ich. „-ow" klingt russisch. Was machte ein russischer Ausweis hier auf Herks unter einem Dielenbrett? Geburtsort? Mühsam suchte ich erneut meine spärlichen Kenntnisse des kyrillischen Alphabets zusammen. „Orel" – wo auch immer das liegen mochte. Geburtsdatum? Der 24. Dezember 1922. Rätsel über Rätsel. Wer war Alexej Miranow? Ich würde morgen einmal in den Ort hinuntergehen und Rebecca Gordon fragen. Die schien am auskunftbereitesten.

Das zweite Papierbündel war wie ein Brief gefaltet, hartes Papier, das beim Entfalten knisterte. Zu meiner Überraschung fand ich hier etwas, das wie ein Gedicht aussah – in Sütterlinschrift. Und, wie es schien, auf Deutsch. Ein deutsches und ein russisches Bündel Papier in ein und demselben, dazu noch englischen Dielenversteck?

Ich muss zugeben, ich bin kein besonders guter Leser der Sütterlinschrift, und das Entziffern der paar Zeilen kostete mich bis weit nach Mitternacht. Dennoch hielt mich die Faszination bei der Stange, und am Ende hatte ich ein haltlos melancholisches Gedicht vor Augen. Es hatte etwas unglaublich Pathetisches, und dennoch wirkte es so echt. Entschlossen zückte ich einen Kugelschreiber und schrieb es in meiner moderneren Handschrift ab. Es war von einem Ernst Lacher verfasst und lautete so:

In meinem Herzen ist ein Bohren,
Als sei darin die ganze Welt,
Und diese Welt sei ganz verloren
Und nichts, was sie zusammenhält.

Als sei darin ein Widerstreiten,

das rings nach allen Seiten drängt,

Ein wildes Sehnen nach den Weiten,

Das stetig wieder eingeengt.

Es ist, als sei ich alt geboren

Und Jugend sei mir nicht bestellt.

Als sei ein Jetzt mir stets verloren –

Und manchmal frag' ich, was mich hält.

Dann ist's, als sollte ich gestalten,

Was mir im Chaos noch verweilt,

Als würde ich in Händen halten,

Was meine eignen Wunden heilt.

Doch, ach, wo soll ich denn beginnen?

Zu fremd ist mir mein Lebensziel.

So spüre ich die Zeit verrinnen,

Den Zwist, die Qual. Und halte still.

Unter dem Gedicht, kaum lesbar mit Bleistift geschrieben, fand ich noch eine Halbzeile, rechtsbündig versetzt zum Gedicht. Diese Zeile ließ mir den Atem stocken. Ich *musste* nun morgen hinunter ins Dorf gehen und Rebecca und die Leute im Pub fragen. Ich *musste* herausfinden, was die Grabwächterin von La Trétête Tomb mit dem Gedicht in Les Silences zu tun hatte.

Die Halbzeile unter dem Gedicht war eine Widmung. Sie lautete „Für meinen Engel, Douce".

3

Die Nacht nach meinem Fund schlief ich ziemlich unruhig. Ich vermute, das Misstrauen der Männer im Pub, der Gedanke an uralten Aberglauben und verworrene Kenntnisse über die Besetzung großer Teile Europas durch die Nationalsozialisten mengten sich zu einem Alptraum. Immer wieder erwachte ich schweißgebadet. Dann wälzte ich mich in den Federn und hatte das Gefühl, eine Lawine losgetreten zu haben. Freilich: Was konnte schon passieren? Meine Recherchen betrafen doch nur die Vergangenheit. Weit zurückliegende Vergangenheit zudem. Doch woher dann das Schweigen im Pub oder von Pete und Jeremy? Woher Molly Perkins' mühsam zurückgewonnene Beherrschung, als sie meinen Namen hörte? Würde ich am Ende jemandem mit meinen Fragen schaden?

Mit Beginn der Morgendämmerung und dem ersten Möwenkreischen muss ich dann doch wohl traumlos eingeschlafen sein. Jedenfalls erwachte ich erst mitten am Vormittag, und die Sonne schien schon richtig hell. In meinem Stübchen unter dem Dach war es erstaunlich warm geworden für einen Apriltag, und als ich – noch im Nachthemd – unter die Haustür trat, beschloss ich, meine spärliche Sommergarderobe auszupacken.

Mein Frühstück fiel um einiges üppiger aus als am Morgen zuvor. Ich hatte mir meine Lieblingsmarmelade von Chivers eingekauft, Orange mit grob geschnittenen Schalen drin, dazu Toast, ein gekochtes Ei, ein Glas Orangensaft und zwei Tassen Kaffee. Good Old England, dachte ich, du verwöhnst mich. So lehnte ich mich genüsslich auf meinem Holzstuhl in der Küche zurück und spähte durch eines der Fenster hinaus in das lichte, flirrende Grün der Baumkronen, durchzogen vom strahlenden Blau des Himmels, der durch das Blattwerk schimmerte. Keine Zeitung, keine schlechten Nachrichten von draußen, an denen man sowieso nichts hätte ändern können. Nur Ruhe und Frieden. Dachte ich einen Augenblick lang. Dann drängte sich mir die Erinnerung an den gestrigen Abend wieder auf, und ich war mir – zumindest in Bezug auf die Friedlichkeit – mit einem Mal nicht mehr so sicher.

Was würde ich also heute auf meinen Tagesplan setzen? Ich schmiede immer gern ein kleines Programm für mich zusammen, sogar im Urlaub. Wenn sich dann irgendetwas anderes ergibt, ist das in Ordnung; wenn nicht, habe ich zumindest keine Langeweile. Ich musste hinunter ins Dorf. Keine Frage. Ich würde noch keines meiner Fundstücke mitnehmen. Aber ich würde Fragen stellen. Wer war Alexej Miranow? Wer war Ernst Lacher? Was hatte Ernst Lachers sogenannter Engel Douce mit L'Ange Douce zu tun? Und wie kamen ein russischer Ausweis und ein deutsches Gedicht unter ein englisches Dielenbrett?

Plötzlich spürte ich, wie ich ganz kribbelig wurde. Da gab es etwas zu entdecken. Ich durfte mich nicht länger als notwendig mit meinem häuslichen Ordnungssinn aufhalten. Die beste Quelle war vielleicht Rebecca Gordon im Laden. Aber vielleicht wusste sie am Ende nicht allzu viel. Und wer weiß – wenn man den Leuten etwas direkt auf den Kopf zusagt, erfährt man mitunter auch von den scheinbar Schweigsamen und Abgeneigten Erstaunliches. Vielleicht sollte ich also auch die Männer im Pub fragen.

Ich räumte mein Frühstücksgeschirr hastig zusammen, verstaute auch rasch die gestern eingekauften Vorräte im Küchenschrank und zog dann meine Allwetter-Kluft an, Wanderschuhe und eine regendichte Windjacke. Ich habe gelernt, nicht allzu viel von Schirmen auf Inseln zu halten. Sie sind lästiges Gepäck, wenn man sie nicht braucht, und wenn es dann regnet, macht eine Windbö sie garantiert binnen kurzem völlig unbrauchbar.

Ich stiefelte also munter los. Es war ordentlich warm, und schon bald hatte ich die Windjacke ausgezogen und um die Hüften geknotet. Ein schräger, lauer Rückenwind wehte mir den Pferdeschwanz halb ins Gesicht und trieb mich sanft durch das Wäldchen hügelabwärts. Oberhalb der Häuser blieb ich noch einmal kurz stehen und holte Luft. Tief Luft. Die Häuser da unten wirkten märchenhaft. So gepflegt und sauber, so liebevoll geschmückt mit all den Blumen und subtropischen Pflanzen in den Vorgärten, Muschelornamenten an den Gartenmauern, Glasbojen in manchem Windfang, Bänkchen an den windgeschützten Hauswänden. Pastellfarbene Häuschen in Blau, Rosa und Weiß. Stille Häuschen. Verschwiegen wie die Männer gestern. Sie schienen völlig zeitlos zu sein. Entschlossen setzte ich meinen Gang nach Herks hinein fort. Ich würde es schon herausfinden.

Die Rue Les Rocquettes war menschenleer. Kein Wunder um die Tageszeit. Es war ja Vormittag, und die Leute, die mit der Schifffahrt zu tun hatten, waren jetzt draußen auf See. Die einen, um Fisch nach Guernsey zu liefern, die anderen, um Milch dorthin zu fahren. Die nächsten holten die Post und ein paar Tagestouristen. Käpt'n Keith und Jeremy würden unterwegs sein, um Dr. Slater abzuholen. Im Pub würde am Vormittag noch niemand sein, vielleicht frühestens um halb zwölf, wenn die Männer von den Markthallen in St. Peter Port und der Milchzentrale auf Guernsey zurück waren. Aber Rebecca Gordon würde in ihrem Laden sein. Und sie würde ich zuerst befragen.

Am Liberty Square saß ihr Mann Jeremiah schon wieder mit geschlossenen Augen auf einer Bank. Schade, dass ich ihn nicht würde fragen können. Er sah so aus, als seien eine Menge Geschichten in ihm begraben.

Ich schlug also den Weg zur Waterfront ein. Die Pier war erwartungsgemäß menschenleer. Ein paar leere Milchkannen glänzten in der Sonne, ein Traktoranhänger – ebenfalls leer – war daneben abgestellt. Das dunkelblaue Wasser glitzerte wie Brillanten im hellen Sonnenschein, unerträglich fast für die Augen. Ich wandte meinen Blick ab und suchte nach einer weniger grellen Bildfläche. Nichts zu machen – außer dem sandigen Weg selbst und den Hausmauern sowie dem Schatten, den sie in der Vormittagssonne noch warfen, war hier am Hafen nichts, was die

Augen irgendwie beruhigt hätte. So ging ich gesenkten Blicks den kurzen Weg und bog um die Ecke.

Keine zwei Minuten später gewöhnten sich meine Augen geradezu erleichtert an das leichte Dämmerlicht in Rebeccas Laden. „Hi, Anne", grüßte sie mich freundlich.

„Guten Morgen, Rebecca", erwiderte ich etwas unsicher. Und dann, nur um etwas zu sagen: „Ungewöhnlich warm heute für einen Apriltag, nicht wahr?"

Rebecca stützte sich mit ihren kräftigen Händen auf den Ladentisch. „Stimmt. Ich glaube, es wird heute Nachmittag gewittern."

„Was denn, so früh im Jahr?"

„Oh", lachte Rebecca. „Auf dem Festland ist man das vielleicht nicht so gewohnt. Aber hier draußen auf den Inseln, mit dem Golfstrom und all dem, da passiert das schon einmal."

„Dann sollte ich wohl rasch wieder nach Hause? Ziehen hier Gewitter genauso schnell auf wie in den Bergen?"

Rebecca sah mich interessiert an, zuckte dann aber mit den Achseln. „Ich weiß nicht, wie das in den Bergen ist; ich kenne das nur so vom Hörensagen. Aber hier kann man es relativ lange beobachten, wie ein Gewitter hereinkommt. Damit ist dann allerdings nie zu spaßen."

Ich sah sie ahnungslos an. „Wieso? Ich meine, so ein Gewitter hier auf den Inseln – ist das so gefährlich?"

Rebecca lachte kurz und herb. „Genau genommen hier auf den Inseln nicht. Aber vergessen Sie nicht, wovon sich unsere

Insel wirtschaftlich trägt. Unsere Männer sind zumeist auf See. Und da heißt jedes Gewitter Gefahr für Leib und Leben."

Ich schwieg betroffen. Das Gespräch hatte eine so ganz andere Wendung genommen. „Sie …?"

„Jeremiah und ich hatten einen Sohn, einen prachtvollen Jungen", sagte Rebecca leise, und ihr Gesichtsausdruck verlor sich in eine Zeit jenseits von Hier und Jetzt. „John war mit seinem Boot unterwegs, zurück von den Markthallen in St. Peter Port. Er hätte es auch geschafft. Aber da war dieser verdammte Freizeitkapitän aus St. Malo, irgend so ein Idiot, der das Gewitter hatte heraufkommen sehen und es so romantisch gefunden haben muss!" Rebeccas Stimme war nun ganz bitter geworden. „Haben Sie schon einmal versucht, einem Wahnsinnigen das Leben zu retten? John sah das Boot in Seenot. Er steuerte darauf zu und legte sich längsseits. Aber dieser … Dieser Kerl hat sich nicht von seinem Boot trennen wollen, dabei war es auf eine der Klippen von The Queen's Arms aufgelaufen. Es gab für ihn nichts mehr zu retten außer der nackten Haut."

Rebecca sah so gequält aus wie eine Pietà. Ich fühlte mich völlig fehl am Platz und wusste, sie würde weiterreden, auch wenn niemand dastünde und ihr zuhörte. Aber ich hätte mich auch wie ein Verräter an ihr gefühlt, wäre ich einfach aus dem Laden gegangen. Sie redete weiter. „John sprang hinüber. Es muss einen Kampf an Bord des anderen Boots gegeben haben. Jedenfalls hatte John später all diese Kratzspuren und Würgemale, als er" – sie schluchzte trocken auf – „als er am Strand neben der Pier gefunden wurde. Das Boot des anderen wurde als Treibgut angeschwemmt. Und Johns Boot – wir haben es an einen Mann aus Alderney verkauft, der nicht in unseren Gewässern fährt."

Ich war erschüttert. Arme Rebecca. Da saß sie mit ihrem Kummer. Die auf der Insel, in der Nachbarschaft kannten ihn und mochten ihn satthaben. Und ihr Mann, Jeremiah, konnte sie nicht hören. (Aber er konnte seinen Kummer nicht einmal mehr richtig äußern und den Trost anderer erst recht nicht mehr hören.) Ich konnte einfach nicht mehr plötzlich auf eine Geschichte umlenken, die so gar nichts mit Rebecca zu tun hatte. Und noch weniger mit mir selbst. Ich ergriff nur instinktiv Rebeccas Hand und drückte sie fest. Was sonst hätte ich tun können?

Irgendeinen albernen Artikel fand ich dann wohl noch in ihrem Laden, von dem ich ihr glaubhaft versichern konnte, dass er mir in meinem Haushalt fehle. Ich glaube, es waren Teefilter. Ich muss zugeben, dass ich es nicht mit all diesen Teezubereitungs-Zeremonien habe. Obwohl ich auf meine Weise Tee liebe. Ich kaufte also Papierfilter für Tee und verließ eine noch Tränen schnüffelnde Rebecca, ohne auch nur eine Antwort erhalten zu haben auf meine Fragen, die ich nie gestellt hatte.

*

Da stand ich also wieder draußen im Sonnenschein. Mit einer Schachtel Teefilter in der Hand. Es war gerade einmal halb elf, und ich hatte noch gut anderthalb Stunden zu füllen, bevor die

69

Chance bestand, jemanden im Pub zu finden, den ich nach Alexej Miranow und Ernst Lacher befragen konnte. Und nach Douce, wer auch immer sie gewesen sein mochte. Ich beschloss, die Zwischenzeit und das sonnige Wetter für einen Spaziergang zur Belview Bay zu nutzen.

Am Liberty Square, wo Jeremiah immer noch in der Sonne döste, schlug ich also die Main Street ein. Die linke Seite schien mit Wohnhäusern bebaut zu sein. Rechts kamen zuerst Praxis und Wohnhaus von Dr. Slater, und dann schloss sich, zu meiner großen Überraschung, ein Häuschen mit Schaukästen an, die Herks News.

Tatsächlich: Sogar eine eigene Zeitung hatten sie hier! Verblüfft las ich meinen Namen unter den Insel-Kurznachrichten: „Inselsaison eröffnet" (fett gedruckt) und darunter „Seit gestern ist Dr. Brian Slaters Cottage Les Silences wieder vermietet. Der erste Gast in dieser Saison ist Anne Briest aus L. in Deutschland." Ende der weltbewegenden Nachricht. Immerhin, ich wusste mich als derzeit einziger Tourist auf der Insel; alle späteren würden wohl weniger Interesse erregen.

Außerdem erfuhr ich, dass Marie-Pierre Longeau, née Baton, und Jacques Longeau Eltern eines Sohnes, Richard, geworden waren. Mutter und Kind seien wohlauf und kämen Ende der Woche wieder von der Klinik auf Guernsey nach Hause. Allan McPherson, Seelenhirte der schottischen Partnerkirche in einem Nest namens Kinrichtrewe, habe für die neue Basspfeife an der Orgel von St. Paul's aus Gemeindespenden 300 Pfund aufgebracht. Rebecca Gordon warb für frische Erdbeeren aus ihrem Treibhaus, erhältlich ab kommendem Samstag. Dann gab es eine ganze Reihe von Berichten aus dem Gemeinderat von Herks. Jemand hatte sein Boot tagelang an der Pier festgemacht statt an einer der öffentlichen Moorings. Es wurde diskutiert, ob man The Lane, die Verbindung zwischen St. Paul's und Main Street fast auf der Höhe von The Manor, asphaltieren solle, damit es die Gäste von Belview Bay bequemer auf ihrem Kirchgang hätten. Die Mehrheit des Gemeinderats hatte den Antrag von George Myers, dem Hotelbesitzer, abgelehnt. Eine Kuh auf Cawdry's Love hatte bei einem Wettbewerb auf Alderney einen Preis für die sahnigste Milch des Bailiwick of Guernsey errungen.

Und so ging die Latte der Nachrichten gerade weiter – immerhin sechs richtige Zeitungsseiten lang. Der Mantelteil bestand dann aus Regionalnachrichten des Bailiwick, ein paar Sensationen aus dem Commonwealth, Kochrezepten, ein paar Cartoons, einem Kreuzworträtsel und einem Stück Fortsetzungsroman. Ganz beachtlich für die kleine Insel. Beziehungsweise für den Herausgeber und offensichtlich gleichzeitigen Chefredakteur, einen Dave Simmons.

Mensch, dachte ich, warum sollte ich eigentlich nicht Mr. Simmons meine Fragen stellen? Er musste doch über so etwas wie ein Archiv verfügen! Und schon hatte ich die Klinke der halbverglasten Eingangstür gedrückt.

Drinnen fand ich mich auf scheußlich grünem Linoleumboden vor einer arg zerkratzten Theke wieder, hinter der eine junge, mollige Blondine mit dicker Brille ihre PC-Tastatur mit zwei Fingern malträtierte. „Alicia Greene-Roubard" stand auf einem Schild auf dem Tresen, und ich räusperte mich kurz. Nichts.

„Guten Tag", startete ich meinen zweiten Versuch.

„Guten Tag", antwortete sie erst mechanisch. Dann: „Oh, Entschuldigung, immer diese blöden Ohrstöpsel vom Diktiergerät!" Und mit dieser Erklärung entfernte Miss – oder Mrs.? – Greene-Roubard den Kabelsalat unter ihrem Pagenkopf. „Was kann ich für Sie tun?"

„Ich hätte gern mit Mr. Dave Simmons gesprochen. Mein Name ist Anne Briest."

„Hm", sagte Miss Greene-Roubard (ich hatte mich für „Miss" entschieden), „das tut mir leid! Dave, äh, Mr. Simmons ist heute nach Sark hinübergefahren. Dort findet eine Stickerei-Ausstellung statt. Stickereien aus vier Jahrhunderten. Eine ganze Reihe davon stammt von Herks!" Sie war sichtlich stolz darauf, und ich murmelte etwas Anerkennendes dazu. „Aber vielleicht kann *ich* Ihnen ja helfen?"

„Ich weiß nicht", erwiderte ich zögernd. „Es ist mir eigentlich um einen Blick in Ihr Zeitungsarchiv zu tun."

„Suchen Sie etwas Bestimmtes?" erkundigte sich Alicia Greene-Roubard neugierig und blickte mich groß durch ihre dicken Brillengläser an. Sie hatte bestimmt schöne Augen. In jedem Fall ungeheuer grün. Sie machten ihrem Namen alle Ehre und hätten sie mit Kontaktlinsen sicher attraktiv wirken lassen, grübelte ich so nebenbei.

„Nun, eigentlich schon. Ich möchte gern wissen, wer Alexej Miranow war."

„Mira-was?" Sie sah mich ratlos an.

„Oder sagt Ihnen der Name Ernst Lacher eventuell etwas?"

Noch ratloserer Blick, ein Achselzucken. „Tut mir leid, nie gehört."

„Oder gab es hier auf der Insel jemals jemanden, der Douce geheißen hat? Gibt es sie vielleicht noch?"

Jetzt flackerte etwas in Miss Greene-Roubards Augen auf, und ihr gerader Rücken versteifte sich. „Mrs. …?"

„Briest", wiederholte ich.

„Gut, Mrs. Briest", nahm sie den Faden wieder auf. „Es ist durchaus möglich, dass es hier auf der Insel Menschen dieses Namens gibt oder gegeben hat. Ich selbst bin hier noch nicht so lange heimisch. Aber heimisch genug, dass ich Ihnen, wenn es um solche Auskünfte geht, raten möchte, jemand anders zu fragen. Das Archiv verwaltet Mr. Simmons, und ich kann Ihnen ohne seine Erlaubnis auch nicht so einfach Zutritt gewähren. Bitte verstehen Sie das."

„Sie können nicht, oder Sie möchten nicht?" fragte ich überrascht durch die plötzliche Kühle ihrerseits.

„Beides, Mrs. Briest."

„Weil ich etwas finden könnte, was mich nichts angeht?"

„Weil Sie keine offizielle Befugnis von Mr. Simmons haben, im Archiv nachzuforschen. Und weil Sie auch sonst ganz offensichtlich nicht in Begleitung einer heimischen Person kommen, die für Sie einsteht."

„Für mich einsteht?" Ich lachte und war plötzlich amüsiert. „Okay, Miss Greene-Roubard. Ich werde wiederkommen, wenn Mr. Simmons von der Stickerei-Ausstellung zurück ist, und ihn persönlich fragen. Ich bin sicher, er wird nichts dagegen haben."

„Ich wäre mir da nicht so sicher", setzte sie dagegen, und ihre Stimme klang um einen Hauch freundlicher. „Glauben Sie mir, Mrs. Briest, wenn es um Familien- und Inselgeschichte geht, halten die Leute von Herks manchmal ziemlich dicht. Da sind die von den Kanalinseln alle gleich."

„Wie?" fragte ich überrascht. „Sie kommen nicht von …"

„Geboren wurde ich in Penzance, Cornwall. Meinen ersten Job hatte ich später in Weymouth. Da landen immer die kleinen Flieger von den Kanalinseln. Eines Tages war ich selbst Passagier mit diesem Kurs. Übrigens heiße ich Alicia."

„Anne." Wir schüttelten einander die Hand.

„Also nichts für ungut, Anne. Ich denke, Sie kommen wirklich besser wieder, wenn Dave zurück ist. Vielleicht morgen früh? So gegen zehn hat er normalerweise eine kurze Kaffeepause. Da könnten Sie Ihren Überredungsversuch starten."

Ich schmunzelte. „Alles klar, Alicia. Bis dann!" Und so drehte ich mich um und verließ das Gebäude der Herks News.

Ein wenig komisch war mir inzwischen schon zumute. Es war doch seltsam, dass ein Zeitungsarchiv so bewacht wurde.

Dass man auch auf ganz normale Fragen nur Schweigen oder Abwehr erntete. Der Gedanke lag nahe, dass etwas unter dem Deckel gehalten werden sollte. Aber was? Und es musste mit Ernst Lacher, Douce, Alexej Miranow und dem Andreaskreuz im Dolmengrab von La Trétête und auf dem Grabstein oberhalb der Queen's Arms zusammenhängen. Oder das, was ich mein Bauchgefühl nenne, mein Instinkt, hätte mich doch sehr trügen müssen.

*

Allzu viel Zeit bis zwölf Uhr blieb mir nach diesem Intermezzo nicht mehr. Nicht mehr genug, um zum Manor hochzulaufen oder zur St. Paul's Kirche. Also schlenderte ich gemächlich zurück zur Pier.

Tatsächlich hatte dort lebhafteres Treiben eingesetzt. Ein paar kleine Boote hatten festgemacht; gerade wurde die letzte Milchkanne in den Traktoranhänger verladen. Einige Männer hievten ihren Fischfang in großen Plastikboxen aus den Booten an Land. Und die ersten, ein paar ältere Männer zogen in Richtung Pub los. Ich wartete noch ein Weilchen oben am Liberty Square, Jeremiah den Rücken zugedreht, bis es nicht mehr ganz so abgepasst wirken konnte, wenn ich mich zu den Männern gesellte. (Wo waren nur all die Inselfrauen?)

Kaum hatte ich The Crown & Anchor betreten, als sich einige Männer an der Bar zu mir umdrehten. Ihr Gespräch verstummte. Dann kehrten sie mir wieder den Rücken zu. Ich hörte nur eine halblaute Bemerkung über die „neugierige Deutsche" und ein grimmiges Lachen. Dann wechselten sie wohl wieder das Thema, denn ich hörte sie bald Wetten eingehen. Und irgendjemand schaltete den Fernseher ein, der hinter der Theke hing. Fußball. Irgendwo, wo man mit Zeitverschiebung spielte. Das Pub wurde zur Männerdomäne eingeschworener Fußballspezialisten. Ich war hier ein Fremdkörper, und man zeigte mir das auch ganz demonstrativ.

Aber ich lasse mich nicht so leicht ins Bockshorn jagen, wenn ich etwas wirklich will. Vielleicht hatte Thomas ja doch Recht gehabt, wenn er mich gelegentlich als „so störrisch wie ein Maultier" bezeichnet hatte. Jedenfalls trat ich entschlossen an den Bartresen, bahnte mir zwischen zwei Männerrücken ein Plätzchen durch und stützte meine Ellbogen auf die klebrige Holztheke. Ein oder zwei Männer mittleren Alters beäugten mich und wussten sichtlich nicht, was sie von mir halten sollten. Der Barkeeper kam auf mich zu – nicht der von gestern Abend – und fragte mich nach meinem Wunsch.

„Einen Ginger Shandy", bestellte ich.

„An welchem Tisch sitzen Sie, Ma'am?" fragte mich der Mann der Theke, ebenfalls leicht irritiert. „Ich bringe Ihnen den Drink dann gleich." Offenbar war er es nicht gewohnt, Frauen um diese Tageszeit allein im Pub zu sehen. Oder so.

Ich holte tief Luft. „Ich sitze an keinem Tisch, danke. Ich fühle mich ganz wohl hier, wo ich stehe." Der Barkeeper zuckte die Achseln zu den anderen Männern hin; er hatte es zumindest versucht.

Irgendwer hinter meinem Rücken murmelte etwas wie „Emanze", worauf ich etwas von „vorgestrigen Machos" erwiderte. Damit waren die Fronten geklärt. Missmutig setzte der Barkeeper ein gefülltes Glas mit Kalkrändern vom Spülen vor mir ab; der Inhalt schwappte über den Rand und hinterließ auf der Theke eine dunkle Pfütze. „Einzfünfzig." Ich bezahlte und hob das Glas an die Lippen.

Hinter mir öffnete sich die Tür, und es schoben sich ein paar neue Gäste in den inzwischen schon wieder leicht verqualmten Raum.

„Mensch, Käpt'n Keith", proletete ein Mann an der Bar. „Kannste deine Ladung von gestern nich' wieder stornieren? Ich mein' zurückbringen, weißte?"

Ich fühlte mich knallrot anlaufen, und meine Halsschlagader begann spürbar zu pulsieren. Plötzlich hörte ich Käpt'n Keiths Stimme direkt hinter mir.

„Drei Beck's, Steve! Ich zahle für Pete und Jeremy gleich mit." Dann zu mir gewandt: „Hallo, Anne. Ich weiß nicht, was Sie hier veranstaltet haben. Aber ganz offensichtlich sind die Jungs hier nicht so begeistert von Ihnen."

Ich drehte mich halb zur Seite, sodass ich ihm ins Gesicht sehen konnte. Es war von der Sonne gerötet, und vom Blinzeln hatte er tausend kleine Fältchen um die graublauen Augen und den harten Mund. Er selbst schien die Atmosphäre eher als Beobachter zu registrieren; er war jedenfalls nicht unfreundlich gegen mich.

„Hi, Käpt'n Keith!" lächelte ich ihn fast erleichtert an. „Ich weiß auch nicht, was ich verbrochen habe, dass man mich partout zurückschicken möchte. Ich habe nur ein paar Dinge wissen wollen gestern Abend. Und heute. Und jeder reagiert gleich ablehnend."

Käpt'n Keith kratzte sich am Kinn. „Hm, vielleicht wollen Sie Ihre kleine Stupsnase in etwas hineinstecken, womit Sie Ihren netten, hübschen Kopf nicht belasten sollten?!"

„Käpt'n Keith!" fuhr ich zornig auf, denn ich hatte mit einem Mal das Gefühl, er sähe in mir nicht mehr als ein Zuckerpüppchen, das gefälligst hirnlos zu lächeln und zu schweigen hat. Offensichtlich verstand er meinen Protest auch gleich richtig, denn er hob wie entschuldigend beide Arme, was auf dem schmalen Raum, den er zwischen den Männern hatte, komisch verklemmt aussah, und langte dann an mir vorbei, um das Bier zu bezahlen und die Gläser an seine beiden Begleiter weiterzureichen.

„Kommen Sie, Anne", forderte er mich daraufhin auf. „Die Theke hier ist kein Platz für eine Lady ohne Begleitung." Widerstrebend folgte ich ihm mit meinem Drink. Meine Siegesgewissheit hatte ziemlich nachgelassen. Entsprechend zurückhaltend begrüßte ich Jeremy und Pete.

Wir setzten uns ans Fenster, mit Blick hinaus auf die Waterfront, die Pier und das Meer. Der Himmel hatte inzwischen einen harten, bleiernen Blauton angenommen, der nicht viel Gutes verhieß.

„Wir werden heute noch ein Gewitter kriegen", knurrte Käpt'n Keith und zündete sich seine Pfeife an.

Pete fluchte. „Und gestern habe ich erst die Kühe hinaus auf die Weide gelassen." Ich blickte ihn fragend an. „Wenn Sie 'ne Kuh bei Gewitter draußen stehen haben, wird ihre Milch sauer. Der Stress ist zu groß."

Wieder versanken wir in Schweigen, während an der Theke ein paar deftige Kommentare zum Spiel auf der Mattscheibe zu hören waren.

„Also, Anne", durchbrach Käpt'n Keith unsere zwanghafte Stille. Pete warf ihm einen warnenden Blick zu, den er aber geflissentlich ignorierte. „Was wollten Sie denn wissen?"

Pete schoss ihm einen zornigen Blick zu, und auch Jeremy sah wenig begeistert aus. Aber jetzt war vielleicht die Gelegenheit für mich gekommen. Ich schluckte und begann.

„Ich war gestern oben am Grab."

„Am Cholera-Grab oder bei La Trétête?" erkundigte sich Käpt'n Keith.

„La Trétête", erwiderte ich und sah einen Funken der Erleichterung in seinen Augen. „Und hinterher dort, was Sie vermutlich das Cholera-Grab nennen."

„Oberhalb der Queen's Arms?" Ich nickte. „Ja, das ist Point Ste. Germaine. Und das Choleragrab. Was ist damit?"

„Eigentlich nichts", fuhr ich mit hilflosem Lächeln fort. „Die Frage danach hat schon gereicht. Vielmehr die Frage, warum auf beiden Gräbern ein Andreaskreuz ist. Das muss doch irgendwie zusammenhängen – dachte ich."

Käpt'n Keith lachte. „Ja, vermutlich. Aber wissen Sie, Anne, auf dieser Welt gibt es Millionen von Zusammenhängen. Und nicht jeder ist wirklich von Bedeutung."

Ich sah ihn prüfend an. Hatte er wirklich keine Ahnung? Oder versuchte er, mich durch seine scheinbare Unbekümmertheit von meiner Spur abzulenken?

„Ich glaube nur an sehr wenige Zufälle", widersprach ich. „Zumal dann nicht, wenn sie durch Menschenhand zustandekommen."

Pete rutschte unbehaglich auf seinem Stuhl herum. „Und wenn schon, Anne. Das ist doch alles offensichtlich ganz lange her. Wollen Sie die Toten nicht ruhen lassen?"

Ich überging seinen Einwurf. Schließlich wusste ich ja, dass die Ölpastellkreide, die ich oben im Dolmengrab gefunden hatte, 1937 hergestellt worden war. „Ganz lange her" – das waren gerade einmal gut 60 Jahre.

„Da gibt es noch ein paar Fragen, auf die ich gern Antwort bekäme. Ich suche jemanden, der mir sagen kann, wer Alexej Miranow war."

Jeremy räusperte sich. „Klingt wie ein russischer Schriftsteller, was?" Er grinste Pete an. „Weißt Du, wer das gewesen sein könnte?"

Käpt'n Keith blickte mich nachdenklich an. „Es klingt allerdings wie ein russischer Name. Jeremy hat da schon Recht. Aber, um ehrlich zu sein, er sagt mir nichts. Ich kenne auch keine Russen." Diesmal sah er wirklich so offen drein, dass ich ihm Glauben schenkte. Dennoch ließ ich einen weiteren Versuchsballon steigen: „Und Ernst Lacher – sagt Ihnen *der* Name etwas?"

„Mädchen", sagte Käpt'n Keith plötzlich um einiges kälter. „Sie sollten wirklich aufhören, Fragen zu stellen. Nichts für ungut, aber was interessieren Sie sich für Namen, mit denen Sie offensichtlich nicht einmal etwas anfangen können? – Jungs, wir sehen uns gleich in der Marina. Anne, tut mir leid, aber ich habe noch ein paar Dinge auf der ‚Gilliatt' zu erledigen, bevor das Gewitter losbricht."

Damit ließ er sein noch halbvolles Glas einfach auf dem Tisch stehen und erhob sich ächzend. Er tippte zum Abschied mit der Handkante gegen seine Stirn – militärischer Abschied von einer Dame – und startete dann zur Tür.

„Und Douce?!" rief ich ihm nach mit vor Aufregung etwas höherer Stimme. „Wer war Douce?"

Da drehte sich Käpt'n Keith noch einmal um und machte auch noch zwei Schritte auf unseren Tisch zu. „Anne, gehen Sie mit Ihren Fragen nicht zu weit. Okay?" Dann war er draußen.

Pete und Jeremy leerten auf so ziemlich einen Zug ihre Gläser. Pete stand dann mit kurzem Gruß an mich auf und ging ebenfalls hinaus. Jeremy blieb noch eine halbe Minute länger sitzen, fühlte sich sichtlich unbehaglich und meinte dann verlegen: „Also, Anne, Sie haben ja gehört. Die warten in der Marina auf mich. Ich muss gehen. Hoffentlich haben Sie keine Angst vor Gewittern, vor allem wenn Sie da oben in Les Silences so ganz allein sitzen."

Ich schüttelte lächelnd den Kopf. Angst vor Gewittern? Im Gegenteil, ich freute mich schon auf das Naturschauspiel und hoffte nur, dass es keiner von den Leuten auf Herks mit dem Leben würde bezahlen müssen. „Bye, Jeremy. Bis bald dann!"

Er folgte den beiden anderen mit raschem Schritt. Die Männer an der Theke hatten sich umgedreht und den stürmischen Rückzug meiner drei Begleiter grinsend beobachtet. Jetzt begannen sie, schallend zu lachen. Ich leerte ungerührt mein Glas. Dann erhob ich mich.

„Worüber lachen Sie eigentlich, meine Herren?" fragte ich sie. „Darüber, dass Sie alle irgendetwas zu verbergen haben und es nur schaffen, indem Sie davor davonlaufen?"

Mein Abgang war geradezu bühnenreif – von betroffenem Schweigen untermauert. Erst als ich wieder draußen vor dem Pub stand, stieg der Lärmpegel von neuem. Mit Flüchen. Ich musste den Nagel auf den Kopf getroffen haben.

*

Die Lust auf einen weiteren Spaziergang hinauf zu Kirche und Manor war mir erst einmal vergangen. Nachdenklich machte ich mich auf den Rückweg nach Les Silences. Die albernen Teefilter hatte ich auf dem Tisch im Pub vergessen. Meine Schritte waren etwas schneller als Schneckentrab; das ist immer so, wenn ich völlig in Gedanken versunken bin. Dennoch blieb ich erst stehen, als ich die letzten Häuser von Herks bereits hinter mir hatte und wieder oben in der Ginsterheide stand. Ein Blick hinüber nach Guernsey zeigte mir, dass es dort schon zumindest regnete. Breite Regenschleier fielen über St. Sampson und die Gegend um L'Ancresse, während weiter im Westen noch die Sonne schien.

War es wirklich so wichtig herauszufinden, was es mit der Kunstfälschung auf sich hatte? Und wer der Deutsche, der Russe und Douce waren oder gewesen waren? War es das wert, das freundliche Entgegenkommen der Menschen hier aufs Spiel zu setzen? Andererseits: Konnte man ihnen nicht vielleicht helfen, indem man die „Leiche im Keller" fand und damit mit dem zwanghaften Schweigen für alle Zukunft aufräumte? Wieder andererseits: Woher nahm ich mir das Recht, diese Nachforschungen zu betreiben?

Ich hatte mich wieder in Bewegung gesetzt und war bald an der Weggabelung in The Grove angelangt. Nach Hause wollte ich noch nicht. Ich würde da noch lange genug sitzen und das Wetter beobachten können und müssen, wenn der Sturm denn losbrach. Also schlug ich den Weg nach Point Ste. Germaine ein zu dem sogenannten Cholera-Grab. Lächerlich, dachte ich. Cholera hatte es in Europa seit dem 19. Jahrhundert nicht mehr gegeben. Und das einzige Cholera-Grab, das es bekanntermaßen auf den Inseln gab, hatte eine Mutter mit ihrem Sohn im Jahr 1832 auf Herm aufgenommen, draußen in den Dünen bei The Bear's Beach. Das Grab hier oben am Point Ste. Germaine hingegen hing in irgendeiner Weise mit der Kunstfälschung im Dolmengrab zusammen (zumindest sagte mir das mein Bauchgefühl) – und konnte daher erst viel später entstanden sein. Nämlich nach 1937, wie ich schätzte.

Bald hatte ich die Granitsteine im wehenden Gras erreicht. Es war drückend schwül geworden um die Mittagszeit, und der Ginger Shandy, eigentlich eine erfrischende Mischung aus Ginger Ale und Bier, hatte mich noch weiter erhitzt.

Ich setzte mich ins Gras vor den Steinen und strich mit meiner rechten Hand sanft über sie. Wer mochte hier liegen? Irgendjemand, der so gehasst war, dass man ihn nicht unter den Menschen im Dorf hatte haben wollen? Oder jemand, dessen Lieblingsplätzchen dies vielleicht gewesen war? Ein Mensch, der also vielleicht sogar ganz besonders geliebt worden war?

Während ich so über die Steine hinweg auf die See hinausträumte und meine Finger die rauen Linien des Andreaskreuzes nachfuhren, kam die erste Bö. Erfrischend und noch nicht allzu heftig. Ich schloss meine Augen und hielt mein Gesicht dem Wind entgegen. Doch rasch kühlte die Luft ab. Langsam erhob ich mich und beobachtete, wie das Wetter hereinkam. Nicht von Osten, wie ich es zunächst angenommen hatte, sondern – ungewöhnlicherweise – vom Süden her.

Immer dunkler färbte sich der Himmel. Wetterleuchten. Der Himmel über mir wurde bleiern, und über der Steppenlandschaft hier am Point lastete eine unheimliche Stille. Die Dartford Grasmücken hatten aufgehört, ihre eigenartigen Laute von sich zu geben. Auch die Vögel, die zuvor lauthals in The Grove gezwitschert hatten, waren verstummt. Ruhe vor dem Sturm. Und eigentlich hätte auch mir das ein Zeichen zum Aufbruch sein müssen. Aber ich verharrte da bei den Gräbern und ließ mich von den Böen durchwehen und starrte hinaus aufs Meer, mehr oder minder blicklos, weil ich mit meinen Gedanken woanders war.

Schließlich traf mich der erste schwere Tropfen auf die Nase. Rasch folgten mehr, und noch bevor ich The Grove erreicht hatte, war ich schon klatschnass bis fast auf die Haut. Der Regen prasselte schwer herunter. Mein Pferdeschwanz klebte im Nacken fest und sorgte dafür, dass ein kaltes Rinnsal meinen Rücken hinunterfloss.

Toll, dachte ich. Erste Sahne. Sogar Rindviecher sind intelligenter und suchen Schutz vor so einem Wetter. Nur ich musste natürlich wieder bis zum letzten ausharren.

In dem Augenblick zuckte der erste deutliche Blitz am Himmel auf. Ich nahm die Beine in Hand – ein Gewitter im Wald, und sei er noch so spärlich, war nicht unbedingt das, was ich erlebt haben musste. Ich war froh, als ich mein Cottage erreicht und die Haustür mit klammen Fingern hinter mir zugeschlagen hatte. Die Spuren, die ich mit meinen Schuhen auf dem Flickenteppich hinterließ, würde ich später beseitigen. Nur erst wieder trocknen und warm werden.

*

Nach etwa einer dreiviertel Stunde kam ich wieder die Treppe herunter. Draußen tobten Sturm und Gewitter. Ich fühlte mich warm und gemütlich in weichen Leggings und einem riesigen, kuscheligen Sweater. Mein Haar hatte ich hochgesteckt, ein wenig ungeordnet. Aber darauf kam es jetzt auch gar nicht an, weil ich ja noch meine Ferkelei von vorhin beseitigen wollte: die Spuren auf dem Teppich.

Also rückte ich mit einem feuchten Lappen, etwas Seife und ein paar Küchentüchern dem Schmutz zu Leibe. Ich begann an der Tür, weil dort die dicksten Schmutzflecken waren, und ackerte mich allmählich vor in Richtung Treppe. Es war mühselig genug – und zugegeben, ich schien wenig Erfolg damit zu haben, denn die Flecken wurden durch die Feuchtigkeit noch dunkler und unansehnlicher. Vielleicht verteilte ich den Dreck von draußen ja nur gründlicher und rieb ihn dazu noch richtig schön tief in die Fasern.

Ich war ungefähr zu zwei Dritteln vorangekommen, als ich mich etwa einen Meter vor der Treppe auf die Knie niederließ und jaulte. Mein linkes Knie ruhte auf etwas ausgesprochen Ungemütlichem, einem harten Gegenstand unter dem Teppich, der mir seit meiner Ankunft irgendwie entgangen war. Fluchend stand ich auf und rieb mir die schmerzende Kniekappe.

Nun konnte ich also diesen langen und gewiss schweren Webteppich auch noch beiseite schlagen, um den Gegenstand darunter zu entfernen. Eigentlich wäre das ja nicht mein Job, sondern Dr. Slaters gewesen. Andererseits mutmaßte ich in den Slaters alte Herrschaften, die den Weg nach Les Silences nicht mehr schafften und lieber einer Putzfrau vertrauten, die offenbar (Staub unterm Bett, Gegenstand unter dem Teppich) ihre Arbeit nicht allzu genau nahm.

Also schlug ich entschlossen den Teppich zur Seite – und stieß einen Laut des Erstaunens aus. Das, was ich für einen achtlos unter den Flickenteppich gekehrten Gegenstand gehalten hatte, gehörte fest zum Inventar des Hauses: der Ring zu einer Falltür im Boden. Einen Moment lang stockte mir der Atem. Gab es hier auch ein Geheimnis zu lüften?

In meiner Neugier ergriff ich den Ring und zog. Ich musste mich schon mit meinem ganzen Gewicht gegen die Falltür stemmen, um sie aus ihrer Lage zu bewegen. Und dann hatte sie anscheinend das notwendige Moment, um fast von allein aufzuschwingen. Unter mir gähnte ein schwarzes Loch. Die Luft, die daraus strömte, roch leicht muffig und verstaubt. Erkennen konnte ich vorerst nichts. Deshalb rannte ich geradezu in die Küche, ungeduldig, was sich mir dort unten wohl offenbaren würde. Mit vor Aufregung zitternden Fingern und in Schatzgräberstimmung kramte ich in meinem Rucksack nach der

Taschenlampe. Zwei Minuten später leuchtete ich damit hinunter in die Tiefe.

Auf dem Boden des Gelasses lag eine Leiter. Als habe sie jemand dort hinuntergestoßen, nachdem er von diesem geheimnisvollen Raum nichts mehr hatte wissen wollen. Geheimnisvoll? Gewiss, denn der Raum dort unten war fast mannshoch, und in einem Winkel entdeckte ich die Reste einer Wolldecke, eine alte Öllampe und eine verstaubte Schachtel. Fast wollte ich schon den sicher nicht ganz gewöhnlichen, aber doch auch wieder nicht spektakulären Raum verschließen, als mir mein Instinkt doch mit einem Mal sagte, ich möge hinuntersteigen und mich genauer umsehen. Als wüsste ich, dass ich noch etwas finden würde, vielleicht ein weiteres Teilchen zu meinem Puzzle.

Als ich unten war, blieb über mir nur ein Viereck, aus dem Licht zu mir herabdrang. Aber ich hatte ja die Taschenlampe für genauere Untersuchungen mitgenommen. Nun ließ ich ihren Lichtpegel fast achtlos über die Wände streichen. Und dann stockte mir fast der Atem: An einer der Wände befand sich – ein mit Ölpastellkreide gemaltes Andreaskreuz. Hatte mich meine Ahnung also doch nicht getrogen. Douce, L'Ange Douce, die Grabwächterin, und der Grabstein am Point Ste. Germaine hingen zusammen. Aber wie?

Fast nebenbei hob ich die Schachtel neben der alten Wolldecke auf. Und fand darin dann meine endgültige Bestätigung. Es war eine Schachtel englischer Ölpastellkreiden, hergestellt im Jahr 1937. Eine einzige Farbe darin fehlte: ein

Braunton. Mit bebenden Knien lehnte ich die schwere (und Gott sei Dank noch intakte) Leiter in den Einstieg zu dem unterirdischen Raum und stieg wieder hinauf. Welchem Geheimnis war ich wohl auf der Spur?

*

Ich hatte keinen Appetit. Und mein Hungergefühl, das mich vorhin vielleicht noch unter der Dusche überfallen hatte, war ebenfalls völlig verschwunden. Ich saß so in der Küche an dem großen, groben Holztisch und starrte die geöffnete Farbenschachtel an. Kein Zweifel: Mein Vergleich zwischen der einzelnen gefundenen Kreide und dem Sortiment in der Schachtel lief auf dasselbe Ergebnis hinaus. Das Andreaskreuz unter dem Dielenboden musste gemalt worden sein, bevor das im Dolmengrab gezeichnet worden war, denn dort hatte ich die Kreide gefunden. Aber wer war hinaufgegangen, hatte die Kunstfälschung begangen und dann die Kreide im Grab verschwinden lassen?

Ein plötzliches heftiges Krachen ließ alle Fenster im Haus erzittern. Im selben Augenblick flackerte das elektrische Licht kurz auf und erstarb. „Na toll", murmelte ich halblaut vor mich hin, wie ich es manchmal zu tun pflege, wenn ich allein bin und nur irgendeine Stimme hören möchte. Im Dunkeln tastete ich in der Küche herum. Meinen Rucksack mit der verstauten Taschenlampe hatte ich rasch gefunden. Mit ihrer Hilfe fand ich ein Windlicht, Kerzen und Streichhölzer. Bald saß ich gemütlich bei Kerzenlicht am Tisch und grübelte weiter, während draußen das Gewitter gar noch einen Zahn zuzulegen schien.

Blitz auf Blitz durchzuckte den Himmel. Der Regen schlug, ein einziger Guss, in Böen lautstark an die Scheiben. Die Kerzenflamme im Glaszylinder flackerte mitunter leise auf, als habe ein leiser Zug sie erfasst, und ich starrte in ihr blaues Zentrum, während ich nachdachte. Plötzlich duckte sich die Flamme ganz tief und flammte dann wieder heftig auf, wogte hin und her und rußte. Irritiert blickte ich auf und stieß dann einen Schreckensschrei aus. Im Türrahmen zur Küche lehnte eine Gestalt.

„Guten Abend, Ma'am", grüßte mich eine Männerstimme. „Entschuldigen Sie meinen etwas ungewöhnlichen Auftritt. Ich hatte Sie nicht erschrecken wollen, aber ich denke, Sie haben durch das ganze Getose da draußen mein Klopfen nicht gehört." Ich hatte mich erhoben und blickte nun angestrengt in das Halbdunkel, in dem die Gestalt lehnte. Sie sprach weiter: „Ich bin Dr. Slater."

Vor lauter Erleichterung sackte ich mit einem Seufzer zurück auf meinen Stuhl und atmete erst einmal eine Runde tief durch. „Dr. Slater!" war so ungefähr alles, was ich dann herausbrachte. Dann riss ich mich zusammen, erhob mich und ging auf ihn zu.

„Anne Briest", stellte ich mich vor und reichte ihm die Hand. Es war ein angenehmer Händedruck, fest und warm.

„Himmel, Sie sind ja klatschnass!" entfuhr es mir dann. Er lehnte immer noch im Türrahmen; sein schwarzes Ölzeug glitzerte im Schein der Kerze und schien schwer von Nässe. „Möchten Sie nicht vielleicht erst einmal Ihren Mantel ablegen, Dr. Slater? Und darf ich Ihnen ein Handtuch bringen?"

Ich hörte einen Laut, der so klang, als gäbe es das: laut schmunzeln. Ruckzuck war ich an ihm vorbei und ins obere Stockwerk gestürmt, wo ich in meiner Hektik gleich ein halbes Dutzend Handtücher aus dem vollgepackten Schrank riss. Ich ließ sie erst einmal liegen, wo sie lagen.

Als ich die Treppe wieder hinunterstieg, sah ich das Ölzeug bereits an einem Garderobenhaken hängen (es tropfte erbarmungslos auf den Flickenteppich) und neben der Tür schwere Männerschuhe. Dr. Slater stand in Socken vor dem Kamin in der Küche und entfachte ein kleines Feuer.

„Sie werden staunen, wie rasch durch den Kamin Feuchtigkeit und Kälte eindringen und so ein Cottage ungemütlich machen, wenn Sie nicht gleich von unten dagegenhalten". Er wandte sich um, dieweil seine Hände geschäftig mit Holz und Papier hantierten.

Während er sich um Wärme und Behaglichkeit kümmerte, hatte ich Zeit, ihn ein wenig zu betrachten. Dr. Slater war nicht gerade ein Riese, vielleicht gerade einmal so groß wie ich, also knapp einen Meter siebzig. Er mochte auf die Sechzig zugehen und war dafür noch überaus schlank und drahtig, aber nicht hager. Sein kurzes, vom Regen feucht glänzendes Haar lag in Wellen und endete im Nacken in einer widerborstig gelockten, kurzen Strähne. Es war kohlrabenschwarz und hier und da schon mit grauen Fäden durchzogen. Hier rissen zunächst meine Betrachtungen ab, denn nun erhob er sich. Das Feuer im Kamin knisterte fröhlich und warf mit Sicherheit einen wärmeren und helleren Schein in die Küche als meine einsame Kerze vorher. Dankbar nahm er mir mein Handtuch ab.

„Ich kann Ihnen einen heißen Tee machen", bot ich ihm an. „Wie kann ein Doktor nur so leichtfertig sein, bei solchem Wetter nach draußen zu gehen und zu riskieren, dass er sich etwas holt?!"

Dr. Slater lauschte meiner Lektion mit offenem Amüsement, während er sich das Haar mit dem Handtuch trocknete und ich einen alten Wasserkessel füllte. Während ich Earl Grey in ein noch älteres Teefilter aus verfärbter Baumwolle gab, hörte ich ihn wieder sprechen. Er hatte einen Bariton, und seine Stimme klang etwas nasal. Arroganz oder einfach angeboren? fragte ich mich. Wie auch immer, ich hatte nicht viel Zeit darauf zu verschwenden, woher dieses besondere Timbre kommen mochte, denn seine Worte beeindruckten mich noch mehr.

„Ganz freiwillig bin ich nicht gekommen. Aber ich dachte, je früher, desto besser. – Ich komme als Gesandter sozusagen."

„Als Gesandter", wiederholte ich ratlos und hängte den Wasserkessel in eine besondere Hakenvorrichtung im Kamin.

„Ganz recht", erwiderte Dr. Slater. Und dann: „Darf ich Platz nehmen?"

„Du liebe Güte, ich habe ganz vergessen, Ihnen einen Stuhl anzubieten", erschrak ich. „Bitte, Dr. Slater. Und möchten Sie vielleicht eine Kleinigkeit essen, während der Tee noch nicht fertig ist? Ich habe Toast, Marmelade, in Honig gebeizten Schinken, Cheddar?"

Doch Dr. Slater winkte dankend ab. Er schien sich jetzt auf das zu konzentrieren, was er mir sagen wollte oder sollte. Ich setzte mich unruhig auf meine Stuhlkante und sah ihn an. Er räusperte sich kurz.

„Ich bin heute Abend von Guernsey zurückgekommen", setzte er an.

„Ich hoffe, Ihrer Frau geht es besser?" warf ich ein und erhoffte mir zugleich einen Aufschub vor etwas Unvermeidlichem, von dem ich spürte, dass es wie ein Damoklesschwert über mir schwebte.

„Ja, danke", erwiderte er. „Den Umständen entsprechend. Wie man sich eben nach einem schweren Eingriff fühlt." Ich murmelte Bedauern. „Jedenfalls wollte ich zuerst einmal sagen, dass es mir leidtut, Sie nicht persönlich hier in Empfang genommen haben zu können. Ich hoffe, Sie haben sich trotzdem fürs erste zurechtgefunden?"

Ich nickte enthusiastisch. „Oh ja, das Cottage ist ganz entzückend. Besonders genieße ich den Blick durch das Panoramafenster in der guten Stube."

Er lächelte. Dann fuhr er fort. „Als ich heute Abend nach Hause kam, besuchten mich Käpt'n Keith und Pete Cawdry. Sie sagten mir, Sie hätten im Ort durch, äh, ein paar Fragen … Unruhe verursacht."

„Unruhe?!" Ich quietschte es verblüfft heraus. „Unruhe ist kein Ausdruck, Dr. Slater." Er sah mich an, und plötzlich blitzte der Schalk aus seinen Augen. Das kam ziemlich unerwartet, denn seine Lider standen leicht schräg nach unten, was ihm eher ein snobistisch-phlegmatisches Aussehen verlieh, und standen so ziemlich im Gegensatz zu seinem lebendigen Blick. Ich fühlte mich zu einem verschwörerischen Zwinkern verführt. „Die Reaktionen waren überaus interessant. – Ich glaube, ich hätte genauso gut in ein Schweigekloster gehen können."

Das Pfeifen des Wasserkessels unterbrach mich, und während ich das Teewasser aufgoss, erklang hinter mir die Frage: „Wo haben Sie die her, Miss Briest?"

Ich wusste sofort, was er meinte. „Gefunden", erwiderte ich kurz, ohne mich umzudrehen.

„Wo?"

„Warum wollen Sie das wissen?" parierte ich.

„Vielleicht hängen diese – was sind das? – Ölpastellkreiden irgendwie mit Ihren Fragen zusammen?"

Ich drehte mich um und blickte Dr. Slater mit eiskalter Ruhe an. „Stimmt."

„Dachte ich's mir doch." Pause. Ich suchte mit vor Erregung zitternden Händen Untertassen, Tassen, die Zuckerdose und Dosenmilch zusammen und setzte schließlich ein damit und einem Keksteller beladenes Tablett auf den Tisch. Während ich alles gleichmäßig verteilte, starrte Dr. Slater stumm auf die Farbenschachtel vor sich. Dann sah er mich an. „Was wissen Sie über die Kanalinseln, Miss Briest?"

„Sagen Sie doch bitte Anne!" bat ich aus dem Gefühl heraus, dass damit unser Gespräch unkomplizierter verlaufen würde, und setzte mich.

„Danke, Anne. Brian." Er deutete eine kleine Verneigung über den Tisch an und wirkte dabei so ritterlich, so offen, dass ich meine Kälte wegschmelzen spürte. „Also, was wissen Sie?"

Es klang nicht wie in einer Schulprüfung, sondern eher im Gegenteil. Als wolle er mich nicht dadurch beleidigen, dass er mir Dinge erzählte, die ich schon wusste. Also begann ich, laut nachzudenken.

„Gegenstand ständiger Eroberungskriege zwischen Angelsachsen, Normannen und Wikingern, irgendwann fast entvölkert durch die Pest. Victor Hugo hat auf Guernsey gelebt und dort sein ‚Teufelsschiff' geschrieben. Und Swinburne hat Sark geliebt und literarisch besungen. Und die Deutschen waren hier von 1940 bis 1945 und …"

„Halt", unterbrach mich Dr. Slater (ich gestehe, es fällt mir schwer, ihn nicht mit seinem vollen Titel zu nennen). „Genau. Sie waren hier von 1940 bis 1945. Und glauben Sie mir, es war kein Spaziergang. Ganz sicher nicht für die Bewohner der Kanalinseln. Und auch nicht für die Deutschen in den letzten

Jahren." Ich schwieg. „Was ich damit sagen will, Anne: Es gibt Dinge, an die rührt bis heute keiner gern auf den Kanalinseln." Ich schwieg immer noch, aber muss wohl fragend geblickt haben. „Sie haben sich vorhin gefragt, weshalb ich als Gesandter komme. Die Antwort ist einfach: Sie sind mit Ihren Fragen auf einige problematische Geschichten gestoßen. Wieviel möchten Sie wirklich wissen? Und wieviel Zeit sind Sie bereit, dafür zu opfern?"

„Opfern?" Ich richtete mich energisch auf. „Dr. Sla…, ich meine, Brian, ich bin hierhergekommen, um mich von einer schlechten Geschichte in meinem Privatleben zu erholen. Und vielleicht möchte ich ein Buch schreiben. Ich habe alle Zeit der Welt mitgebracht."

Dr. Slater sah mich nachdenklich an. „Was für ein Buch, Anne?"

„Es könnte eins mit der Geschichte werden, die Sie mir erzählen werden. Es klingt schon jetzt spannend," erwiderte ich zögernd.

Nun sah er mich wirklich prüfend an. „Die ganze Zeit, die Sie hier auf der Insel sein werden?" Ich verstand und nickte. Wenn er so lange benötigen würde, mir meine Fragen zu beantworten – würde ich natürlich auch die Zeit dafür mitbringen, Fragen zu stellen. Antworten zu hören. Vielleicht manches zu erfahren, wonach ich nie gefragt hatte.

Dr. Slater holte tief Luft und begann.

*

Ich beginne am Ende der für Ihre Fragen wesentlichen Geschichte, Anne. Das Ende, das war die Befreiung der Inseln aus der Besatzung durch die deutsche Wehrmacht. Sie fand erst statt, nachdem die bedingungslose Kapitulation in Deutschland unterzeichnet worden war. Für keine der Kanalinseln kam die Befreiung zum offiziellen Kriegsende am 8. Mai 1945. Und für einige sogar erst am 10. Mai, darunter Sark und Herks. Sie haben vielleicht davon gehört, dass Vizeadmiral Friedrich Hüffmeier, der den Oberbefehl über die deutschen Truppen auf den Kanalinseln hatte, sich bis zuletzt weigerte, bedingungslos zu kapitulieren. Sie können sich die Angst und Wut der auf Freiheit so sehr hoffenden Menschen kaum vorstellen.

Liberation Day kam für die einen am 9. Mai 1945, für die anderen am 10. … Und die englischen Truppen wurden überall aufgenommen wie – es war unbeschreiblich. Stellen Sie sich zigtausend Menschen vor, die tanzen. Die lachen. Die weinen. Die vor Schwäche zusammenbrechen. Menschen, die nicht mehr wagen, ihre Meinung frei zu äußern, weil es jahrelang verboten war. Menschen, die sich zum ersten Mal in ihrem Leben sinnlos betrinken. Kinder, die zum ersten Mal in ihrem Leben richtige Schokolade zu essen bekommen. Oder Orangen. Wildfremde, die einander in den Armen liegen. Männer, die nach Jahren ihre eigenen Familien befreien. Menschen, die nach Jahren im Versteck zum ersten Mal wieder frei atmen können.

Und stellen Sie sich all die Frauen vor, die sich mit deutschen Soldaten angefreundet hatten. Die Frauen, die materielle Vorteile aus ihren Beziehungen zu den Truppen gezogen hatten. Die, die Kinder in die Welt gesetzt hatten. Die Männer, die das deutsche Militär durch Lieferungen, durch ihre Arbeitskraft unterstützt hatten. Die Regierung, die scheinbar stillschweigend die Diktatur geduldet und manchmal gefördert hatte. Die Polizei, die scheinbar im Dienst der Fremdmacht gestanden hatte. Hehler, Schmuggler, Bediener des Schwarzmarkts.

Und nun versetzen Sie sich in die Lage derer, die aufs britische Mutterland geflohen waren. Da hatte eine ganze Inselgruppe scheinbar tatenlos gesessen, hatte sich besetzen lassen und auch noch kooperiert. Die Flugzeuge, die von Jersey und Guernsey aus gestartet waren, hatten England bombardiert. Die deutschen Soldaten, die zur Rekonvaleszenz gekommen waren, hatten sich erholt, um den Krieg fortzuführen. Keiner auf den Inseln hatte sich gewehrt. Im Gegenteil, wie viele Menschen hatten sich an den Plünderungen verlassener Häuser und Gärten beteiligt?! Und warum waren die Lager für Zwangsarbeiter und KZ-Häftlinge geduldet worden? Können Sie sich all die Gedanken und Gefühle vorstellen, die jemand vom britischen Mutterland durchlebte?

Die Menschen auf den Inseln hatten rasch begriffen, dass die meisten Wehrmachtsoldaten froh waren, hier gelandet zu sein. Fern der Front, sicher für ihre Lieben. Sie hatten genauso schnell begriffen, dass dennoch von bestimmten Seiten – insbesondere der Feldkommandantur 515 – Repressalien schlimmster Art drohten. Was blieb, als sich irgendwo in der Mitte zu arrangieren, um das nackte Leben zu retten? Warum sein Leben oder seine Gesundheit aufs Spiel setzen, wofür nicht einmal die Zeitung eine Zeile übrighaben würde? Die strenge Zensur würde sie als Lügner oder, schlimmer noch, als Verräter bezeichnet haben.

Sicher, es gab Widerstand. Am Ende schiebt man ihm immer irgendwelche politischen Motive in die Schuhe. Aber ist es wichtig, Christ oder Jude, Deutscher oder Engländer, Whig oder Tory zu sein, um ein Unrecht erkennen zu können? Letztlich, so die allgemeine Vorstellung, waren alle Widerständler auf den Kanalinseln russlandfreundliche Kommunisten christlichen Glaubens, um die Klischees vollzumachen.

Für die Inselbewohner, die sich nicht rechtzeitig hatten evakuieren lassen und geblieben waren, waren all jene, die durch spätere, spektakuläre Fluchten als Heroen der britischen Mutterlandsgeschichte gefeiert wurden, eine Gefahr für Leib und Leben. Repressalien drohten und kamen. Manche Menschen auf den Inseln sahen keinen anderen Ausweg als den Freitod. Wieder andere opferten ihren Ehrbegriff der Notwendigkeit, eine Familie zu ernähren – sie kooperierten mehr oder weniger. Die meisten so wenig als möglich.

Hier auf den Inseln wissen wir, wir haben ausgehalten mit allem, was uns zur Verfügung stand. Fast ohne jegliche Unterstützung von außen. Hilfe brachte nämlich nicht unser

Mutterland, sondern erst nach Weihnachten 1944 ein schwedisches Rot-Kreuz-Schiff, die „Vega". Auf annähernd jeder Insel passierten dieselben Alpträume.

Doch kaum einer derjenigen, die nach dem Krieg zurückkehrten, verstand, was inzwischen passiert war, hatte passieren müssen, um ein Überleben zu ermöglichen. Seit Kriegsende haben sich Gräben aufgetan zwischen Nachbarn, Freunden, Verwandten und engsten Familienmitgliedern. Von den Menschen im britischen Mutterland werden wir heute noch mitunter als Kollaborateure betrachtet. Dabei gibt es keinen Grund, uns stärker zu verurteilen als jedes andere, seinerzeit von den Nazis besetzte Volk. Aber es wurde, es wird getan – manchmal von unserem eigenen Volk.

Das ist das Misstrauen, das die Menschen hier schweigen lässt. Die Angst vor, der Zorn über fehlgeleitete Verurteilungen. Und diese Gefühle werden noch andauern, solange Inselbewohner ihre Vorfahren aus der Zeit der Besatzung kennengelernt haben.

*

Ich hatte betroffen zugehört. Nun schwieg Dr. Slater. Er griff nach seiner Tasse Tee und nahm einen Schluck. Dann sah er mich fragend an. Ich räusperte mich.

„Sie wollen mir damit sagen, dass die Menschen hier auf der Insel, denen ich meine Fragen gestellt habe, Angst haben, ich könne dieselbe Verachtung wie andere empfinden? Ich könne sie für Kollaborateure halten? Und diese Meinung weiterverbreiten?"

Dr. Slater stellte seine Tasse ab. „Ungefähr so, Anne. Und doch noch etwas anders. Sehen Sie, Herks ist eine sehr kleine Insel. Und auf ihr wohnen sehr wenig Menschen. Das ganze Jahr über so wenig wie, nein, noch weniger als auf Herm. Fünfzig Einwohner, Anne. Haben Sie sich einmal überlegt, was das für die Menschen hier bedeutet?"

„Jeder kennt jeden", lächelte ich versonnen.

„Genau. Und das hat nie nur Vorteile. Manchmal möchte man ungestört sein Privatleben genießen, ohne dass morgen die ganze Insel weiß, dass John gestern Abend mit Helen in den Dünen war, Jack sich im Pub heftig betrunken und Bill sich mit Jane geprügelt hat. Es ist peinlich, wenn der Hausfrau ein Braten verbrennt. Und es ist ein absoluter Skandal, schwanger zu sein, ohne einen Ehemann vorweisen zu können. Wer sonntags nicht in die Kirche kommt, bekommt von den Presbytern Krankenbesuch – und es ist annähernd unentschuldbar, wenn man nur eine Mütze längeren Schlafs genommen hat, statt zum Gebet anzurücken. Das ist das Leben auf einer kleinen Insel wie Herks." Er machte eine Pause und lächelte liebevoll vor sich hin. „Zumindest ist es das auch."

Ich nickte nachdenklich. „Und Sie wollen mir jetzt erklären, dass auch das mit dem ablehnenden Schweigen auf der Insel zu tun hat, wenn ich eine Frage stelle?"

„Richtig. Sehen Sie, Jersey, Guernsey, selbst Sark waren trotz der Evakuierungen während des Krieges so dicht bevölkert, dass jeder immer noch seine anonyme Ecke haben konnte. Herm war damals, abgesehen von einem einzigen Bewohner, den die Wehrmachtsoldaten deswegen Robinson nannten, vollkommen unbewohnt. Aber auf Alderney und Herks war es jedem möglich, jeden zu beobachten. Und das in einer Notlage, die sich über Jahre hinzog. In der auf der einen Seite Solidarität geübt wurde, über die Klassenschranken hinweg, wie nie zuvor. Und auf der anderen Seite herrschten Neid und Missgunst über jedes Gramm Zucker, jeden Liter Milch mehr, den ein anderer sein Eigen nannte."

Ich griff gedankenverloren nach der braunen Ölpastellkreide und drehte sie in meinen Fingern. „Aber das ist doch – ganz normal, nicht wahr? Ich meine, in solchen Zeiten …"

Dr. Slater sah mich nachdenklich an, erhob sich von seinem Stuhl und trat an eines der Fenster. Mir fiel dabei auf, dass er leicht aus der rechten Hüfte hinkte. Er blickte hinaus in die Regennacht und wandte sich plötzlich um, wobei sich sein Gesicht für einen Augenblick vor Schmerz verzog.

„Anne, ich weiß nicht, wie viele Bücher Sie über die Inseln gelesen haben. Aber glauben Sie mir, es war nicht alles nur Hunger, was in der Zeit der Besetzung durch die Deutschen hier erlitten wurde. Es waren Einbrüche und Diebstähle, die ehrliche Namen beschmutzten, weil sich ihre Träger nicht mehr anders zu helfen wussten. Es waren Abtreibungen, die junge Mädchen das Leben kosteten. Es waren sogenannte War-Babys, die ihre Mütter zeit ihres Lebens brandmarkten als Huren der Besatzungsmacht. Es waren Folter und Zwangsarbeit, die gesunde Menschen demütigten und brachen. Es waren Internierungen, die Familien einander entfremdeten. Es war das hilflose Hinschauen-Müssen, wenn Fremdarbeiter unter den Schlägen ihrer Aufseher zusammenbrachen. Die Angst, die Menschen auszustehen hatten, die nicht einfach wegsahen, sondern halfen. Es waren Sterbende, die unwissend in Minenfelder geraten waren. Und es gab Menschen, die zu Mördern wurden, obwohl sie keinem Karnickel das Fell über die Ohren hätten ziehen mögen."

Mich schauderte. „Sie malen mir eine Art Apokalypse, Brian."

„Ja", bestätigte er. „Sie brannte nicht wie Dresden oder Coventry – Gott verzeihe den Auftragsmördern beider Seiten. Sie brannte von innen. Vor Scham. Und vor Reue. Und vor Zorn, weil das eigene Volk auf der Mutterinsel keine Hilfe sandte und am Ende kaum mehr übrighatte als herbe Kritik. Es war und ist eine psychische Apokalypse. War es, weil die Menschen, die sie bewusst erlebten, sich bis zu ihrem Ende einem Rechtfertigungszwang ausgesetzt sahen und sehen. Ist es, weil nicht einer der Nachfahren der nächsten beiden Generationen es dulden kann, dass die Handlungen ihrer Vorfahren sie zu Kindern und Enkeln von Verbrechern oder zumindest bescholtenen Menschen werden lassen. Deshalb schweigen sie, wenn ihre Vergangenheit berührt wird. Eine Vergangenheit, die persönlicher ist als eine allgemeine Museums-Dokumentation über

Ersatzkaffee, Schuhsohlen aus Autoreifen und Kristallempfänger, die man in Kochtöpfen, Kaminen und unter Dunghaufen versteckt hielt."

„Und meine Fragen berühren eben dieses persönliche Umfeld?"

„Ja."

Ich schwieg und starrte auf die Tischplatte. Dann sah ich auf und blickte Brian an. Er hatte sich wieder der Nacht und dem Regen zugewandt. Von hinten wirkte er so stark und zugleich so verletzlich. „Brian?"

„Ja?" Er drehte sich nicht um.

„Ich habe niemanden verletzen wollen." Ich lauschte nach seiner Antwort und hörte nicht einmal einen Atemzug von ihm. „Ich – ich wüsste aber gern die Antworten auf meine Fragen." Meine Stimme zitterte, und ich fühlte mich grauenhaft unsicher. „Wenn Sie mir nun die Geschichten erzählen – zu Douce und den Ölpastellkreiden, zu Alexej Miranow und Ernst Lacher … Verdammt, es klingt nach übler Neugier und Sensationslust, nicht wahr? Aber glauben Sie mir. Wenn ich nun ein Buch schriebe, das die Geschichte ins rechte Licht setzte … Zeigte, dass sie alle außergewöhnliche, starke, missverstandene, individualistische Menschen gewesen sind. Menschen, die deshalb nicht verstanden wurden."

Brian hatte sich umgedreht und sah mich erwartungsvoll an.

„Es muss doch einfach einmal bekannt werden, was ihnen geschehen ist. Es kann doch nicht sein, dass nur die exotischen Lebensumstände kolportiert werden und kaum jemand weiß, womit sich auch heute noch mancher herumschlägt. Ich möchte, dass ..."

„Anne", unterbrach er mich. „Ich hatte gehofft, Sie würden so etwas sagen. In dem Augenblick, als ich Ihr Gesicht sah, wusste ich, dass ich Ihnen anbieten würde, Ihre Fragen zu beantworten. Sie müssen kein Buch darüber schreiben. Aber das ist natürlich Ihre Sache. Versuchen Sie, sich in die Zeit zu versetzen und in die Menschen. Und schreiben Sie, wie es *war*, nicht wie Sie es interpretieren. Lassen Sie die Zeit und ihre Ereignisse für sich sprechen – ich denke, ein besseres Plädoyer kann es dann nicht geben. Für keine unserer Inseln. Denn auf jeder ist letztlich das Gleiche passiert."

*

Wir saßen an diesem Abend noch sehr lange in der Küche von Les Silences. Ich kochte noch zwei Kannen Tee, und draußen heulte der Wind und stürzte der Regen herab. Brian massierte sich zwischendurch sein rechtes Bein, stand auf und setzte sich wieder. Ich malte Strichmännchen mit den Ölpastellkreiden auf ein Blatt Papier. Mit allen Farben. Nur nicht mit der einen, die mir wie ein Heiligtum erschien, eine Art Reliquie.

Dr. Slater erzählte mir von seiner glücklichen Ehe mit Marjorie, die mit Brustkrebs im Princess Elizabeth Hospital auf Guernsey lag. Er liebte sie unglaublich, und ich beneidete sie um diese Liebe. Großer Gott, noch nach über dreißig Jahren so zärtliche Worte für einen Menschen, der nicht einmal in der Nähe war! Ohne dass sie es hätte hören können!

Ich erzählte von Thomas, meinem Ex-Verlobten, der sich aus dem Staub gemacht hatte und nun wieder nach mir winselte. Ich berichtete, wie ich nach Herks gekommen war. Ich erzählte von meinen Funden – der Kunstfälschung und der braunen Ölpastellkreide in La Trétête, dem Andreaskreuz auf dem Grab beim Point Ste. Germaine, dem Gedicht von Ernst Lacher, dem Ausweis von Alexej Miranow, dem unterirdischen Versteck, der Farbenschachtel und dem Andreaskreuz dort – und meinen Fragen an die Menschen auf Herks.

Und dann verabredete ich mich mit Dr. Slater in seiner Praxis am nächsten Morgen. Es war halb zwei in der Frühe, als ich ihm nachsah, wie er in seinem schwarz glänzenden Ölzeug in The Grove hinter einem Regenvorhang verschwand.

4

Vermutlich hat es jeder schon einmal erlebt. Da geht man zu Unzeiten zu Bett und wacht nach wenigen Stunden Schlafes wieder auf – und fühlt sich so frisch wie der junge Morgen. Ein Sprung aus den Federn, ein wenig fast übermütige Gymnastik am offenen Fenster (nicht einmal die frische Brise lässt erzittern), eine mutige kalte Dusche, ein kurzes, aber ausnehmend genossenes Frühstück und eine innere Spannung, als stünde man unter Strom.

Ungefähr so erging es mir am Morgen nach meiner ersten Begegnung mit Dr. Brian Slater. Ich sollte alles über die Geschichte von Herks und seine Menschen erfahren. Niemand würde mir mehr Misstrauen entgegenbringen, weil ich jetzt sozusagen in offizieller Mission unterwegs war. Und ich hatte einen Gesprächspartner dafür, dem ich binnen – für mich ungewöhnlich – kurzer Zeit zu vertrauen gelernt hatte, weil auch er mir vertraute.

Ich stieg munter in meine Wanderschuhe, schlüpfte in meine Windjacke und packte auch sonst alles zusammen, was ich mitzunehmen pflegte, wenn ich mich allein auf den Weg machte. Und ehe ich mich versah, war ich schon mitten im Wäldchen unterhalb von Les Silences, ertappte mich gar dabei, wie ich vor mich hin sang und beim Anblick eines besonders bunt blühenden Wiesenstücks in dem lichten Steineichenhain in Verzückung geriet. Oh, ich war mit einem Mal so weit weg von meiner eigenen Geschichte und inmitten einer scheinbar ganz anderen Welt.

Ich zitterte vor Aufregung, als ich schließlich unten in Herks anlangte und vor Dr. Slaters Haustür stand. Ich drehte ungefähr dreimal zögernd ab (war natürlich auch mindestens eine Viertelstunde zu früh dran, weil ich immer lieber zu früh komme als zu spät), bevor ich Mut genug fasste, meinen Zeigefinger auf den Klingelknopf zu legen. In dem Moment, als ich drücken wollte, öffnete sich die Tür wie von allein. Ich zuckte zusammen, etwas peinlich berührt, als habe jemand meine Gedanken gelesen. Er hatte es auch wohl getan, denn er lächelte mich verschmitzt an.

„Bammel vor unserer englisch-deutschen Vergangenheit?"

Ich sah Dr. Slater in die Augen und schluckte. Dann beschloss ich, dass Ehrlichkeit immer noch die beste Voraussetzung für menschliche Beziehungen sei, und nickte.

„Kommen Sie erst einmal herein, Anne." Er öffnete die Tür etwas weiter und wies mich durch eine hübsch dekorierte Diele mit nostalgischen Tapeten. „Es mag etwas ungewöhnlich scheinen. Aber weil sich die Praxis hier im Erdgeschoss befindet wegen der Patienten und unser Schlafzimmer ebenfalls, damit ich schnell erreichbar bin, sind unsere Wohnräume allesamt oben. Sie trinken doch sicher noch eine Tasse Kaffee mit mir und Dave?"

„Dave?" fragte ich ahnungslos.

„Ja! Soviel ich weiß, hatten Sie ohnehin heute Morgen einen Termin mit ihm ausgemacht." Ich stand wirklich auf der Leitung. „Dave Simmons? Von der Herks News?"

„Er ist hier?"

„Er frühstückt gerade mit mir." Brian lachte. „Ich dachte, es wäre nicht ungeschickt für Sie, ihm quasi unabhängig von Ihrem Anliegen zu begegnen."

Ich lächelte etwas belämmert und ließ mich von ihm ins Esszimmer führen. Dave Simmons saß am runden Esstisch, eine Tasse Kaffee in der Rechten, ein angebissenes Brötchen auf dem Teller, die Linke emsig mit einem Kugelschreiber einen Notizblock bearbeitend. Er war etwa Mitte, Ende fünfzig, völlig grau, mit einem gepflegten, kurzen Vollbart.

Als ich eintrat, blickte er kurz auf, und seine eisblauen Augen ließen mich gefrieren, während er mich von oben bis unten musterte und die Tasse abstellte. Journalisten, versuchte ich mich zu beruhigen. Aber das war es nicht. Wenn es um unsere gemeinsame Geschichte ging, dann saßen Dave und sein Volk auf der anderen Seite einer Front, die auch heute noch, Jahrzehnte später, mitunter zu spüren ist.

„Guten Morgen, Mr. Simmons", grüßte ich ihn heiser und reichte ihm die Hand.

Er schüttelte sie mit festem Druck. „Guten Morgen, Miss Briest." Er legte den Kugelschreiber beiseite. „Alicia hat mir bereits erzählt, dass Sie mich heute früh besuchen wollten. Wegen des Archivs."

Ich nickte. „Stimmt. Ich interessiere mich für die Geschichte der Insel. Und ich hätte da auch einige Fragen."

Dave sah mich reserviert an. Ich war mir mit einem Mal nicht sicher, ob er vielleicht nur immer so kühl wirkte. Vielleicht meinte er es nicht so und verunsicherte unbewusst nicht allzu sichere Menschen, zu denen ich mich in diesem Augenblick zählte.

„Selbstverständlich dürfen Sie in unser Archiv Einblick nehmen", sagte er kühl. „Aber ich denke, Brian wird Ihnen Dinge erzählen können, die weder jemals in der Herks News noch in einem Geschichtsbuch gestanden haben."

„Danke", erwiderte ich und bemühte mich verzweifelt, unaufgeregt zu erscheinen. „Vermutlich würde ich doch dann und wann gern einen ergänzenden Blick in die alten Veröffentlichungen werfen."

Dave deutete eine leichte, zustimmende Verbeugung an. Und ergriff wieder den Kugelschreiber. Was mich noch mehr verunsicherte.

Dr. Slater hatte mir inzwischen einen Stuhl zurechtgerückt, mir ein weiteres Gedeck aufgelegt und mir Kaffee eingeschenkt. Er hatte sich in unser kurzes „Kühlschrank-Gespräch" (so nenne ich immer unterkühlte Wortwechsel) nicht eingemischt und nur zugehört. Ich war mir nicht sicher, ob ich Dave Simmons hassen oder mögen lernen sollte. Ich wusste zumindest, dass ich froh war, nicht allein mit ihm in einem Raum zu sein.

Schließlich schien Brian unser Schweigen nicht länger zu ertragen. „Dave, ich werde mit Anne heute hinauf zum Herrenhaus gehen. Vielleicht kannst Du ihr gelegentlich Material an die Hand geben, dass sie meine Erzählungen mit geschichtlichen Daten untermauern kann."

Dave nickte zustimmend. Dann packte er sein Zeug zusammen, verabschiedete sich und ging. Ich trank zügig meine Tasse aus. Und dann stiefelten Brian und ich die Main Street hinauf.

„Sie müssen sich jetzt ganz einfach zurückversetzen. In den Frühsommer des Jahres 1940", begann Brian. „Damals war keine Straße auf Herks gepflastert. Nur die Pier. Alles andere waren unbefestigte Wege, die sich bei Regen in Schlammlöcher verwandelten ..."

*

Sie hatten ewig diskutiert. Die ganzen letzten Wochen waren unter dem Argumentieren vergangen, warum man die Straße von Herks nach The Manor asphaltieren sollte – oder nicht. Marc war wütend. Sein Vater schien wie immer das letzte Wort zu behalten innerhalb der Familie. Mutter war ohnehin nur schweigsames Accessoire ohne eigene Meinung. Und mit Irene, seiner älteren Schwester, hatte Marc die letzte ernsthafte Unterhaltung gehabt, als er ihr vor ungefähr zwölf Jahren klar gemacht hatte, dass er nicht beabsichtige, irgendwelche Verpflichtungen in der Familie zu übernehmen, es sei denn er hätte sie selbst gegründet. Männern sei es zugedacht, via Vergnügen die Stärke dafür zu gewinnen, eine Familie zu ernähren. Daher sehe er es nicht ein, im Haus irgendwelche Aufgaben zu übernehmen oder etwas mitzuorganisieren, und gelte es, den Gouverneur des Bailiwick of Guernsey zu empfangen. Es werde wohl genügen, da zu sein, wenn er – der Gouverneur nämlich – denn erscheine. Irene war stinksauer gewesen. Seine Mutter hatte ihn in Anbetracht dessen in Schutz genommen, dass er ja noch so jung sei (gerade einmal drei Jahre jünger). Sein Vater hatte sich auf seine Seite geschlagen, Haushalt und Organisation für einen Empfang, das sei Frauensache, und Schluss. Irene hatte gefaucht. Aber es hatte ihr nichts genutzt.

Marc lächelte genießerisch in sich hinein. Weiberallüren! Weiß Gott, es war gut, dass die holde Weiblichkeit der Insel nicht nur aus seiner Mutter und seiner Schwester bestand, sondern auch sonst noch so einiges zu bieten hatte! Zum Beispiel die Kleine vom Kaufmann war nicht übel. Wie hieß sie noch? Douce Barbet. Klang vielversprechend französisch – mit genug normannischem Feuer im knackigen Hintern. Oder die von der Farm, Janet Cawdry, die ihn immer anschmachtete, als wäre er ihr Heil unter der Sonne. Noch bessere Chancen hätte er natürlich, wenn die Straße vom Dorf bis zum Herrenhaus asphaltiert würde (und vielleicht noch ein Stück mehr). Denn dann würde er sich eines dieser schicken neuen Bentley-Modelle leisten.

Marc träumte weiter und räkelte sich genüsslich im Heck des Boots. Es ging doch fast nichts über einen Tag auf See, wenn man vor sich hindümpeln konnte, ohne fetten Fang nach Hause bringen zu müssen. Und zu wissen, dass die Hälfte der Mädels auf

Herks ihren Lover stehen lassen würden, winkte er, Marc Harmon, der 26-jährige Sohn des Herrn auf The Manor of Herks, mit nur so viel als seinem kleinen Finger.

Er sah auch wirklich gut aus. Athletisch gebaut, mit dunklem Lockenhaar, strahlend blauen Augen, scharfer Nase und kantigem Kinn machte er den Göttern der griechischen Sagenwelt Konkurrenz. Was störte es, dass ihn nach einem kleinen Kokain-Experiment weder Oxford noch sonst ein renommiertes englisches College noch haben wollte? Sein Vater war schließlich mit Geld gesegnet. Marc brauchte nur zu nennen, was er wollte, und bekam es. Die asphaltierte Straße zum Herrenhaus war die erste Ausnahme. Und Marc war bei dem Gedanken daran richtig wütend. Er würde seinen Willen schon noch durchsetzen. Na wartet!

*

„Ein ziemlicher Unsympath", warf ich ein.

„Ein Narziss, das ist alles", erwiderte Dr. Slater ruhig, während wir den Berg zum Manor hinaufgingen.

„Was fanden die Mädchen denn an ihm so toll?"

„Nun", lachte mein Begleiter, „ich bin keine Frau. Aber ich könnte mir vorstellen, dass so mancher Frau einiges an ihm gefiel: männliches Aussehen, das Kissen eines üppigen Erbes, die Hoffnung auf eine sorgenfreie Zukunft auf einem sagenhaft günstig gelegenen Anwesen, nicht zuletzt ein Flair von Romantik und Piraterie – so eine Art Rebell."

„Ich bitte Sie, Brian!" lachte ich. „Welches Mädchen fällt denn auf solch lächerliche Attribute herein?"

„Lächerlich?! Schauen Sie sich doch einmal um. Mit Geld, Haus und Aussehen ist man jemand."

„Und der Charakter?"

„Vergessen Sie's. Die Mädels sind in den meisten Fällen völlig überwältigt, überhaupt erwählt zu werden. Das lässt sie blind werden gegenüber den Egoismen des Angebeteten. Marc Harmon machte das alles zu einem überaus selbstverliebten Menschen. Er kaufte sich seine Geliebten mit Geschenken. Hier eine Rose, da eine kostspielige Bonbonniere oder ein Pariser Parfum. Die einfachen Inselmädchen waren glücklich, so persönlich bedacht zu werden, und wollten nicht glauben, dass es seine Masche war und er ein kleines Lager an besonderen Geschenken hielt, das regelmäßig aufgestockt wurde. So geschickt übrigens, dass nie zwei Frauen das Gleiche erhielten."

„Hm, klingt wie ein echter Casanova", gab ich zu.

„War Marc Harmon auch", nickte Dr. Slater und hielt mir unvermittelt ein schmiedeeisernes Tor zu einem üppigen subtropischen Park auf. „Willkommen im Park of The Manor."

„Kein romantischerer Name?" erkundigte ich mich neugierig.

Brian lachte fröhlich. „Doch", raunte er mir zu, was seinen nasalen Akzent verstärkte. „Aber der gehört nur noch einer frivolen Vergangenheit an: ‚The Shark's Arms'."

Ich prustete. The Shark, das war offenbar einmal Marc Harmon gewesen, der den Frauen intensivst nachgestellt hatte. Und hatte er sie nicht auf die eine Weise bekommen – nun, der Park zu trauter Dämmerstunde hatte ihm wohl auch die Widerspenstigste noch zugetrieben.

„Also, um es zusammenzufassen", wurde ich wieder ernst, „Marc Harmon war ein ausgemachter Weiberheld und Schürzenjäger, ein Parasit und Adonis, ein Charmeur auf allen Ebenen und Krösus in spe obendrein."

„Genau", schmunzelte Brian. „Aber er hatte es nicht bei jeder Frau gleich leicht."

*

Janet Cawdry hatte es satt auf der Farm. Cawdry's Love war gewiss nicht, was sie sich vom Leben erträumte. Gut und schön, ihr Bruder Julian half kräftig mit. Die Ehe ihrer Eltern war bis zum Tod ihres Vaters glücklich genug gewesen. Die Kühe waren alle wohlgenährt und gesund, das Gras auf den Weiden von Herks stand üppig. Aber Janet konnte sich nicht vorstellen, dass das Leben als Bäuerin ihre Zukunft sein sollte. Jung und kräftig wie sie war, träumte sie von einem Leben im Luxus, ohne viel arbeiten zu müssen. Entsprechende Journale waren durch

Touristen auf die Insel gelangt. „Vanity Fair", „Simplicissimus", letzteres von anno dazumal. Repräsentieren – ja, das war's.

Janet träumte über die Bucht hin. Die grünen Wiesen dehnten sich, wurden abgelöst durch ein fast unglaubliches Petrolblau des Meeres und den Azur des Himmels. Es war heiß für einen Tag Anfang Juni. Wer weiß, was der Sommer bereithielt.

„Janet!" klang es singend über die Wiese. Ihre Mutter schrie nie. Sie sang, weil sie es als damenhafter empfand. Aber sie sang mit dem Geräuschpegel eines Doppeldeckers und war damit ganz gewiss nicht zu ignorieren. „Janet!!!"

Sie erhob sich seufzend, sagte leise „Ja" (sie konnte Mutters Organ ohnehin keine Konkurrenz bieten) und machte sich auf den Weg zum Farmhaus. Schon von weitem erkannte sie die Schürze ihrer Mutter im stetig wehenden Inselwind.

*

Als ewiger Genießer hatte Marc Harmon naturgemäß die leichtere und damit sicherere Beute zuerst anvisiert. Janet Cawdry gierte nach Abwechslung; sie sollte sie haben. Mit vierundzwanzig war sie wohl auch nicht mehr ganz unerfahren; zumindest sagte man ihr schon seit Jahren immer mal wieder heftige Flirts mit männlichen Sommergästen auf der Insel nach. Keine besonders wählerischen Flirts, was das Aussehen der Männer oder ihr Alter betroffen hatte. Eher berechnend. Es waren allesamt Karrieremänner mit wohlgepolsterten Portemonnaies gewesen. Janet würde auch ihm gegenüber nicht zimperlich sein.

Das einzige Hindernis, um an Janet heranzukommen, würde vermutlich ihr Bruder sein. Julian würde sich in seiner Ehre verletzt sehen, wenn Janet wie ein Flittchen mit Marc ins Heu ginge. Marc lachte spöttisch; das sollte aber weniger sein Problem sein als das von Janet. Er würde sich jedenfalls nicht allzu viel Zeit damit lassen, denn es juckte ihn beim Gedanken an Janets Dekolletee und ihren aufreizenden Hüftschwung ganz gewaltig. Und zudem, was wusste man denn, was passieren würde?

In Europa brodelte es schon lange heftig, seit diesem österreichischen Pinselfritzen die arisch-germanische Leinwand für seine Schmierereien zu klein geworden war. Als „Anschluss" bezeichnete man euphemistisch die diktatorische und kriegerische Eroberung vormals eigenständiger Völker und Länder. Und überall waren Blond und Blauäugig das Nonplusultra, Schaftstiefel und Gretelzöpfe, markige Männer und schmachtende Frauen – in der Tschechoslowakei und in Polen, seit dem 10. Mai auch in den Niederlanden und in Frankreich. Überall ein deutschtümelnder Einheitsbrei, der alles zu verschlingen drohte, was sich auf dem Kontinent befand. Man sah ja schon von den Inseln die Rauchwolken verlorener Gefechte am Horizont, da, wo die Küsten der Bretagne und der Normandie verlief.

Wer weiß, was morgen kam. „Carpe diem!" befahl sich Marc mit dem Lieblingszitat seines alten Lateinprofessors George Lanford aus Oxford, dem er eines Tages zwei tote Karpfen in den

Schreibtisch bugsiert hatte. Ein beiliegender Zettel hatte besagt: „Carps' duo!" Nun war Marcs Handschrift mit seinen verschrobenen Dandy-Schnörkeln allzu rasch identifiziert. Mit zynischem Lächeln hatte ihm Professor Lanford eine Vorladung vor den Institutsausschuss überreicht: „Carping, too." Damit hatte die Wortspielerei ein Ende gehabt; und Marcs Studium wäre fast auch dahin gekommen, hätte sich nicht ein junger, äußerst gutaussehender Professor intensiv für ihn verwendet, sodass ein strenger Verweis die einzige Konsequenz geblieben war. Zwei Jahre nach Marcs endgültigem Rausschmiss aus Oxford wurde diesem jungen vielversprechenden Professor eine anderweitige Orientierung nahegelegt; er war schwul.

„Carpe Diem – pflücke die Blume", philosophierte Marc genießerisch und malte sich Janet in allen Farben aus. Ihren lustvoll geöffneten roten Mund, ihre geschlossenen Augen; wie sie ihm ihren nackten Leib entgegenwölbte, nach innerer Hitze und Gier duftend – wie Moschus. Sie würde stöhnen und ihn kratzen. Sie würde in seinen Armen einen kleinen Tod sterben, und sie würde ihn lüstern und anbetungsvoll zugleich anstarren, während er sich, gesättigt und Herr der Situation, eine Zigarette anzündete. Er würde Spaß mit ihr haben. Janet war ein Vollblutweib, das wusste, was es wollte. Die Beziehung würde sich einvernehmlich beenden lassen.

Und dann hatte er sich auch einen Plan zurechtgelegt, wie er in die französische Familie Barbet hineingelangen würde. Die scheue Douce war für ihn eine weit erregendere Beute. Die reagierte instinktiv abwehrend. Aber er würde sie dennoch bekommen. Es war nur eine Frage der Zeit. Die größte Frage war natürlich, wieviel davon ihm noch blieb. Denn man munkelte bereits, dass die Deutschen auf die Kanalinseln übersetzten und von dort aus England erobern würden. Er hielt zumindest ersteres für möglich. Und in der Nähe der französischen Küste waren „sie" schon – zumindest so gut wie.

*

„Stell Dir vor, Mutter, eine Einladung zum Dinner ins Herrenhaus!" strahlte Janet. „Wie findest du das?"

Sie hatte gerade den Brief aus dem Briefkasten gefischt, der ganz in der Nähe vom Royal Square in der Mitte von Herks Village stand, genau dort, wo der Fußweg nach Cawdry's Love abzweigte.

Amy Cawdry war die exaltierte Lebensweise ihrer Tochter immer noch fremd. Sie fragte sich manchmal, welches Schicksal ihr wohl diesen Wechselbalg beschert hatte und warum gerade sie ihn abbekommen hatte. Rupert würde sich im Grabe herumdrehen, wüsste er von den Eskapaden seiner Tochter. Weiß Gott, sie ging jeden Sonntag hinauf in die Kirche und betete, dass ihr Kind zur Vernunft komme. Aber es schien hoffnungslos. Janet fehlte offenbar die harte Hand des Vaters; der war kurz vor Kriegsende im Sommer 1918 als verschollen gemeldet worden.

Bei dem Gedanken wischte sich Amy mit der Schürze über die Augen.

Rupert Cawdry hatte sein zweites Kind gar nicht mehr gesehen, hatte 1917 nur geschrieben, er hoffe, es gehe ihnen allen gut. Er habe vier Tage Fronturlaub und befinde sich jetzt in Amiens, ein Name, der ihn immer an seine Frau erinnere. Die Küche in Amiens sei allerdings sehr schlecht – entgegen dem, was man sonst von der französischen Küche sage – und überhaupt sei er überzeugt, das einzige Essen, das Leib und Seele zusammenhalte, gebe es auf den Kanalinseln; vor allem bei ihr, Amy, seiner Liebsten. Der Stellungskrieg gegen die Deutschen gehe ihm an die Nerven. Am Ende seien „die Deutschen genauso arme Teufel, befohlen in einen Krieg, aus dem jeder nur gesund nach Hause zurückkehren möchte".

Zu Weihnachten war ein weiterer Brief gekommen. Rupert hatte drei Monate lang mit einer schweren Schussverletzung in einem Lazarett gelegen. „Bin nun aber wieder einsatzfähig. Liebe Amy, wenn ich je keine Gelegenheit mehr dazu haben sollte, es selbst zu tun, sage Julian, dass sich Feindschaften nie lohnen. Ganz zu schweigen von feindlichen Handlungen. Wir gewinnen hier manchmal am Morgen zehn Meter Front und sitzen abends wieder in denselben Gräben. Aber unsere Kameraden hängen verblutend im Stacheldraht oder liegen mit gasschwarzen Gesichtern in Bombentrichtern. Und der Mann, mit dem wir heute früh die Zigarettenration im Unterschlupf teilten, hat heute Abend ein anderes Gesicht, einen anderen Namen und eine andere Geschichte."

Noch drei, vier Briefe waren gekommen. Alle äußerten Hoffnung, nur nicht für den Briefschreiber selbst. Rupert Cawdry musste den Tod für sich geahnt haben. Aber er hatte Hoffnung für die Generation nach ihm gehegt. Julian und Janet – sie sollten sich eine Brücke der Menschlichkeit bauen. Sie sollten nicht zulassen, dass sich in ihren Köpfen Krieg und Feindschaft abspielten. Sie sollten ihren Nächsten lieben.

Das war auch die letzte Botschaft gewesen, die Amy von Rupert erhalten sollte. Danach hatte sie vergebens auf Nachricht gewartet, bis sie im Juni 1918 das Schreiben erreicht hatte, in dem sie informiert wurde über den „heldenhaften Einsatz des Majors Rupert Cawdry, der sein Leben für sein Volk und wiederholt mutig für die Rettung Verwundeter eingesetzt" habe. Im Dienste der englischen Nation habe er auch am 18. Juni 1918 seine Waffen betätigt. So sehr man ihn am Ende der Kampfhandlungen auch gesucht habe, habe man doch keine Spur von ihm gefunden. Der Dank der Nation sei ihm gewiss.

Amy hatte Gott verflucht, als sie dieses Schreiben erhalten hatte. Nun sollte sie zwei Kinder allein aufziehen. Wo blieb der Dank des Vaterlandes denn da? Lauter hohle Worte. Eine winzige Witwenrente. Dazu ein Bauernhof mit vierzig Kühen. Und keine Hilfe.

Als Amy sich einigermaßen gefasst hatte, hatte sie ihren Hof für Touristen geöffnet, beim Pfarrer ihre Versündigung gegen

Gott gebeichtet und Julian erzogen, so gut es ging. Er sollte kein Soldat werden, das war die Hauptsache. Janet lief ohnehin nicht Gefahr und daher nebenher. Sie nahm dann das „Liebe deinen Nächsten" vermutlich etwas zu wörtlich. Zumindest schien das schon der Fall in ihrer Teenagerzeit. Und nun war wohl kaum noch etwas zu retten. Irgendwie war es Amys Schuld. Und irgendwie war es auch eine Charakterfrage Janets – zumindest beruhigte sich Amy damit.

Und jetzt war wieder ein Krieg entbrannt, einer, dessen Flammen bereits bis zur Kanalküste loderten. Julian war in Gefahr, doch in einen Krieg ziehen zu müssen wie sein Vater. Und Janet hatte nichts anderes im Kopf als eine Dinnerparty bei den Harmons.

Amy seufzte. Sie musste sie ja doch lassen. Janet war längst alt genug, selbst eine Familie zu gründen. Aber eines wusste Amy ganz sicher: Eine mit Marc Harmon würde es gewiss nicht werden. Denn wenn sie auch ihre Tochter nicht immer kannte, in dieser Beziehung kannte sie den selbstverliebten Gigolo vom Herrenhaus zu gut. Wenn sich Janet nur nicht ganz an ihn wegwürfe! Ihr Ruf hatte in den vergangenen Jahren ohnehin gelitten. Nur kein uneheliches Kind von so einem. Der würde noch Argumente finden, dass er mit der ganzen Sache nichts zu tun und das Opfer teuflischer Verführungskünste gewesen sei.

Amy lächelte säuerlich. „Wann ist die Party, sagtest du?"

„Übermorgen Abend. Dinner mit anschließendem Tanz auf der Terrasse! Klingt das nicht herrlich?" Janets Augen glänzten. Oh, sie würde großartig aussehen in ihrem neuen langen nixengrünen Kleid mit den Paillettenträgern. Dazu eine duftige Tüllstola in kühlem Blau und ganz hohe Schuhe (sie würde sie erst im Herrenhaus anziehen). Was würde sie nur in der kurzen Zeit mit ihrem Haar anstellen? Sie grübelte missmutig zum Küchenfenster hinaus und sah draußen Julians weizenblonden Schopf am Ende der Weide in der Sonne leuchten. „Wasserstoffperoxyd! Natürlich!" stieß sie aus und rannte mit dieser Erkenntnis los.

„Wo willst du denn schon wieder hin?" rief Amy ihr noch hinterher.

„Runter in den Laden!" antwortete Janet schon vom Gartentor her. „Fragen, ob Barbet mir was für mein Haar besorgen kann." Und weg war sie.

*

Sie hatte den ganzen großen Auftritt sorgfältig geplant. Julian war so nett gewesen und hatte sie auf der Querstange seines Fahrrads bis zum Parktor gefahren, damit ihre Frisur – trotz sorgfältig darüber drapierten Tüllschals – nicht dem Inselwind zum Opfer fiele.

„Was hast du denn mit deinem Haar gemacht?" war alles, was er mit mehr als skeptischem Seitenblick geäußert hatte. Typisch Bruder eben. Sie hatte ihn mit hochgezogenen Augenbrauen zum Schweigen gebracht. Oh, sie war sich ganz sicher, dass sie Marc Harmon heute Abend vollends für sich gewinnen würde. Wer konnte denn auch mit ihrem Aussehen und ihrem Geschmack hier auf der Insel mithalten?!

Der Auftakt gelang auch richtig. Harry Simpson, eigentlich das Faktotum der Harmons, aber zu besonderen Anlässen immer als Butler tituliert, öffnete ihr das Hauptportal über der kleinen Freitreppe.

„Guten Abend, Ma'am", näselte er. „Sie gestatten …" Und dann nahm er ihr den Mantel ab.

Eigentlich war es eine Farce. Harry Simpson grüßte sie sonst nie; und wenn er sie je versehentlich angeredet hätte, dann niemals mit „Ma'am". Janet unterdrückte ein spöttisches Lächeln. Immerhin lag es an ihr, wie sie ihren Auftritt im Stück „Dinnerparty bei den Harmons" gestalten würde. Und es würde ein großer Auftritt werden – die Leute von Herks würden staunen. Während sie noch einen letzten kritischen Blick in den barock gefassten Spiegel der Eingangshalle warf, hatte Simpson sie im Salon gemeldet.

„Hallo, Janet", erklang Marcs lässige Stimme hinter ihr. Sie drehte sich um und zauberte ein verführerisches Lächeln auf ihre Lippen.

„Marc!" flötete sie.

Er bot ihr, ganz Mann von Welt, seinen Arm und geleitete sie in den Salon. Dort saßen bereits einige junge Leute ihren Alters. Das einzige ihr bekannte Gesicht war allerdings das von Marcs Schwester, Irene. Sie hatte sich in einem Fauteuil niedergelassen und drehte einen Kognakschwenker in der Linken, während die Finger ihrer Rechten nervös mit einer Quaste an der Lehne spielten. Ganz offenkundig langweilte sie die Gesellschaft; insbesondere vermutlich aber der Vortrag über die Wahrscheinlichkeit des Eintritts der USA in einen europäischen Krieg, über die sich ein schmalbrüstiger, bebrillter Mann gerade in allen nur denkbaren patriotischen Floskeln erging.

Eine junge Dame in Silberlamé-Kleid warf eben heftig lachend ihren dunklen Pagenkopf zurück und schenkte ihren Gesprächspartnern, zwei dandyhaft geputzten und glattgescheitelten jungen Hähnen, flammende Blicke. Etwas abseits räkelte sich eine androgyn gekleidete Frau mit rotem Kurzhaar auf einer Récamiere, sog an einem Zigarillo und blätterte nebenher in einem Buch.

„Champagner? Kognak? Sherry?" fragte Marc seinen neu angekommenen Gast und lenkte Janet erst einmal zu einem Platz in der Nähe von Irene.

„Champagner natürlich!" kicherte Janet albern

„Natürlich. – Irene, du und Janet, ihr kennt Euch ja. Janet, das ist Geoffrey Parks, ein glühender Redner und Verfechter seiner eigenen Politik, frisch importiert aus St. Peter Port. Geoffrey, das ist Janet Cawdry, das einzige wirklich vorzeigbare weibliche Exemplar der Eingeborenen auf Herks. Pass auf, Junge, ehe du dich versiehst, bist du ihr genauso verfallen wie ich!"

Damit ließ Marc das Grüppchen erst einmal beieinandersitzen und kümmerte sich darum, dass jeder mit einem

Aperitif versorgt war (oder bereits dem zweiten oder dritten). Schließlich öffnete er die Flügeltüren zur Terrasse und bat seine Gäste nach draußen. Es duftete nach frühen Rosen. Die Tafel war festlich gedeckt mit weißem Damast und Kristall. Vasen waren gefüllt mit üppigen Bouquets.

Es wurde gespottet und gelacht, gelästert und getratscht. Der Pagenkopf hieß Sylvia Cappels, die Garçonne Marie-Claire Groucart. Sylvia arbeitete in einer Bank in St. Peter Port. Marie-Claire, eine entfernte Cousine von ihr, französische Frauenrechtlerin und Kommunistin, war vor der Invasion der Deutschen auf dem französischen Festland nach Guernsey geflohen und jobbte jetzt in derselben Bank.

„Das mir", spottete sie über sich selbst. „Da diene ich nun dem Kapitalismus und lasse die Herren Bankangestellten ihre lüsternen Blicke über mein Fahrgestell gleiten. Sylvia, liebste Cousine, du hättest wirklich nach etwas Passenderem für mich Ausschau halten müssen. Ich hätte durchaus in einem der Hangars von Les Landes stehen und Propeller ölen können; damit hätte ich der Anti-Kraut-Politik schon unter die Flügel greifen können. – Lass das, Dan!" schalt sie ihren Tischherrn. „Du bist auch so einer von diesen Chauvinisten, die nie ihre Finger von Frauen lassen können. Wir sind keine Schoßhunde!" Aber sie lachte dabei gutmütig, und man sah, dass ihr der Übergriff geschmeichelt hatte.

Daniel Turp war freier Journalist und versorgte mal diese, mal jene Zeitung auf den Kanalinseln mit Glossen, Kolumnen und Kuchenrezepten; er war leidenschaftlicher Bäcker und stand oft mit einer Volantschürze über Kochbüchern und Rührschüsseln. Sylvia wurde eingerahmt von dem etwas trockenen Juristen Geoffrey Parks und dem Schönling Nicholas Warrington, von Beruf Sohn.

Janet fühlte sich in der illustren Runde plötzlich gar nicht mehr so selbstsicher. Die jungen Damen und Herren wirkten alle so weltgewandt, verfügten über jede Menge Erfahrung jenseits der kleinen Inselwelt von Herks. Sie spürte, dass sie im Vergleich zu ihnen bestenfalls als hübsche Landpomeranze rangierte. Auch über ihre Tischmanieren war sie sich mit einem Mal nicht mehr so im Klaren. Welches Besteck zuerst? Durfte sie Kartoffeln nun mit dem Messer schneiden oder nicht? Sylvia tat es, Irene tat es; aber die emanzipierte Marie-Claire tat es nicht. Dann stellte ihr Geoffrey eine kompliziertere Frage, und sie fühlte ihr Blut bis in die Haarspitzen aufsteigen. Gottseidank hatte sie den Mund gerade voll, und so konnte sie sich mit einer verlegenen Geste aus der Affäre ziehen. Marc rettete sie vollends, indem er auf die Frage erwiderte und dann ein Thema anschnitt, zu dem sie alle etwas sagen konnten: ihre Pläne für den Sommer 1940. Darüber kam das Dessert. Doch Janet entspannte sich erst, als Simpson den Digestif kredenzte.

*

„Was hast du mit deinem Haar gemacht?" raunte Marc ihr ins Ohr, während sie sich an den Stamm einer uralten, schräg gewachsenen Eiche lehnte.

„Gefällt es dir nicht?" fragte sie und suchte fast ängstlich seinen Blick.

„Doch, sehr", log Marc. „Du siehst damit aus wie eine von diesen Ladies aus den Modejournalen."

Janet lächelte selbstgefällig. Wie sehr ihre Kopfhaut nach der Wasserstoffperoxyd-Behandlung noch brannte, brauchte sie ihrem Verehrer ja nicht gerade auf die Nase zu binden.

Sie waren nach dem Nachtisch zu Pfänderspielen übergegangen, und so hatte man sich schließlich unter dem Vorwand des Pfandeinlösens paarweise in die Dunkelheit geschlichen. Auf der Terrasse brannten die Kerzen auf den Tischleuchtern sachte herunter; ein stetigeres Licht aus dem Salon warf seinen Schein durch die Flügeltüren. Irene war auf ihr Zimmer gegangen. Geoffrey tröstete sich mit der Bar im Salon. Sylvia hatte es mit Nicholas gerade noch um die Ecke in die Büsche geschafft, und Marie-Claire hatte Dan angeboten, ihm die Geheimnisse von La Trétête zu offenbaren. Sie gelangten aber nur bis zu dem Sommerhäuschen in der Bay Détournée … Marc und Janet spazierten langsam und mit vielen kleinen Zwischenhalten unter Bäumen und auf lauschigen Bänkchen durch den Park hinauf nach Devil's Corner.

„Müssen wir eine Nachtwanderung machen?" nörgelte Janet plötzlich. Sie wurde sich bewusst, vielleicht das Falsche gesagt zu haben, und gewann ganz schnell ihr sonniges Gemüt wieder zurück. „Sollte nur ein Scherz sein!"

„Klar", lachte Marc. Innerlich war er in Hochstimmung. Je ungeduldiger die Kleine wurde, desto rascher hatte er sie da, wo er sie haben wollte. „Solch ein Energiebündel wie du muss sich doch zuerst austoben. Sonst habe ich ja gar keine Chance, dass du – bei mir schwach wirst." Er ließ bei diesen Worten seine Hand genießerisch an Janets Rücken hinabgleiten, vom Halsausschnitt über die Wirbelsäule bis zum Po.

„Nicht hier!" keuchte Janet.

„Warum nicht?" fragte er scheinbar verwundert und kannte doch schon ihre Antwort.

„Hier ist doch überall Ginster! Das pikst! Kennst du nicht eine andere Stelle?"

Das war das Signal, auf das Marc gewartet hatte. Die kleine Landpomeranze mit dem gierigen Körper war überreif. Er würde seinen Spaß an ihr haben; und sie sollte ihm nicht nachsagen können, sie hätte es mit keinem Virtuosen zu tun gehabt.

„Doch", flüsterte er und verlieh seiner Stimme ein raues Timbre. „Komm!" Sie zögerte einen Augenblick lang. „Na komm schon!"

Sie folgte ihm in eine kleine Grasmulde inmitten des Ginsters bei Devil's Corner. Der Horizont glühte flammendrot, und der Himmel dröhnte. Es war der 10. Juni 1940.

*

„Der Himmel strafe deine sündige Seele!" zeterte Amy Cawdry. „Was habe ich nur verbrochen, mit so einem unersättlichen, verdorbenen Geschöpf bestraft zu werden?"

Janet saß mit gesenktem Kopf am Küchentisch und ließ den Zorn über sich hinwegfegen. War das eine Nacht gewesen! Sie stöhnte entzückt bei den Gedanken daran auf. Natürlich verstand ihre Mutter es falsch.

„Stöhne nur, du undankbares Ding! Stöhne nur. Du wirst ja sehen, wohin das führt, dass du hinter jedem Mann her bist wie eine läufige Hündin!"

„Mutter!" Es war Julian, der sich hier einmischte. Weniger, um Janet zu verteidigen. Er wollte vielmehr, dass sich seine Mutter hinterher ihrer Worte nicht zu schämen brauchte. Sie hatte ja auch schon einen Schürzenzipfel bei der Hand und verbarg ihr liebes verbrauchtes Gesicht halb darin. „Mein Gott, Janet, dass du dich an so einen wegschmeißen musst!"

„Mein Gott, Janet", äffte sie ihn. „Halt dich gefälligst raus, klar? Wenn es nach dir ginge, würde ich mich von deinem französischen Freund, diesem Halbaffen Jean Barbet, ehelich schwängern lassen und den Rest meiner Tage mit Kindern, Küche und Kirche verbringen." Janet spuckte jetzt selbst Gift und Galle. „Dabei weiß ich gar nicht, wie du mir so einen ungebildeten Dämlack zumuten wollen kannst! Der kann ja noch nicht einmal richtig sprechen. Patois! Mein Gott, wer spricht hier noch Patois?!"

„Es genügt, Janet", erklang mit einem Mal wieder Amys Stimme. „Es ist nicht die Zunge, die Bildung ausmacht, sondern das Herz. Und wenn es danach geht, kann auch ich dir nur einen Menschen wie Jean Barbet wünschen. Ungeachtet seiner Vorfahren, seiner Ausbildung und seiner Sprache. Er würde auch nie seine Freunde so in Verlegenheit bringen, wie das Marc Harmon gestern Abend getan hat. Ich will gar nicht wissen, wo du heute Nacht warst und was du mit ihm getrieben hast. Aber die beiden Leute drüben in Les Silences – das reicht ja wohl."

Janet horchte auf.

„Ein paar von unseren Männern haben sie gefunden", erwiderte Julian auf ihre stumme Frage. Man hatte seit Anfang Mai auf der Insel Patrouillengänge organisiert, war doch schon von feindlichen U-Booten die Rede. „Sie hatten es gerade in die Diele geschafft und lagen dort in einer ziemlich –" Er räusperte sich mit einem verlegenen Seitenblick auf seine Mutter. „In einer ziemlich peinlich eindeutigen Position." Er blickte Janet nachdenklich an. „Harry Simpson hat mir heute Morgen verraten, dass Irene mit Ende der Party allein zu Bett gegangen sei und er Geoffrey Parks heute Morgen ein Katerfrühstück habe servieren lassen. Ferner, dass die Geistesgegenwart von Sylvia Cappels und Nicholas Warrington dem Haus ein Bußgeld wegen vernachlässigter Verdunkelung erspart habe. Nun, Janet, dann

131

bleiben nur Marc und du. Und weiß der Himmel, es ist nicht komisch, durch ein Flittchen wie dich zum Gespött zu werden."

Janet fuhr zornig auf. Doch dann besann sie sich, machte eine wegwerfende Handbewegung. „Julian, wenn Du mit deinen Vorstellungen Recht hättest, wärst du längst glücklich." Sie stand auf und trat an ihn heran. Er wich zurück. „Du bist aber immer noch allein, Brüderchen. Und ich – bin glücklich!" Und damit rauschte sie aus dem Haus.

*

Brian und ich hatten uns auf einer Bank im lichten Schatten einer Buche niedergelassen, die ihre Äste weit über den schmalen Schotterweg streckte. Es war ein steinernes Bänkchen, und wir hatten beide unsere Jacken ausgezogen und als Polster verwendet. Die Luft war lau genug. Unterdessen hatte Brian kaum einmal seine Erzählung abgebrochen. Nun schwieg er.

„Klingt nach einem ziemlichen Familiendrama", meinte ich nach einer Weile.

Brian nickte. „Das kann man wohl sagen. Aber am Ende waren Julian und Janet ohnehin immer so unterschiedlich gewesen. Und Amy hatte immer auf Julians Seite gestanden – auch wenn sie es nicht recht zugeben mochte. Vielleicht erinnerte er sie sehr an Rupert, ihren verschollenen Mann. Vielleicht war es ein Teil ihrer Erziehung, dass Männer immer recht hätten und nach den Vätern die Söhne das Familienpatriarchat weiterführen sollten."

„Dann wäre Janet vielleicht nur aus Trotz so gewesen? Weil sie sich immer benachteiligt sah? Und weil sie ihrer Rolle zumindest einen gewissen Aufmerksamkeitswert verleihen wollte? Und wenn schon nicht im Guten, dann im Schlechten?"

Brian sah mich nachdenklich an. „Ich habe mir darüber ehrlich gesagt nie Gedanken gemacht", erwiderte er zögernd. „Aber möglich wäre es." Er verfiel wieder in Schweigen.

„Arme Janet", seufzte ich leise. Und nach einer kurzen Pause: „Wie ging die Geschichte weiter?"

„Sie haben noch nicht genug für heute, Anne?" neckte mich Brian. Ich schüttelte den Kopf. „Nun, Janet war ein Sturkopf. Julian auch. Das war vielleicht das einzig Gemeinsame zwischen ihnen. Außer natürlich ihr Elternhaus. Janet lauerte Marc Harmon also auf, wo immer sie ihn erwischen konnte. Zumindest in den nächsten paar Tagen. Unterdessen bearbeitete Julian Jean Barbet, er möge sich seine Schwester aus dem Kopf schlagen. Er wolle seinem besten Freund kein Flittchen antun. Doch Jean hatte sich Janet nun einmal in den Kopf gesetzt. Er warb fleißig weiter."

„Auf Patois …", fügte ich hinzu.

„Ach was!" entfuhr es Brian. „Das war eine der typischen Spitzfindigkeiten von Janet. Patois sprachen schon damals nicht mehr allzu viele. Und wenn, dann tat man das innerhalb der Familie. – Allerdings hatte Jean wohl einen leicht französischen

Akzent in seiner englischen Aussprache, was ihn in Janets Augen zum unkultivierten normannischen Barbaren abstempelte."

„So viele Vorurteil?"

Brian zuckte mit den Achseln. „Es muss damals der Zeitgeist gewesen sein. Und mal ehrlich, Anne: Bei Ihnen waren es unlängst nach der Wende die Sachsen, die in Westdeutschland belächelt wurden. Und die Österreicher und Schweizer werden in Süddeutschland vorgeführt. Es ist nirgends weit her mit der Liebe zum Nachbarn."

„Touchée!" gab ich zu.

Brian lächelte, und aus seinen schrägen Augen blitzte es. „Okay, Julian bearbeitete seinen Freund also, die Finger von Janet zu lassen, was diese gerade umso reizvoller für den jungen Kaufmann machte. Und was hieß es auch schon, dass ein Mädchen einmal kurzfristig den Reizen von Marc Harmon verfiel? Der Kerl hatte anscheinend für eine gewisse Zeit das gewisse Etwas. Und danach waren die Mädchen wieder solo – und plötzlich vernünftig."

„Bis auf Janet?"

„Ach Anne, wer erzählt hier die Geschichte?" protestierte Brian lachend. Ich schrumpfte kleinlaut und mit meinem charmantesten Lächeln auf den Lippen zusammen. „Janet war hinter Marc her wie der Teufel hinter der guten Seele. Aber es dauerte nicht allzu lange, bis das Gerücht von einem handfesten Familienkrach und Julians blutigen Rachegelüsten an Marcs Ohren drang. Was immer dran war, dass Julian dem jungen Snob aus dem Herrenhaus einmal die Fäuste unter die Nase halten wolle – Marc kamen die Gerüchte mehr als gelegen. Denn für ihn war Douce, Jeans Schwester, ja das eigentliche Ziel seiner Gelüste. Postwendend verabredete er sich unten am Hafen mit Janet."

„Feiner Kerl", spottete ich.

Brian unterdrückte ein Schmunzeln. „Nicht ganz so fein, Anne. Nein, wirklich nicht." Er sah mir in die Augen, und plötzlich mussten wir beide lauthals lachen.

„Ich gehe also recht in der Annahme, dass Janet nicht zu dem Jachtausflug mitgenommen wurde, den sie sich vielleicht erhofft hatte?"

„Genau. Marc erklärte ihr klipp und klar, er habe nicht die Absicht, sich sein aristokratisches Gesicht von einem dahergelaufenen Bauernlümmel beschädigen zu lassen. Darauf besorgte genau dies – Janet. Während sie davonstürmte, verblutete sich Marc an der Kaimauer."

„Wie bitte?" fragte ich und glaubte, nicht richtig gehört zu haben.

„Nun ja, es war Blut in seinem Gesicht, auf seinem Seidenschal, auf seinem Hemd, im Sand vor der Pier. Er sah zumindest so aus, als stürbe er. Und das muss wohl auch Douce geglaubt haben, die in eben diesem Moment aus dem Laden ihres Bruders kam."

„O Gott, nein!" stieß ich hervor und beugte mich unwillkürlich atemlos vor.

Brian sah mich mit leicht kryptischem Blick an. „O Gott, ja. Klassisches Krankenschwestersyndrom. Sie sah das Blut und bekam Mitleid. Nachdem sie ihren Patienten zum Laden geschleppt und dort gereinigt hatte, war es auch schon für sie selbst zu spät. Jeans eisiges Schweigen beschloss sie, als Zustimmung zu interpretieren. Dieser Mensch brauchte sie. Geschlagen von einer Frau, die auf der Insel einen eher halbseidenen Ruf hatte. Und hier war der junge Herr der Insel, blutend, vielleicht gar missverstanden."

„Das ist die Krönung!" fuhr ich auf. „Um Himmels willen, wie kann eine Frau auf dieses ganze Affentheater von Marc hereinfallen?!"

„Pscht!" lachte Brian. „Die Geschichte ist noch nicht zu Ende. Und vergessen Sie nicht, Anne, wie naiv ein Mensch mit gerade einmal zwanzig Jahren noch ist. Marc sang ihr also eine ganze Oper vor. Die von dem Mann, der verführt worden war; der es endlich geschafft hatte, sich aus den Armen der anderen Frau zu lösen. Eigentlich habe er ja immer nur Augen für Douce gehabt. Das war vermutlich das einzige, wobei er nicht log. Und nun komme dieser fürchterliche Krieg, in den jeder patriotische Brite wohl würde ziehen müssen. Weh ihm, läge er an der Front und stürbe mit der unerfüllten Sehnsucht nach ihr im Herzen!"

„Schmarrn", fauchte ich und erinnerte mich zugleich an ähnliches Süßholz seitens Thomas. Wer weiß, vielleicht war ich ja manchmal nicht weit von Douces Naivität entfernt gewesen.

„Das klingt ja schlimmer als ein Roman von Hedwig Courts-Mahler."

„Bitte?" fragte Brian etwas ratlos.

„Na, wie ein Kitschroman. Total durchsichtig."

„Für einen Außenstehenden ist das vielleicht so", gab mir Brian zu bedenken. „Aber nicht für jemanden, der nach Zärtlichkeit hungert wie ein Mensch, der gerade die Teens hinter sich gelassen hat. Und Douce hungerte. Ihre Eltern waren über der Kriegsverletzung des Vaters zunehmend verbittert, und Jean hatte sein eigenes Liebesleben im Kopf. Und nun kommt da der Prinz auf dem weißen Pferd und schmachtet. Der Krieg steht vor der Haustür, die Zukunft ist ungewiss … Was würden die meisten jungen Mädchen getan haben? Und was würden sie heute tun, Anne?"

Ich scharrte verlegen mit meinen Füßen im Schotter. „Himmel, Brian, woher kennen Sie die Herzen von Frauen so gut?"

„Ich bin selbst mit einer verheiratet", sagte er leise. Und dabei schweifte sein Blick so glücklich und träumerisch in den Park hinaus, dass ich eine Weile schwieg und ihn diesen Träumen überließ. Was musste Marjorie für eine Frau sein, dass sie so geliebt wurde! Ich ertappte mich dabei, wie ich davon träumte, selbst so geliebt zu werden. Nur einmal im Leben.

„Übrigens …" Ich schrak hoch aus meinen Gedanken. Brian hatte seine Sitzposition mit einem Mal gestrafft. „Übrigens schien Marc Douce überraschenderweise wirklich zu mögen.

Zumindest schmachtete er sie weiterhin an, während er auf Sark und Guernsey noch einige andere Liebschaften anfing und beendete. Sie waren tatsächlich noch um den 20. Juni zusammen, als die politische Lage schon mehr als brenzlig wurde. Und die Leute auf Herks sagen, es war eine rein platonische Geschichte. Bis zu dem Tag, als Marc dem Mädchen die Ehe versprach. Von dem Tag an war Douce wie verwandelt."

„Sie glaubte ihm." Ich stellte es nüchtern fest. Innerlich bebte ich für das unschuldige Geschöpf.

„Ja", erwiderte Brian schlicht.

„Sie wurde nicht glücklich darüber", spekulierte ich.

„Was ist schon Glück?" fragte Brian. „Und außerdem ist für jeden Glück ja etwas anderes."

„Aber sie saß einem Windhund auf", protestierte ich. Wie konnte das der sonst so vernünftig wirkende Brian übersehen?

„Sie tat ihrem Gefühl und ihrem Bewusstsein nach einem Bedürftigen etwas Gutes", erwiderte Brian sanft. Und ein Blick in seine Augen ließ mich plötzlich schlucken.

5

Kann man sich eigentlich nur aufgrund eines intensiven Gesprächs in einen anderen Menschen verlieben? Ich hatte eine ziemlich unruhige Nacht voll verwirrender Träume hinter mir, als mir klar wurde: Man kann. Mein Herz schlug heftig, als ich erwachte, und ich schämte mich umso mehr, weil Brian verheiratet war. Und anscheinend überglücklich dazu.

Himmel, weit war es mit mir gekommen! Wie sollte ich ihm ab jetzt in die Augen schauen? Ich war mir doch im Wachen dieser Empfindung gar nicht bewusst gewesen! Keep cool, befahl ich mir. Männer merken meist nicht, was mit Frauen los ist, wenn es um Gefühle geht. Ein kleinlauter Einwand meiner inneren Stimme erfolgte prompt im Stillen: bis auf Brian.

Der Vorsatz der Coolness sollte jedenfalls gelten. Heute wollten wir uns nachmittags nach seiner Sprechstunde am Liberty Square treffen. Der gestrige Spaziergang war seiner Hüfte nicht allzu gut bekommen, und so wollten wir es beim Begutachten der kleinen Parkanlage einstweilen belassen. Ich fand mich auch mit klopfendem Herzen pünktlich ein. Aber die Zeiger meiner Uhr schienen stehen geblieben zu sein. Brian kam nicht, und ich fürchtete schon, er weiche mir aus. Doch dann – ich starrte gerade trübselig auf eine Stiefmütterchenrabatte und hatte innerlich bereits meinen Urlaub abgebrochen – stand er plötzlich vor mir. Mein Herz machte einen Satz, und ich fürchte, ich wurde rot bis über beide Ohren. Wie dankbar war ich ihm, dass er das geflissentlich zu übersehen schien!

„Hallo, Anne!" grüßte er mich freundlich. „Und – schon fleißig geschrieben?"

Ich stammelte etwas von Notizen und tausend Gedanken, konträren Charakteren und scheinbar vorhersehbaren Schicksalen. Brian nahm unterdessen Platz neben mir. Er massierte fast unauffällig seinen rechten Oberschenkel.

„War unser Spaziergang gestern zu viel?" erkundigte ich mich besorgt.

Er schüttelte den Kopf und lächelte mich mit leicht schmerzverzerrtem Gesicht an. „Nein, Anne, keine Sorge. Ich schätze nur, uns steht wieder einmal ein Wetterwechsel bevor. Das merke ich immer an den Schmerzen in meiner Hüfte und den Krämpfen im Oberschenkel. Kein Barometer könnte zuverlässiger sein", versuchte er zu scherzen, während in mir ein verzweifelter Wunsch aufstieg, dieses „Barometer" auf mich nehmen zu können. „Im Ernst, ich werde einfach alt."

„Dabei sieht es heute so herrlich aus!" wies ich auf den samtenen Himmel und die leuchtenden Farben der Blumenrabatten in der Sonne. „Kaum zu glauben, dass das morgen vorbei sein könnte. – Überhaupt: ein entzückender Platz, dieser Liberty Square."

Brian nickte. „Das war nicht immer so", sagte er etwas versonnen.

„Nein?" Ich wurde neugierig, denn Brian klang so, als wolle er den Faden vom Vortag wieder aufnehmen.

„Nein. Bis 1940 war es ein wunderschöner Platz, ähnlich wie heute. In der Mitte stand ein kleiner Brunnen mit einem Metallbecher zum Trinken. Und rundherum um den Platz Heckenrosen. Wenn man im Frühsommer mit dem Boot zur Insel kam, leuchtete der Platz schon von weitem in Pink. Und der Duft übertönte die Salzluft im Hafen." Ich lauschte staunend mit offenem Mund. „Er hieß damals auch noch nicht Liberty Square. Ich glaube, der offizielle Name war Royal Round. Vermutlich nannten es die meisten Leute einfach den Platz. Ein paar nannten ihn auch Ruddy Round."

Ich kicherte. „Was?"

Brians Mund verzog sich ebenfalls zu einem spitzbübischen Lächeln. „Naja, Sie kennen doch die Vorliebe der Briten für Wortspielereien, Anne. Rötliches Rund oder Verflixter Fleck, wenn wir schon bei den Alliterationen bleiben wollen. Nein, die Hommage an die Freiheit kam erst, als die Menschen auf Herks wussten, was es bedeutet, sie zu verlieren. Und als sie wieder die Freiheit hatten, alles so zu nennen, wie *sie* es wollten und nicht wie eine Fremdmacht das per Gesetz gefordert hatte."

Ich schwieg betreten. Dann wagte ich doch, meine Frage zu stellen. „Die deutschen Besatzer haben den Bewohnern der Kanalinseln neue Namen für Plätze verordnet?"

„Oh, nicht nur für Plätze. Ruddy Round war übrigens bald zum Platz für Aufmärsche eingeebnet. – Tja, mancher Name wurde völlig aberwitzig eingedeutscht. Und hier auf Herks – nun, das Dolmengrab La Trétête nannten sie ‚Dreihäupter‘, den Point Ste. Germaine das ‚Deutsche Eck‘ und Devil's Corner ‚Teufelsspitz‘. Ruddy Round wurde zum ‚Roten Rund‘; aber bei den Insulanern hieß es bald die ‚Braune Beule‘.“

Ich prustete los. „Himmel, das nenne ich Galgenhumor!“

Brian nickte bedächtig. „War es auch, Anne. Das können Sie mir glauben. Im wahrsten Sinne des Wortes. Es war wahnsinnig gefährlich, solche Wortspielereien zu äußern. Sie konnten denjenigen durchaus an den Galgen bringen.“ Wir schwiegen. „Soll ich die Geschichte von gestern weitererzählen?“ fragte er mich nach einer Weile.

„Bitte“, sagte ich nur. Zu mehr hätte meine wachsende Betroffenheit nicht gereicht.

*

Die Schulkinder auf den Kanalinseln hatten im Juni 1940 schon längst nur noch mit ABC-Schutzmasken draußen gespielt. Und auch mancher Erwachsene zog es vor, solch ein Gerät mitzuführen. Für die Damenwelt gab es dafür eigens dekorative Behältnisse – fast entstand darüber so etwas wie eine Mode

Wesentlich wichtiger als das Abenteuer allabendlicher Verdunkelung und Gasmaske war jetzt aber die Frage der Evakuierung geworden. Inzwischen rechnete man fast jeden Tag mit dem Übergriff der Deutschen auf die Kanalinseln. Wer

Verwandte auf der britischen Mutterinsel hatte, packte schon vorsorglich die Koffer. Auf Herks war das Amy Cawdry – Julian bestand darauf. Die Kinder von Herks, die Internate auf Guernsey besuchten, sollten von dort aus ebenfalls evakuiert werden. Die Eltern der Harmon-Geschwister schrieben in einem kurzen Brief aus Brighton, sie wollten so lange auf der königlichen Hauptinsel bleiben, bis das Sommertheater seine Tournee beendet haben würde. „Sommerheater" – kein Mensch ahnte damals, wie lang dieser „Sommer" dauern würde.

Und dann kam alles Schlag auf Schlag. Bis zum 20. Juni wurden alle Kanalinseln völlig entmilitarisiert. Im Klartext: Die Inseln wurden völlig wehrlos. Die Inselgouverneure erfuhren davon erst am 19. Juni. Da war es schon zu spät, noch Einspruch zu erheben. Fatalerweise erfuhr das Ausland erst wesentlich später davon. Das war so ungefähr der Zeitpunkt, als Marc Harmon nach einer ganzen Woche steter Besuche Douce seinen Heiratsantrag machte. Am selben Tag wurde das unterseeische Telefonkabel zwischen England und Frankreich, die letzte Verbindung zwischen Insel und Festland, gekappt.

Nun begann die Evakuierung der Zivilbevölkerung. Es waren furchtbare Szenen, die sich in den Häfen der Inseln abspielten. Oft genug riss die Evakuierung Familien entzwei. Junge Männer, die heroisch für ihr Vaterland in die Schlacht ziehen wollten, verabschiedeten sich von den ihren. Dann reisten Schulkinder mit ihren Lehrern fort nach England, und die Eltern blieben zurück. Manchmal winkte nur der Vater am Kai, während

Mutter und Kinder gemeinsam an Bord gingen. Alles ging völlig überstürzt zu. Wer nicht auf gepackten Koffern gesessen und ständig zum Hafen Kontakt gehalten hatte, verpasste vielleicht das letzte Schiff in die Sicherheit. Wer eine Minute zu lang zögerte, für den bedeutete dies ein völlig anderes Schicksal. Und wie häufig mussten sich Reisewillige Feigheit vorwerfen lassen – gerade von solchen Menschen, die sich am Ende auch plötzlich für die Flucht vor den Deutschen entscheiden sollten! Und dann kam der Tag, als wirklich das letzte Schiff ablegte.

Es muss herzzerreißende Abschiede in St. Peter Port gegeben haben. Aber auf Herks war die Wirklichkeit noch grausamer: Es gab keine Abschiede. Denn die Kinder waren mit anderen Schulkindern auf Guernsey evakuiert worden, ohne ihre Mütter und Väter wiedergesehen zu haben. Die Eltern sahen nur die Flüchtlingsschiffe vorüberziehen. Und war die Mole auf Guernsey von Rufen und Getümmel erfüllt gewesen, so herrschte auf Herks Schweigen, durchbrochen von einem leisen Schluchzen hier und einem beruhigenden Wort da.

Insgesamt 30.000 Menschen waren in die erhoffte Sicherheit des britischen Mutterlandes gereist. Zurück blieb gerade einmal die Hälfte der ursprünglichen Einwohnerzahl der Inseln. Allein Sark blieb fast vollständig bewohnt – die Dame of Sark, Sybil Hathaway, hatte alle Untertanen bis auf 129 davon überzeugen können zu bleiben. Auf Herm blieb nur ein einsamer Siedler, den die Deutschen daher später Robinson nannten. Guernsey wurde halb entvölkert, und ein ähnliches Schicksal widerfuhr Jersey. Auf Alderney blieben ganze 18; sie sollten ein Grauen erleben, dem keines auf den anderen Inseln gleichkam. Alderney wurde die Insel der Konzentrationslager und Lager für Zwangsarbeiter. Von hier gab es kaum ein Entrinnen.

*

Der 28. Juni 1940 war ein herrlicher Sommertag mit wolkenlos blauem Himmel. Als Janet kurz nach halb sieben Uhr abends aus dem Laden von Jean Barbet trat, flogen deutsche Bomber über die Insel hinweg. Sie flogen nach Guernsey hinüber. Janet zuckte zusammen, und in ihr breitete sich kalte Übelkeit aus. Sie stellte ihren Korb in den Staub der Straße und blickte wie hypnotisiert den grauen Maschinen nach. Wenig später erschütterten die ersten Detonationen über St. Peter Port die Scheiben der Marina auf Herks.

„Oh mein Gott", flüsterte Janet. „Oh mein Gott!" Und dann schrie sie es hysterisch, bis Jean aus dem Laden stürzte, Douce im Schlepptau.

„Die Hunnen kommen!" brüllte Jean, als er sah, was los war.

Plötzlich herrschten Menschengewimmel und babylonisches Stimmengewirr am Kai von Herks, in dem die einen schrien, die nächsten weinten, die dritten beschwichtigten. Janet hatte sich in den Sand neben ihren Korb gesetzt. Douce wiegte sie beruhigend im Arm.

„Gott wird uns schützen", sagte sie leise. „Das ist sicher alles nur ein schrecklicher Irrtum."

Sie ahnte nicht, wie nahe sie der Wahrheit kam. Denn die britische Regierung sollte das europäische Ausland – und damit auch den Feind – erst zwei Stunden nach dem Luftangriff auf die Kanalinseln von deren Entmilitarisierung informieren. Zwei Stunden früher, und die sechs Bomber, die von Osten her angeflogen kamen, hätten vielleicht abgedreht, weil die Piloten rechtzeitig erfahren hätten, dass in den Häfen von St. Helier und St. Peter Port nichts weiter lag als ein paar Frachtschiffe für Tomaten und anderes Erntegut aus den Treibhäusern der Inseln. Und dass eben dieses Frachtgut auf den Lastkraftwagen zu den Molen angefahren wurde. Der Hilfskreuzer der Insel Guernsey hatte in wenigen Meilen Entfernung hilflos das Bombardement ansehen müssen; er kehrte gerade von einem Einsatz auf Alderney zurück, als die Hölle losbrach. Tote und Verletzte zwischen brennenden LKW mit Tomaten und Erdbeeren – der friedliche Sommer und die Abgelegenheit vom Kriegsschauplatz Europa hatten ein jähes Ende gefunden.

Am 30. Juni landeten die Deutschen in aller Herrgottsfrühe auf dem Flughafen von Les Landes auf Guernsey. Einen Tag später wurde Jersey besetzt. Am 2. Juli 1940 landeten die deutschen Besatzer im Hafen von Herks. Marc Harmon war immer noch auf der Insel.

*

„Wie?!" fragte ich erstaunt. „Ich dachte, er habe Douce vorgejammert, er werde an die Front müssen und sich dort ihretwegen in Sehnsucht verzehren?"

„Tja", Brian hob die Arme zu einer Geste der Hilflosigkeit. „Auch hier war das Schicksal wieder einmal mächtiger."

„Das Schicksal?!" wiederholte ich spöttisch.

„Sicher: das Schicksal. Oder wie würden Sie es nennen, wenn sich mit einem Mal alle Männer auf Herks dafür entscheiden, auf ihrer Insel zu bleiben, um gewissermaßen einen Rest Kontrolle zu wahren? Für den Fall, dass die Hunnen, Verzeihung, die Deutschen kämen. Genau das passierte nämlich. Jean Barbet wollte seinen Laden nicht im Stich lassen, Julian Cawdry nicht seine Farm. Jacques Barbet wollte auf Heimaterde sterben. Lance DuBois, der Pfarrer, wollte mit seiner Herde die Notzeit durchhalten. Pierre Sheaffer Jr., der Insel-Polizist, war gerade in schwierigen Situationen sicher unentbehrlich. Und so ging es gerade durch die Reihen weg. Es sind wirklich nur böse Zungen, die behaupten, Marc Harmon habe die anderen vom Weggehen oder gar vom Dienst fürs Vaterland abgehalten. Er hätte es nicht gekonnt, selbst wenn er es gewollt hätte. Und am Ende trafen ja zahllose Bewohner anderer Inseln genau die gleiche Entscheidung für sich."

„Meinen Sie, Marc hätte sich anders entschieden, wenn er Douce nicht gehabt hätte?"

Brian lachte bitter. „Oh nein, Anne. Mit Sicherheit nicht. Marc war Egoist durch und durch. Und wenn ihm der Entschluss zu bleiben seine Haut retten sollte, so war das der für ihn ausschlaggebende Punkt. Douce war ihm Lustgewinn. Und im Zweifelsfall nichts anderes als ein Möbelstück, das man heute dekorativ platziert und morgen auf den Sperrmüll wirft."

„Ja, und Douce hat davon gar nichts gemerkt?!" fragte ich verwirrt.

„Nein, sie hat zumindest anfangs nichts gemerkt. Sie war verzaubert von seinem versierten Charme."

Ich schwieg. Dann blickte ich Brian wieder in die Augen und flüsterte heiser: „Bitte erzählen Sie weiter!"

*

Sie kamen im Morgengrauen. Ein Kriegsschiff legte an, und das überragte die ganze Ortschaft Herks. Das Dröhnen des Schiffsmotors hatte die Dorfbewohner geweckt, und vereinzelt zeigten sich an den Fenstern verschlafene Gesichter, die ungläubig beobachteten, wie sich eine Flut deutscher Soldaten über das Fallreep auf den Ort zu bewegte – eine ganze Kompanie. Harriet Larkin, die Wirtsfrau von The Crown & Anchor, gewann als erste ihre Fassung wieder und raste ans Telefon, um Marc Harmon anzurufen. Schließlich hatte der jetzt das Manor inne und damit quasi das Sagen über Herks.

Sie erwischte einen recht verkaterten Inselherrn, der aber bei der Nachricht über das Anlanden feindlicher Truppen blitzschnell stocknüchtern war. Und während sich der Mole entlang die deutschen Soldaten ordentlich formierten, fuhr Marc in seinen Galafrack und stürmte in Richtung Hafen. Er war sich selbst nicht sicher, was er überhaupt da unten wollte. Was sollte er den Deutschen sagen? Würden sie ihn überhaupt verstehen?

Marc Harmon kam sich vor wie ein Schauspieler, der ohne jegliche Textkenntnis die Hauptrolle eines Theaterstücks vor einem Premierenpublikum spielen soll. Er verspürte aufsteigende Übelkeit, wiewohl er ja noch nicht einmal Zeit zum Frühstücken gehabt hatte. Verdammt, er wünschte sich, er hätte im Vorfeld mit irgendjemandem über diese Situation beraten. Aber jetzt war er völlig allein. Und The Square war schon zu sehen. Und wie sollte er den kommandierenden Offizier erkennen, mit dem er würde verhandeln müssen? Und worüber verhandeln, wenn die anderen Inseln friedlich kapituliert hatten?

Marc Harmon benötigte dann allerdings zumindest keine Kenntnis feindlicher Uniformen und Ränge, denn Hauptmann Werner von Ploßnitz wusste sofort, wen er in der lächerlich zerzausten Gestalt mit den fliegenden Rockschößen und den blutunterlaufenen Augen vor sich haben musste. Kannte er den Namen seines Gegenübers auch nicht, so musste der wohl so etwas wie eine Autorität der Insel sein. Er stöhnte innerlich: In welches Nest hatte man ihn versetzt? In welche untermenschliche Barbarei?

Marc registrierte erleichtert, dass der andere ein durchaus verständliches, wenn auch von hartem Akzent geprägtes Englisch sprach. Er antwortete beflissen, wies auf die Ortschaft und lud den Offizier ein, zu seinem Herrenhaus mitzukommen.

„Wo haben Sie Ihren Wagen abgestellt?" erkundigte sich von Ploßnitz, um den Kelch voll zu machen. Marc stotterte, die Insel sei nicht motorisiert, die Fangflotte selbstverständlich ausgenommen. Hauptmann von Ploßnitz rümpfte die Nase. „Da werden wir den englischen Muff einmal tüchtig auslüften müssen", verkündete er und blickte Beifall heischend in die Runde seiner nächsten Untergebenen. Deren zustimmendes Gemurmel kam auch prompt, und Marc wusste nicht, wie er zu reagieren habe. Ein kräftiger Schlag aufs Schulterblatt ließ ihn zusammenfahren. „Na, Mr. Harmon, dann gehen wir mal gemütlich frühstücken."

Marc führte von Ploßnitz zum Herrenhaus, das dem Deutschen ein zustimmendes Nicken entlocken konnte. Aber von gemütlichem Frühstück konnte sicher keine Rede sein. Natürlich wurde aufgeboten, was Keller und Küche nur liefern konnten. Marc brachte vor Aufregung kaum einen Bissen hinunter, während von Ploßnitz hier wählerisch mit seiner eigenen abgeleckten Gabel zustieß und dort einen Bissen, nach genauerer Inspektion, wieder zurücklegte.

Es war Irene, die die Situation änderte und Marc aus seiner Verlegenheit rettete. Sie hatte den Anruf von Harriet Langton mitbekommen und eins und eins zusammengezählt.

Ohne zu zögern, war sie aufgestanden, hatte sich in elegantere Nachmittagskleidung geworfen, sich leicht geschminkt und sich ein paar Worte zurechtgelegt. Nun kam sie den Treppenaufgang in der Halle heruntergerauscht (leider ohne weiteres Publikum als das Faktotum Harry Simpson) und warf dramatisch die Tür zum Esszimmer auf.

Werner von Ploßnitz erhob sich sichtlich angetan bei ihrem Erscheinen, während Marc ungerührt sitzen blieb. Himmel, welch ein Bauer, dachte Irene in diesem Moment. Sie nickte dem Deutschen schon in der Tür freundlich zu und lenkte dann ihren Schritt in seine Richtung.

„Guten Morgen, Sir", begrüßte sie ihn. „Ich bin Irene Harmon. Ich hätte mich gefreut, Sie unter für uns alle glücklicheren Umständen hier auf Herks begrüßen zu dürfen. Leider scheint das nicht möglich. Ich bin mir jedoch sicher, dass zwei zivilisierte Völker Seite an Seite zivilisiert miteinander leben können, nicht wahr? – Wie ich sehe, hat mein Bruder bereits für Ihr Frühstück gesorgt. Hatten Ihre Leute auch schon etwas zu essen?"

Hauptmann von Ploßnitz stellte sich nun seinerseits vor. Was Marc mit Unsicherheit und Ungeschick angestellt hatte, machte seine Schwester wieder gut. Von Ploßnitz gab sich plötzlich jovial. Ja, seine Leute hätten eine Feldküche mitgebracht. Nun stelle sich allerdings die Frage der Übernachtungsmöglichkeiten bei Inselbewohnern. Denn auf Dauer sollten seine Soldaten nicht biwakieren.

„Natürlich nicht!" lächelte Irene wohlwollend (und machte aus ihrem Herzen eine Mördergrube). „Sie, Herr von Ploßnitz, müssen natürlich in The Manor wohnen. Keine Widerrede. Und sicherlich haben Sie noch einige besonders verdiente Männer, denen Sie auch eine bessere Unterkunft gönnen? – Sehen Sie!"

Marc sandte seiner Schwester Blicke, die hätten töten können. Aber Irene erwiderte sie nur mit spöttischem Lächeln. „The Manor, Herr Hauptmann, ist sicher das Komfortabelste, was es hier auf Herks gibt. Darf ich Ihnen mein eigenes Zimmer anbieten? Es wirkt nur auf den ersten Blick so feminin. Bin ich erst einmal daraus ausgezogen, dürfen Sie selbstverständlich nach Herzenslust mit dem Interieur verfahren."

Werner von Ploßnitz fühlte sich mehr als geschmeichelt von so viel Entgegenkommen. Er verwarf rasch den Gedanken, er sei auf einem barbarischen Eiland gelandet, und ließ sich von der eleganten Dame des Hauses betören. Die zeigte ihm die verfügbaren Räumlichkeiten, verriet ihm besonders attraktive Ausflugsziele auf der Insel und empfahl für abendliche Unterhaltung das Pub im Ort.

Als von Ploßnitz am Ende wieder hinunter ins Dorf spazierte, brach Marcs ganzer Zorn über Irene herein. „Wie konntest du unser Haus diesen Hunnen öffnen?! Bist du verrückt geworden? Was werden die Leute auf unserer Insel dazu sagen?"

Irene blickte ihn mitleidig an. „Bist du so ahnungslos, oder tust du nur so, Marc? Wenn ich unser Haus nicht geöffnet hätte, wäre es restlos requiriert worden. Genau wie vermutlich auch alle anderen Häuser in Herks sich öffnen müssen. So hast du wenigstens ein Bleiberecht in The Manor, Bruderherz."

„Und du?" fragte er fassungslos.

„Ich", lächelte Irene, „ich gehe nach Les Silences und sehe zu, dass in unserem Sommerhaus nichts geschieht, was wir nicht billigen können."

Und damit schlängelte sich ihre schlanke Gestalt wieder hinaus, um wenig später auf Schleichwegen und in derber Kleidung in Richtung Bay Détournée zu wandern. Keine Minute zu früh, wie sich zeigen sollte. Denn die deutschen Soldaten hatten auf der Suche nach Quartieren begonnen, die Insel zu erkunden.

*

„Scheint ein ziemlich kühler, berechnender Kopf gewesen zu sein, diese Irene Harmon", unterbrach ich die Erzählung. „Ziemlich opportunistisch, oder?"

Brian wiegte nachdenklich den Kopf. „Was ist in einer Ausnahmesituation Opportunismus?"

Ich errötete, weil ich den Eindruck hatte, etwas Falsches gesagt zu haben. „Ich meine, sie hat doch dem deutschen Offizier schöngetan, damit er sie womöglich begünstige."

„Spekulation, Anne, das ist zunächst einmal Spekulation." Brian räusperte sich kurz, massierte einen Augenblick wieder seinen Schenkel. Dabei blickte er in den

Himmel, als finde er dort für seine Gedanken die Worte, die er suchte. „Irene war sicher ein sehr intelligenter Kopf, kein Zweifel. Und sie war schwierigen Situationen vollständig gewachsen. Das sagt nun allerdings wenig über ihre allgemeine Disposition aus. Irene war nämlich durchaus ein Feuerkopf. Denken Sie an ihre Freundschaft zu der kommunistischen Frauenrechtlerin Marie-Claire Groucart. Das kam nicht von ungefähr. Eine junge gebildete Frau in den 30er Jahren, die schließlich im Nichtstun auf einer Insel strandet – keine einfache Situation. Irene Harmon war ausgesprochen emanzipiert. Dazu gehörte damals sicher mehr Feuer als heute und zugleich ein kühlerer Kopf, um sich auch durchzusetzen."

Ich nickte. „Natürlich hatte ich schon angenommen, dass sie etwas anders geartet ist als Janet und Douce", erwiderte ich und verfiel dabei unversehens in die Gegenwart. Zu gefangen war ich von Brians Geschichte.

„Irene war also emanzipiert genug, das Ruder an sich zu reißen, als sie merkte, dass ihr Bruder nicht Herr der Lage war. Sie spielte dabei exzellent ihre weiblichen Reize aus und versäumte auch nicht, mütterliches Umsorgen an den Tag zu legen, als es um die Quartierfrage ging. Von Ploßnitz lieferte sie das perfekte arische Weibchenschema mit einem Schuss erotischen Vamps. Wer sie nicht kannte, würde das als einen Versuch der Fraternisierung gesehen haben. Doch sie durchschaute den Offizier und benutzte ihn."

„Hinsichtlich der Requirierungen?"

„Richtig. Sie hatte genügend historische Kenntnisse darüber, dass Soldaten, denen man nicht freiwillig Kost und Logis bietet, sich dies mit Gewalt zu holen pflegen. Sie machte es im Prinzip wie Großbritannien mit den Kanalinseln: Sie wollte ihr Heim unzerstört wissen; daher bot sie es dem kommandierenden Offizier und seinem Stab an, denn der würde vermutlich auch so etwas wie Kultur an den Tag legen. Und damit ihr Sommerhäuschen nicht einem ungewissen Schicksal entgegensehe, zog sie flugs dort ein. Damit hatte sie auch dort die Kontrolle in Händen."

„Ja, aber als Frau so ganz allein?"

Brian nickte ernst. „Das war natürlich ein reines Vabanquespiel von Irene. Sie wusste nicht, wie sich die feindlichen Soldaten auf eroberter Erde geben würden. Aber dazu kann man nur sagen: Es gab zu keiner Zeit auf den Kanalinseln irgendwelchen Grund zur Klage wegen ungebührlichen Verhaltens der Wehrmacht oder anderer deutscher Besatzer. Alles, worüber Beschwerde geführt wurde, ahndeten die jeweils zuständigen Zivilbehörden oder das Militär selbst. Erst mit den letzten Kriegsjahren änderte sich die Situation etwas, als die Not aller mitunter zu Eigentumsdelikten führte. Aber Irene war in Les Silences so sicher wie in Abrahams Schoß."

Ich atmete auf. Dann fröstelte mich mit einem Mal vor Kälte, und ich blickte Brian fragend an: „Haben Sie für heute Abend schon eine Mahlzeit vorbereitet? Oder darf ich Sie zu einem Dinner im Pub einladen, Brian?"

Er lachte. „Sie wollen den Schritt in die Höhle des Löwen erneut wagen, Anne?"

„Ja, warum nicht?!" erwiderte ich fröhlich. „Ich habe doch den Löwenbändiger an meiner Seite."

„Dann wollen wir die Konventionen jedoch nicht weiter auf den Kopf stellen, als das dem Wohlwollen gegen Sie zuträglich wäre, Anne. Darf ich Sie einladen?"

Wir hatten uns derweil beide aufgerappelt und auf den Weg zum Pub gemacht. In munterem, zumeist wenig bedeutungsvollem Wortwechsel und lauten Überlegungen, was wohl heute die Empfehlungen des Tages sein mochten, betraten wir The Crown & Anchor. Nur einen winzigen Moment lang brach die Unterhaltung der Männer am Tresen ab, dann wurde sie wieder aufgenommen, als sei nichts geschehen. Brian und ich wählten einen Fenstertisch und dann das Essen. Nachdem Brian mit zwei Ginger Shandys von der Bar zurückkam, nahm er seinen Faden wieder auf.

*

Die Deutschen hatten eine modellhafte Besetzung angeordnet. Und sie hatte tatsächlich modellhaft begonnen. Nicht ein Schuss war gefallen. Die maßgeblichen Leute auf den Inseln zeigten sich kooperativ. Das Klima der Kanalinseln, die Sauberkeit der Ortschaften, die Freundlichkeit der Menschen trotz ihres naturgemäßen Misstrauens – die deutschen Besatzer fühlten sich eher im Paradies angekommen als in Feindesland. Und während sie zunächst buchstäblich nicht eine Blume zu pflücken wagten, um dieses Paradies und die Modellhaftigkeit ihrer Besetzung nicht anzukratzen, wurden rasch Gesetze entworfen, die den paradiesischen Zuständen den deutschen Stempel aufprägten.

Als erstes mussten natürlich alle Waffen abgegeben werden; bei Zuwiderhandlung drohten harte Gefängnisstrafen bis hin zur Todesstrafe. Später wurden Ausgangssperren verordnet, und bald war es untersagt, bestimmte Inselgebiete zu betreten. Militärische Sperrgebiete wurden gekennzeichnet, Strände, Häfen und Schifffahrtsstraßen teilweise vermint, die Fischerei nur noch unter Aufsicht und mit speziellen Sondergenehmigungen gestattet. Das war hart, denn auf der Fischerei beruhte ein gut Teil der Wirtschaft. Und von der Außenwelt war man ja nun so weit abgeschlossen, dass überall über die Selbstversorgung mehr als nur nachgedacht werden musste. Gegen Kriegsende sollten aus Rosenrabatten Kartoffeläcker und Blumenkohlbeete geworden sein. Und das würde die geringste Veränderung bleiben.

Auf Herks wurde zunächst alles relativ unkompliziert gehandhabt. Schließlich war die Insel sehr übersichtlich, sowohl geographisch als auch von der Zahl der Bevölkerung her. Von den ursprünglich 40 Einwohnern waren ganze 29 noch auf der Insel geblieben; die Schulkinder, Amy Cawdry und die beiden Harmons senior waren drüben in England. Hauptmann von Ploßnitz und etwa zehn weitere Mann wohnten in The Manor; die übrigen Soldaten, ausnahmslos niedrigere Dienstgrade, waren zum Teil auf die einzelnen Haushalte verteilt worden. Irene Harmon und Les Silences waren davon verschont geblieben; die Bucht lag zu abseits. Stattdessen hatte man einige Mannschaftsunterkünfte hinter der Marina angelegt. Irene und Marc leisteten für den geographischen Vorteil ihres Cottages finanziellen Ausgleich.

Das Bild auf der Insel veränderte sich rasch. Zum einen natürlich durch die Baracken, dann durch die Umwandlung von The Square in einen Exerzierplatz. Hin war die Zeit der Rosen; nun gab es Aufmärsche, manchmal aber auch kleine Konzerte oder Theaterbesuche in der rasch provisorisch errichteten Konzertmuschel, die auf einer requirierten Wiese der Cawdry-Farm errichtet worden war.

Und dann beherrschten natürlich ab jetzt Uniformen das Bild. Keine 30 Einwohner und rund 120 Besatzer – die Bewohner von Herks spotteten hinter vorgehaltener Hand über die Furcht des Goliath. Die deutschen Soldaten kauften Leckereien wie Orangenmarmelade und Karamellen und schickten sie mit bunten Postkarten zurück in ihre Heimat. Nach lockeren Dienststunden wurden an den noch nicht verminten Stränden Grillpartys gefeiert und Wettschwimmen veranstaltet. Es dauerte nicht allzu lang, da hatten sich auch ein paar Inselschönheiten eingefunden, um die sommerliche und frühherbstliche Wärme fröhlich zu genießen. Janet Cawdry war nicht dabei. Sie schien entweder Marcs Korb noch nicht verwunden zu haben; oder sie wartete auf ein „höheres Tier".

Unterdessen hatte sich Marc zwangsläufig mit Hauptmann von Ploßnitz, dessen Stab und Ordonnanz arrangiert. Allerdings war er nicht gerade glücklich mit dem Kompromiss. Sein Faktotum Harry Simpson hingegen hatte Freundschaft mit von Ploßnitz' Ordonnanz geschlossen. Der Mann hieß Heinrich Wetter, und über der Ähnlichkeit der Vornamen, der Art der Tätigkeit und ihres Junggesellentums (sowie über der heimlichen Schwärmerei für die Schauspielerin Mae West) waren die beiden sich rasch einig geworden. Marc kam unverhofft zu manchem Bissen, der aus der Offiziersküche stammte; und Hauptmann von Ploßnitz hatte unbemerkt einen guten Hausgeist mehr. Während Heinrich seine Englischkenntnisse in der Küche bei bestem schottischem Whisky aufbesserte, wurde Harry manchmal ins Zeltkino der Kompanie geschmuggelt.

Was ging sonst vor auf der Insel? Alle versuchten, so weiter zu leben wie bisher. Das war für die meisten Familien natürlich kaum möglich, in denen ein liebes Gesicht bei den Mahlzeiten fehlte. Wo das Kinderlachen für ungewisse Zeit verstummt war oder ein ordnender Geist. Auch Amy Cawdrys ruhige Hand fehlte. Julian kam sich bisweilen wie ein Junggeselle vor, der vergessen hatte, wie man Ordnung hält; aber mit einer Viehherde und einem kleinen Fischerboot war der Tag mehr als ausgefüllt.

Übrigens, nicht dass Janet nicht ihren Teil im Hause geleistet hätte. Sie tat gewiss ihr Bestes. Aber das Beste des einen ist nicht das des anderen; und wo der eine alles sauber und in Ordnung findet, kleben dem anderen die Schuhe am Boden fest, und er findet nichts mehr an seinem Platz. Jane wollte Julian nicht vergraulen; aber sie konnte Amy schlicht nicht ersetzen. Sie war eine junge Frau mit einem Überschuss an sinnlichen Bedürfnissen; und so fiel ihren Tagträumen die eine oder andere Pflicht zum Opfer. Schmutziges Geschirr und verstaubte Möbel brüllen nicht wie eine Kuhherde, die gemolken werden will. Julian fand also manches im Argen, wenn er abends müde heimkam. Aber zumindest fand er immer eine Mahlzeit auf dem Tisch.

Bei seinem Freund Jean Barbet sah die Sache freilich weniger erfreulich aus, und Julian war mitunter sehr froh darüber, wie die Dinge im Vergleich dazu auf Cawdry's Love standen. Seit dem Tag, an dem Douce dem Windhund Marc Harmon nicht nur ihr Herz, sondern auch Gehör geschenkt hatte, war Jean Barbet seiner Schwester nur noch mit eisigem Blick begegnet. Noch eisiger als bei ihrer Rettungsaktion für die blutende Nase des jungen Snobs. Jacques und Babette, die Eltern, hatten zunächst so gut wie nichts von der Verlobung mitbekommen. Und was hätte es auch geändert?! Schließlich war's ohnehin zu spät.

Marc hatte unmittelbar nach der Einquartierung des Hauptmanns von Ploßnitz, seiner Ordonnanz und seines Stabs die junge Frau gebeten, doch die Dame des Hauses in The Manor zu vertreten. Da Irene sich in Les Silences aufhielt, um dort die

Stellung zu halten, konnte Douce keinen Grund erkennen, ihm nicht zur Seite zu stehen. Kurz und gut, bald regierte sie über Küche und Keller, organisierte den Haushalt und sorgte für die Pflege, die der Park benötigte. Und weil dies alles ihre stete Anwesenheit erforderte, zog sie noch vor Ende Juli desselben Jahres in das Herrenhaus ein. Wenig später begann Marc Harmon mit seinen nächtlichen Besuchen in ihrem Zimmer.

*

Ich stöhnte auf. Brian betrachtete mich aufmerksam. Er kaute genüsslich seinen Bissen Steak zu Ende, dann fragte er mich: „Kennen Sie auch nur einen Menschen, Anne, der in seinem Leben nicht einem Luftikus, einem Schwerenöter, einem Charakterschwein aufgesessen wäre? Ohne es zu merken?"

Ich blickte ihn verblüfft an, und einen Augenblick hatte ich das Gefühl, ich müsse doch eine Gräte in meinem Kabeljaufilet gehabt haben, denn ich räusperte mich ganz fürchterlich. Brian nahm es als Zustimmung.

„Sehen Sie, ich glaube, es gehört für jeden Menschen zum Reifeprozess, einmal einem falschen Fuffziger zu begegnen, ihn lieben zu lernen und über ihn hinwegkommen zu müssen." Brian wartete auf meine Bestätigung. Sie blieb erst einmal aus, weil ich angefangen hatte zu grübeln. Doch er ließ nicht locker, was auch immer er mit seiner Hartnäckigkeit bezweckte. „Wie oft ist beispielsweise Ihnen so ein Mensch begegnet?"

Ich hob den Kopf und grinste verlegen. „Ich habe aufgehört zu zählen, Brian."

„Und was haben Sie daraus gelernt, Anne?"

„Ich bin wählerischer geworden."

„Inwiefern?"

„Och", lachte ich, „ich stehe inzwischen mehr auf den intellektuellen, womöglich betuchten Typ."

„Mit Erfolg?"

„Naja", wand ich mich nun. „Wenn Sie Thomas einen Erfolg nennen möchten …"

Wir lachten beide und prosteten einander zu. Dann wurde Brian wieder ernst.

„Vielleicht war es für Douce keine so furchtbar erfolglose Geschichte. Sie erhielt die Zärtlichkeit des Mannes, für den sie Gefühle hegte. Sie war aus der drückenden Enge des Elternhauses herausgekommen. Sie durfte das Gefühl haben, nützlich zu sein und gebraucht zu werden. Genau genommen ist das mehr, als die meisten Menschen von sich sagen können."

Ich nickte nachdenklich. Bevor ich mir jedoch eine geistreiche Erwiderung hätte einfallen lassen können, hörte ich hinter mir einen bekannten, mir nicht eben besonders sympathischen Steinkohlenbass.

„Guten Abend! Dürfen wir uns zu Euch setzen?" Es war Dave Simmons, begleitet von einer zart errötenden Alicia.

„Wenn wir nicht stören", fügte sie hinzu. Brian machte eine einladende Geste.

„Und?" erkundigte sich Dave. „Wie weit seid ihr schon in der Inselgeschichte gediehen?"

„Douces Einzug ins Herrenhaus", erwiderte Brian.

„Nicht so furchtbar weit also."

„Ein ganzes Stück, wenn man mehr als nur Namen und Daten nennt."

„Werdet ihr morgen wieder …?"

Brian schüttelte den Kopf und schluckte einen Bissen hinunter, bevor er antwortete. „Morgen besuche ich Marjorie." In mir sackte plötzlich die gute Laune in Richtung Nullpunkt. Den Rest des Abends war ich missmutig und schweigsam.

Es war Dave, der mich am Ende nach Hause begleitete. Ich weiß nicht mehr, welche Themen wir beredeten, ob Tiefschürfendes oder nur Belangloses. Brian brachte Alicia heim in die Main Street. Der morgige Tag würde sehr lang werden.

*

Es war ein trüber, verhangener Frühlingsmorgen, der mir mit seiner kühlen Feuchtigkeit wie mit einer klammen Hand unter die Kleider zu fahren schien. Mir war kalt, und auch der Kaffee zum Frühstück hatte mich nur vorübergehend gewärmt. Als ich ins Dorf hinunter ging, waberte Nebel über der Höhe auf der anderen Seite von „The Bone". Der kleine Kirchturm war nur schemenhaft auszumachen. Alle paar Minuten ertönte ein Nebelhorn aus der undurchsichtigen Masse über dem lasch hereinschwellenden Wasser. Keine Brandung, nur ein müdes, lustloses Geschlabber am Strand.

Brian war sicher schon fast drüben in St. Peter Port. Bei dem Wetter war es bestimmt kein Vergnügen, mit dem Boot überzusetzen. Käpt'n Keiths Kabine war winzig und sicher genauso feucht und kalt wie alles, was direkt dem Nebel ausgesetzt war. Himmel, warum dachte ich darüber nach, ob es Brian ungemütlich hatte? Er hatte es doch nicht anders gewollt!

Ich biss die Zähne zusammen und legte einen schnelleren Schritt vor. Schließlich hatte ich jede Menge Arbeit vor mir. Das Archiv mochte vielleicht nicht so furchtbar dick sein wie das einer größeren Inselzeitung (und die meisten waren bis vor kurzem verschlossen gehalten worden). Aber es war sicher umso schwieriger durchzukommen. Die anderen hatten am Ende doch manches bereitwillig veröffentlicht; die Zeitung von Herks nicht. Was mochte ich also finden? Was war vielleicht auch nur zwischen den Zeilen zu lesen?

Die ersten Häuser von Herks hatte ich nun erreicht. Die Blütenranken an den Hauseingängen hingen schwer vor Nässe am Spalier herunter. In der Marina schlug ein Hund an, als ich vorbeiging. Jeremy hatte mir erzählt, sie hielten sich einen großen deutschen Schäferhund, der das Bootszubehör zu bewachen hatte. Bei der steigenden Kriminalität überall seien auch die Kanalinseln nicht mehr verschont – vor Übergriffen von außerhalb. Ich sprach beruhigend auf den unsichtbaren Hund ein, aber der bellte sich heiser, weil er mich nicht sehen konnte. Klar, eine Stimme aus dem Off dürfte für die meisten Lebewesen etwas Unheimliches haben.

Am Liberty Square war es still und leer. Auch Jeremiah Gordon war es offenbar zu ungemütlich gewesen, sich auf die Bank zu setzen und zu meditieren. Vielleicht saß er ja jetzt daheim auf einem Stuhl am Fenster und blickte hinaus auf das Wasser, in den Nebel hinein, der immer dichter wurde. So dicht, dass schließlich das Ende der Rue Les Rocquettes nicht mehr zu erkennen war. Kurz bevor der Nebel die Marina hinter mir endgültig verschlang, drückte ich entschlossen die Tür zur Herks News auf.

Warmer, bitterer Kaffeeduft schlug mir entgegen. Dazu das süße Aroma von Scones mit geschmolzener Butter. Das Wasser lief mir im Mund zusammen. Von Alicia war nichts zu sehen – außer ihrem Namensschild auf der Theke.

„Guten Morgen!" rief ich in den Duft und die stille Wärme hinein.

Ein paar Absätze klapperten in einem Nebenzimmer, dann trat Alicia ein. Sie strahlte: „Guten Morgen, Anne! Schön, dass Sie gekommen sind. Ich habe uns schon ein zweites Frühstück fertig gemacht; ich dachte, Sie könnten es sicher bei der Erbsensuppe da draußen vertragen."

Ich nicke lächelnd. „Vielen Dank, gern."

Alicia ließ mich durch eine kleine hölzerne Klapptür hinter die Theke ein. Dann führte sie mich in den Raum, aus dem es so verführerisch duftete. Sie bot mir einen Stuhl an und setzte sich dann selbst gemütlich hin. Dave war an diesem Morgen nach Jersey gefahren zu einer ersten Blumenschau des Jahres.

Wenig später hatte ich den Verdacht, ich sei nur der Vorwand für das zweite Frühstück gewesen. Denn Alicia fiel darüber mit Heißhunger her.

„Ich habe gerade eine Diät hinter mir", zwinkerte Alicia, die sich wohl plötzlich ihrer Gier bewusst geworden war.

„Eine Diät?" wiederholte ich, und bevor ich eine schmeichelhafte Schwindelei äußern konnte, setzte sie hinzu: „Ja. Ich habe eine ganze Nacht lang nichts gegessen."

Wir sahen einander an und prusteten los. Kein Zweifel, Alicia wusste, dass sie mollig war. Und sie aß deswegen nicht weniger gern. Zugegeben, mir schmeckte es dadurch sogar auch besser.

Eine Stunde später saß ich hinter einem mit Aktenordnern überhäuften Tisch. Mein Stuhl hatte die Tendenz nach hinten links zu kippen. Die Lehne taugte nicht zum Anlehnen, und der Tisch war reichlich zerkratzt. Aber nachdem ich den ersten Aktendeckel aufgeschlagen hatte, merkte ich bald nichts mehr von der Unvollkommenheit der Möbel.

Ich blickte auf die Herks News von vor rund 60 Jahren. Das Papier war dick und vergilbt, die Schrifttypen stammten aus scheinbar grauer Vorzeit. „Twopence" stand in der rechten oberen Kante des Titelblatts. Meine Zeit, für zwei Pennys bekam man heute nicht einmal mehr ein Bonbon! Vier Seiten im A4-Format hatte die Ausgabe des 20. Juni 1940. Es sollten bis Kriegsende so viele bleiben. Auf der Titelseite war allenfalls ein Bild abgedruckt, der Rest des Blattes war die reine Bleiwüste in wildem Layout. Manchmal schien auch der Druckstock nicht genug Farbe getragen zu haben. Kurz, es würde anstrengend werden, das zu finden, was ich suchte. Aber das Bewusstsein, dass einige von den Menschen noch lebten, die das in der Herks News Beschriebene erlebt hatten ...

Ich blätterte und begann zu suchen. Ich wusste nicht genau, wonach ich suchte. Ich meine natürlich, nach welchem Ereignis. Vielleicht würden es auch mehrere sein. Aber ich ahnte, dass ich nach den Namen suchen musste, die Brian mir genannt hatte. Nach Marc Harmon und Irene, Jean und Douce Barbet, nach Julian und Janet Cawdry. Vielleicht sollte ich auch die Freunde der Harmon-Geschwister nicht aus den Augen verlieren.

Worauf ich stieß, war zunächst nicht berauschend. Nichts, was nicht schon auf Guernsey in den Zeitungen zu lesen gewesen wäre. Churchills Rede vom 14. Juni 1940 vor dem englischen Unterhaus, man werde Großbritannien verteidigen, koste es, was es wolle, und dazu solle man dem Feind nötigenfalls auf den Inseln die Stirn bieten. Dann plötzlich deutsche Verordnungen, Lobeshymnen auf deutsche Errungenschaften. Es wurden Fußballspiele und deutsch-englische Tanzabende beschrieben. Und natürlich kamen die Nachrichten mit Erfolgsmeldungen von anderen Fronten auch nicht zu kurz.

Zwischendrin musste Ambrose Sherwill, der Präsident des Kontroll-Komitees von Guernsey, mit einer Lobeshymne auf das Verhalten der deutschen Besatzer im Radio alle verbliebenen Inselbewohner erbost haben. Dann kam die Meldung von heimlichen Landungen britischer Spione; alle, die geholfen hatten, sie zu verstecken, wurden nach Frankreich in Lager deportiert, insgesamt 14 Menschen, darunter auch Sherwill. Am 27. September 1940 wurden die ersten antisemitischen Gesetze erlassen. Dann schien es ruhig zu werden. Man las davon, dass der Bau der Baracken an der Rue Les Rocquettes dank des tatkräftigen Einsatzes deutscher Soldaten und englischer Zivilisten mit großen Schritten vorankäme. Es wurden Kinofilme aus Deutschland eingeflogen und vor begeistertem Publikum vorgeführt.

Zwischen den Zeilen las ich „Brot und Spiele". Die Zivilisten hatten bestimmt nicht freiwillig geholfen, ihren Besatzern ein Dach über dem Kopf zu schaffen. Schon gar nicht ein Mann wie Marc Harmon – zu bequem. Oder wie Julian Cawdry – zu sehr auf seine Farm konzentriert. Dagegen würde sich Jean Barbet (ich erinnerte mich an seinen Schrei „Die Hunnen!") vor Angst zitternd vermutlich dem Joch gebeugt haben. Aber das war es nicht, was ich suchte. Ich suchte auch keine Brotrationierungen und die Verteilung von Lebensmittelkarten an der Marina. Nicht das vorübergehende Verbot von Radios auf der Insel Herks um Weihnachten 1940 (es muss geradezu bedrückende Stille in den Häusern geherrscht haben).

Und dann stieß ich unter den Familiennachrichten auf eine winzige Meldung: „Geboren: Andrew Barbet, Sohn von Douce

Barbet, am 10. Mai 1941, Herks.“ Der Name des Vaters fehlte. Aber für mich gab es keinen Zweifel: Es musste Marc gewesen sein. Der Name des Sohnes war englisch, nicht französisch, nicht deutsch. Es war eine kleine Hommage an den Vater. Und der trat nicht in Erscheinung.

Irgendetwas musste ich übersehen haben. Ich blätterte vorsichtig, aber zügig zurück. Ich las quer, überflog Überschriften, suchte den Namen Harmon. Nichts. Der Name Harmon tauchte im ganzen ersten Halbjahr 1941 nicht auf. Aber ich wusste irgendwie, er hätte dagestanden, wenn Marc da gewesen wäre. Zumindest seine Schwester Irene würde dafür gesorgt haben, dass er sich als Vater zu Andrew bekannte. Was mochte nur geschehen sein?

Ich blätterte noch ein Stück zurück. Nahm noch einmal den Zeitungsjahrgang von 1940 zur Hand. Und dann fand ich, was ich gesucht hatte. Eine Notiz, wenig länger als die Geburtsanzeige von Andrew Barbet. *„Marc Harmon, derzeit Landlord of Herks, wurde am 1. Dezember wegen Hochverrats gegen das deutsche Volk zu zehn Jahren Haft verurteilt. Die Überführung nach Cherbourg zur weiteren Urteilsvollstreckung fand am 13. des Monats statt.“*

Ich atmete tief durch, entsetzt. Alicia eilte herein. „Was gefunden?“ Ich nickte stumm und deutete auf die dürren Zeilen. Alicia sah mich verständnislos an. „Noch ein Scone?“ fragte sie. Scones schienen ihre Rettungsanker für Stimmungsschwankungen zu sein.

Ich schüttelte den Kopf. An ihrer Antwort hatte ich erkannt, dass sie mir nichts würde erklären können. Dave war auf Jersey, Brian käme erst morgen zurück. Dann würde ich sicher ein ganzes Stück weiter gelangen. Vielleicht war das ein wesentlicher Schritt zur Aufklärung der Kunstfälschung und zur Bedeutung der Andreaskreuze.

Ich warf einen Blick durchs Fenster, hinaus aufs Meer. Der Nebel begann, sich zu lichten.

6

Der Vormittag dehnte sich fast endlos. Ich hatte einen Spaziergang hinunter in die Bay Détournée unternommen, weil Ebbe war und der schmale Sandstrand, plötzlich so viel breiter geworden, mit seiner Weiße lockte. Doch lange hielt mich meine innere Unruhe nicht in der Bucht. Auch fühlte ich mich irgendwie eingesperrt mit den steilen und schroff aufsteigenden Klippen hinter mir und dem zurückbrandenden Meer vor mir. Ich machte mich also nach gerade einmal einer halben Stunde wieder an den Aufstieg. Oben angekommen war ich ziemlich außer Atem. Und ich hatte erst anderthalb Stunden totgeschlagen. Bis zur Ankunft des Mittagsboots waren es noch gut zwei Stunden.

Ich ging zurück ins Haus und setzte mich an den Küchentisch. Spielte mit der braunen Ölpastellkreise, die ich dort mit den übrigen Farben hatte liegen lassen. Dann holte ich mir einen Notizblock und kritzelte ein paar Zeilen darauf, strich sie wieder durch, holte mein Notebook und versuchte, meine Gedanken zu sammeln. Aber es war wohl nicht der geeignete Zeitpunkt, mit meiner Geschichte zu beginnen. Auch wusste ich nicht, wie einsteigen. Mir fehlte sozusagen die Initialzündung, ein erster Satz, der neugierig machen und meine Leser zum Buch greifen lassen sollte. Ich raufte mir die Haare. Worauf hatte ich mich eingelassen?! Hätte ich nur nie die Kunstfälschung als solche identifiziert! Oder hätte ich sie doch nur schlichtweg ignoriert! Da saß ich nun mit meiner Neugier und musste auf den Mann warten, der der Schlüssel zu meinen Fragen war. Der mir vermutlich würde sagen können, was in den Archiven der Herks News nicht stand. Ohne ihn würde es kein Buch geben. Und ohne ihn würde ich auch ruhiger schlafen.

Eine halbe Stunde später aß ich vor lauter Langeweile einen dicken Karamell-Schokolade-Riegel. Und dann noch zwei. Schließlich war mir schlecht. Ich fing doch nicht genau wie Alicia an und versuchte, alle komplizierten Lebenslagen mit Essbarem zu entschärfen? Ich musste bei dem Gedanken an die mollige Blondine und ihre Scones schmunzeln.

Dann tigerte ich eine Weile vor dem großen Panoramafenster auf und ab, hastete hinauf ins Schlafzimmer und überprüfte meine Optik vor der Frisierkommode. Naja, eine Schönheit war ich nicht gerade, aber ordentlich und frisch konnte man ja wenigstens aussehen, wenn man jemanden vom Boot abholte.

Schließlich brach ich auf. Viel zu früh natürlich. Entsprechend viel zu früh stand ich am Kai. Vom Boot noch keine Spur, und am Hafen war auch niemand, mit dem ich mich hätte unterhalten können. Und dann sah ich endlich einen winzigen Punkt am Horizont, der sich in beinahe einschläferndem Tempo auf die Insel zu bewegte – die „Gilliatt".

*

„Das ist aber ein netter Empfang!" Brian sprang mit seinem Bordcase überraschend beweglich an Land und drehte sich noch einmal mit einem kurzen Winken zu Käpt'n Keith um, der breitschultrig und grinsend, die Hände in den Hosentaschen, in der Tür des Steuerhäuschens lehnte.

„Hallo", lächelte ich unsicher. „Wie war die Überfahrt?"

„Ruhig", erwiderte Brian und wies mit einladender Geste in Richtung seines Häuschens.

„Wie geht's Ihrer Frau?" erkundigte ich mich höflich, obwohl ich in Wirklichkeit eher auf die Antwort zu anderen Fragen brannte.

Brians Miene wurde ernst. „Nun, es war sicher ein einschneidender Eingriff. Körperlich hat sie es gut überstanden, und sie wird auch wieder gesund, wie mein Kollege von der Chirurgie meint. Aber seelisch hat es sie natürlich mitgenommen. Es ist vermutlich so, wie wenn man ein paar Finger oder Zehen verliert. Man kann auch ohne sie weiterleben und sich darin einrichten. Aber man weiß, dass man etwas unwiederbringlich verloren hat. Man ist einfach nicht mehr ganz. Selbst wenn man alles nach außen hin ausgezeichnet kaschieren kann."

Ich nickte nachdenklich. Arme Marjorie. Und armer Brian, denn er würde ihr seelisches Problem mittragen müssen.

„Aber Sie sind bestimmt nicht gekommen, um mich das zu fragen, Anne", lächelte er. „Sie sehen vielmehr so aus, als würden Sie jeden Moment platzen, weil Sie schon wieder etwas herausgefunden haben. Kommen Sie mit rein? Ich mache uns einen kleinen Lunch."

Dankend nahm ich das Angebot an. Während er sein Bordcase auspackte, beschäftigte ich mich in der Küche mit Kaffeemaschine und Kaffeepulver. Ich bin keine besonders gute Kaffeeköchin, fürchte ich. Immer, wenn ich für andere Leute Kaffee koche, wird er entweder so dünn, dass man die Stempel der Tassenunterseite noch durch die volle Tasse lesen kann, oder der Löffel bleibt in der Brühe stehen. Manchmal vergesse ich in der Aufregung auch einfach, den Knopf anzustellen. Ich betete, dass ich mich vor Brian nicht blamieren würde.

„Das wäre geschafft." Brian trat in die Küchentür und lehnte sich an den Rahmen. Seine Augen blitzten vergnügt. Ich musste wegsehen, denn ich spürte, wie mein Herz einen gewaltigen Satz machte. Und das gehörte sich einfach nicht. „Was hätten Sie denn gern zum Lunch?"

Wir einigten uns auf gebratene Käse-Sandwiches und eine Tasse Hühnerbrühe für jeden. Und dann setzten wir uns gemütlich an den Küchentisch.

„Nun schießen Sie los. Was haben Sie gefunden?"

Ich berichtete von meiner zunächst fast ergebnislosen Suche. „Und dann war da plötzlich die Geburtsanzeige von Andrew Barbet, Sohn von Douce. Und kein Vater wurde genannt. Ich vermute, der ist Marc Harmon gewesen. Der allerdings war zum Zeitpunkt der Geburt gar nicht mehr auf der Insel, sondern noch im Dezember wegen Hochverrats nach Cherbourg deportiert worden. Was ist da geschehen? Hat er von seinem Sohn überhaupt etwas gewusst? Und was passierte mit The Manor, wo Irene in Les Silences lebte und Marc fort war?"

Brian blickte sinnend vor sich hin. Als tauche er in eine andere Welt. Und dann setzte er seine Erzählung fort.

*

Douce lebte also in The Manor. Ihre Eltern waren alles andere als glücklich darüber, weil Marc schließlich als Frauenheld bekannt war. Und weil sie mutmaßten – und da hatten sie ja auch Recht –, dass sie in wilder Ehe lebten. Das klingt heute lächerlich, doch damals war es ein echter Skandal. Douce war nicht als Dienstbote mitgegangen; und selbst als Verlobte von Marc Harmon gehörte sie unter das Dach ihrer Eltern. Jean war so zornig und enttäuscht über seine Schwester, dass er nicht mit ihr sprach. Nicht einmal, wenn sie bei ihm im Laden einkaufte. Dann schob er ihr wortlos die Waren zu und gab ihr genauso eisig schweigend das Rückgeld heraus. Auf ihre Versöhnungsversuche blieb er taub.

Doch auch im Herrenhaus hatte Douce es nicht leicht. Marc schlüpfte zwar hin und wieder nachts in ihr Zimmer; aber ihn interessierte nur sein eigenes Wohlbefinden. Und wenn er schon nicht mehr auf die Auswahl der Nachbarinseln zurückgreifen konnte, so musste es halt die kleine Französin tun. Die sah ihn immer mit großen, sanften Rehaugen an, als wolle sie ihn etwas fragen. Aber er zuckte innerlich die Achseln und übersah ihre stumme Bitte. Sie war ganz annehmbar, gewiss, obschon keine Sensation im Bett. Da war die feurige Janet ein anderes Kaliber. Aber die war ja auch für jeden zu haben.

Nein, Douce war sicherlich interessanter. Aber diese fragenden Blicke und die demütige Hingabe, diese geduldige – war's Liebe?! Marc schüttelte sich mit leisem Ekel. Eine Klette hatte er sich ins Haus geholt. Und diese verdammten Deutschen, die ihm in seinem eigenen Haus auf der Pelle saßen, machten ihm das Leben doppelt zum Gefängnis.

Dieser von Ploßnitz wurde zunehmend herrischer, arroganter. Außerdem hatte er die gesamten Weinvorräte der Harmons für seine eigenen Partys konfisziert. Abend für Abend fast soffen die Offiziere um die Wette, grölten deutsche Volkslieder wie „Auf der Heide steht ein Blümelein", wobei das „Erika" bis zum Hafen hinunter zu hören sein musste. Oder sie hakten sich unter und schwankten in völkischer Rührseligkeit zu „Die Fahnen hoch, die Reihen fest geschlossen". Anfangs waren sie noch unter sich gewesen. Aber bald holten sie sich das eine oder andere Mädchen aus dem Dorf. Zwei, drei blieben auch schon mal über Nacht. Aber die anderen schlichen sich klammheimlich wieder in ihre Häuser, auch wenn die nächtliche Ausgangssperre bereits begonnen hatte.

Eines Tages, so Anfang Oktober 1940, richtete es Janet Cawdry so ein, dass Werner von Ploßnitz auf sie aufmerksam wurde. Sie wusste inzwischen von einigen der Mädchen, die schon bei Partys im Herrenhaus dabei gewesen waren, wann und wo der Hauptmann seiner Mittagsruhe pflegte. Und ganz zufällig wurde sie von ihm erblickt, als sie – selbstverständlich ebenfalls ganz zufällig – an seinem Lieblingsplätzchen an The Promenade aufkreuzte. Offiziell gehörte dieser Weg zwar zu The Manor, aber die Leute aus dem Dorf benutzten ihn genauso wie alle anderen Wege. Zumal The Promenade Zugang zur im Inselnorden gelegenen Bay du Soleil war, einem größeren, tideunabhängigen Badestrand. Hier, kurz vor dem Abstieg in die Bucht, stand ein Bänkchen. Und darauf saß von Ploßnitz und blickte über das Meer.

Janet tat überrascht und so, als wolle sie den Rückzug antreten. Aber von Ploßnitz erhob sich rasch. „Bitte, Ma'am, fühlen Sie sich durch meine Anwesenheit nicht gestört."

Janet blieb stehen und lächelte scheinbar verlegen. „Ich fürchte vielmehr, ich habe *Sie* gestört, Herr Hauptmann."

Von Ploßnitz schüttelte den Kopf. „Sie bereichern dieses Panorama allenfalls um ein Detail, das bis dahin gefehlt hat, um es zu vervollkommnen. Jetzt ist das Bild perfekt." Janet errötete über die Galanterie und ihre plötzlich aufkeimende Sprachlosigkeit. „Aber vielleicht", so fuhr der Deutsche fort, „hatten Sie einen Platz auf der Bank gesucht? Bitte." Er lud sie mit einer Geste ein. „Ich werde auch gewiss diese Stille nicht durch weitere Worte unterbrechen."

Janet setzte zur Antwort ihr charmantestes Lächeln auf und nahm Platz. „Vielen Dank, Herr Hauptmann. Aber ich empfinde die Unterhaltung mit Ihnen nicht als Belästigung." Sie erntete dafür ein höflich dankendes Nicken.

Stille. Janet saß auf der einen Ecke der Bank, der Hauptmann auf der anderen. Dazwischen hätte eine ganze Familie Platz gehabt. Das war es nicht, was Janet geplant hatte. Nein, keineswegs. Irgendwie musste doch das Gespräch wieder in Fluss kommen. Sie wollte sich doch den Deutschen angeln. Und dann würde sie Rache an Marc Harmon nehmen. Wie, das wusste sie noch nicht so genau, aber sie würde dazu den Deutschen und dessen Einfluss benötigen. Oh ja, Marc würde noch bitter bereuen, dass er sie sitzen gelassen und zum Gespött der Insel gemacht hatte.

Janet war sich übrigens gar nicht bewusst, dass diese Geschichte in den Köpfen der Leute längst nicht den Stellenwert einnahm wie in ihrer eigenen Vorstellung. Die Menschen waren viel zu sehr mit der Besatzung und den daraus entstandenen Problemen beschäftigt, um einem Mädchen mehr oder weniger Aufmerksamkeit zu widmen, das Marc Harmon ins Gebüsch gezogen hatte. Sie selbst schämte sich allerdings so sehr ob der Affäre, von der sie sich so viel mehr versprochen hatte, dass sie keinen anderen Weg sah, als der Scham durch Rache zu begegnen. Wenn sie nicht die Ehefrau von Marc würde, sollte es auch keine andere werden. Sie war besessen von diesem Gedanken. Und zur Rache bot sich niemand besser an als ein deutscher Offizier. Werner von Ploßnitz.

Sie blickte ihn möglichst unauffällig von der Seite an und stellte fest, dass er gar nicht übel aussah. Sicher, er wirkte ein bisschen arrogant und kalt, aber das mochte daran liegen, dass er als Adeliger wie als Offizier zu einer gewissen Distanz verpflichtet war. Das wurde ja auch schon fast von diesen Leuten erwartet. Janet würde, um sein Interesse zu wecken, sich ebenfalls elitär geben müssen.

Plötzlich unterbrach er die Stille und sprach, immer noch geradeaus über die See starrend. „Wie kommt es, dass ich Ihnen bisher noch nicht begegnet bin? Herks ist doch wahrhaftig nicht besonders groß."

Das war ihre Gelegenheit.

„Sicher nicht", flötete sie, um möglichst aristokratische Aussprache bemüht. „Ich habe Sie auch bereits bei einigen Paraden gesehen, Herr Hauptmann. Aber normalerweise versuche ich, in diesen Zeiten möglichst nicht unser Gut zu verlassen. Ich empfinde so viele der Unterhaltungsmöglichkeiten als wenig schicklich und ausgesprochen geistlos."

Von Ploßnitz schoss das Blut ins Gesicht; er fühlte sich unangenehm an die stark alkoholisierten Abende im Salon von The Manor erinnert. „Tatsächlich", erwiderte er daher nur kalt.

Janet merkte, dass sie einen Fehler gemacht haben musste, und beeilte sich, die Scharte auszuwetzen. „Nun, eine Frau gehört einfach nicht ins Pub, Herr Hauptmann. Auch wenn jetzt so manche einfach hineingeht, um sich dort bei Ihren Landsleuten beliebt zu machen. Und ich möchte nicht mit diesen Frauen in einen Topf geworfen werden, die sich für ein Pfund Butter verkaufen. Da ziehe ich doch einen Spaziergang vor. Oder ein gutes Buch."

Der Deutsche schien besänftigt und wandte sich ihr zu. „Ich wüsste nicht, wer Sie mit dieser Spezies verwechseln könnte. Allerdings besteht der Hang zur Fraternisierung auf Herks. Ich habe unlängst auf Guernsey Ähnliches gehört. Es ist ja auch durchaus begrüßenswert, dass die Kommunikation zwischen Insulanern und deutscher Wehrmacht so gut funktioniert. Das Niveau beschränkt sich allerdings mangels sprachlicher Kapazitäten mitunter auf die eher elementaren Bedürfnisse – beider Seiten."

Janet lachte. Sie hatte bewusst den abwertenden Begriff „Insulaner" überhört. Sie würde in solchen Dingen ihre persönlichen Empfindlichkeiten übergehen müssen, wollte sie ihr eigentliches Ziel erreichen. „Das haben Sie wunderbar ausgedrückt, Herr Hauptmann. Und da Sie so empfinden, müssen Sie sich ja manchmal auch geradezu nach guter Gesellschaft sehnen."

Werner von Ploßnitz ging ihr auf den Leim. „Ich denke, ich habe gerade jemanden gefunden, der interessante und charmante Unterhaltung verspricht. Ich werde mich jetzt zwar wieder meinen Pflichten widmen müssen. Aber ich würde mich geehrt fühlen, wenn Sie mir heute Abend beim Dinner Gesellschaft leisteten. Sofern Sie dadurch nicht Ihren Ruf in Gefahr sehen, selbstverständlich."

„Aber, Herr Hauptmann", gurrte Janet. „Wer würde denn wagen, Schlechtes über den Kommandanten dieser Insel zu denken?"

Sie hatte ihn bewusst befördert (das Oberkommando über Herks und die Nachbarinseln saß auf Guernsey) und sah, dass auch dieser kleine Pfeil saß. Von Ploßnitz fühlte sich sichtlich geschmeichelt. „Um acht Uhr also?"

„Gibt das kein Problem mit der Ausgangssperre?" fragte Janet scheinheilig.

„Keineswegs", verneinte der Offizier. „Mein Adjutant wird Sie mit dem Wagen abholen."

Auf diese Weise saß Janet Cawdry wieder einmal an der großen Tafel des Herrenhauses. Marc Harmon kochte vor Wut, als er sah, wie sich seine ehemalige Geliebte in sein Heim eingeschlichen hatte. Wie sie dem Deutschen, ihrer aller Feind, um den Bart ging. Douce beobachtete es nur verwundert. Und Harry Simpson, das Faktotum, zeigte seine Verachtung durch extrem distanziertes Verhalten. Aber niemand durfte sich wirklich unhöflich gegenüber diesen Gästen geben; es hätte Marc ganz und gar das Haus kosten und noch weitere Unbequemlichkeiten einbringen können. Janet wiederum weidete sich an dem sichtlichen Unbehagen, mit dem sich der Hausherr auf seinem Stuhl wand. Sie genoss ihren kleinen Triumph; aber ihr Feldzug hatte gerade erst begonnen.

*

Während Douce im Herrenhaus immer stärker von Marc missachtet und fast nur noch als Dienstmädchen benutzt wurde, eroberte Janet tatsächlich den Platz als ständige Begleiterin von Hauptman von Ploßnitz. Sie fuhr mit ihm zur Abnahme von Paraden ins Dorf, ging sonntags gemeinsam mit ihm zur Kirche und verbrachte die Abende in The Manor.

Die Leute von Herks beobachteten sie misstrauisch. Wenn die anderen Mädchen sich mit Deutschen eingelassen hatten, so lag das an dem Extrastück Fleisch, das dadurch zu Hause auf den Tisch kam, oder ein paar Seidenstrümpfen. Aber niemand hätte sagen können, dass Julian und Cawdry's Love irgendwelche Vorteile aus Janets schamlos offenem Treiben gezogen hätten. Hielten die anderen Mädchen ihre Affären oder Beziehungen eher verborgen, so renommierte Janet geradezu mit ihrer Errungenschaft. Als lache sie ihren Landsleuten ins Gesicht. Weiß der Himmel, was sie sich davon ausrechnete.

Als Julian schließlich Wind von der Meinung der Leute über seine Schwester bekam, nahm er sie eines Tages beiseite und hielt ihr eine Gardinenpredigt.

„Oh, du Jammerlappen und Einfaltspinsel!" fauchte Janet da. „Halte dich aus meinem Leben heraus, klar?! Wenn es dir nicht irgendwelche neidischen Nachbarn gesteckt hätten, wäre es dir nicht einmal aufgefallen. So sehr interessiere ich dich nämlich. Aber jetzt könnte ja der Name des sauberen Julian Cawdry in den Schmutz gezogen werden, weil seine Schwester fraternisiert. Und sie bringt keine Seidenstrümpfe und keine Pralinen nach Hause wie die anderen. Das ist es doch, was dich und die anderen stört, oder? Weißt du was, Bruderherz? Du und deine lausige Farm, ihr könnt mir gestohlen bleiben. Ich ziehe ab sofort ins Herrenhaus. Bei der ganzen Sache geht es nämlich nur um mich. Mir geht es bei dem Deutschen besser als hier in der ewigen Besatzungsjammerei meiner liebenswerten Landsleute. Ich werde wie eine Dame behandelt, jawohl! Und diese deutschen Offiziere haben Kultur. Es fehlt mir an nichts. Warum sollte ich also nicht mit ihnen Umgang pflegen?"

Julian versuchte es noch einmal mit einem hilflosen Appell an ihre Vaterlandsliebe und ihre Solidarität mit der Bevölkerung von Herks. Vergebens.

„Nicht ich habe die Solidarität gekündigt. Die Tratschweiber haben es gegenüber mir getan", stellte Janet eisig fest. „Ich sehe keinen Grund, mich zu verbiegen. Und deshalb gehe ich zu Werner und seinen Freunden."

„Janet, wenn der Krieg vorbei ist, wird von Ploßnitz dich hier sitzenlassen! Er wird dich nicht mitnehmen nach Deutschland."

„Das werden wir ja sehen", erwiderte Janet trotzig.

Julian sah ihr nach, wie sie stolz erhobenen Hauptes mit ihrer Habe in einem abgestoßenen Lederkoffer den Wiesenweg hinaufschritt. „Dass du's nur nicht bitter bereuen musst eines Tages", murmelte er.

*

Janet zog in The Manor ein. Für Marc Harmon war das eine ausgesprochen unangenehme Situation. Zumal er anfing, sie wieder zu begehren, aber andererseits klug genug war, dem Hauptmann seine Geliebte nicht abwerben zu wollen. Janet betrachtete den erregten Hausherrn mit wilder Genugtuung; sie wusste genau, wie gern er sie wieder besessen hätte. Aber das war vorbei. Er würde bezahlen; nun doppelt, da sie ihr Schachzug mit dem deutschen Offizier offenbar noch die Sympathien ihrer Nachbarn gekostet hatte. Marc Harmon saß also allabendlich mit einer Rachegöttin bei Tisch.

Und Douce? Sie hatte zu ihrem Entsetzen bemerkt, dass ihr Geplänkel, das sich nach außen hin Verlobung schimpfte, nicht folgenlos geblieben war. Noch hatte sie keine Gelegenheit gehabt, es Marc zu beichten. Und sie war sich mit einem Mal auch gar nicht so sicher, wie er ihre Schwangerschaft aufnehmen würde. Aber sie war fest entschlossen, ihn für ihr gemeinsames Kind zu gewinnen. Sie liebte dieses Wesen, das noch winzig und unsichtbar in ihr heranwuchs, bereits mit einer Intensität, die sie nicht für möglich gehalten hätte. Mehr als Marc. Mehr als ihre Eltern oder Jean. Und Marc würde es genauso lieben lernen und über das Kind vielleicht eines Tages auch sie selbst. Janet sah sie nicht als Gefahr für die Beziehung zwischen Marc und sich; denn schließlich hatte die sich ja ausgerechnet für einen Geliebten auf Feindesseite entschieden.

*

„Hielt Douce Janet wirklich bloß für ein harmloses Flittchen?" unterbrach ich Brians Erzählung.

„Bis dahin hatte niemand Janet anders gesehen", bestätigte Brian.

„Und Jean – wie hat er das Ganze aufgenommen?"

„Nun", Brian strich sich mit der Rechten durchs Haar und brachte seine kurzen Locken in Aufruhr, „für Jean war es eine mittlere Katastrophe. Er hatte binnen weniger Monate seine Schwester und die Frau, die er liebte, an das Herrenhaus verloren. Er war zornig über die Blauäugigkeit und den Starrsinn seiner Schwester, dem Luftikus Marc Harmon zu folgen. Und verzweifelt, dass Janet einen Deutschen favorisierte."

„Favorisierte ist gut", spottete ich. „Sie hatte Jean ja noch nie in Erwägung gezogen, oder?"

„Richtig. Aber er meinte, wäre er nur hartnäckiger gewesen, hätte er sich bei ihr durchaus Gehör verschaffen können. Er glaubte, er habe etwas unterlassen, was sie letztlich in die Klauen der Deutschen getrieben habe."

„Völlig bescheuert!" rief ich aus.

„Liebe", konterte Brian.

„Und wie kam es zu Marcs Verurteilung? Ich meine, hatte Janet da wirklich ihre Hand im Spiel?"

*

Gleich in der ersten Woche der Besetzung, also noch im Juni 1940, hatten alle Männer auf den Kanalinseln ihre Waffen abgeben müssen. Herks bildete selbstverständlich keine Ausnahme. Da kamen Pistolen aus dem ersten Weltkrieg genauso zum Vorschein wie uralte Waffen aus der Zeit vor Napoleon Bonaparte, Erbstücke und Zierwaffen, die nie in Gebrauch gewesen waren. Und Waffen, die vermutlich nicht einmal je zum Gebrauch getaugt hätten. Alles wurde gewissenhaft ausgeliefert, denn man hatte genügend Schreckensgeschichten vom Kontinent gehört, was denen passieren konnte, die ganz zufällig ein Stück übersehen hatten.

Douce wusste, dass Marc eine auf Schrot umgerüstete Muskete behalten hatte; er wollte das Erbstück nicht ausliefern, weil es mit der Historie seiner Familie so eng verbunden war. Es hieß, einer seiner Vorfahren habe Königin Elisabeth I. einmal mit dieser Muskete das Leben gerettet. Dafür war ihm auf Herks ein Erblehen verliehen worden. Und diese Muskete sollte Marc nun irgendwelchen Deutschen aushändigen? Sein Stolz ließ das nicht zu. Es wäre für ihn gleichbedeutend mit der freiwilligen Aufgabe seiner Rechte auf dieser Insel gewesen. Er war doch nicht irgendjemand! Er konnte doch nicht mit der unbedeutenden Restbevölkerung von Herks auf eine Stufe gestellt werden! Die Muskete der Harmons war doch das Merkmal, in dem sie sich von allen anderen unterschieden!

Douce hatte verzweifelt versucht, Marc zur Übergabe zu überreden. „Es geht doch um natürlichen Adel, Marc!"

Aber er war ihr zornig über den Mund gefahren. „Was weiß schon ein normannisches Bauernmädchen von natürlichem Adel!"

Da hatte Douce bitter geschwiegen und dem Hitzkopf seinen Willen gelassen. Die Muskete ruhte seitdem auf dem Dachboden in einer alten Truhe, die relativ unwahrscheinlich von jemandem geöffnet werden würde. Außer Douce und dem Personal kam nie jemand herauf.

Doch Marc Harmon war ein leichtsinniger Vogel. Der Herbst kam und damit die Jagdsaison. Niederwild gab es auf der Insel genug; auch Fasanen und anderes Geflügel. Marc hatte noch jeden Herbst der Jagd gefrönt und reichliche Beute heimgebracht. Die Deutschen würden ihn auch jetzt nicht davon abhalten können. Er beabsichtigte nicht, Schlingen für die Kaninchen zu legen wie ein kleiner Junge. Ein Schuss mehr oder weniger würde während der Manöver auch nicht auffallen. Und außerdem würde er die spannendste Jagd seines Lebens erleben. Quasi als belauerter Jäger. Das Ganze war ein großes Spiel.

Tatsächlich gelang es Marc auch, sich mit der Waffe bis in die Heide bei Frenchman's Path unbemerkt hinüberzuschleichen. Frenchman's Path verlief oberhalb der Bay Détournée von Cawdry's Love bis La Trétête. Hier hielten die Deutschen gern ihre Übungen ab, jenseits der Ortschaft, mit Blick auf die englische Küstenlinie am Horizont. Hier versteckten sich die meisten Vögel im hohen Gras. Und die Kaninchen.

Für Marc war es ein Leichtes, zwei Kaninchen zu schießen und einen Fasan. Sein Abenteuer wäre ihm auch fast geglückt. Die Muskete war rasch in der Truhe auf dem Dachboden verstaut; putzen konnte er sie später. Harry Simpson nahm ihm in einem abgelegenen Seitengang auch sofort das Wild ab. Doch der Butler lief damit Janet direkt in die Arme, die, gerade vom Mittagsschlaf aufgestanden, hinaus in den Garten gehen wollte.

„Oh, Harry Simpson, was haben wir denn da?!" erfasste sie die Situation mit einem Blick. Felle und Federn waren mit Blut getränkt. Auch die weiße Weste des Butlers hatte ein paar Spritzer abbekommen. „Sagen Sie bloß, Sie besorgen sich Wild und andere Köstlichkeiten von den schlimmen Deutschen!"

Simpson wurde es abwechselnd heiß und kalt. Er geriet ins Stottern. Doch Janet winkte ab. „Keine Bange, Simpson, ich verrate Sie nicht an Mr. Harmon. Dem bleibt der Bissen noch früh genug im Halse stecken." Und mit dieser sibyllinischen Warnung und einem übertriebenen Hüftschwung machte sie kehrt und begab sich hinaus auf die Terrasse.

Harry Simpson brachte die Jagdbeute schnell in die Küche zu Paul Perkins, dem Koch der Harmons.

„Perkins, dicke Luft", keuchte er. „Mach' die Viecher schnellstmöglich. Verbrenn' Fell und Federn und sieh zu, dass keiner die Schrotkugeln findet! Schnell!"

Perkins sah erst das Wild, dann Simpson verwundert an. „Wer hat denn die geschossen? Ich denke, auf der ganzen Insel gibt's keine Waffe mehr außer bei den Krauts."

„Pscht, wenn die uns hören!" Simpson war ein einziges Nervenbündel. „Unser junger Herr hat wieder einmal gemeint, für ihn würden die Gesetze der Deutschen nicht gelten. Und irgendwie hat er seinen Kopf auch durchgesetzt."

Paul Perkins schüttelte den Kopf. „Dann versteh' ich nicht, was du für ein verbiestertes Gesicht ziehst, Simpson. Dann ist doch alles in Ordnung. Und wer sollte schon kontrollieren, woher der Braten auf dem Tisch ist?"

Simpson stöhnte auf. „Das ist ja die Katastrophe! Ich bin mit den Viechern dieser Deutschenhure genau in die Arme gelaufen. Und die hat ganz komisch reagiert."

„Janet Cawdry? Ach, die war doch schon immer ein bisschen verdreht. Was sollten wir von der schon zu befürchten haben?"

„Denk' nach, Perkins!"

„Tu' ich. Sie steigt zu dem Deutschen ins Bett und genießt das Gastrecht der Harmons. Und?"

„Das Gastrecht in The Manor genießt sie auch, wenn sie uns verrät."

„Uns?"

„Wir stecken jetzt mit in der Geschichte, bis zum Hals. Wir wissen jetzt, dass es in diesem Haus noch eine Waffe gibt. – Verdammt, ausgerechnet da, wo der Stab untergebracht ist. Die denken doch bestimmt, wir könnten ein Komplott gegen sie schmieden. Wenn das Flittchen bloß seine Klappe hält!"

Paul Perkins war blass geworden; mit zitternden Fingern begann er, die Tiere auszuweiden und Fell und Federn zu entfernen und zu verbrennen. Im Nu stank die Küche bestialisch nach verbrennendem Horn. Simpson hustete, Perkins tränten die Augen. „Verdammte Deutsche!" krächzte der Koch.

„Das habe ich gehört, Mr. Perkins", tönte es von der Tür. Werner von Ploßnitz war in die Küche getreten.

*

Als der Kübelwagen Marc Harmon, Harry Simpson und Paul Perkins inklusive der Beweisstücke in Form von Wild hinunter ins Dorf fuhr, stand Janet triumphierend in der Toreinfahrt zum Park. Sie würdigte Marc keines Blickes. Und doch war er es gewesen, um dessentwillen sie die Deutschen über den kleinen Jagdausflug informiert hatte. Nur so ganz nebenbei. Nur mit dem Hinweis, was es heute zum Dinner geben werde. Und welch ein Schütze doch der Hausherr sein müsse. In aller Unschuld. Nicht einmal Werner von Ploßnitz hatte dahinter Denunziation gewittert.

Douce war im Haus geblieben, fassungslos auf ein Sofa in der Eingangshalle zusammengesunken. Deutsche Soldaten durchkämmten das Haus vom Keller bis zum Boden, und Hauptmann von Ploßnitz stand breitbeinig am Fuß der Treppe und bellte kurze Befehle. Nach etwa einer Stunde kamen drei Mann mit Siegermiene und der Muskete die Treppe herunter. Von

Ploßnitz nahm die Waffe entgegen. Dann ging er damit auf Douce zu, die noch immer wie erstarrt in der Halle saß.

„Kennen Sie diese Waffe, Miss Barbet?"

Douce blickte auf. Leugnen, das wusste sie, würde ihr nichts nutzen. „Ja."

„Ja, Herr Hauptmann!" herrschte er sie an.

„Ja, Herr Hauptmann", wiederholte sie mutlos.

„Wem gehört die Waffe?"

„Der Familie Harmon."

„Sie meinen Marc Harmon."

Douce schluckte. „Ich meine die Familie."

„Schweigen Sie! Diese Waffe gehört also Marc Harmon. Woher hat er dieses antiquierte Ding?"

„Es ist ein Erbstück aus der Zeit Elisabeths I. Diese Waffe hat das Lehen der Harmons auf Herks begründet."

„Ah, englische Geschichte!" höhnte von Ploßnitz. „Was glauben Sie, wie diese Geschichte jetzt weitergeht?" Douce blickte dem Deutschen ins Gesicht und schwieg. „Na?"

„Ich weiß es nicht, Herr Hauptmann", erwiderte Douce müde.

„Sie haben wirklich nicht gewusst, dass sich diese Waffe noch im Haus befindet?" Der Hauptmann baute sich auf in drohender Positur. „In einem Haus, in dem sich der befehlshabende Offizier über diese Insel befindet? Wo lebenswichtige Entscheidungen für das Wohl der Insel getroffen werden? Eine Waffe zum Dolchstoß gegen einen Deutschen gerichtet?"

In ihrer Aufregung fielen Douce nicht einmal das schräge Bild und das Pathos der Rede auf. „Nein, Herr Hauptmann."

„Aber Sie sind doch mit Marc Harmon verlobt."

„Ja, Herr Hauptmann."

„Englische Verhältnisse", schnaubte der Offizier. Dann sah er sie nochmals eiskalt an. „Ich werde die Frau eines Hochverräters nicht unter demselben Dach dulden, unter dem ich wohne. Ich erwarte, dass Sie bis in zwei Stunden ausgezogen sind."

„Aber wo soll ich denn hin, Herr Hauptmann?" fragte Douce verzweifelt.

„Das ist doch wohl Ihre Angelegenheit", erwiderte der und wandte sich wieder seinen Soldaten zu. „Männer, gut gemacht! Schwarz, Ludwig – Sie beide sorgen dafür, dass die Muskete zu dem übrigen Beweismaterial kommt."

„Jawoll, Herr Hauptmann."

Die Männer verließen das Haus. Das Stiefelgetrappel, das Knirschen draußen im Kies verklang.

„Was sitzen Sie noch herum, Miss Barbet?" Douce blickte erschrocken auf. Von Ploßnitz blickte sie prüfend an, während er sich genüsslich eine Zigarette anzündete. Dann beugte er sich hinab zu ihr, stützte einen Arm auf eine Sofalehne und blies ihr den Rauch direkt ins Gesicht. „Oder haben Sie nichts zu packen?"

*

Viel hatte Douce nicht mitgebracht in das Herrenhaus, und so war ihr Koffer rasch gepackt. Mit fliegenden Händen raffte sie ihren Mantel vom Kleiderhaken in ihrem Zimmer. Dann griff sie entschlossen ihr Gepäck und stieg die Treppe hinunter. Im Haus herrschte eine fast unheimliche Stille. Als wäre nie etwas Ungewöhnliches vorgefallen. Lediglich einmal, als sie sich Abschied nehmend nochmals in der Halle umsah, hörte sie eine Lachsalve aus dem Salon. Die Deutschen feierten offenbar ihren kleinen Sieg. Bekümmert zog Douce die schwere Haustür auf und rumpelte mit ihrem Gepäck ins Freie. Hier lag noch weicher, herbstlicher Dämmer über dem Park.

Der Kies knirschte feucht unter ihren Füßen. Am Parktor lungerte ein Schatten. Douce hielt inne. Es war eine Frauengestalt, die auf sie gewartet zu haben schien. Janet, dachte Douce, und setzte wieder einen Fuß vor den anderen. Dann hatte sie das eiserne Gitter erreicht.

„Lebwohl, Douce", flüsterte Janet heiser aus dem Halbschatten neben dem Parktor. „Ich hoffe, es wird dir eine Lehre gewesen sein, mir meinen Geliebten ausgespannt zu haben."

Douce sah sie an, das erregte Gesicht der jungen Frau unter dem Wust künstlich gelber Haare. Janet wirkte gehetzt, und mit einem Mal empfand Douce so etwas wie Mitleid. „Ach Janet, jetzt hast du ihn uns beiden genommen. Ich bete, dass du weißt, was du *ihm* getan hast. Und dass du dein Gewissen wirst ertragen können."

Damit beschleunigte sie ihren Schritt und lief zur Main Street. Dort allerdings verließ sie der Mut. Einen Augenblick blieb sie stehen und stellte ihren Koffer ab. Wohin sollte sie nun gehen? Es war früher Abend, kurz vor der Sperrstunde. Das Nächstliegende würde ihr Elternhaus sein. Sie atmete schwer. Wie würde man sie empfangen? Sie schalt sich. Es war schließlich ihr Elternhaus. Und sie würde es wissen, wenn sie sich ihrer Familie stellte, nicht, wenn sie darüber spekulierte.

*

„Was willst du?!" Jean tobte. Sein braunes Haar wirkte verschwitzt und fiel ihm in dünnen Strähnen in die Stirn. „Was erwartest du? Ein Bett? Hier? In diesem Haus?"

Douce blieb ruhig und sah ihren Bruder gefasst an. „Es ist nicht dein Haus, Jean. Es gehört unseren Eltern. Und sie bestimmen, wer unter diesem Dach wohnt. Nicht wahr, Mutter?"

Babette Barbet hatte in ihrer Ecke am Herd den Kopf eingezogen und dem Zornesausbruch ihres Sohnes still vor sich hin jammernd gelauscht. Auf Douces Anrede hin zuckte sie zusammen und wandte sich halb ab. Früh vergreist, vermied sie gern jegliche Auseinandersetzung. Pflegend um ihren Mann bemüht, hatte sie das girrende Geräusch von Zärtlichkeiten zu ihrem Lebensraum gemacht. Die Welt draußen hatte keinen Platz in ihrer Stube, in ihrer Küche.

Ihre Kinder waren ihr lange fremd geworden. Jean, der Grübler, führte den Laden. Douce hatte lautlos für den Haushalt gesorgt und Jean beim Verkaufen geholfen. Eine Weile war sie nicht mehr da gewesen. Aber nicht einmal das war groß aufgefallen.

Eigentlich hatte Babette sich schon damals zu alt für Kinder gefühlt; ganz bestimmt, als Douce nachgekommen war. Sie verstand sie nicht. Und jetzt tobte ein Gewitter in der kleinen Küche über dem Laden, dass sie sich am liebsten die Ohren verstopft hätte. Dazu greinte nebenan im Schlafzimmer ihr kriegsversehrter Mann und rief ihren Namen, wohl um zu erfahren, was sich in dem Zimmer zutrug.

„Mutter", rief Douce, „sag doch etwas! Das hier ist doch dein und Vaters Haus. Du bestimmst doch, wer hier wohnt. Nicht Jean."

Babette wand sich.

„Eine Hure kommt nicht unter dieses Dach!" schrie Jean. „Steigst mit diesem Kerl, diesem pseudoadeligen Bock ins Bett und lässt dich von ihm schwängern. Und dann hast du die Stirn, hier hereinzukommen, als sie deinen sauberen Freund für seine Dreistigkeiten verhaften, und hier um Asyl zu bitten. Nichts da!"

„Auch deine Janet ist nicht fehllos", setzte Douce entgegen. „Und ihr würdest du nicht einmal deine eigene Matratze verweigern, Jean."

„Du!" Jean erhob plötzlich die Hand und schlug Douce ins Gesicht. Sie schwankte kurz, dann atmete sie tief ein. In ihrem blassen Gesicht zeichneten sich rot die Abdrücke seiner Finger ab.

„Mutter", forderte sie noch einmal leise. „Mutter, soll das das letzte Wort sein?"

Babette sah die junge Frau wie eine Fremde an, und Douce kannte die Antwort, bevor sie die Worte hörte. „Jean erhält uns am Leben. Geh!"

Douce nickte wie eine Schlafwandlerin. „Ich gehe. Ich gehe." Sie nahm ihren Koffer wieder auf und sah ihrem Bruder ins Gesicht. „Ich weiß, dass ich dich enttäuscht habe. Ich denke, jetzt sind wir quitt."

„Raus!" brüllte er ihr hinterher. Aber da war Douce schon am Fuß der Treppe angelangt und hatte die Haustür hinter sich zugezogen.

Die Sperrstunde hatte begonnen. Die Fenster waren natürlich alle verdunkelt. Das einzige Geräusch, das man auf der Straße hören konnte, war das Grölen angetrunkener Soldaten oder eines Krads, das durch die Dunkelheit Patrouille fuhr. Douce zitterte plötzlich. Es war ein denkbar ungünstiger Zeitpunkt, vor die Tür gesetzt zu werden, überlegte sie zynisch. Wenn man sie entdeckte, würde man sie in Gewahrsam nehmen, entweder hinunter in die Zelle im Barackenlager oder gar – Ironie des Schicksals – hinauf ins Herrenhaus. Allerdings wollte sie nicht schon wieder Grobheiten ausgesetzt sein. Was blieb?

Hier im Ort hätte sie den Pfarrer fragen können. Doch Lance DuBois war Junggeselle, und sie wollte ihn nicht in Verruf bringen. Die Familie seiner Haushälterin kam auch nicht in Frage, war doch der Familienvater, Paul Perkins, erst heute Abend verhaftet worden. Da hatte Nelly Perkins sicher an andere Dinge zu denken als an eine Bettstatt für eine junge Frau, die's mit der Moral nicht so genau genommen hatte.

Cawdry's Love? Julian Cawdry würde ihr eine Gardinenpredigt halten, dass sie die Sperrstunde nicht eingehalten hatte. Er würde ihr Demut gegenüber ihrer Familie nahelegen und sie am nächsten Morgen wieder zurückschicken. Damit hätte sie nur eine Nacht gewonnen. Und außerdem befand sie sich dann unter dem Dach, unter das auch Janet gehörte. Hätte Douce geahnt, dass Janet ihr Zuhause endgültig verlassen hatte, ihr hätte zumindest das letzte Glied ihrer Gedankengänge keine Gewissensbisse verursacht. So jedoch stand und fiel damit ihre Entscheidung.

Durch die Dunkelheit gedeckt, durchschlich Douce mit bis zum Halse klopfendem Herzen die Ortsmitte von Herks. Irgendwo schlug ein Hund an, ein anderer antwortete. Und schon glaubte Douce sich entdeckt. Aber dann hörte sie aus dem Barackenlager eine raue Männerstimme etwas rufen, und das Bellen verwandelte sich in ein freundliches Winseln, das bald verstummte.

Douce wagte kaum zu atmen. Den welken Duft der Heidegräser nahm sie nicht wahr. Nicht das Knistern des Windes im dürren Ginster und nicht das sanfte Wogen des Wassers am Strand. Als vor ihr The Grove auftauchte, begann Douce zu laufen. Der Koffer schlug gegen ihre Beine und schrammte ihr die Waden blutig. Der Rock verwickelte sich und brachte sie zum Straucheln. Und dann endlich war sie im Schutz der Steineichen angelangt, verschluckt von der Schwärze der Stämme und dem lichten Unterholz.

Der Rest des Wegs nahm kaum zehn Minuten in Anspruch und kam Douce doch wie eine Ewigkeit vor. Als sie schließlich mit ihrem Koffer am Gartenmäuerchen von Les Silences ankam und fast schluchzend aufatmete, öffnete sich die Tür des Cottages.

In der hell erleuchteten Türöffnung hob sich die schlanke Gestalt von Irene ab. „Willkommen, Douce", sagte sie freundlich und nahm der jüngeren Frau den Koffer ab. „Ich habe schon auf dich gewartet."

*

„Gottseidank", stöhnte ich und merkte mit einem Mal, wie ich mich in der letzten halben Stunde auf meinem Stuhl verkrampft hatte. Der Kaffee vor mir war eiskalt geworden. „Der Himmel segne Irene Harmon!"

Brian nickte und lächelte. „Sie muss Douce vorgekommen sein wie ein rettender Engel. Zu gut, um wahr zu sein."

Ich nahm einen Schluck Kaffee, verzog kurz das Gesicht, weil er kalt geworden war, und stand auf. „Ich koche geschwind frischen." Brian erhob sich ebenfalls, um unsere Teller beiseite zu räumen.

„Irene hatte also geahnt, dass Douce zu ihr kommen würde?" fragte ich noch ungläubig.

„Oh ja!" lachte Brian. „Irene kannte doch die Leute auf der Insel. Sie wusste, wie streng die moralischen Maßstäbe gesetzt waren. Flirts gingen gerade noch durch. Aber eine von der Kirche nicht gesegnete Beziehung? Und dann noch zwischen den sogenannten Franzosen und den Herksians englischer Abstammung? Himmel! Außerdem hatte sie zur Genüge das Schweigen von Jean mitbekommen, die Hilflosigkeit der Eltern Barbet. Dass Douce nach Marcs Verhaftung aus dem Herrenhaus würde ausziehen müssen, war für Irene völlig logisch."

„Es störte sie gar nicht, dass Douce …"

Brian schüttelte den Kopf, setzte sich und massierte wieder einmal seinen Schenkel, streckte und bog das Knie mit schmerzverzerrtem Gesicht. „Douce war für Irene eine mutige Frau. Sie hatte ihren Kopf durchgesetzt, obwohl sie nicht durch emanzipatorisches Gedankengut beeinflusst worden war."

„Aber Douce hatte ausschließlich emotional gehandelt, als sie ins Herrenhaus zog", wandte ich ein.

„Ist nicht jeder entscheidende Schritt auch emotional?" fragte mich Brian. „Schauen Sie, Anne, selbst wenn Sie einen Entschluss aufgrund ausschließlich logischer Überlegungen fassen, ein Rest Zufälligkeit, ein Risiko bleibt immer. Warum der Entschluss dann doch umgesetzt wird, ist ausschließlich einer Emotion zu verdanken."

„Der Hoffnung", sagte ich leise.

„Der Hoffnung. Sie war bei Douce vielleicht ein wenig stärker gewesen als die Vernunft. Aber vielleicht ist das bei den wirklich großen Menschen immer so."

„Douce war also ein großer Mensch?"

Brian räusperte sich verlegen. „Himmel, Anne, nageln Sie mich nicht darauf fest, was unter groß zu verstehen ist. Für einen kleinen Menschen kann schon eine kleine Tat sehr groß sein. Unter den Umständen auf Herks war Irenes Handlung schon groß. Fällen Sie Ihr eigenes Urteil, wenn Sie die Geschichte ganz kennengelernt haben. – Wie weit sind Sie eigentlich schon mit Ihrem Manuskript gediehen?"

Ich schmunzelte verlegen. „Noch nicht sehr weit. Ich bin noch bei den elementaren Notizen. Solange ich die Geschichte noch nicht ganz kenne …"

„… möchten Sie noch kein Urteil darüber fällen", beendete Brian. Plötzlich trat in seinen Blick etwas ungeheuer Weiches. „Kluges, kleines Mädchen", flüsterte er rau. Für einen Augenblick ertrank ich fast in seinen schrägen braunen Augen. Dann wandte ich mich überstürzt ab. „Soll ich für heute aufhören zu erzählen?" fragte er leise, da er meine Verlegenheit bemerkt haben musste.

„Nein", erwiderte ich heftig. „Nein, gewiss nicht. Was geschah dann? Wie nahm Douce die Verurteilung Marcs auf? Und wie reagierte die Insel auf Janets Verrat?"

*

Marc, Simpson und Perkins wurden im Morgengrauen des nächsten Tages nach Guernsey gebracht. Es hieß, man habe dort bessere Mittel, Verhöre zu führen. Natürlich hatte sich bis ans französische Festland herumgesprochen, was das bedeutete. Schließlich war Ambrose Sherwill mit einigen anderen Bewohnern von Guernsey dafür in Frankreich ins Gefängnis gekommen, dass er englische Untergrundkämpfer versteckt hatte. Auch da hatte Grange Lodge, ein ehemaliges Hotel und nun Hauptquartier der Feldkommandantur 515, eine Rolle gespielt; es fungierte als eine Art Gestapo-Zentrale ohne Gestapo. Für die Sonderbehandlung von Gefangenen sorgten schon ausgewählte Wehrmachtsoldaten selbst.

Irene ging hinunter zum Hafen, um Abschied von Marc zu nehmen. Aber man ließ sie gar nicht an ihn heran. Er war grau im Gesicht und übernächtigt. Nelly Perkins stand mit ihrer heulenden Kinderschar ebenfalls am Kai. Nur um Simpson war niemand gekommen.

„Wohin bringen Sie meinen Bruder?" erkundigte sich Irene bei einem der Unteroffiziere höflich.

Der salutierte ebenso höflich und erwiderte: „Hinüber in die Festung, Ma'am."

Irene atmete auf. Dann tröstete sie Nelly Perkins. Und eine Stunde später Douce, die sich, verzweifelt um Fassung kämpfend, alle Gläser im Geschirrschrank zum Putzen vornahm.

Etwa einen Monat später war Paul Perkins tot, eingegangen im Gefängnis von St. Peter Port an Läusen, Dreck, Hunger, Kälte, Schlafmangel, Entkräftung und Misshandlungen. Er wurde auf Guernsey beerdigt, und Nelly erhielt nicht einmal die Genehmigung, ihm das letzte Geleit zu geben. Auch Blumen durfte sie nicht schicken.

Am 12. Dezember schließlich wurde Harry Simpson zu vier Monaten Zuchthaus in Caen verurteilt, Marc zu zwei Jahren Zuchthaus in Caen und acht Jahren Lagerhaft in Deutschland.

Als Douce diese Nachricht erhielt, blieb sie eigenartigerweise ganz ruhig. „Sie haben ihn nicht umgebracht", sagte sie. „Auch Janet hat das nicht geschafft. Aber der Himmel wird mir helfen, dass er lebend wieder zurückkommt. Damit er sein Kind kennenlernt."

Irene kam sie vor wie eine antike Sagengestalt. Die ruhige Douce mit ihrem sich schon runder wölbenden Bauch und dem französischen Akzent, die von ihrer Familie Verstoßene baute über alle Hindernisse hinweg ihre eigene kleine Familie auf. Sie war es, die Irene an dem ersten trostlosen Kriegsweihnachten über die Stille und die Kargheit des Festmahls hinwegtröstete. Douce war es, die Marcs Adresse in Erfahrung brachte und kurze Briefe mit abgezählten Wörtern über das Rote Kreuz zuschickte. Marc in Caen, unter politischen Gefangenen aus Deutschland und Kriegsgefangenen aus Frankreich, Polen und den Niederlanden. 25 Wörter papierner Rettungsanker pro Monat für einen Mann, der blind für ihre Liebe war. 25 Wörter, in denen sie ihm Zukunftsperspektive bot und ihn zum Durchhalten mahnte. Eine Antwort erhielt sie nicht. Aber diese 25 Wörter boten auch ihr Halt. Solange keines der Briefchen an sie zurückkam, solange war Marc noch am Leben.

Der Winter auf Herks war nicht besonders hart, aber die Stimmung war am Boden. Immer noch ertönten Tag für Tag aus den Radios Siegmeldungen der Deutschen. Die Herks News berichteten über Erfolge an der Ostfront, über den Patriotismus der Deutschen in den Bombennächten deutscher Großstädte, über Vergeltungsakte.

Der Frühling kam. Irene übernahm jetzt auch den Anteil an Hausarbeit, den Douce gehabt hatte. Die Zeiten waren ohnehin schwer genug für die werdende Mutter – warum nicht hier ein wenig entlasten? Und dann kam der 10. Mai 1941, der Tag, an dem Irene einem ziemlich rotgesichtigen und brüllenden Etwas ins Leben verhalf, während seine Mutter erschöpft in die feuchten Laken zurücksank.

„Ein quietschfideler, kleiner Mann", lachte Irene. „Oh Douce, du hast es geschafft! Und Marc hat einen Erben. Gott, was wäre er stolz darauf! Und wie soll er nun heißen?"

Douce lächelte matt. „Andrew", flüsterte sie heiser.

„Gab es in deiner Familie einmal einen Andrew?" fragte Irene verdutzt.

„Nein. Andrew, das heißt ‚der Männliche'. Und in der Bibel gehörte er zu den Jüngern, die Menschen fischten." Mit dem Baby im Arm dämmerte Douce weg.

Sanft löste Irene den winzigen, warmen Körper aus den Armen der Schlafenden. „Kleiner Menschenfischer, du", sagte sie zärtlich zu dem verhutzelten Babygesicht. „Du fängst dir deinen Papa ganz bestimmt. Bei deiner Mutter wirst du es schaffen."

*

Irene besorgte die bereits bekannte Zeitungsannonce, um damit gleichzeitig zu demonstrieren, dass ihre Familie zu der „kleinen auf Abwege geratenen Französin" (so nannten die Herksians Douce inzwischen) und zu ihrem unehelichen Spross hielt. Sie sorgte auch dafür, dass Douce, kaum aus dem Wochenbett heraus, ein Briefformular und einen Stift vorfand.

„Liebster Marc, wir haben seit 10. Mai Sohn Andrew. Sind alle gesund. Irene und Simpson grüßen. Versuche, nicht zu vergessen. Warte auf Dich. Deine Douce"

Auch dieser Brief kam nicht zurück. Noch eine Antwort.

7

In der folgenden Nacht schlief ich ausgesprochen unruhig. Meine jüngste Vergangenheit, die Geschichte zwischen Thomas und Gisela und Janet Cawdrys Rache an Marc Harmon vermischten sich im Traum. Ich heulte um den Verlust und triumphierte zugleich. Thomas war in diesem Traum das Objekt meiner Begierde und ein ekelerregender Wurm zugleich. Gisela schien übermächtige Feindin und zugleich bemitleidenswertes Opfer meiner Rache (obwohl ich nie rachsüchtig gewesen bin). Ich erwachte schweißgebadet und heilfroh, dass meine wirkliche Liebesgeschichte so friedlich ausgegangen war. Ich hatte zwar einen Teil meines Selbstbewusstseins auf dem Altar der Liebe geopfert, aber mit meinem Abschied aus der Galerie und der Reise auf die Kanalinseln hatte ich mir bereits ganz gut geholfen.

Während ich mir einen dicken Erdnussbutter-Johannisbeergelee-Toast zum Frühstück strich, grübelte ich über Janet Cawdry nach. Rachegelüste gut und schön. Aber hatte sie die Konsequenzen wirklich nicht absehen können? Sie hatte sich eines deutschen Offiziers und der Denunziation bedient, um Marc Harmon einen Denkzettel zu verpassen. Sie musste geahnt haben, dass man ihn verhaften würde. Oder war es, nachdem zuvor auf der Insel alles völlig harmlos und in scheinbarem Einvernehmen mit den Besatzern abgelaufen war, für Janet eher völlig überraschend gewesen, dass diese Geschichte nicht so glimpflich wie vielleicht mit lediglich einer Nacht im Gefängnis auf

Guernsey ausgehen sollte? Ich wurde aus Janet nicht ganz schlau. Möglich, dass dies mit ihrer Emotionalität zusammenhing. Emotionale Menschen sind oft nicht leicht zu verstehen.

In diesem Zusammenhang kam mir Douce in den Sinn. Nicht weniger gefühlsbetont, schien sie doch das genaue Gegenteil Janets. Ja, auch ihr war das Wesen ihrer Rivalin unbegreiflich gewesen, als die sich auf die Seite der Deutschen schlug. Aber sie hatte es stillschweigend hingenommen. Und in ihrer Schwangerschaft hatte sie Janet nicht einen Moment als echte Gefahr für ihre Beziehung zu Marc betrachtet. Warum sie an ihm festhielt? Rein rational betrachtet hätte es genügt, seine Vaterschaft in den Büchern der Insel eintragen zu lassen, seine Rückkehr zu erwarten und ihn dann an seine väterlichen Pflichten zu erinnern. Doch sie schrieb. Unermüdlich. 25 Wörter im Monat. Und keine Antwort. Warum hielt sie fest? Um sich später keinen Vorwurf machen zu müssen?

Und warum hatte Irene in Les Silences auf sie gewartet?

Warum verurteilte Jean Barbet an seiner Schwester, was die heimlich von ihm verehrte Janet in verschärfter Form – von ihm unkommentiert – nicht minder offenkundig und dazu auf der politisch falschen Seite betrieb?

Wie schaffte es Julian Cawdry, sich aus allem herauszuhalten? Tat er es wirklich? War Cawdry's Love eine Insel inmitten der Besetzung von Herks, wenn auch eine Wiese für das „Fronttheater" requiriert worden war?

Und Marc – warum antwortete er nicht auf die Briefe von Douce? Sah er in diesen 25 Wörtern pro Monat immer noch Douces lästige Anhänglichkeit? Oder war er krank? Vielleicht durfte er aus Caen nicht schreiben? Oder wurde er endlich erwachsen, schämte sich und wusste nicht, wie er die richtigen Worte finden sollte?

Ich kritzelte die Fragen auf einen Notizblock. Ich würde sie beantworten müssen, sollte eine plausible Abhandlung entstehen, und dann würde ich Brian fragen müssen.

Natürlich war ich mir im Klaren, dass das eine faule Ausrede war. Ich wollte Brian wiedersehen, und dazu war mir jede Ausflucht recht. Es hätte ja auch genügt, die Lücken mit Mutmaßungen aufzufüllen. Ob Brian meine Begründung für Authentizität akzeptieren würde? Ach, und was sollte es auch?! Hatte er mich nicht überaus zärtlich angesehen? Mir offensichtlich gern seine Zeit geschenkt?

Ich biss in meinen Toast. Er klebte irgendwo am hinteren Gaumen fest (zu viel Erdnussbutter) und schmeckte salzigsüßsauer. Toll! verspottete ich mich. Soviel zu Fragen der Authentizität. Meine Selbstverpflegung scheiterte bereits an einem Frühstückstoast. Ich aß das Teil auf, weil ich aus Gewohnheit nichts Essbares wegwerfe.

Meine Gedanken schweiften zurück in die Geschichte von Herks. Wenn hier während der Besetzung Lebensmittelmarken verteilt worden waren, dann bedeutete das zugleich echte Not.

Und kein großes Fragen, ob etwas schmeckte oder nicht. Wenn es ums Überleben geht, fragt man danach sicherlich zuletzt.

In diesem Augenblick klopfte es an meiner Haustür. Mir schlug das Herz bis zum Hals, als ich in Bruchteilen von Sekunden überlegte, wer es wohl sein mochte, und mir immer nur Brian zuoberst im Kopf schwebte. Genauso schwebte ich zur Tür und landete natürlich mit hartem Aufprall in der Realität. Vor mir stand Pete Cawdry.

„Guten Morgen, Anne", lächelte er etwas verlegen. Ich errötete (vermutlich, weil ich Angst hatte, er könne an meiner Nase ablesen, wen ich eigentlich vor meiner Tür erwartet hätte) und bat ihn herein. „Ich hoffe, ich komme nicht ungelegen."

„Oh, keineswegs", log ich rasch. „Ich war gerade dabei, mir Kaffee zu machen. Möchten Sie auch einen?"

Er lehnte nicht ab, drückte sich hinter mir in die Küche, und stand dann hilflos an einem der Fenster mit Blick auf die Steilküste. Ich beschäftigte mich wortlos und ungerührt mit Kaffee, Löffel und Filtertüten. Sollte Pete nur anfangen zu reden. Das tat er dann auch nur zu bald.

„Ich, äh …" Ein Wunder an Redseligkeit schien er nicht gerade.

„Ja?"

„Brian hat mir gesagt, dass er Ihnen gerade die ganze Geschichte von Herks erzählt und so."

„Naja", half ich ihm aus der Patsche. „Nicht die ganze Geschichte, bloß die der Besetzung. Was eben so mit meinen

Fragen zum Andreaskreuz in La Trétête und beim Choleragrab zusammenhängt.",

Pete nickte. Seine ohnehin immer leicht geröteten Wangen glühten. Ob aus Verlegenheit oder in Erwartung dessen, was Brian mir erzählen würde? Da er nichts erwiderte, fuhr ich fort: „Gestern berichtete er mir davon, wie Marc Harmon in die Hände der deutschen Besatzer fiel." Das Fragezeichen ließ ich bewusst in der Luft hängen. Pete sah mich eine Sekunde lang forschend an, dann griff er den Faden auf.

*

Janet Cawdry ist eine Verwandte von mir. Sie ist nicht gerade beliebt in unserer Familie. Und wenn sich je ein Wirrkopf in unserer Familie in einer grundlegenden Frage auf eine andere Seite schlägt als auf die der Familienmajorität, heißt es immer: ‚Wer fraternisiert, janetisiert.' Ihr Name steht für Verrat. Besser gesagt: für glücklosen Verrat. Das ist noch viel schlimmer.

Als Janet ihren ehemaligen Liebhaber aus eifersüchtiger Rache an Hauptmann Werner von Ploßnitz denunzierte, rechnete sie allenfalls mit einer kalten Dusche für Marc. Vielleicht in Form eines heftigen Verhörs. Vielleicht in Form einiger Nächte im berüchtigten Castle Cornet mit seinen kalten Zellen. Aber nie hatte sie an solch ein hartes Urteil wie zwei Jahre Zuchthaus und acht Jahre Lagerhaft gedacht. Sonst hätte sie sicher weniger herben Verrat geübt.

Noch triumphierte sie, als sie am Tor von The Manor den Abtransport der Männer beobachtete. Doch schon dieser Triumph war nicht voll empfunden, denn Simpson und Perkins hatte sie keinesfalls einbeziehen wollen. Richtig befriedigt sah sie allerdings Douce aus dem Herrenhaus abziehen. Endlich sollte Janet hier das letzte Wort haben. Und Marc würde ja bald zurückkehren.

Sie ging also zufrieden mit sich und der Welt ins Herrenhaus zurück und feierte mit Werner von Ploßnitz und seinem Stab sowie ein, zwei Mädchen aus Herks. Gefeiert wurde eigentlich fast jeden Abend, denn ein Anlass fand sich für die Deutschen immer, und sei's, dass sie nicht an einer Front kämpfen mussten und also noch einmal davongekommen waren. An diesem Abend feierte Janet jedoch die Schlappe, die Marc erlitten hatte. Und die beiden Mädchen aus dem Dorf freuten sich ebenfalls, waren doch auch sie schon vor längerer Zeit einmal von Marc sitzengelassen worden. Nichts war schöner, als den ehemaligen Liebhaber mit der Nase im Dreck zu sehen.

Janets Hochstimmung und ihr Champagnerrausch verflüchtigten sich am nächsten Morgen in einen ausgewachsenen Kater. Mit brummendem Schädel, die Augen gegen das vormittägliche Zwielicht zusammengekniffen, spazierte sie hinunter ins Dorf, um ein paar Kleinigkeiten bei Jean Barbet einzukaufen und vielleicht noch einen Blick auf den Abtransport der Männer nach Guernsey zu werfen. Unterwegs begegnete sie Lance DuBois, der sie strafend ansah und schon zu Worten ansetzte; aber sie nickte ihm nur rasch zu und wich ihm aus, indem sie rasch zur Waterfront abbog. Aus dem offenen Fenster der Grundschule klang die Stimme von Mary Jenkins, der Lehrerin, die ihrer Handvoll Schützlinge das Rechnen beibrachte. Ein Piepsstimmchen antwortete ihr nach kurzer Pause. Dann hörte man eine Kreide auf der Tafel quietschen. Janet knirschte mit den Zähnen und beschleunigte ihren Schritt zur Tür von Jean Barbets Laden.

„Guten Morgen, Jean", grüßte sie freundlich.

Jean blickte kaum auf. „Guten Morgen", erwiderte er und wusste einfach nicht weiter. Der Abend vorher lag ihm noch auf dem Magen. Sicher war es nicht richtig gewesen, Douce zu schlagen. Aber sie hatte ihn schließlich aufs Heftigste provoziert. Sich mit Janet zu vergleichen! Unerhört!

„Hast du noch Pralinés aus der letzten Lieferung von Guernsey da?" zwitscherte Janet.

Jean murmelte etwas und verschwand hinter den Vorhang in sein kleines Lager. Natürlich wusste er, was gestern Abend in The Manor vorgefallen war. Dass Janet Marc Harmon gewissermaßen verpfiffen hatte, auch wenn es dafür keine handfesten Beweise gab. Ja, genau, es war doch nur Hörensagen. Natürlich stimmte es, dass dieses entzückende Mädchen mit dem verführerischen Augenaufschlag sich versehentlich von den Deutschen hatte faszinieren lassen. Doch am Ende war sie ja nicht die Einzige im Dorf, die dort oben ihre Feste mit den Besatzern feierte. Und ein bisschen Vergnügen musste man den Mädels doch gönnen. Dass sie Marc verraten hatte – nein, dafür gab es eigentlich keinen Beweis. Wer weiß, wie unvorsichtig sich der Landlord of Herks verhalten hatte, als er seine Beute von einem Ende der Insel zum anderen transportiert hatte. Und wer weiß, was die beiden Bediensteten sich gegenüber von Ploßnitz und seinem Stab an feindseligen Bemerkungen geleistet haben mochten. Ganz grundlos waren sie doch sicher nicht über Nacht in der Barackenzelle eingesperrt worden. Nein, Janet war sicher unschuldig.

Jean kehrte nachdenklich mit einer Schachtel Pralinés in den Laden zurück. Da stand Janet und tändelte mit einem Samtband am kleinen Kurzwarendisplay. Jean räusperte sich. „Ich habe gerade noch eine Schachtel, Janet."

„Wundervoll", lächelte sie honigsüß. Bei sich dachte sie nur, er solle sie nicht immer anstarren wie ein Mondkalb. „Was meinst du, Jean, bekommst du demnächst noch eine Lieferung von diesen Leckereien?"

Jean erwiderte beglückt ihr Lächeln. Oh, und wie sie ihn ansah. Kein Zweifel, er würde sich weiterhin um sie bemühen müssen, um sie wieder auf den richtigen Weg zurückzubringen. Der richtige Weg, das war der zurück in die Dorfgemeinschaft, die zwar keine rauschenden Feste, aber dafür Sicherheit und Geborgenheit bot.

„Jean?"

„Wie bitte? Ach so ja, nein", verhaspelte er sich. Und Janet musste trotz ihrer Kopfschmerzen kichern. So ein Trottel! Sie bezahlte und verließ rasch das düstere Ladenlokal.

Jean sank auf den Hocker hinter der Theke und stützte seinen Kopf in die Hände. Diese Frau brachte ihn zu sehr durcheinander.

*

Janet erreichte die Pier gerade, als Marc, Simpson und Perkins ins Boot verfrachtet wurden, das sie hinüber auf die große Nachbarinsel transportieren sollte. Sie sah Irene mit beherrschter Miene an der Mole stehen. Und sie sah Nelly Perkins zusammenbrechen. Irene wandte sich ihr rasch zu und legte ihre Arme schützend um den vor Schluchzen bebenden Körper. Ein deutscher Unteroffizier blickte verlegen zur Seite, während von Ploßnitz ungeduldig mit seiner Reitgerte gegen seine Schaftstiefel klopfte. Was machten die Frauen nur für eine Szene?!

Irene sah die üppige Gestalt an der Waterfront zuerst. Kalt blickte sie Janet in die Augen. So lange, bis Janet ihren Blick abwenden musste, obwohl sie sich keiner Schuld bewusst war. Es handelte sich doch bloß um einen kleinen Denkzettel, bei dem es eben zwei mehr miterwischt hatte. Aber deren Unschuld würde sich rasch genug herausstellen, und am Ende würden alle über Janets Streich amüsiert lächeln. Dem stolzesten Gockel der Insel war der Kamm frisiert worden. Janet öffnete ihre

Pralinenschachtel und wählte ein Stück aus, das sie sich genüsslich in den Mund schob. Ach, die sollten sich nicht alle so aufführen, als ginge es hier um Kopf und Kragen!

Doch die Männer kehrten am nächsten Tag nicht zurück nach Herks. Auch nicht in der nächsten Woche. Und Paul Perkins kehrte nie wieder heim.

*

Der Nachricht vom Tode Paul Perkins' folgte rasch die der Verurteilung Harry Simpsons und Marc Harmons. Caen war das Zuchthaus, in das alle Inselbewohner geschickt wurden, die sich in den Augen der Besatzer eines Kapitalverbrechens schuldig gemacht hatten. Dazu zählte auch der Gruß „Heil Churchill!", für den eine Frau aus Guernsey drei Monate dorthin verbannt wurde. Dazu zählte natürlich, dass Marc Harmon seine Waffe nicht abgegeben und Harry Simpson davon gewusst hatte. Douce hatte Glück gehabt, dass Hauptmann von Ploßnitz sie nicht auch hatte verhaften lassen.

Werner von Ploßnitz saß mit grimmigem Lächeln im Salon des Herrenhauses, nachdem ein Adjutant ihm die Depesche mit der Nachricht von Harmons Verurteilung überbracht hatte. Was hatte sich dieser englische Landjunker auch einfallen lassen? Ihm, einem deutschen Offizier, die Stirn zu bieten?! Sich weiter als Inselherr aufzuspielen? Durch Waffenbesitz die Bevölkerung gegen die Deutschen aufzuwiegeln, sie zum Aufstand zu ermuntern?

„Tja, Harmon", zischte von Ploßnitz zwischen zusammengebissenen Zähnen. „Ihr Briten seid eben alle zu arrogant. Aber wir werden euch zeigen, was eine Harke ist!"

In diesem Augenblick flog die Tür zum Salon auf, und Janet stürzte herein.

„Oh Gott!" stieß sie atemlos hervor. „Ist das wahr?"

„Was?" fragte von Ploßnitz gelassen und zog ein silbernes Zigarettenetui aus der Tasche. Dann betrachtete er sie von oben bis unten. Eine Prachtfigur hatte das Mädchen, wie geschaffen, um einem Mann sinnliche Stunden zu bescheren. Vielleicht nur ein bisschen dumm und nymphomanisch. Aber das genügte für seine Zwecke ja vollständig. Immerhin hatte er ihr den Hinweis auf Marc Harmons Waffe zu verdanken. „Zigarette?"

„Danke." Janet nahm sich eine und beugte sich vor, um sich Feuer geben zu lassen. Ihr Dekolletee ließ den prallen Ansatz ihres Busens überdeutlich sehen. Sie sog den Rauch tief in ihre Lungen und stieß ihn dann mit einem Blick gegen die Zimmerdecke wieder aus.

„Was soll wahr sein?" erkundigte sich von Ploßnitz.

„Dass sie Marc Harmon für zwei Jahre ins Zuchthaus und für weitere acht Jahre in ein Lager stecken wollen?"

„Ja." Der Hauptmann blickte sie mit einem Mal kühl an. „Das ist durchaus angemessen."

„Angemessen?!" empörte sich Janet. „Aber er hat doch nur etwas Wild geschossen. Für unser Dinner. Für uns alle, Werner!"

Von Ploßnitz packte sie plötzlich grob am Arm und zwang sie halb in die Knie. „Verdammt, du blödes englisches Flittchen! Was glaubst du wohl, was er als nächstes mit seiner Waffe getan hätte? Was soll das Gewinsel um einen Verräter? Oder stehst Du doch insgeheim auf seiner Seite? Was?"

„Nein", flüsterte Janet entsetzt. „Nein, gewiss nicht."

„Dann jammere mir nie wieder etwas vor! Und wage nie wieder, eine deutsche Entscheidung in Zweifel zu ziehen! Ist das klar?"

„Ja", sagte sie leise.

Werner von Ploßnitz ließ sie los, und Janet rieb sich den Arm. Dann verließ sie langsam den Raum. Die Zigarette, die ihr bei dem Gerangel auf den Couchtisch gefallen war und dort einen kleinen Brandfleck verursacht hatte, nahm von Ploßnitz auf und rauchte sie mit grimmigem Lächeln zu Ende.

*

Am späten Nachmittag desselben Tages stieg Lance DuBois, der Pfarrer von St. Paul's, müde die kleine Freitreppe zum Herrenhaus hinauf. Am Tor war er mit einigen spöttischen Bemerkungen der Wache ohne weiteres durchgelassen worden. Doch nicht der Spott beschwerte seinen Schritt; es war die

Aufgabe, die er sich selbst gesetzt hatte und an deren Last er trug. Er wusste, was er zu tun hatte. Aber wusste nicht, wie er die richtigen Worte finden sollte.

DuBois wünschte sich zum ersten Mal, nicht der Seelenhirte von Herks zu sein, sondern irgendeine kleine Nummer, ein Fischer oder ein Farmer. Jemand, der nicht auffiel und von dem man keine Entscheidungen, keine christlichen Großtaten erwartete. Denn zu einer christlichen Großtat war er hier ganz offensichtlich unterwegs. Sein menschliches Empfinden stritt ganz eindeutig mit seiner Amtsauffassung. Zögernd ließ der Pfarrer den Klopfer gegen die Tür sinken. Das Echo kam dem eines fallenden Blattes gleich.

DuBois seufzte. „Wohlan. Und stehe der Herr mir bei!"

Dann klopfte er donnernd gegen die Tür, die sich kurz darauf öffnete. Harry Simpsons Freund Heinrich Wetter, der Bursche des Hauptmanns, stand in der Tür und grüßte höflich.

„Sie wünschen, Herr Pfarrer?"

„Ich möchte gern eines meiner Gemeindeglieder besuchen. Miss Cawdry. Sie ist doch im Hause?"

„Bitte treten Sie ein, Herr Pfarrer. Ich werde ihr sofort Bescheid geben. Vielleicht möchten Sie solange hier in der Halle auf Sie warten?" Wetter ging nach oben.

DuBois stellte sich an eines der Fenster. Wie viel hatte sich in den vergangenen Monaten verändert. Das mondäne Leben der Harmons auf Herks war dem militaristischen Gehabe deutscher Besatzer gewichen. Kein fröhliches Frauengelächter mehr aus den Gästezimmern, keine Elgar-Melodien mehr, stattdessen abgehacktes Bellen oder lautes Grölen aus rauen Männerkehlen, rhythmisches Gestampfe und Geklopfe zu deutschen Militärmärschen. Nicht einmal der Mantel wurde dem Gast mehr abgenommen, kein Platz im Salon angewiesen, kein Sherry angeboten. Hier stand Lance DuBois, der Inselpfarrer, und kam sich auf seiner Heimaterde vor wie ein ungebetener Gast. Er schluckte bitter.

Auf der Treppe erklangen wieder Heinrich Wetters Schritte. „Herr Pfarrer, die Miss bittet Sie, sie in ihrem Zimmer aufzusuchen."

Lance neigte ergeben das leicht ergraute Haupt und folgte Wetter hinauf. Im oberen Stockwerk des Herrenhauses zweigte von den beiden Fluren eine Unzahl von Zimmern ab. Eines der letzten auf dem Gang, mit Blick in Richtung Devil's Corner, bewohnte Janet.

Heinrich Wetter klopfte an die Tür. „Miss Cawdry, Ihr Besuch." Dann öffnete er, ohne ihre Antwort abzuwarten und schob den Pfarrer einfach in den Raum.

Die Tür schloss sich hinter DuBois, und er holte tief Atem. „Guten Tag, Janet."

Janet saß vor ihrer Frisiertoilette und probierte gerade eine ganze Reihe billiger Ketten und Broschen an. „Tag, Herr Pfarrer", erwiderte sie scheinbar nachlässig und warf ihm durch den Spiegel einen betont ruhigen Blick zu. Dann schwieg sie wieder und war froh, dass ihre Hände zu tun hatten, denn so konnte sie ihr Zittern verbergen. Sie ahnte ja, warum er gekommen war. Aber er sollte schon selbst damit herausrücken.

DuBois räusperte sich. „Darf ich mich setzen?"

„Sicher, sicher", antwortete sie gelangweilt. Und schwieg wieder.

Lance DuBois fing an zu schwitzen. Er zog ein großes weißes Taschentuch hervor und tupfte sich damit die Stirn. „Ich komme in einer etwas … in einer sehr … schwierigen… Angelegenheit", begann er stockend. Und da Janet weiter entschlossen schwieg, schöpfte er noch einmal tief Luft und nahm allen Mut zusammen. „Ich komme in der Angelegenheit Harmon – Simpson – Perkins."

„So?" erwiderte Janet. Es klang leider nicht ganz so sicher, wie sie es sich gewünscht hätte.

„Janet, heute erreichte mich die Nachricht, dass Marc Harmon und Harry Simpson gestern verurteilt worden sind. Sie sind heute nach Caen gebracht worden."

Janet ließ die Hände mit dem Tand endlich sinken und drehte sich zu Lance Dubois um. „Und? Was habe ich damit zu tun?"

Im Herzen des Pfarrers kochte es. In ihm tobte unermesslicher Zorn ob der Verstocktheit dieser Göre. Er sandte ein Stoßgebet um Gelassenheit zum Himmel. Am Ende war selbst sie ein Kind Gottes, wenn auch ein fehlgeleitetes. „Muss ich dir das wirklich erst sagen, Janet? Oder ersparst du mir wenigstens, die furchtbare Anklage auszusprechen?"

„Wenn Sie mich einer Schuld bezichtigen, Herr Pfarrer, sollten Sie das schon in Worte fassen. Wie sollte ich mich sonst verteidigen?" antwortete Janet schnippisch. „Ich bin mir übrigens keiner Schuld bewusst."

Lance DuBois seufzte. „Oh Janet, du machst es uns allen umso schwerer." Er schwieg und überlegte. Dann fuhr er fort. „Wenn du dir auch keiner Schuld bewusst bist, solltest du zumindest wissen, dass du im Dorf für schuldig gehalten wirst. Von allen. Schuldig am Tode Paul Perkins'. Du weißt, dass Nelly ihre Kinder jetzt allein großziehen muss. Ich werde zwar mein Bestes tun, sie zu unterstützen. Aber der Tisch in der Pfarre ist zurzeit auch nicht allzu reich gedeckt, und da fällt nicht viel ab für meine Haushälterin und die hungrigen kleinen Schnäbel." DuBois schnaufte. „Schuldig auch an der Verhaftung und Verurteilung von Marc Harmon und Harry Simpson."

„Schuldig an der Verurteilung!" stieß Janet wütend hervor und erhob sich. „So ein Blödsinn! Was kann ich denn dafür, wenn diese beiden Snobs zu Zuchthaus verurteilt werden, weil sie gegen Recht und Gesetz verstoßen haben?!"

„Nun", meinte Lance DuBois, „das mit dem Recht steht auf einem anderen Blatt. Aber ohne deinen Hinweis auf Marcs Jagdbeute wäre alles nicht passiert."

Janet drehte sich ruckartig um und trat ans Fenster. „Mit etwas logischem Nachdenken, Herr Pfarrer, können es alle Inselbewohner einschließlich der Deutschen von La Trétête bis The Manor gewesen sein, die Marc Harmon mitsamt Jagdbeute am helllichten Tag gesehen haben. Jeder könnte ihn verraten haben."

DuBois erhob sich. „Ob du nun deine Schuld gestehst oder nicht, Janet, ist deine Sache. Es ist dein Gewissen, das den Tod eines Menschen und die harte Verurteilung zweier weiterer zu tragen hat. Ich bin nicht gekommen, um Richter zu spielen. Ich bin nur gekommen, um dich zu warnen. Geh nicht mehr ins Dorf hinunter. Lass Heinrich Wetter und die anderen Deutschen die Einkäufe für The Manor machen. Aber geh nicht mehr hinein nach Herks. Bleib hier oben."

Janet wandte sich um. Sie war bleich geworden. „Was soll das für eine Warnung sein, Mr. DuBois? Drohen Sie mir?"

„Nein. Gewiss nicht, Janet", antwortete er schweren Herzens. „Es ist wirklich nur eine gut gemeinte Warnung."

„Wovor? Werden sie mich bespucken? Oder ihre Hunde auf mich hetzen? Oder mich aus dem Dorf steinigen?"

„Versteh den Schmerz von Nelly Perkins. Und die Angst der anderen Menschen."

„Wenn mir einer auch nur ein Haar krümmt!" fuhr Janet auf. „Dann wird er schon sehen, was er davon hat. Ich brauche nur zu den Deutschen zu gehen!"

„Gott verzeihe dir!" sagte Lance DuBois herb und ging zur Tür. Die Klinke in der Hand wandte er sich ihr noch einmal zu. „Ich werde für dich beten, Janet. Und darum, dass der Zorn in unseren Herzen nicht noch mehr Unheil hervorbringe. Es ist genug Schaden getan."

Die Tür klappte zu, und Janet sank auf den Hocker vor ihrer Frisierkommode. Dann sah sie sich im Spiegel an. „Das habe ich doch alles nicht gewollt", flüsterte sie leise. „*So* habe ich das doch nicht gewollt."

*

Über die Insel legte sich eisige Beklemmung, nachdem das Urteil von Guernsey bekannt geworden war. Nelly Perkins und ihren Kindern wurde von allen zugesteckt, was nur erübrigt werden konnte. Der Ernährer fehlte ja nun. Und da er als Kriegsverbrecher galt, entfiel für seine Witwe jeder Versorgungsanspruch.

Von Ploßnitz genoss es, wie sich die Menschen bei seinem Anblick duckten. Die wenigen Kinder, die es noch auf der Insel gab, wurden rasch ins Haus geholt, wenn er unten im Dorf auftauchte. Die Erwachsenen taten ihm dienstfrig jeden Gefallen, um den er bat. Auch seine Soldaten witterten schärferen Wind und hielten inne inmitten derber Zoten oder Träumen vom Leben nach dem Krieg, sobald er im Pub, in den Baracken oder auf dem Übungsplatz auftauchte.

Tatsächlich begann er, seine Macht auszuspielen. Als auf der Nachbarinsel Guernsey zwei angebliche Spione von der englischen Mutterinsel festgesetzt und deren Verwandte, Inselbewohner, ebenfalls in Haft genommen wurden, betrachtete er das als Anlass für eine weitere Maßnahme gegenüber den

Bewohnern von Herks. In den frühen Morgenstunden des 20. Dezembers 1940 wurden alle Insulaner aus ihren Häusern geholt, letztere von Soldaten durchkämmt und die Bewohner schließlich wieder in den gestörten Nachtschlaf zurückgeschickt.

Am nächsten Morgen fuhr ein Lautsprecherwagen durch den kleinen Ort und gab bekannt, bis Mittag müssten alle Radioapparate in der Marina abgeliefert werden. Nach Les Silences wurden drei Gefreite geschickt, die die Nachricht dort überbrachten.

Nach zwölf Uhr mittags herrsche Totenstille auf der Insel. Die Leute von Herks betrachteten misstrauisch die ihnen überreichten Quittungen für die Geräte. Keiner glaubte daran, sein Radio wiederzusehen. Die meisten sollten recht behalten.

Kein Radio mehr, das bedeutete, auch die letzte Verbindung nach England verloren zu haben. Nachrichtenlos, intellektuell ihren Besatzern ausgeliefert. Was man von den Deutschen erfuhr, war ja nur „ausgesiebter, siegesbewusster, parteipolitischer Schwachsinn", wie es Irene Harmon formulierte. In Les Silences war es womöglich noch stiller geworden. Im Ort hörte man aus den nun fertiggestellten Soldatenunterkünften doch noch Grammophonmusik oder einen deutschen Sender aus dem Radio. Vermutlich aus einem requirierten Radio. In Les Silences war es in diesem Winter totenstill.

Weihnachten versank in Matsch und Kälte. Irene wanderte hinüber nach St. Paul's, aber Douce traute sich den beschwerlichen Fußmarsch nicht zu. Sie kreierte aus ein paar vom Sommer eisern bewahrten Konserven ein Festmahl.

Irene kehrte in gedrückter Stimmung zurück. Die Kirche war von fast allen deutschen Besatzern besucht gewesen; die Kirchbank der Harmons hatte von Ploßnitz mit Janet Cawdry besetzt. Die meisten Bewohner von Herks hatten ihre Plätze an die Deutschen abgeben müssen. Hier und da hatte sich ein Soldat gegenüber einem Kind oder einer Frau erbarmt. Lance DuBois hatte halbherzig über die Weihnachtsgeschichte und den Versöhnungsgedanken gepredigt. In aller Augen hatte man Angst und Misstrauen gegenüber den Besatzern gelesen. Selbst der Pfarrer hatte aufgeatmet, als man nach dem Gottesdienst auseinanderging. Ein falsches Wort von Kanzel würde ihn Kopf und Kragen gekostet haben.

Nach dem Essen zündete Douce in der guten Stube ein paar Kerzen an und brachte einige Kekse herein. Leise begann sie, ein altes französisches Weihnachtslied zu singen. Dann sang sie ein englisches. Schließlich fiel Irene ein. Sie sangen alle Weihnachtslieder, die sie kannten. In ihren Augen glänzten Tränen. Sie sangen Texte vom Frieden auf Erden. Es waren alles Trotzlieder gegen die Besatzer.

*

Janet hatte sich nur in Begleitung des Hauptmanns und seines Stabs in die Kirche gewagt. An Weihnachten würde man ihr doch nichts tun. Und schon gar nicht in Begleitung der Deutschen. Stolz erhobenen Hauptes setzte sie sich ins Kirchengestühl der Familie Harmon. Ja, das wäre ohnehin der ihr zustehende Platz gewesen. Sie sah nicht die eisigen Blicke, die sich in ihren Rücken bohrten. Wohl aber hörte sie das hasserfüllte Flüstern der Inselbewohner. Sie vernahm das Zischeln „Flittchen" und „Verräterin". Und einmal sagte jemand sogar ganz deutlich „Mörderin". Doch Janet tat so, als höre sie das alles nicht.

Der Weihnachtsbraten, den Heinrich Wetter anschließend in The Manor auftischte, wollte ihr dann aber nicht mehr so recht schmecken. Auch war die Gesellschaft nicht, wie sie sich das vorgestellt hätte. Aus Frankreich hatte man noch rechtzeitig vor dem Fest ein paar Prostituierte auf die Inseln transportiert. Rechtzeitig vor dem Fest, denn seit dem Tod von Paul Perkins und dem Urteil von Guernsey wollte kein Herkser Mädchen mehr mit Janet an einem Tisch sitzen.

Da saß sie also in lauter und ausgelassener Runde und wurde immer schweigsamer. Die kleinen Französinnen mit den künstlichen Wimpern und dick geschminkten Lippen zwitscherten um die Wette. Ihre langen lackierten Fingernägel glänzten im Kerzenschein, kitzelten die Herren Offiziere und Unteroffiziere neckisch am Kinn und am Hals. Köstliche Bissen, auf Gabeln gespießt, hielten die Deutschen ihren Herzdamen unter die Nase, um sie blitzschnell wieder wegzuziehen. Lautes Gelächter der Herren, Quietschen der gefoppten Damen. Janet erhob sich und bat, sie zu entschuldigen.

„Ist dir nicht gut?" fragte Werner von Ploßnitz, der kurz irritiert von seinem Teller aufblickte.

„Doch", behauptete Janet. „Doch. Amüsier' dich schön."

„Wirst du noch wach sein, wenn ich nachher heraufkomme?" Es klang eher wie ein Befehl als wie eine zartfühlende Frage.

Janet legte einen Zeigefinger an ihre Lippen und zwang sich zu einem verführerischen Lächeln. „Wie könnte ich schlafen, wenn du in meiner Nähe bist?"

Von Ploßnitz wandte sich wieder dem Essen zu, während Janet hinaus in die Halle ging und die Treppe hinaufstieg. Wenig später hörte sie seine Stimme: „Trinken wir auf den Führer!"

„Auf den Führer!" murmelte es.

„Und jetzt ein festliches Weihnachtslied!" Ein paar Augenblicke später erklang die Melodie „Hohe Nacht der hellen Sterne". Gleich darauf intonierte eine Frauenstimme „Stille Nacht". Janet lehnte oben an der Treppenbalustrade und lauschte.

In diesem Augenblick klirrte ein Stein durch das Flügelfenster neben dem Hauptportal. Janet fuhr erschrocken aus ihren Träumen auf. Sie wusste, wem der Stein galt. Blitzschnell raffte sie den Saum ihres langen Kleides auf und stürmte die Treppe wieder hinunter. Dann hob sie den Stein auf, trat an das zerbrochene Fenster und ritzte sich rasch den rechten Ellbogen an den scharfen Scherben.

Einen Moment später öffnete sich die Tür vom Salon, und Heinrich Wetter trat heraus. „Ich hörte ein Klirren, als wäre Glas zerbrochen", sagte er mit einem unruhigen Flackern in den Augen. „Ist etwas passiert?"

Janet fasste sich rasch. „Das war ich", erwiderte sie fast wie gehetzt. „Ich bin mit meinen Absätzen im Kleid hängengeblieben und mit dem Ellbogen im Fenster gelandet."

Heinrich Wetter zog die Augenbrauen hoch. „Haben Sie sich verletzt, Miss Cawdry?"

„Nicht der Rede wert", lächelte Janet, noch immer bleich. „Ein kleiner Kratzer am Arm." Sie hielt ihm die Verletzung hin, die ordentlich blutete. „Das mit dem Fenster ist schlimmer."

„Da nageln wir Pappe drüber, bis wir ein neues Glas bekommen", beruhigte sie Wetter. „Brauchen Sie Verbandszeug oder Hilfe, Miss?"

„Nein danke", sagte Janet heiser. „Ich gehe dann jetzt zu Bett. Gute Nacht Heinrich."

„Gute Nacht, Miss Cawdry." Heinrich Wetter blickte ihr nach. Er hatte den Stein in ihrer Linken wohl bemerkt. Und die Scherben, die im Haus lagen und nicht unsichtbar irgendwo draußen im Dunkel, wo sie hätten liegen müssen, wäre die Scheibe von innen zerbrochen worden.

*

„Ob ich wohl noch einen Kaffee haben kann?" unterbrach Pete die Erzählung.

Ich fuhr aus meiner Versunkenheit auf. „Aber sicher doch!" Während ich so in der Küche wirtschaftete, grübelte ich weiter. Dann blieb ich unvermittelt vor Pete stehen.

„Pete, was ist das für eine komische Geschichte?" Er sah mich fragend an. „Die Geschichte mit dem Stein meine ich."

Er blickte noch ratloser drein. „Weiß nicht, was daran so merkwürdig sein soll", brummelte er und schielte nach der Kaffeekanne. Ich begriff den Wink, holte sie an den Tisch und schenkte ihm ein.

„Ich meine, sie wusste doch genau, dass der Steinwurf ihr galt."

„Klar!"

„Wie kam sie dazu, ihn nicht einfach liegenzulassen? Wollte sie die Steinewerfer denn in Schutz nehmen?"

„Ach, Anne. Was Sie nur wieder denken! Janet war viel zu selbstsüchtig, um so etwas zu tun. Sie wusste, dass Werner von Ploßnitz jeden feindlichen Übergriff auf sein Domizil aufs Härteste bestrafen würde. Naja, und die Schuld an seiner Rache hätten alle, die von dem Steinwurf nicht gewusst hatten, ihr in die Schuhe geschoben. Das konnte ihr natürlich nicht recht sein."

Ich blickte ihn zweifelnd an. Pete lachte. „Anne, Janet war alles andere als eine Heilige. Sie hat Leute von dieser Insel verraten. Sie hat ihnen allen ins Gesicht gespuckt."

„Oh, Pete! Sie stellen sie wie eine Teufelin hin. Sie war doch auch nur ein Mensch aus Fleisch und Blut. Malen Sie sie nicht schwärzer, weil sie mit Ihnen verwandt ist oder war?"

Pete zuckte die Achseln. „Ich weiß ja nicht, was Sie Positives an ihr sehen können, Anne."

Jetzt lächelte ich. „Vielleicht nicht viel, das gebe ich zu. Aber es ist schon so, wie Lance DuBois es trotz seines Zorns gesehen hat: Sie war fehlgeleitet. Sie hat das auch erkannt; spätestens, als sie von Marc Harmons Verurteilung erfuhr. Aber wer gibt schon gern zu, einen Fehler gemacht zu haben? Und wer stellt sich schon vor eine Gruppe zu Recht zorniger Menschen hin und sagt: Oh, tut mir leid, dass ich einen von Euch umgebracht habe; ich tu's auch nie wieder?"

Pete starrte in seinen Kaffee. „Und welche Entschuldigung finden Sie wegen der Steingeschichte?"

Ich setzte mich. „Ich bin mir nicht sicher. Aber könnte es nicht sein, dass Janet in diesem Augenblick ihre Landsleute einfach nur vor der Rache des Hauptmanns bewahren wollte? Damit nicht noch mehr Unrecht geschähe?"

Pete blickte mir zweifelnd in die Augen. „Naja, Anne. Wenn Sie's durchaus so sehen wollen. Ich finde ja, es ist gleichgültig, was sie dabei dachte. Die Konsequenz war jedenfalls eine Schnittwunde an ihrem Ellbogen, ein Stück Pappe über dem Loch am Fenster und Friede im Dorf."

Ich sah Pete in die Augen. „Sie können ihr nicht verzeihen?"

„Ich habe ihr nichts zu verzeihen."

*

Je länger die Besetzung von Herks und den anderen Kanalinseln dauerte, desto knapper wurden die Lebensmittel für die Bevölkerung. Und desto drastischer wurde der Unterschied zwischen den wohlversorgten Soldaten und den Inselbewohnern. Janet schwamm im Wohlstand wie das Fett auf der Suppe. Während Julian auf seiner Farm ackerte und dabei immer dünner wurde, während Jean immer weniger in seinem Laden zu verkaufen hatte, auch wenn es massig Lebensmittelmarken gab, genoss sie, was die Deutschen zu bieten hatten. Naja, das war auch schon nicht mehr von der Qualität her, was es zu Kriegsbeginn gewesen war; aber es gab satt davon.

Von Ploßnitz war immer noch Janets Geliebter. Keiner weiß, was sie an dem Sadisten fand. Seine Willkür ließ jeden, der ihm begegnete, schrumpfen. Ja, Willkür. Denn Willkür war es gewesen, als er die Inselbewohner alle Radios hatte abgeben lassen; einen solchen Befehl gab es offiziell erst zwei Jahre später. Aber nein, von Ploßnitz musste damit zuvorkommen. Willkür war es, die ihn den Gefreiten Schwarz erschießen ließ, der seinerzeit bei der Verhaftung Marc Harmons dabei gewesen war. Der Hauptmann hatte Schwarz dabei gesehen, wie er einer Inselbewohnerin ohne Marken ein Stück Fleisch zugeschoben hatte. Das war Verrat. Von Ploßnitz' Willkür machte auch vor Handgreiflichkeiten gegenüber Janet nicht Halt, die mehr als einmal mit einem blauen Auge oder einem Bluterguss am Arm durch den Park des Herrenhauses schlich. Aber sie blieb bei ihm.

Am schlimmsten wurde seine Willkürherrschaft jedoch, als die Organisation Todt Einzug auf Herks hielt. Das war im Januar 1942. Eines Tages legten zwei Boote an der Mole von Herks an; und dann ergoss sich ein Schwall graubrauner Gestalten über die Fallreeps an Land. Es waren alles Männer, abgemagert und in schlechten Kleidern, die viel zu dünn für den rauen Inselwinter waren. Sie zitterten vor Kälte, und sie schwankten unsicher auf ihren Beinen, eine Nachwirkung der Überfahrt über die aufgewühlte graue See.

Von Ploßnitz stand unten an der Waterfront mit ein paar seiner Getreuen, einigen Jagdhunden und seiner unvermeidlichen Reitgerte. Als er den verunsicherten Haufen elender Menschen so ungeordnet stehen sah, schritt er eilig und wutentbrannt auf die Ankömmlinge zu und verteilte wahllos Hiebe mit seiner Reitgerte unter die Menge.

„Was ist das denn für eine Disziplin?! Aufstellen in Reih und Glied!" Er suchte mit den Augen nach dem Aufseher. Dann fuhr er auf den los, hielt allerdings diesmal seine Gerte im Zaum. Die Strafgefangenen drängten sich zusammen und blickten teils hasserfüllt, teils verängstigt auf den tobenden Offizier. Der machte endlich kehrt, rief seine Hunde zu sich und schritt dann pfeifend auf den Ort zu.

Die Strafgefangenen mussten sich in den nächsten Tagen erst einmal ihre Unterkünfte selbst bauen. Es war harte Arbeit bei Wind und Kälte. Die Mahlzeiten waren ungenügend, und mehr als einmal wanderte eine Scheibe Brot, eine gekochte Kartoffel heimlich aus den Händen mitleidiger Inselbewohner in die der halbverhungerten Fremdlinge. Es waren Russen unter ihnen und Algerier, einige Tschechen und Bulgaren, sogar – und weiß der Himmel, wie sie es geschafft hatten, der Hölle der KZ hierher zu entkommen – ein paar französische Juden. Die meisten von ihnen verstanden kein Wort Englisch.

Später mussten die Strafgefangenen alle Straßen von Herks asphaltieren. Sogar bis fast hinauf nach Les Silences. Aber irgendwie schaffte es Irene, dass man bei The Grove Schluss machte. Dennoch zogen Tag für Tag die Sträflinge der Organisation Todt an Les Silences vorüber, müde und gebeugt, hoffnungslos. Sie arbeiteten jetzt am sogenannten Atlantikwall, an der Betonierung der nördlichen Inselküste, an Bunkern und unterirdischen Gängen. Eine Inselfestung sollte es werden. Von Ploßnitz sorgte dafür, dass alles vorbildlich klappte. Mit Kollektivstrafen und Demütigungen. Es gab auf der ganzen Insel keinen besser gehassten Menschen als ihn.

Dennoch: Nach außen verzeichnete er seine Erfolge. Und so erreichte er endlich, was er sich gewünscht hatte: Er wurde zum Major befördert. Die Beförderung hatte ihr Gutes für ihn und für Herks. Er durfte nämlich die von ihm immer noch wenig geliebte Insel verlassen und sein neues Kommando auf Guernsey antreten. Die Leute von Herks, nicht zuletzt die Sträflinge, atmeten auf.

Für Janet aber geriet die Welt ins Wanken. Was sollte sie tun? Wollte von Ploßnitz sie allen Ernstes auf Herks zurücklassen? So wie es Julian ihr seinerzeit vorausgesagt hatte?

Oder würde er sie mitnehmen? Wenn sie auf Herks bleiben musste, wie sollte sie mit dem Hass der Menschen zurechtkommen? Sie würden sie umbringen. Und erst recht, wenn sie erführen, dass …

*

Janet hatte es zunächst nicht wahrhaben wollen. Aber nach über einem Monat vergeblichen Wartens und stetig in ihr aufsteigender Übelkeit vor dem Frühstück war sie sich ganz sicher: Sie erwartete ein Kind. Werner von Ploßnitz' Kind. Jetzt, im Juli, sah man noch nicht viel; aber in zwei Monaten würde ihre Schwangerschaft nicht mehr zu übersehen sein. Und dann würde man ihr hier auf der Insel den Garaus machen. Auf Guernsey hingegen konnte sie ganz neu anfangen. Zusammen mit ihrem Geliebten. Und er würde sie heiraten und mit nach Deutschland nehmen, sobald der Krieg zu Ende war.

Tatsächlich brauchte sie nicht einmal viel Überredungskunst, um Werner von Ploßnitz davon zu überzeugen, sie mit nach Guernsey zu nehmen. Allerdings wurde es darüber Anfang November, und ihr Bauch schwoll immer stärker. Als sie schließlich an Bord des deutschen Schnellboots ging, das sie auf die Nachbarinsel bringen sollte, munkelten die Frauen von Herks, sie trage eine Satansbrut im Leibe. Aber sie hüteten sich, es laut auszusprechen. Der Arm des Majors mochte weiter reichen als der des ehemaligen Hauptmanns.

*

Janet strahlte übers ganze Gesicht. St. Peter Port lag im Sonnenschein, friedlich und einladend. Sicher, Weighbridge Tower war zerbombt, und auch ein paar andere Gebäude im Hafenareal hatten etwas abbekommen. Aber in den vergangenen zweieinhalb Jahren man hatte sich doch zumindest darum bemüht, der Stadt wieder den Anschein von heiler Welt zu verleihen.

„Gefällt dir dein neues Zuhause?" Unerwartet zärtlich war Werner von Ploßnitz von hinten an sie herangetreten und umarmte sie sozusagen, indem er die Arme rechts und links neben ihr auf die Reling stützte.

„Wenn es von innen so ist wie von außen", erwiderte sie fröhlich und strich sich behaglich über den gerundeten Bauch. Ja, wenn ihr Kind hier zur Welt käme, wären sie beide geborgen, der Säugling und sie. Sie wären eine richtige kleine Familie. Werner würde allabendlich nach Hause kommen, und bei Kriegsende würde sie seine Familie kennenlernen – alle echte „vons" – und auf sein Gut in Deutschland ziehen. Janet wusste, dass er irgendwo im Nordosten Deutschlands eines hatte. Mit weiten Feldern und Vieh und einer Mühle, mit Dörfern und Seen. Es klang himmlisch. Nicht so engstirnig und klein wie Herks. Herks – das klang ja, als habe jemand Schluckauf.

*

Hier musste ich unterbrechen. „Hat sie das wirklich gedacht? Ich meine, hat sie das wirklich jemals gesagt?"

Pete sah mich verblüfft an. „Ja, sie hat es gesagt, lange vor Beginn der Besatzung. Sie hat es sogar in einem Schulaufsatz geschrieben, der auf den Kanalinseln Furore machte. Es war so ein Wettbewerb: ,Meine Insel – Meine Heimat'. Janet begann ihren mit den Worten ,Wenn ich jemandem erzähle, wo ich herkomme, klopfen mir alle zunächst einmal auf den Rücken oder schlagen mir vor, mich auf den Kopf zu stellen und die Luft anzuhalten. Denn der Name meiner Insel klingt, als hätte ich Schluckauf.' Janet hat Herks von klein auf gehasst."

Ich lachte lauthals. „Komisch. Schluckauf war auch mein erster Gedanke, als ich den Namen der Insel hörte."

Pete betrachtete mich einen Augenblick lang skeptisch. Dann fragte er ungeduldig, als habe er eine leidige Pflicht zu erledigen: „Kann ich weitererzählen?"

„Jadoch", erwiderte ich und schämte mich meines Gelächters über den Namen seiner Heimat. „Entschuldigen Sie, Pete."

*

Janet Cawdry und Werner von Ploßnitz zogen in kein großartiges Haus mit Garten oder Park. Sie wählten ein kleines, verlassenes Haus in der Doyle Road. Das war Janets Wunsch. Von Ploßnitz hatte nichts dagegen einzuwenden. Schließlich war er der

Feldkommandantur damit in nächster Nähe und konnte morgens in Ruhe ausschlafen, während die Offiziere aus St. Andrew, St. Sampson oder gar L'Erée Bay wesentlich weitere Wege zurücklegen mussten.

Der Major war zufrieden, auch wenn er anfing, Janet allmählich lästig zu finden. Naivität und Treue gut und schön. Aber Werner von Ploßnitz dachte mit Unbehagen an Margarete von Uhlendorf, mit der er kurz vor Kriegsbeginn ein Verlöbnis eingegangen war. Ja, mit Margarete war es freilich unmöglich gewesen, mehr als nur Händchen zu halten – unter der Aufsicht der Mutter, versteht sich. Sie selbst hatte ihn sittsam errötend immer nur aus der Ferne angebetet. Ein gehorsames, germanisch-ehrbares Eheweib, sicher. Aber den richtigen Spaß wollte von Ploßnitz doch noch vorher auskosten. Wenn dabei der eine oder andere Bastard herauskam – wen scherte es? Das war eben so in der Besatzungszone. Hauptsache, Margarete erfuhr nicht davon.

Janet indes schwebte. Hier wurde ein Möbelstück umgerückt, dort ein Gemälde abgehängt und durch ein anderes – ebenfalls aus einem verlassenen Haus stammendes – ersetzt. Bis Mitte Dezember war die junge Frau aus Herks damit beschäftigt, ihr neues Zuhause umzudekorieren. Dann setzte sie sich und begann zu stricken. In Weiß und Zartblau, denn sie war überzeugt, nur einem Jungen das Leben schenken zu können. Sie hoffte auf einen Kommentar Werner von Ploßnitz', doch der verschloss gegenüber diesem diskreten Bekenntnis Auge und Ohr.

Weihnachten 1942 kam und ging. Janet wusste, sie musste von Ploßnitz irgendwie davon in Kenntnis setzen, dass sie ein Kind von ihm erwartete. Sie ahnte inzwischen, dass es nicht allzu einfach werden würde, den Major an seine väterlichen Pflichten zu erinnern. Sie ahnte auch, dass sie ihn in die Enge würde treiben müssen. Nicht in ihrem eigenen Haus, sondern möglichst an seiner Dienststelle in der Feldkommandantur 515 in Grange Lodge.

Am 11. Januar 1943 gegen Mittag spazierte Janet also die Doyle Road entlang und bog um die Ecke. Die letzten 50 Meter waren ziemlich steil, und Janet verschnaufte kurz, bevor sie auf den Eingang zuhielt. Der Wache war sie als Major von Ploßnitz' Liebchen bekannt – sie passierte ungefragt.

Drinnen aber kannte Janet sich gar nicht aus. Sie ging auf die erstbeste Tür zu, öffnete sie und fand sich in einer kleinen Bibliothek wieder. Sie wählte einen Gang zur Seite, stieg ein paar Stufen hinab, stieß auf eine Ordonnanz.

„Miss, kann ich Ihnen behilflich sein?"

„Ich suche Major von Ploßnitz", sagte sie rau.

Die Ordonnanz, ein ganz junger Mann, blickte auf ihren dicken Bauch und mitleidig zurück in ihr Gesicht. „Er ist zurzeit in einem – Gespräch." Er zögerte leicht, wandte aber zugleich sein Gesicht beinahe unmerklich nach rechts unten. „Vielleicht möchten Sie solange warten?"

Janet nickte und ließ sich scheinbar ermattet in einem bequemen Sessel nieder. Doch sobald der junge Deutsche ihr den Rücken gekehrt und den Gang verlassen hatte, erhob sie sich wieder. Wenn Werner von Ploßnitz sie und ihr gemeinsames Kind verleugnen wollte, dann sollte er das vor Zeugen tun. Hier und jetzt.

So geriet sie in den Keller von Grange Lodge. Sie spähte um die Ecken der verwinkelten Gänge. Fast wünschte sie sich, sie hätte gleich Theseus ein rotes Garnknäuel mit sich geführt, um zuletzt wieder hinauszugelangen. Denn am Ende ahnte sie ja doch, wie ihre Geschichte ausgehen würde. Plötzlich wusste sie es – als stünde sie geschrieben vor ihr.

Irgendwoher tönten mit einem Mal entsetzliche Schreie. Ein Winseln, Flehen, lautes, dumpfes Klatschen, Stimmgebell. Wieder dieses Flehen. Janet folgte widerstrebend den Geräuschen. Ihre innere Stimme verriet ihr, dass sich bei der Lärmkulisse menschlichen Elends auch die Person Werner von Ploßnitz' wiederfände. Sie schritt weiter und blieb schließlich vor einer halb angelehnten Tür stehen. Sie blickte durch den Spalt, und es wurde ihr fast schlecht.

Beinahe vor ihr auf dem Boden krümmte sich eine blutverschmierte Gestalt, wimmernd und bittend, und drei deutsche Polizisten prügelten systematisch auf sie ein. Mit Gummiruten. Janet wusste, dass sie einen Metallkern besaßen. Nicht umsonst sah das Opfer so zerschunden aus. Es würde sich vermutlich nie wieder so bewegen können wie vor seiner Festnahme. Aus einem toten Winkel heraus hörte sie von Ploßnitz' Stimme. Himmel, er musste direkt neben ihr stehen, getrennt nur durch die Tür. „Nun, Bihet, wie schmeckt dir das?"

Janet wurde es speiübel. Egal, was dieser Mann verbrochen haben mochte (und den Besatzern galt viel schon als Kriegsverbrechen), es war grauenerregend, was von Ploßnitz mit seinem Gefangenen anstellte.

Janet krümmte sich plötzlich. Oh Gott, dachte sie. Nicht hier in diesem Keller! Plötzlich erfasste sie Panik. Sie eilte die Gänge entlang; ihr Instinkt leitete sie ins Erdgeschoss. Sie atmete tief durch, ließ sich wieder in den Sessel sinken, in dem sie – Ewigkeiten? – vorher gesessen hatte. Ein Krampf durchzuckte ihren Leib. Sie stöhnte.

„Sind Sie in Ordnung, Miss?" fragte über ihr plötzlich eine Stimme. Janet sah nur ein Paar Augen, die weit aufgerissen über ihr hingen. „Brauchen Sie einen Arzt?"

Janet schüttelte blass den Kopf. „Nein danke. Es geht schon", hauchte sie. Mühsam erhob sie sich aus dem Sessel und schleppte sich bis zum Eingang der Feldkommandantur.

Sie erinnerte sich später nicht an viel. Sie ging hügelauf und -ab, immer wieder von Wehen gequält. Einmal suchte sie ein offenes Feld, um sich niederzulegen. Dann wieder versuchte sie, eine der Ortschaften der Insel zu erreichen, wo man sie nicht kannte. Am Ende brach sie irgendwo zusammen.

*

„War denn niemand in der Nähe?" fragte ich atemlos.

„Doch", erwiderte Pete. „Irgendeine Frau hat sie wohl gefunden und mit Hilfe einer Nachbarin zu sich nach Hause gebracht. Dort gebar Janet einen Jungen. Doch während die Frau nach einem Arzt telefonieren ging, raffte sich Janet auf und verschwand. Kein Mensch weiß, wie sie das in diesem Zustand schaffte. Aber offensichtlich betrachtete sie das als *die* Chance für sich selbst."

„Ging sie zurück in ihr Haus in der Nähe der Feldkommandantur?"

Pete sah mich verlegen an. „Genau, und das machte es für unsere Familie auch umso schlimmer. Sie behielt irgendwie einen kühlen Kopf. Sie ließ eiskalt ihr Baby bei wildfremden Leuten zurück, wanderte – in diesem Zustand! – in die Doyle Road, packte ihre Sachen und wartete auf die Heimkehr Werner von Ploßnitz'."

*

Als die Haustür ging, zuckte Janet furchtsam zusammen. Die vergangenen Stunden waren ihr wie im Nebel versunken. Aber sie erinnerte sich der entsetzlichen Schreie Jean Bihets, des legendärsten Einbrechers von Guernsey, den die Deutschen halbtot geschlagen hatten. Und des ersten Schreis ihres Kindes. Des Rufs der Frau: „Ein prächtiger kleiner Junge!"

Und nun kam Werner von Ploßnitz heim, der Mann, den sie geliebt zu haben glaubte, von dem sie ein Kind hatte. Dieser

Mann ließ andere Menschen foltern. Und mit ihm hatte sie sich sicher gefühlt. Was, wenn er wüsste, dass sie ihn in Grange Lodge gesehen hatte, wie er fühllos Menschen quälte?

„Janet?" Er stand in der Tür des gemeinsamen Schlafzimmers. „Was machst du hier oben?"

Janet schluckte. „Ich fühle mich nicht so gut." Das entsprach durchaus der Wahrheit. Ihr war elend schwach, sie blutete noch heftig, und eigentlich hätte sie in die Hände eines Arztes gehört und Bettruhe pflegen müssen. Der Major entdeckte ihren gepackten Koffer.

„Was hat das zu bedeuten?" fragte er sie kalt. Er schien schon um die Antwort zu wissen, doch er schien nicht zu bedauern.

„Ich möchte bitte zurück nach Herks", erwiderte Janet leise, aber bestimmt.

„Zurück nach Herks", lachte von Ploßnitz und klang eisig. „Wie soll das bitte funktionieren? Die kleine Landpomeranze Janet Cawdry sagt mal eben, sie möchte nach Hause." Janet schwieg. Da fuhr er sie an. „Sag mal, weißt du eigentlich, was für einen Schwachsinn du da redest?! Als könnte man mal eben einen Spaziergang durch ein Minenfeld unternehmen!"

Janet brach in Tränen aus. „Aber wir sind doch auch hierhergekommen, du und ich. Und aus Frankreich bringt ihr doch auch immer wieder Zivilistinnen hierher." Sie vermied den Ausdruck „Huren".

Von Ploßnitz lächelte grimmig. „Ich staune über deinen Vergleich. Merke dir, er stammt aus *deinem* Munde!" Janet nickte gedemütigt. Dann sah er sie scharf an. „Wo ist das Balg, mit dem du schwanger bist?"

„Fort", flüsterte Janet.

„Fort", wiederholte er. „Und es wird mir bestimmt keinen Ärger bereiten?"

„Bestimmt nicht."

Immerhin rief Werner von Ploßnitz noch einen Militärarzt, der Janet am Abend untersuchte und nachversorgte. Der Major rief dem Arzt seine Schweigepflicht ins Gedächtnis, was der mit einem wuterfüllten „Selbstverständlich" quittierte. Was sich die Herren Offiziere so erlauben zu können meinten!

Anderntags holte ein junger Ordonnanzler Janet mit einem Kübelwagen ab und brachte sie zum Hafen. Dort sah er zu, wie sie mit ihrem Koffer an Bord eines Fischerboots verfrachtet wurde und in Richtung Herks auslief. Werner von Ploßnitz hatte ihr nicht einmal mehr Lebewohl gesagt.

*

Ich stöhnte. „Ich weiß nicht, ob mir Janet nicht doch leidtut."

„Wieso? Weil sie auf den Deutschen hereingefallen war?"

„Ja", erwiderte ich. „Und es muss doch auch schrecklich für sie gewesen sein, ihr Kind zurückzulassen."

Pete lachte bitter. „Keine Bange!" Ich sah ihn verwundert an. „Janet kam zurück nach Herks. Jean Barbet nahm sie mit offenen Armen auf. Obwohl ihm Dr. Yorick gesagt hatte, dass Janet offensichtlich ein Kind geboren habe, und obwohl Jean wusste, dass es von Ploßnitz' Kind sein musste und auf Guernsey zurückgelassen worden war. Er bot ihr seine Hand, und sie nahm sie, weil sie wusste, dass sie nichts Besseres mehr bekommen würde."

„Oh Gott", flüsterte ich. „Armer Jean."

„Keineswegs. Er hatte nun, was er sich gewünscht hatte. Und er konnte sich leisten, Janet zu heiraten. Er hatte den einzigen Laden auf Herks, und jeder musste zu ihm kommen. Es hätte gewaltig anders für ihn ausgesehen, wenn er Konkurrenz gehabt hätte. Aber so lebte Janet über dem Laden. Und die Leute von Herks kauften bei Jean Barbet, wenn er denn noch Ware hatte."

„Wie lange ging das gut?"

„Wie lange? Sie meinen, was nach Kriegsende kam?" Ich nickte. „Nun, Jean Barbet war kein Dummkopf. Und er liebte diese Frau. Also zog er am ersten Tag um, der sich ihm bot. Nicht nach England; in die Normandie."

Mir lief eine Gänsehaut über den Rücken. „Aber Janet hatte doch immer seinen normannischen Dialekt, dieses Patois, verachtet …"

„Jean war damit in der Normandie aber eher zu Hause. Er verkaufte sein Geschäft an die Gordons und errichtete damit ein neues in irgendeinem Kaff an der normannischen Küste."

„Und Janet?"

„Sie lernte wahrscheinlich nie Französisch. Ob sie Jean lieben lernte? Ich weiß nicht."

Pete schwieg. Seine Erzählung war zu Ende. Auch ich schwieg. Betroffen. Armer Jean. Am Ende hatte er bekommen, was er wollte. Aber ob er damit glücklich geworden war? Und Janet? Und das Kind? Und was war mit der fremden Frau, die Janets Hebamme gewesen war?

Pete Cawdry räusperte sich. „Verstehen Sie jetzt, warum niemand gern über damals redet?" Er wartete meine Antwort gar nicht erst ab. „Jeder von uns hat irgendjemanden in der Familie, der nicht gerade so gehandelt hat, dass man ihn als Helden bezeichnen könnte."

Ich blickte ihm in die Augen. „Nein, Pete", sagte ich leise. „Aber das Herz einer Frau geht manchmal verworrene Wege." Dann kam mir plötzlich ein Gedanke. „Wie lange war sie mit Jean Barbet verheiratet?"

Pete Cawdry sah mich überrascht an. „Bis zu seinem Tod 1965", antwortete er.

„Und hat sie danach wieder geheiratet?"

„Sie ist 1976 nicht wiederverheiratet gestorben."

Ich legte meine Hand auf die von Pete. „Sie hat nicht wieder geheiratet? Dann hat sie Jean geliebt."

8

So also hatte Janets Leben ausgesehen, grübelte ich die beiden nächsten Tage. Brian war wieder drüben auf Guernsey bei seiner kranken Frau, und ich vermisste ihn mehr, als ich mir selbst gegenüber zugeben wollte.

Einen Tag kroch ich wieder mit meiner Taschenlampe in das Grab von La Trétête, anderntags besuchte ich die Gräber von Point Ste. Germaine. Ich hob die Falltür zu dem Loch unterhalb der Treppe in Les Silences. Und ich las noch einmal das Gedicht von Ernst Lacher, die Papiere von Alexej Miranow.

Komisch, bisher war nichts davon in den Erzählungen Brians oder Petes davon aufgetaucht. Verschwiegen sie mir etwas? Versuchten sie, mit ihren Geschichten einen Bogen um meine Fragen zu schlagen?

Es war ein lauer Mittwochabend, an dem ich auf einem Küchenstuhl im Vorgarten von Les Silences saß und den Sonnenuntergang genoss, als ich die vertraute Gestalt Brians auf dem Weg herauf erblickte. Mein Herz machte einen heftigen Satz, als er die letzten Meter aus dem Steineichenhain herauskam.

„Guten Abend, Anne", klang sein nasaler Tonfall in meinen Ohren. „Ist es nicht erstaunlich, wie Sonnenuntergänge die Menschen immer wieder verzaubern? Und immer scheint es sehnenden Menschenherzen, als läge darin ein herzzerreißendes Sterben, ein Winken ins Jenseits. Doch anderntags wird es wieder hell. Und alles beginnt von vorn."

Ich lächelte. Er hatte meine Gedanken erraten. „Guten Abend, Brian." Ich bot ihm meinen Stuhl an und holte rasch einen zweiten heraus. Dann saßen wir eine Weile da, sahen nur hinaus aufs Meer und schwiegen.

„Als sei darin ein Widerstreiten, das rings nach allen Seiten drängt", sagte ich schließlich heiser.

„Ein wildes Sehnen nach den Weiten, das stetig wieder eingeengt", echote Brian.

Brian kannte also das Gedicht, das ich ihm nie gezeigt hatte. Wir schwiegen.

„Wer war Ernst Lacher?" fragte ich in die Stille und starrte weiter hinaus aufs Meer.

„Er war ein deutscher Leutnant", kam es nach einer Weile. Wieder eine Pause. Dann lachte Brian plötzlich. „Aber er ist noch nicht dran, kleiner Naseweis!" Bei diesen Worten stupste er ganz leicht mit seinem rechten Zeigefinger meine Nasenspitze. Im selben Moment zuckte er erschrocken zurück. Wir sahen einander in die Augen und schwiegen.

*

Nach 1941 wurde der Krieg für die Deutschen immer mehr zum Überlebenskampf. Eine Niederlage folgte der nächsten. Aber davon wussten die Inselbewohner von Herks offiziell nichts. Das heißt, dass sie inoffiziell sehr wohl unterrichtet waren. Zunächst trafen sie überall an Hauswänden und Trockenmauern zu ihrer Überraschung auf gemalte V-Zeichen. „Victory" hatten die deutschen Soldaten an alle möglichen Stellen gepinselt, so wie es auch ihre Reaktion auf Jersey und Guernsey auf die „V"-Pinseleien der Insulaner gewesen war. Nur dass die Herksianer überhaupt erst gar kein „V" irgendwohin gemalt hatten.

Und dann gab es die Briefe über das Rote Kreuz. 25 Wörter im Monat. Eines Tages kam endlich ein Brief dieses Umfangs an Douce. Von Marc Harmon. Ihr wurde schwindelig, als sie sich damit auf einen Küchenstuhl in Les Silences niederließ.

„Liebe Douce, Danke fürs Festhalten. Mir geht es wieder besser. Werde demnächst verlegt. Wie geht es Andrew? Was machen Andrea und Billy? Alles Liebe, Marc."

Douce ließ das Blatt sinken. Ein eigenartiger Brief war das. Der erste Satz war noch klar. Der zweite ließ darauf schließen, dass Marc krank gewesen war. Doch wohin sollte er verlegt werden? Von der Krankenstation in eine normale Zelle des Gefängnisses von Caen? Oder überhaupt von Caen in ein anderes Gefängnis? Die Frage nach Andrew deutete darauf hin, dass Marc seinen Sohn als leiblich anerkannte. Aber wer sollten denn bloß Andrea und Billy sein? Douce kannte niemanden dieses Namens.

„Gute Nachrichten?" ertönte Irenes Stimme sanft. Douce blickte auf und streckte ihr den Brief entgegen.

„Ich weiß nicht", sagte sie mit belegter Stimme.

Irene überflog die paar Wörter und blickte dann hinaus ins Weite. „Er lebt." Dann setzte sie sich, stützte das Gesicht in die Hände und weinte.

Es war das erste Mal, dass Douce sie so sah, und der Anblick der plötzlich so schwach gewordenen, sonst scheinbar so starken Frau verunsicherte sie zutiefst. Sie wagte nicht, die zuckenden Schultern zu umarmen. Nicht, aufzustehen und Irene allein zu lassen. Ratlos saß sie da und sah ihrer Gönnerin beim Weinen zu. Schließlich riss sich Irene zusammen; der Augenblick der Schwäche war vorüber.

„Wann darfst du den nächsten Brief an ihn schicken?" fragte sie.

„In einer Woche", erwiderte Douce.

Irene nickte, reichte ihr den Brief zurück. „Sag ihm, dass Andrea und Billy noch miteinander zu schlafen scheinen."

Douce sah Irene verblüfft an. „Du kennst jemanden, der so heißt?"

Irene sah Douce an. Plötzlich musste sie bitter lachen. „Du auch, Douce, du auch! Und du würdest dir auch wünschen, sie täten es nicht und griffen endlich in das Elend ein."

Da fiel der Groschen bei Douce. Andrea waren die Amerikaner, Billy die Briten. Marc verwendete einen Code. Sie würde künftig seine Briefe noch gründlicher lesen müssen. Wenn er denn welche schickte.

*

„Schickte er denn weiter Briefe?" fragte ich neugierig.

Brian nickte. „Oh ja. Zwar ist nie ganz klar geworden, wie seine Geschichte weiterging. Er redete nicht über die Zeit der Gefangenschaft. Aber er schrieb regelmäßig, 25 Wörter. Er brachte es fertig, dass seine Briefe unzensiert durchkamen, weil er Codes benutzte; weil er so formulierte, dass man zwischen den Zeilen lesen musste."

„Und war er wirklich krank gewesen?"

„Es ist zu vermuten. Aber Sie greifen schon wieder vor, Anne."

„Entschuldigung", flüsterte ich zerknirscht. „Ich werde ab sofort meinen vorlauten Mund halten."

Er sah mich so skeptisch an, dass wir beide einem Heiterkeitsausbruch zum Opfer fielen. Und dann erzählte Brian weiter.

*

Natürlich war für eine Frau wie Irene das ruhige Leben in Les Silences gar nichts. Eingesperrt auf der besetzten Insel, abgeschnitten von der Außenwelt, hatte sie es rasch fertiggebracht, soweit zu deutschen Soldaten Kontakt zu bekommen, dass sie über die Nachrichten aus dem Rundfunk weitgehend informiert war.

Sie hatte das nicht durch Anbiedern oder Verstellung geschafft, sondern einfach durch ihre Anteilnahme und ihre aristokratische Ausstrahlung. Der einfache deutsche Soldat auf Herks wusste, dass sie in The Manor gelebt hatte, dass sie in Geld geschwommen hatte, bis der Kontakt zur Bank of England abgebrochen war; dass sie Patriotin war. Er wusste aber auch, dass sie durch den allseits verhassten Werner von Ploßnitz ihres Wohnsitzes beraubt worden war, dass sie keinen Dünkel gegen weniger Begüterte hegte und einen starken Sinn für Gerechtigkeit besaß. Und irgendwie war allen von Anfang an klar gewesen, dass in der herb-eleganten Frauengestalt ein brillanter Geist sprühte.

Eher unbewusst hatten die Soldaten Irene Nachrichten der deutschen Sender mitgeteilt. Und als sie mehr Vertrauen gefasst hatten, gab der eine oder andere auch zu, heimlich BBC London gehört zu haben. Die Nachrichten waren allerdings in den ersten Kriegsjahren frustrierend für Herks. Es tat sich nichts seitens „Andrea" und „Billy". Der Nachfolger des zum Major beförderten von Ploßnitz erwies sich zwar als menschlicher – aber Brotrationierungen seit 1941 und in den Jahren danach immer mehr Nahrungsknappheit verbitterten die Leute auf Herks sehr.

Das Weihnachtsfest wurde 1942 noch karger als im Jahr zuvor. Es gab jetzt gar keinen Zucker mehr. Douce tischte ein paar Gläser Eingemachtes auf. Julian hatte ihr am Tag zuvor ein Stück Schinken gebracht, den er selbst gebeizt hatte. Das, ein bisschen Kohl und Kartoffeln – es war für die Kriegsverhältnisse auf der Insel ein reichhaltiges Mahl. Anschließend brühte Douce ihren letzten Löffel echten Tees auf. Den hatte sie eigens so lange gespart. Sie würde ihn sorgsam am Kamin trocknen und dann noch vier- bis fünfmal verwenden. Dann konnte man nur hoffen, dass endlich die Befreiung komme und damit wieder Essen. Warum nur das Rote Kreuz nicht an sie dachte?

Douce wusste genauso wenig wie die anderen Menschen auf den Kanalinseln, dass ihre Lage durch das englische Unterhaus nicht nur vor der eigenen Bevölkerung weitestgehend verheimlicht wurde, sondern auch vor dem Rest der freien Welt. Offiziell gab es keinen Teil Großbritanniens in deutschen Händen; es hatte nie eine Invasion gegeben. Und erst recht gab es keinen Teil der englischen Bevölkerung, der sich zwangsläufig den Deutschen fügte. Offiziell kämpfte ein durch und durch heroisches, freies Großbritannien. Und warum sollte das wiederum Care-Pakete benötigen?!

Noch in seinem Werk über den Zweiten Weltkrieg, für das der damalige Premierminister Sir Winston Churchill den Nobelpreis erhielt, wird das Kapitel der deutschen Besetzung der Kanalinseln nicht nur völlig übergangen, nein, vielmehr eindeutig geleugnet. Und es dürfte auch heute kein offizielles Geschichtsbuch geben, das diese Fakten nennen würde.

Auf Herks fühlte man sich vergessen. Und vergessen fühlte man sich auf Guernsey, Sark, Jersey. Vergessen hatte man den Einsiedler von Herm und die Handvoll gebürtiger Inselbewohner auf Alderney.

Eines Tages – es war vor Silvester 1942 – hatte Irene einen fast erfolglosen Einkauf bei Jean Barbet hinter sich gebracht. Ein bisschen Fisch aus der von Deutschen überwachten inseleigenen Fischerei, ein Käntchen Brot, ein halber Liter Magermilch – das war die gesamte Ausbeute. Butter war nicht auf Lager, ebenso weder Fleisch noch Mehl. Von Zucker träumte man schon seit Wochen nur noch; selten genug, dass von den französischen Lieferungen nach Guernsey auch etwas für Herks abfiel. Jean hatte in verlegener Geste die Arme gehoben; es war nichts zu machen. Wohl hätte er ja nebenbei einmal nach Douce fragen können. Aber er hatte es nicht getan.

Irene schritt niedergeschlagen die Rue Les Rocquettes entlang, als ihr Julian Cawdry begegnete. Er zog seinen Hut. Sie blieb stehen.

„Hallo, Julian", begann sie, während er, verlegen wie ein großer Schuljunge, den Hut in den Händen drehte. „Was macht Ihre Farm?"

Er lächelte. „Der geht's ganz gut, Miss Harmon. Danke." Dann schwieg er. Er wusste nicht, was sagen. Seine Schwester Janet hatte Schande über die Familie gebracht durch den Verrat an Irenes Bruder und erst recht, seit sie im Herbst schwanger mit diesem Deutschen nach Guernsey abgehauen war. Und er war sich zugleich der Tatsache bewusst, dass er gegenüber Irene Harmon abgerissen wirkte. Weiß der Himmel, wie sie es schaffte, immer adrett und fast elegant zu wirken; schließlich hatte sie nicht mehr Möglichkeiten, sich Kleidung zu beschaffen, als er. Er kam sich mit einem Mal wirklich wie der schäbige kleine Bauer vor, der gnadenhalber von der Fürstin angesprochen wird.

Irene war sich seines Stimmungsumschwungs wohl bewusst. „Ich weiß, dass Ihnen manches zu Hause abgehen muss", sagte sie plötzlich ungewöhnlich warm. „Ihnen fehlen sicher Mutter und Schwester."

Julian errötete leise. „Ich bin mir nicht sicher..."

Irene unterbrach ihn. „Ach, natürlich fehlt Ihnen Janet. Sie ist doch Ihre Schwester, Julian. Sie hat Ihnen den Haushalt geführt. Brauchen Sie nicht hin und wieder jemanden, der Ihnen ein wenig zur Seite steht? Was haben Sie in den letzten Tagen gegessen? Fisch mit Sauerampfer und Sauerampfer mit Fisch? Haben Sie auch Brot gebacken? Im Herbst Eicheln für Ihren Kaffee gesammelt?" Sie sah seiner Miene an, dass sie richtig vermutet hatte. Woher hätte er die Zeit nehmen sollen, ordentlich zu sammeln, einzukaufen oder sein Haus in Ordnung zu halten?

Julian Cawdry ahnte nicht, dass Irene keine Frau kurzfristiger Mitleidsanfälle war. Sie war, was man heute Überzeugungstäterin nennen würde. Damals hätte man allenfalls geargwöhnt, dass Irene Harmon Kommunistin sei. Oder hinter einem Mann her.

Wenige Tage später kam Julian nach Hause, fand blinkende Fenster und saubere Vorhänge sowie einen für Kriegszeiten relativ nahrhaften Eintopf vor. Fortan war seine Farm versorgt. Alle zwei Tage brachte ihm Irene für die Verhältnisse bodenständiges, nahrhaftes Essen.

Irgendwann einmal hatte Irene sich verspätet, und Julian fand sie noch im Haus vor, als er abends von seinem Vieh aus dem

Unterstand bei The Pillar kam, dem alten Seezeichen. Er bat Irene, mit ihm zu essen.

Ihr schien in seinen Augen so viel Einsamkeit zu liegen, dass es mit einem Mal wehtat. Sie setzte sich wortlos zu ihm an den Küchentisch und hielt mit. Julian redete kaum. Aber bald war es wie ein stilles Einverständnis zwischen ihnen geworden, gemeinsam zu Abend zu essen.

Allmählich öffnete sich Julian gegenüber Irene. Er wurde nicht gerade redselig. Aber aus seinen Worten vernahm sie eine tiefe Liefe zur Heimat, zu den Menschen, die darin wohnten. Ehrfurcht vor der Natur und – zu Irenes Verblüffung – eine geradezu phänomenale Kenntnis der englischen Kunstgeschichte.

„Wir hatten fast keine Bilderbücher als Kinder. Eine ‚Mother Goose' und ‚Der Wind in den Weiden' und sonst nur eine dreibändige englische Kunstgeschichte", erinnerte sich Julian und war entzückt, dass er Irene auch geistig etwas zu bieten hatte. „Die habe ich als Kind immer sonntags geblättert, wenn es geregnet hat und wir nicht hinausdurften." Irene lachte.

Im Januar desselben Jahres kam Janet Cawdry zurück auf die Insel. Sie wurde wie ein Stück Ware an der Mole von Herks abgesetzt, und da stand sie dann ratlos mit ihrem Gepäck und wusste nicht, wohin. Jean Barbet sah sie zufällig, als er aus seiner Ladentür hinausschaute. Ihm schlug das Herz bis zum Hals, als er ihr die Pier entgegenging. Sie schlug verschämt die Augen nieder, als er sie ansprach, folgte ihm aber erleichtert in den Laden.

Wenige Tage später wurden Jean und Janet in aller Stille durch den gestrengen Lance DuBois getraut.

*

Am Valentinstag des Jahres 1943 machte Julian Irene einen Heiratsantrag, und sie willigte ein. Ihr Leben hatte eine Bestimmung. Der Mann, den sie heiraten würde, hatte Charakter. Und Les Silences war durch Douce bestens versorgt. Es hätte nicht einmal jemand behaupten können, sie hätte eine schlechte Partie gemacht: Julian war zu diesem Zeitpunkt immer noch relativ unabhängig, besaß fast uneingeschränkt sein Erbland und konnte auf einen makellosen Lebenswandel verweisen, politisch wie moralisch. Vielleicht, nein sicher würde sie Julian auch eines Tages lieben können, wie er es verdiente.

*

„Ja, um Himmels willen!" entfuhr es mir. „Sie liebte Julian gar nicht und heiratete ihn trotzdem?!"

Brian schmunzelte und fuhr sich mit der Hand über seinen nicht vorhandenen Kinnbart. „Ja."

„Sie meinen, er hatte keine Ahnung, dass sie ihn nicht wirklich liebte?"

„Ist das denn so wichtig? Sie erwies ihm einen Liebesdienst, indem sie für ihn sorgte. Er durfte ihr dafür seinen Namen geben."

„Brian", stieß ich hervor. „Sie sind nicht so furchtbar altmodisch, wie Sie gerade tun! Warum sagen Sie so etwas Schreckliches?"

Er sah mich komisch verzweifelt an. „Ich weiß es nicht."

„Wie bitte?"

„Ich sage es, weil ich nicht weiß, ob Julian Irenes Beweggründe kannte, ihn zu heiraten. Vielleicht kannte nicht einmal sie sie. Und ich frage mich, ob es nicht egal ist, weil diese beiden Menschen zueinanderpassten, miteinander glücklich wurden und ein ganzes Leben miteinander verbrachten."

„Ist das wahr?" Ich blickte Brian zweifelnd in die Augen.

„Kleines Mädchen", sagte er. „Glaubst du, ich könnte einer Frau wie dir je etwas Anderes als die Wahrheit sagen?"

Es war das erste Mal, dass er mich duzte. Aber ich glaube, nur ich bemerkte es in diesem Augenblick.

*

Die Trauung war natürlich den Umständen entsprechend klein. Es kamen keine Gäste von den anderen Inseln. Irenes Freundin Marie-Claire Groucart, die kommunistische Frauenrechtlerin, war in ein deutsches Konzentrationslager für politische Häftlinge gekommen. Das hatte Irene zwei Tage vor der

Eheschließung unter der Hand erfahren. Der Kontakt zu Geoffrey Parks, Sylvia Cappels, Daniel Turp und Nicholas Warrington, allen, die an dem letzten Party-Abend in The Manor auf Herks gewesen waren, war weitgehend unter der Besatzung abgebrochen. Hin und wieder wagte es ein Fischer, an einer Boje Nachrichten zu hinterlassen. Oder der eine oder andere Soldat, der zwischen den Inseln pendelte, machte sich zum Postillon d'amour. Wen scherte es, dass nicht alle Nachrichten Liebesbotschaften waren?!

Natürlich war Douce Trauzeugin von Irene; ihr Bruder Jean war der von Julian. Noch nie war die Stimmung in der kleinen Sakristei von St. Paul's eisiger gewesen als an diesem Tag. Lance DuBois stand zum ersten Mal in seinem Berufsleben vor einem strahlenden Brautpaar und Trauzeugen mit Leichenbittermienen. Draußen auf dem Kirchhof krähte Andrew in seinem Kinderwagen, heimlich betrachtet von seiner Großmutter Barbet, die das Kind nicht anzurühren wagte, das sie offiziell nicht akzeptierte. Sie trat nur einmal kurz näher. Als Douce den Kinderwagen später in Les Silences ausräumte, fand sie in den Polstern eine Zehn-Pfund-Note.

*

„Doppelmoral", sagte ich trocken.

„Mutterliebe", konterte Brian.

*

Irene zog nun natürlich nach Cawdry's Love. Douce bewohnte Les Silences allein mit Andrew. Zunächst zumindest, denn im Krieg bleibt ein einsames nur von einer Frau bewohntes Haus selten unbemerkt.

An einem herrlichen Sommertag 1943 kamen zwei junge Unteroffiziere mit kräftigem Schritt und grußlos nach Les Silences hereingepoltert. Der inzwischen zweijährige Andrew spielte in der Diele und wäre beinahe unter ihre derben, gut geputzten Schaftstiefel geraten. Douce stürzte erschrocken durch die Küche, als sie ihr Söhnchen plötzlich brüllen hörte.

„Heil Hitler", sagte der eine uniformierte Jüngling lässig.

„Guten Tag", sagte Douce, trocknete sich die nassen Hände an ihrer Schürze und vertrat ihnen den Weg. „Was wünschen die Herren?"

„Wir möchten einmal Ihr Haus begutachten", erwiderte der andere und drängte sie roh beiseite.

„Moment!" rief sie zornig. Aber die Männer waren schon die Treppe hinaufgestiegen und sahen sich um. Als sie wieder herunterkamen, grinsten sie Douce unverschämt an. „Ein zweites Schlafzimmer", lästerte der eine.

„Wohl für deinen heimlichen Liebsten", spottete der andere und kniff sie in die Wange.

Douce kochte vor Zorn, wagte aber nicht, sich zu wehren. Wer weiß, was die beiden Herrensöhnchen ihr sonst angehängt hätten. Caen war in diesen Zeiten das Mindeste, was drohte.

„Wir kommen wieder", lachte der, der sie gekniffen hatte. „Von wem hast du den Buben? Ich hätte auch gern so einen!"

Als die Männer wieder hügelabwärts im Wäldchen verschwunden waren, schlug Douce wütend die Tür zu und warf in der Küche einen Teller an die Wand. Dann setzte sie sich an den Küchentisch und weinte. Sie hatte sich noch nie so wehrlos gefühlt. Wäre nur Irene da gewesen. Oder Marc... Andrew brabbelte in der Diele friedlich vor sich hin.

Zwei Wochen später hielt Douce ein Schreiben in der Hand, gezeichnet von der Feldkommandantur 515 auf Guernsey mit ein paar kaum leserlichen Schnörkeln in Sütterlinscher Steilschrift. Sie habe ihr Haus breitzuhalten für die Unterbringung und Verpflegung deutscher Soldaten auf Rekonvaleszenz-Urlaub. Widerspruch könne sie in Grange Lodge, St. Peter Port, einlegen.

Douce lachte bitter. Der Krieg hatte sie nun persönlich eingeholt.

*

In diesen Tagen stand der Garten von Les Silences voll von Johannisbeersträuchern mit weißen und roten Beerenrispen. Die Kartoffeln an der windgeschützten Seite des Hauses verhießen eine ordentliche Ernte. Die Salat- und Kohlköpfe wuchsen üppig. Die einstige Blumenpracht war schon längst einem Nutzgarten gewichen.

Douce trug damit den leeren Regalen und Kisten in Jean Barbets Laden Rechnung. Auch den Deutschen schien es nicht mehr so gut zu gehen. Auch sie hatten zwischen ihren Baracken bei der Marina längst Kartoffeln und Kohl angebaut. Der Kohlgeruch hatte bereits im vorigen Herbst den Geruch von frisch gefischtem Fisch an der Mole unten völlig übertönt.

Am schlimmsten ging es den Zwangsarbeitern auf Herks. Waren sie seinerzeit noch als individuell verschiedene Menschen eingetroffen, so waren sie im Elend zu einer nicht einmal mehr in Jung und Alt unterscheidbaren Masse verschmolzen. Überall nur Haut und Knochen, tiefliegende Augen in eingefallenen Gesichtern, leere, hoffnungslose Blicke, die nur kurz einmal aufglühten, wenn jemand heimlich etwas in die skelettierte Hand drückte – ein Stückchen Brot, eine Kartoffel.

Jeden Morgen und jeden Abend, wochentags und sonntags zog die Hungerkarawane an Les Silences vorbei zu oder von den Bunkerarbeiten im Norden der Insel. Und immer stand Douce im Garten, mit dem kleinen Andrew auf der Hüfte, und sah die müden Gestalten vorübergehen, täglich gebeugter und gedrückter. Monat um Monat, Jahr um Jahr. Es war nicht Neugier, die sie trieb. Es war der Wunsch, nicht zu jenen zu gehören, die nichts gesehen haben wollten. Sie glaubte fest daran, dass sich das Blatt zugunsten der Kanalinseln wieder wenden würde, auch wenn Mutter England sie vergessen zu haben schien und die

Notrufe aus der Bucht von St. Malo ungehört verhallten. Und sie war noch fester davon überzeugt, dass jeder ein Stück dieser Wende in eigenen Händen halte.

So purzelte der vollgepflückte Kartoffelkorb unversehens von der krummen Feldsteinmauer ihres Gärtchens, und die mehligen Früchte kullerten zwischen die Füße der Häftlinge. Die deutschen Bewacher sahen weg. Es hätte Douce auch den Kopf kosten können.

Oder es lag ein Laib selbstgebackenen Brots auf diesem Mäuerchen – er war fort, wenn die Karawane der Häftlinge vorüber war. Douce wusste, dass es nur Tropfen auf den heißen Stein waren. Sie hatte auch nicht immer genug, um etwas zu geben. Aber meistens schaffte sie es irgendwie.

„Besser als nichts, Andrew, nicht wahr?" gurrte sie ihrem Söhnchen ins Ohr, wenn sie wieder mit ihm zurück ins Haus ging.

„Besser", imitierte Andrew sie, und sie lachte, während in ihren Augen Tränen des Zorns und des Mitleids glitzerten.

*

Eines Mittags – es war ein windiger, trüber Herbsttag – sah Douce einen Schatten an einem ihrer hinteren Küchenfenster vorbeihuschen. Als sie das Fenster öffnete, war nichts zu sehen. Stattdessen hörte sie plötzlich Schritte in ihrer Diele. Langsam griff sie an Andrew vorbei, der in seinem hohen Kinderstuhl am

Tisch saß, packte ihr großes Brotmesser, holte tief Luft und riss die Küchentür auf: „Halt! Keinen Schritt weiter!"

Ein paar undefinierbare Laute drangen aus dem Dämmer der Diele an ihr Ohr. Sie drehte den Lichtschalter. Dann ließ sie das Messer sinken. Vor ihr auf der untersten Treppenstufe hockte ein Bündel Elend, das sie aus großen flehenden Augen ansah. Dann öffnete das Skelett seinen Mund, und eine matte, weiche Stimme sprach in einer fremden Sprache zu ihr. Der Mann erhob sich mühsam, gestikulierte, zeigte ihr, dass er nicht bewaffnet sei. Dann fuhr er mit einer Hand zum Mund und sagte: „Brot bitte." Es schienen die einzigen englischen Worte zu sein, die ihm geläufig waren.

Douce bedeutete ihm, sich wieder zu setzen. Sie bat ihn nicht in die Küche, weil man ihn dort eventuell durch das Fenster hätte entdecken können. Und das wäre ihrer beider Todesurteil gewesen. In diesem Fall hätte kein deutscher Bewacher mehr seine Augen verschließen können. Sie kehrte mit einem Glas wässriger Milch – bessere gab es damals schon nicht mehr – und einem Stück Brot mit etwas Margarine darauf zurück. Schweigend sah sie dem Mann zu, wie er seine Mahlzeit verschlang, als könne jemand sie ihm wieder wegnehmen.

Dann fragte sie ihn: „Sind Sie Russe?"

Er sah ihr dankbar in die Augen und nickte: „Da." Dann stand er auf, deutete eine Verbeugung an und sagte: „Alexej."

Douce lächelte sanft. „Ich bin Douce." Dann deutete sie hinein in die Küche. „Das ist mein Sohn Andrew. Sein Vater ist in Deutschland in einem Lager."

Alexej nickte. Sie wusste weder, ob er sie verstanden hatte, noch, warum sie ihm das erzählte. Aber es tat gut. Sie schwieg wieder, sah ihn an. So verhungert und abgearbeitet, wie er aussah, konnte er alles zwischen vierzig und sechzig sein. Als er ihr später seinen Ausweis zeigte, den er irgendwie hatte retten können, war sie zu Tode erschrocken. Alexej war gerade einmal 21 Jahre alt!

„Was mache ich nur mit Ihnen?" fragte Douce schließlich ratlos. „Ich kann Sie doch nicht einfach wieder zurückschicken in dieses Elend!"

Alexej schien ihre Unschlüssigkeit zu bemerken und sah sie gespannt an. Er wusste, dass von ihrer Entscheidung mehr abhing als nur die Rückkehr ins Elend. Hatte man sein Verschwinden inzwischen bemerkt und kehrte er wieder zurück, würde man ihn wegen offensichtlichen Fluchtversuchs oder Sabotage hängen. Er sah Douce an, und sie las in seinen Augen. Da war es ihr mit einem Mal, als sehe sie den Tod darin. Da fällte sie ihre Entscheidung.

Sie schlug den Flickenteppich in der Diele zurück und öffnete die darunter zum Vorschein gekommene Falltür. Sie winkte ihn herbei, deutete hinab, zeigte abwechselnd auf ihn und hinunter und blickte ihn fragend an. Alexej zögerte und schluckte. Dann ergriff er ihre freie Hand und küsste sie inbrünstig.

*

Immer wenn jetzt die Karawane des Elends an Les Silences vorüberzog, stand Douce allein im Garten. Aber ihre Haustür stand sperrangelweit offen und zeigte Andrew, wie er fröhlich in der Diele spielte. Niemand wäre auf den Gedanken gekommen, dass unter eben dieser Diele ein junger Mann hauste, auf einem gut gestopften Strohsack mit einem weichen, warmen Quilt, einer Petroleumlampe, einem Zeichenblock und Ölpastellkreiden, die Douce ihm zum Zeitvertreib geschenkt hatte.

Niemand ahnte, dass in Les Silences für drei statt wie bislang nur zwei Personen gekocht wurde. Dass Douce fast jeden Abend nicht mehr in der Küche oder in der Stube verbrachte, sondern in der Diele, wo sie Alexej aus dem Versteck ließ, damit er sich etwas bewegen konnte. Wohin sie ihm den Badezuber stellte. Wohin sie ihm Bücher brachte mit Fotografien und Zeichnungen, die sie mit ihm betrachtete. Alexej blühte in dieser Wärme auf. Aber ein unerwarteter Laut, das Knallen einer Tür in der Zugluft, das Knacken eines Astes in The Grove ließ ihn zusammenfahren und in sein Versteck zurückgleiten.

Andrew war Alexejs ein und alles. Immerhin hatten sie gemeinsam, dass sie der englischen Sprache nicht mächtig waren. Und mit Andrew erlernte Alexej jetzt den einen oder anderen Brocken. „Brot bitte", brauchte er nicht mehr zu sagen. Er wusste, dass Douce für ihn sorgen und ihre Mahlzeiten mit ihm teilen würde.

Eines Abends, wie sie so im Schimmer der Dielenlampe über einem Buch saßen, blickte er sie von der Seite an. Aus ihrem Knoten hatte sich eine Strähne gelöst und glänzte im Licht. Ihre Augen hingen an einer Abbildung, sie bewegte beim Lesen lautlos die vollen Lippen. Und plötzlich brach ein unbeherrschtes Schluchzen aus Alexejs Brust. „Douce, Sie wie meine Mutter."

Dann sank er haltlos weinend an ihre Schulter. Sie streichelte sanft über das struppige, langsam nachwachsende Haar des jungen Mannes und beruhigte ihn mit Lauten, wie sie eine Mutter für ihr Baby zu finden pflegt.

Das war der Abend, an dem Alexej ihr seinen Ausweis zeigte. Er trug ihn eingenäht in seinem Hemd.

„An Weihnachten geboren", flüsterte Douce und lächelte ihn an. „Weihnachten, Alexej, wie schön." Er verstand nicht, was sie meinte, kannte auch nicht ihre Erinnerungen an vergangene Weihnachtsfeste. Vor allem nicht an die erste Kriegsweihnacht, in der Irene und Douce mit ihren Liedern dem Krieg und der Unterdrückung den Kampf angesagt hatten.

*

„Einen Moment, Brian, bevor Sie weitererzählen", unterbrach ich meinen Gast. Es war inzwischen dunkel geworden.

„Lassen Sie uns hineingehen. Ich mache uns ein kleines Dinner, und Sie beantworten mir inzwischen bestimmt noch eine Frage."

Brian stimmte durch ein stilles Kopfnicken zu. Drinnen begann ich, einen Salatkopf zu waschen, während ich Würstchen briet und Kartoffeln kochte. „Ist denn nie einer von den Deutschen auf die Idee gekommen, nach Alexej zu suchen? Ich meine, wurde er denn von seinen Aufsehern nicht vermisst?"

Brian seufzte. „Doch, natürlich. Und zwar ziemlich bald. Sie kamen prompt nach Les Silences. Das war nun einmal der einzige bewohnte Ort ganz in der Nähe der Bunkerarbeiten. Außer Cawdry's Love. Dort tauchten sie auch auf."

„Und? Weiter, Brian, was passierte?"

„Oh, nicht viel. Sie durchsuchten Les Silences zu fünft, aber keiner kam auf die Idee, dass es eine Falltür geben könnte. Douce stand die ganze Zeit darauf, während sie mit großen Unschuldsaugen behauptete, seit dem Morgen sei kein Häftling mehr am Haus vorbeigekommen. Am Ende zogen die Soldaten ab, und Douce folgte ihnen mit Andrew auf der Hüfte noch bis zum Gartentor."

„Und auf Cawdry's Love?"

„Auch eine Hausdurchsuchung vom Keller bis zum Boden. Man nahm ein Stück Schinken mit, konfiszierte ein paar Gläser Marmelade. Das war's."

„Und warum haben Sie dann geseufzt, wenn alles gar nicht so schlimm war?"

„Habe ich das behauptet? Nein, nicht schlimm für die Leute von Herks. Deren Häuser wurden systematisch durchkämmt, Alexej aber natürlich nicht gefunden. Schlimm erging es hingegen den Mithäftlingen Alexejs. Zwei, die seine Flucht verdeckt hatten, flogen durch ihre unsichere, verstohlene Haltung auf, wurden verhört und mit Knüppeln totgeschlagen. Vor den Augen der versammelten Häftlingskolonne bei La Trétête. Es muss grauenvoll gewesen sein. Ein paar Bewachern wurde schlecht beim Anblick der zerfetzten Leiber. Durch sie erfuhren die Leute von Herks, was ihnen blühen konnte, wenn sie jemanden versteckten."

„Himmel!" flüsterte ich. „Welch furchtbare Angst muss dann Douce durchgestanden haben."

Brian nickte nachdenklich. „Nach außen war sie ruhig und heiter wie immer. Sie änderte nichts an ihren Gewohnheiten, weil sie wusste, dass sie Alexej sonst in Gefahr gebracht hätte. Ihm gegenüber durfte sie ihre Angst erst recht nicht äußern, damit er sich weiterhin ruhig verhielte. Schließlich war nicht nur Douces Leben in Gefahr – was würde mit Andrew geschehen, wenn man sie umbraechte? Und wer würde sich um Marc kümmern, wenn er zurückkam?"

„Dann wusste tatsächlich niemand davon, dass sie jemanden in ihrem Haus versteckte?"

„Nein. Nicht einmal Irene. Mitwissen hieß in Gefahr sein. Das wusste Douce. Und deshalb trug sie ihr Geheimnis allein. Die größte Angst bei allem war jedoch, dass sie Andrew unbedacht verraten könnte. Was wusste ein Kind seines Alters denn schon von Todesgefahr?"

„Und trotzdem brachte sie Alexej mit Andrew immer wieder zusammen?"

„Um der Nächstenliebe willen, Anne. Alexej war so glücklich, dieses Kind im Arm halten zu dürfen und mit ihm in seiner Muttersprache zu reden. Es war das einzig Unschuldige, das sein Dasein noch kannte. Und diese Gewissheit, dass es auch in allem Grauen noch die Unschuld gab – wie hätte Douce ihm das rauben können?"

*

Am 1. Oktober 1943 trat für Douce ein, wovor sie sich schon lange gefürchtet hatte. Man quartierte ihr einen Deutschen ein. Am späten Vormittag hörte sie plötzlich ein Krad durch das Wäldchen knattern, und dann klopfte es an ihre Haustür. Douce fuhr zusammen, als habe man sie geschlagen. Hastig sah sie sich um. Alexej war Gottseidank in seinem Versteck, der Flickenteppich lag ordentlich darüber und verriet nichts über das darunterliegende Geheimnis. Auch sonst lag nichts herum, das die Anwesenheit eines Dritten in diesem Hause hätte verraten können.

Andrew hatte das Klopfen an der Tür gehört und war auf kurzen Beinchen erwartungsvoll zu seiner Mutter gelaufen. Doch heute schüttelte Douce den Kopf. „Geh nach oben ins Schlafzimmer, Andrew, und spiel ein bisschen mit meiner

Knopfschachtel, ja?" Andrew schmollte, aber Douce blickte ihn ungewöhnlich streng an. „Bitte, Andrew!" Da trollte sich der kleine Kerl und kletterte gehorsam die steile Treppe hinauf.

Douce öffnete die Tür. Vor ihr stand ein junger Deutscher in Leutnantsuniform mit einem kleinen Koffer in der Linken. Er salutierte ihr militärisch. „Guten Morgen, Miss", grüßte er höflich. Er sagte nicht „Heil Hitler".

„Guten Morgen, Herr Leutnant", erwiderte Douce ohne ein Lächeln. „Bitte, kommen Sie herein. Sie sind bestimmt der mir angekündigte Logierbesuch."

„Ernst Lacher", stellte sich der junge Offizier vor und folgte ihr mit dem Koffer ins Haus.

„Hier hinauf", sagte Douce kühl und wies ihm die Treppe. „Die rechte Tür ist Ihr Zimmer. Ein Bad haben wir hier nicht; wenn Sie also baden möchten, müssten Sie mir Bescheid geben, damit ich Ihnen den Zuber mit heißem Wasser richten kann."

Der Leutnant dankte ihr und ging hinauf. Douce fiel auf, dass er stark hinkte, aber sie fühlte kein Mitleid. Sie würde ihm nicht das Gefühl geben, dass er ins Haus gehörte.

Andrew schlug einen Purzelbaum durch die Tür in die obere Diele, als er den Fremden die Treppe heraufkommen sah.

„Ja, wer bist du denn?" fragte der Leutnant namens Lacher freundlich.

„Das ist mein Sohn", erwiderte Douce scharf. „Sein Vater sitzt in einem deutschen Lager. – Andrew, was habe ich dir gesagt?"

Greinend trat der Kleine den Rückzug ins mütterliche Schlafzimmer an. Als Ernst Lacher sich nach Douce umdrehte, um etwas auf ihre Äußerung zu erwidern, sah er nur noch ihren Rücken in der Küchentür verschwinden.

9

Als sich Brian an jenem Abend von mir verabschiedete, war uns beiden bewusst, dass wir einander gefährlich nahegekommen waren. Was mich anging, so wusste ich schon seit Tagen, dass ich mich Hals über Kopf in diesen intelligenten Mann mit dem feinen Humor verliebt hatte. Und Brian hatte mir inzwischen mit vielen kleinen Gesten verraten, dass auch ich ihm nicht ganz gleichgültig war. Doch wir beide durften es nicht zulassen – um Marjories willen. Es kam uns daher beiden entgegen, dass Brian tags darauf wieder nach Guernsey fuhr, um sie zu besuchen. So konnten wir in unseren Köpfen aufräumen, und ich würde meine Nachforschungen selbstständig weiterbetreiben.

Natürlich wurde nicht viel aus meinen Aufzeichnungen. Während ich vor meinem Notebook saß und den leeren Bildschirm anstarrte, fühlte ich immer wieder Brians Zeigefinger auf meiner Nasenspitze und hörte ihn mich mit diesem herrlichen nasalen Schottisch „little lass" nennen. Ab und zu griff ich mir Alexej Miranows Pass, aber nach einer Weile fuhr ich das Notebook seufzend herunter. Es hatte keinen Sinn.

„Brian Slater, Sie haben mir offenbar nicht nur das Herz gestohlen, sondern auch meine Gehirnwindungen verrenkt", verspottete ich mich.

Dann legte ich Alexej Miranows Pass sorgfältig auf den kleinen Sekretär in der guten Stube zu den anderen Fundsachen.

Ich starrte durch das Panoramafenster hinaus. Die Sonne glitzerte so grell auf den Wellen, dass ich meine Augen zusammenkneifen musste.

*

Alexej Miranow war also ein russischer Zwangsarbeiter gewesen. Vermutlich hatte man ihn, wie so viele andere junge Burschen aus Orel, einfach brutal aus der bäuerlichen Tagesarbeit gerissen. Die Deutschen waren eines Tages da gewesen, hatten alle arbeitsfähigen Menschen unter vorgehaltener Waffe verschleppt zu Zwangsarbeiten.

Alexej Miranow, den russischen Bauernjungen, hatte es aus dem sommerlich-heissen Russland auf die raue Insel Herks verschlagen – immer noch in Sommerkleidung, ohne irgendwelche Kenntnisse der englischen oder deutschen Sprache. Daheim hatte er gelernt, einen neuen Stall für das Vieh zu bauen, Wände zu verputzen und zu weißeln. Hier musste er Schubkarren voll schwerer Erde fahren, musste Gestein aushauen, um unterirdische Bunkeranlagen zu bauen, Maschinengewehrnester betonieren.

Er teilte mit zwei anderen Männern eine Pritsche. Wie, wusste er selbst nicht. Und er träumte von Blini und fetter Grütze, von der guten Kohlsuppe seiner Mutter, von hausgemachten Würsten und goldgelber Butter. Anfangs träumte er Nacht für Nacht von Mascha, der kleinen Stallmagd, die mit fliegenden

Zöpfen übers Feld auf ihn zulief, ihn lachend in einen Heuhaufen stieß und dann zärtlich auf die Lippen küsste. Von dem groben Küchentisch mit den Kerben, die die Knechte mit ihren Messern hineingeritzt hatten beim abendlichen Kartenspiel; Knechte – auf dem Bauernhof der Miranows war es mit dem Kommunismus noch nicht so weit her gewesen.

Er träumte von seiner jüngeren Schwester, die er nun vielleicht nie wiedersehen würde. Was hatte er sie immer aufgezogen, wenn sie für einen Kinohelden geschwärmt hatte! Ach, kleine Danjuscha, jetzt standest du vermutlich in irgendeiner Munitionsfabrik in Deutschland und hungertest wie dein Bruder.

Arme Eltern! Der weiche, warme Duft der Mutter schwebte Alexej in der Nase, wenn er an sie dachte. Unter Tausenden, er war sich dessen sicher, hätte er Natascha Miranowna herausgefunden nur wegen ihres reichen, süßen Dufts. Und Vater Michail, ach, der war sicher zerbrochen, als er seinen Sohn hatte den Deutschen lassen müssen. Immer schnell mit dem Herzen auf der Zunge, saß er nun wahrscheinlich daheim auf einem Stuhl in seiner sonst immer so selten benutzten guten Stube, schimpfte auf die Unfähigkeit des sowjetischen Reichs, sein Volk zu schützen, und leerte eine Flasche Wodka nach der anderen.

Manchmal erwachte Alexej mit einem Schrei, manchmal unter Tränen. Dann murrten die Männer neben ihm. Sie hatten die eigenen Sehnsüchte und Erinnerungen schon vergessen. Und irgendwann verstand Alexej, dass dies die einzige Möglichkeit war zu überleben: die Vergangenheit beiseite zu schieben, der Gegenwart ins Gesicht zu sehen und auf die Zukunft zu hoffen.

Er hatte sich also ins scheinbar Unabänderliche gefügt. Er arbeitete genügend, um nicht aufzufallen, und wenig genug, um seine Kräfte zu schonen. Er beobachtete genau, welche Aufseher die Häftlinge einfach machen ließen und welche die sogenannten Bluthunde waren. Er hielt sich zu den grauen Mäusen unter den Mitgefangenen und nicht zu den Aufrührern; die waren immer in Gefahr, für irgendwelche Dinge bestraft zu werden, an denen sie oft genug keinen Anteil hatten.

Morgen für Morgen wurden sie an dem kleinen Haus an der Steilküste vorübergeführt. Und Abend für Abend ging es daran vorbei, zurück zu den Baracken in der Rue Les Rocquettes. Zunächst hatte Alexej immer nur hoffnungslos und in Träumereien verloren die Füße seines Vordermanns angestarrt, während er vorwärts marschiert war. Aber dann hatte er angefangen, die Insel anzusehen. Und so war ihm allmählich aufgegangen, dass in dem Garten dieses Häuschens immer eine wunderschöne, junge Frau stand mit ihrem kleinen Sohn auf der Hüfte. Sie schien fast auf seine Kolonne zu warten. So als wollte sie ihnen sagen: Ich bin Zeuge des Unrechts, das an euch geschieht.

Hungrig wie er war, bückte sich Alexej nie nach den Kartoffeln, die vor die Füße der Häftlinge purzelten. Er nahm nie den Laib Brot, der – noch warm – auf der Mauer wartete. Aber er sah die Augen jener Frau und fasste einen Plan. Wenn er sich nur in diesen Augen nicht täuschte.

*

Wirklich?! lachte ich mich aus. Konnte Alexej Miranow so gewesen sein? Zumindest konnte ich mit diesem Bild von ihm zurechtkommen. Er wurde mir dadurch verständlicher, wenn auch nicht identisch mit dem schrecklich verelendeten Skelett, das sich in Douces Haus geschlichen hatte.

Ich wandte mich vom Fenster ab. Wer auch immer Alexej Miranow gewesen sein mochte, Douce hatte es vermutlich nie erfahren, weil er ihrer Sprache nicht mächtig gewesen war.

„Douce", sagte ich leise vor mich hin. „L'Ange Douce." Genau. Das musste zu des Rätsels Lösung um La Trétête gehören. Douce war der Engel der Zwangsarbeiter auf Herks gewesen, insbesondere Alexej Miranows. Und mit einem Mal fragte ich mich, ob Ernst Lacher nicht von Douces Verstoß gegen das Kriegsrecht gewusst haben musste. Ob sie es wirklich geschafft haben konnte, unter seiner Nase einen Menschen zu verbergen?

Ich zog meine Schuhe an, um einmal mehr loszustiefeln. Ich wollte die Wege Alexej Miranows gehen, von der Bay Détournée nach St. Andrew's Point, Frenchman's Path entlang, vorbei am Seezeichen „The Pillar", hinunter in die Bay du Soleil, dann The Promenade hinauf bis zum Herrenhaus „The Manor" und als Belohnung für den langen Marsch zur Rue St. Lazaire zum

Dinner ins Belview Hotel. Wie ich von der anderen Inselseite zurückzukommen gedachte? Ich machte mir einfach keinen Kopf darum und spazierte los.

*

Als ich an jenem Tag die unterirdischen Bunkeranlagen auf Herks betrat, in ihrer Art so ähnlich wie das Underground Hospital auf Guernsey, wurde ich mir erst wirklich der Sklavenarbeit bewusst, die hier geleistet worden war. Und einer dieser Sklaven war Alexej Miranow gewesen. Die Männer hatten auf allen Vieren in engste Tunnelschächte kriechen müssen, unter unglaublichen Umständen und unter Lebensgefahr das Gestein um sich brechen und aus den Tunneln hinausschaffen müssen. Die Luft war stickig und feucht; es war dunkel. Die Steine trieften vor Nässe. Dann waren die unterirdischen Hallen und Gewölbe mit Beton ausgekleidet worden. Man hatte auf Herks wie auf Guernsey daran gedacht, deutsche Verwundete im Luftkrieg um England und aus anderen Kriegsgebieten in den sicheren Gewölben in den Klippen unterzubringen.

Fröstelnd kam ich wieder ans Tageslicht. Die Bunkeranlagen erstreckten sich quasi die gesamte Länge des Hochplateaus entlang, auf dem das Dolmengrab das Zentrum einnahm. Unterhalb des Pillars ragten in den Klippen drei MG-Nester hervor, alle mit Zielrichtung auf die britische Küste. Mir schien das unsinnig. Wer hätte von hier die Insel invadieren wollen? Nur einen Kilometer weiter bot der Strand der Bay du Soleil optimale Landungsmöglichkeiten.

Ich spazierte den Frenchman's Path weiter. Er wand sich auch hier durch hohen, süß duftenden Stechginster. Die ganze Luft war erfüllt von einer Mischung daraus und dem Geruch von salzigem Meer. Bald setzte ich mich hier auf ein Stückchen sonnenwarmer Wiese, bald auf einen gut erhitzten Felsen mit Panoramablick über die ganze nordöstliche Inselhälfte von Herks. Ich entdeckte Cawdry's Love, ein entzückendes, strahlendweiß verputztes Farmhaus, umrankt von Bougainvillea und Clematis. Dahinter die Stallungen. Fast schon am Horizont ragte der vierschrötige Kirchturm von St. Paul's auf, dessen Spitze ein wenig zu klein für den Wehrturm schien. Und ganz am Ende der Insel ahnte man zwischen den Baumkronen des Parks die beeindruckende graue Fassade des Herrenhauses, The Manor.

In der Bay du Soleil zog ich meine Schuhe aus und ließ die sanften Wellen der Brandungszone um meine Füße spielen. Sich vorzustellen, dass dies alles einmal vermint gewesen war! Die Deutschen hatten die Strände zum Sperrgebiet erklärt. Wo früher die Familienausflüge an den Wochenenden stattgefunden hatten mit Picknicks, Federball und Muschelsuche, hatte mit einem Mal nicht nur tödliche Gefahr durch Minenfelder und Stolperdrähte gedroht, sondern auch seitens der schwerbewaffneten deutschen Patrouillen.

Unter Werner von Ploßnitz war mancher Häftling zur Strafe für angebliche Sabotage in diese Minenfelder hineingejagt worden. Das war dann nach außen hin in den Akten als Fluchtversuch dargestellt worden. Und Janet hatte angeblich bis zu dem Erlebnis im Januar 1943 nichts vom Sadismus dieses Mannes gewusst?! Oder hatte sie es nur nicht geglaubt, bis sie den Beweis vor Augen hatte und mit einem Mal feststellen musste, dass sie dieses Wissen nicht ertrug?

Langsam und in Gedanken versunken stieg ich den Hügel zum Manor hinauf. Hier an der „Promenade" hatte Janet sich an Werner von Ploßnitz herangemacht. Hier bei Devil's Corner hatte sie zum ersten Mal in den Armen von Marc Harmon gelegen. Hier in The Manor hatte Douce lange genug gelebt, um von demselben Mann schwanger zu werden. Hier hatten die Deutschen rauschende Feste gefeiert, während zwei Kilometer weiter auf der Insel Menschen wegen Unterernährung und körperlicher Schwerstarbeit starben.

Ich blickte fröstelnd auf die graue Fassade des Hauses. So viel Liebe und Leid, so viel Laster, so viel Glanz und Elend unter einem Dach. Heute waren die Scheiben blind, hinter denen gerüschte Vorhänge verrieten, dass der einstige Besitzer stolz auf Haus und Park gewesen war. Wer mochte sie während des Kriegs geputzt haben? Und in der Zeit danach? Ob Marc Harmon, wenn er denn aus dem deutschen Lager zurückgekehrt war, wieder in The Manor gelebt hatte? Eine Frage mehr an Brian.

Schließlich spazierte ich – die Sonne sank schon rasch hinter den Horizont – die Rue St. Lazaire hinunter zum Belview Hotel. Dies war vielleicht der einzige Bau auf der Insel, der den

Krieg nicht gesehen hatte. Und so erwartete ich mir außer dem Ambiente eines Prachthotels aus den Fünfziger Jahren auch deren leicht verplüschtes Inventar. Umso überraschter war ich, als ich die Hotelbar für den Aperitif betrat. Die Wände hingen voll mit alten Fotografien, sepiafarben und nicht immer ganz scharf. Und es waren alles Bilder aus den Kriegsjahren von Herks. Warum hatte mir niemand etwas davon verraten? Weder Dave noch Alicia, weder Brian noch Pete hatten erwähnt, dass ich hier die Inselgeschichte in Bildern würde nachvollziehen können. In mir stieg ein leiser Zorn auf.

„Was darf es sein, Ma'am?" fragte mich der Barkeeper unterkühlt, was er offenbar für besonders vornehm hielt.

„Ein Whisky bitte", überraschte ich ihn und setzte noch eins nach. „Pur."

Der Mann hielt kurz in seiner Geschäftigkeit hinter dem Tresen inne, dann nickte er. „Bourbon, Scotch, Irish?"

„Arran", sagte ich über die Schulter, denn ich hatte mich bereits der Inspektion der Bilder zugewandt. „Wer hat diese Bilder denn alle gemacht?"

„Oh, teilweise deutsche Soldaten, teilweise Leute von Herks. Heimlich natürlich."

„Wissen Sie, wer die Leute auf den Bildern alle sind?"

Der Barkeeper stellte mein Glas auf die Theke und lachte. „Das wäre ein bisschen viel verlangt, Ma'am. Das ist doch bloß Dekoration."

„Soso, Dekoration", erwiderte ich und merkte, dass ihm die Unterhaltung unangenehm zu werden begann. Ob die Menschen auf den Fotos wohl geahnt hätten, dass die Abbildungen ihres herben Erlebens dem mondänen Leben von heute nur als Dekoration dienen würde? Ich trank den Whisky auf einen Zug leer.

Hier posierte ein junges Mädchen stolz auf der Motorhaube eines Kübelwagens, in dem zwei Deutsche saßen. Vermutlich Unteroffiziere; ich kannte mich mit den Dienstgraden und Uniformen des Dritten Reichs nicht aus. Auf einem anderen Bild war eine Gruppe fröhlicher Soldaten beim Strandpicknick um einen Kessel auf offenem Feuer zu sehen. Hier eine Weihnachtsfeier unter einem selbstgebastelten Weihnachtsbaum. Dort ein unscharfer Blick auf eine Parade durch Main Street. Les Silences. Die Marina und ein Deutscher, der einen großen Seefisch vor die Linse hielt. Zwei kleine bezopfte Mädchen, die von einem Soldaten Schokolade oder so etwas bekamen. Eine kleine Schlange vor Jean Barbets Laden. Eine herbe Schönheit im Brautkleid, dahinter ihr Bräutigam, dessen Gesichtszüge mich ganz entfernt an Pete erinnerten. Vielleicht war es wirklich Julian Cawdry – vielleicht spielte mir meine Fantasie auch einen Streich.

An der Tür zwischen Bar und Restaurant kreuzte der Oberkellner auf und bedeutete mir diskret, man habe meinen Tisch vorbereitet. Ich dankte dem guten Mann und erklärte ihm ebenso diskret, dass ich nicht mehr zu speisen wünsche, was ihn offensichtlich in größte Verwirrung stürzte. Ich deutete auf die

Bilder in der Bar. „Geschmacklose Dekorationen verderben mir immer den Appetit." Damit rauschte ich hinaus.

Natürlich hatte ich nach wie vor nagenden Hunger, meine Füße taten weh und mein Herz auch, weil meine Freunde mir die Bilder verschwiegen hatten. Was blieb mir anderes, als die Main Street wieder hinunterzuhumpeln? Es würde ein rustikales Bardinner im The Crown & Anchor werden, denn in Les Silences hätte ich erst noch kochen müssen. Und dazu hatte ich nach all der Anstrengung wirklich keine Lust.

*

„Warum hat mir niemand etwas von den vielen alten Aufnahmen im Belview Hotel erzählt? Nicht einmal Sie?" fragte ich Brian vorwurfsvoll. Wir saßen auf einer karierten Wolldecke vor einem üppig gefüllten Picknickkorb im Windschatten der Steine von La Trétête.

Brian rupfte verlegen einige Grashalme neben sich aus. Er hatte mich mit dem Picknick überrascht und war geknickt gewesen, dass ich die Idee zwar angenommen hatte, aber nicht mit der von ihm erhofften Begeisterung. Jetzt saßen wir bestimmt schon eine Viertelstunde da oben und hatten kaum drei Worte gewechselt.

Nun blickte Brian auf und sah mir sehr ernst in die Augen. „Sie waren dort?" Ich nickte und schaute ihm erwartungsvoll ins Gesicht. „Die Bilder gehören nicht dorthin." Ich muss sehr erstaunt ausgesehen haben, denn er fuhr rasch fort: „Ich meine, sie sind dort nur zu Dekorationszwecken. Und weil sie niemandem privat gehörten, sondern man sie nach dem Verschwinden der Deutschen gefunden hat, hängen sie nun dort." Seine Stimme schwankte einen Moment, und ich meinte, aufkeimende Empörung darin zu hören. „Sie haben sie aus irgendeinem Fundus ersteigert und aufgehängt. Stimmungsvolle Bar im Stil der Vierziger Jahre, ha! Sie kennen nicht ein einziges der dahinterstehenden Schicksale. Sie kennen nicht die Namen der abgebildeten Menschen. Sie benutzen den Krieg für dekorative Zwecke. Deshalb hat Ihnen niemand davon erzählt. Die Bilder helfen niemandem weiter, weil es niemanden gibt, der ihre Geschichte dazu erzählen könnte. Deshalb haben Dave und Alicia geschwiegen. Und ich hatte gehofft, dass ich Ihnen so bildhaft erzählen könnte, dass Sie die sinnlose Anhäufung dieser Fotos im Belview nicht benötigen würden, um die Geschichte von Herks zu verstehen. Die Geschichte seiner Menschen. Und die Antworten auf Ihre Fragen nach Alexej Miranow, Ernst Lacher und L'Ange Douce. – Sind Sie mir jetzt noch böse?" Brian verstummte.

Ich griff nach einem Sandwich und schüttelte den Kopf. „Nein, denn jetzt verstehe ich Ihr Schweigen." Ich biss in das Brot und kaute genüsslich. „Wissen Sie, Brian, dass genau diese Geschmacklosigkeit für mich der Grund war, dort oben nichts zu mir zu nehmen außer dem Aperitif? Ich bekam keine Antwort auf meine Fragen." Brian lächelte bitter. „Alles, was ich hörte, war, dass ich doch nicht erwarten könne, dass man über die Bilder Bescheid wisse."

Brian schluckte einen Bissen Apfel herunter. „Dachte ich mir", erwiderte er lakonisch. „Das ist die Einstellung von Leuten, die das hier nicht mitgemacht haben, aber ein Geschäft daraus schlagen wollen. Es ist ganz gut, dass das Belview nicht direkt in Herks Village ist. Das gäbe sonst nur noch mehr böses Blut. So geht's gerade."

Jetzt widmeten wir uns eine ganze Weile nur noch den delikaten Leckereien, die Brian in den Korb gepackt hatte. Frische Erdbeeren und sogar eine Schale goldener Schlagsahne. Hähnchenschlegel und Gurkenschnitze. Saftige Tomaten und hartgekochte Eier. Schokoladenmuffins und – Inbegriff der Dekadenz bei einem Picknick – eine Flasche Champagner.

„Sie haben wirklich das beste Picknick zusammengestellt, das ich je genossen habe", stöhnte ich schließlich mehr als gesättigt.

„Satt geworden?" fragte er schäkernd.

„Mehr als!" lachte ich und räkelte mich wohlig. „Erzählen Sie mir jetzt weiter?"

„Wo waren wir denn stehengeblieben? Ach ja, bei der Antwort Ernst Lachers in Les Silences."

„Ja, und wie Douce ihm eine kalte Dusche verpasste."

Brian setzte sich mit dem Rücken gegen einen der mächtigen Grabsteine und schloss die Augen, während er zu erzählen begann.

*

Die ersten Tage vermied Douce, ihrem ungeladenen Gast zu begegnen, soweit dies überhaupt in einem kleinen Haus wie Les Silences möglich war. Sie stellte ihm das Frühstück allmorgendlich auf einem Tablett vor die Tür, in der Annahme, er wolle so wie die Offiziere in The Manor im Bett frühstücken. Das Abendessen erhielt er in der guten Stube, während sie mit Andrew in der Küche aß, meistens über eine Stunde, bevor sie Lachers Mahlzeit auftrug. Zu Mittag aß der Leutnant unten im Dorf, entweder im Pub auf Marken oder in der Kantine der Deutschen.

Eines Abends begegnete er Douce, die Andrew gerade zu Bett gebracht hatte, auf der Treppe. „Guten Abend, Ma'am", grüßte er höflich.

„Guten Abend, Herr Leutnant", erwiderte sie kühl und wollte schon an ihm vorüber, als er sie ganz leicht mit der Hand auf ihrem Arm zurückhielt.

„Bitte, Ma'am", sagte er leise. „Ich weiß, dass Sie sich meinethalben einschränken müssen und dass Ihnen auch die Besetzung Ihrer Heimat durch meine Landsleute ein Dorn im Auge sein muss. Zumal Ihr Mann Opfer der Besatzung geworden ist. Aber könnten Sie nicht dem *Menschen* in mir eine Chance geben?"

Douce sah ihn an. Erst jetzt bemerkte sie, dass der Leutnant gar nicht so jung war, wie sie zunächst angenommen hatte. Oder hatte der Krieg ihn auch schon so gezeichnet, wie er das mit Alexej Miranow getan hatte? Nur an der Front statt in Zwangsarbeit? Tiefe Falten zogen die Mundwinkel leicht nach unten, die Augen bargen eine stille Traurigkeit, die noch aus einer anderen Quelle gespeist zu werden schien als nur aus ihrer Ablehnung. Douce gab sich einen Ruck.

„Wenn Sie sich frisch gemacht haben, kommen Sie hinunter zu mir in die Küche. Wenn Sie möchten."

Wenn Douce je hatte ein Gesicht von innen leuchten sehen, dann war es das von Ernst Lacher in diesem Augenblick. „Danke, Ma'am", brachte er heraus. „Gern." Er verschwand oben in seinem Zimmer und saß keine fünf Minuten später gekämmt und in frisch gebügelter Uniform an ihrem Küchentisch.

Es machte Douce fast verlegen, als sie merkte, dass er sich extra in Schale geworfen hatte. Sie tischte ihm auf. Immerhin erhielt sie für seine Bewirtung Lebensmittelmarken zusätzlich und Sonderzuteilungen aus den Vorräten der Wehrmachtskantine. So aß Lacher besser als Douce, denn sie war zu stolz, zu ihren oder Andrews Gunsten das eine oder andere Endchen abzuzweigen. Sie würde nicht so tief sinken zu stehlen. Sie wäre sonst nicht besser gewesen als die Landdiebe in Uniform.

„Sie kochen wunderbar, Mrs. Barbet", lobte Ernst Lacher.

„Miss", korrigierte sie.

„Ja, aber …" Der Leutnant unterbrach sich verlegen. „Entschuldigen Sie bitte. Das war indiskret."

Douce wandte sich beiseite und schmunzelte leicht. „Sie meinen, wegen Andrew, nicht? Sein Vater ist Marc Harmon. Wir sind nicht verheiratet."

Ernst Lacher brannte nun vor verlegener Röte. Douce betrachtete ihn spöttisch. „Uneheliche Kinder gibt's bei Ariern vermutlich nicht, oder?"

Der Offizier sah von seinem Teller auf und schluckte hinunter. „Offiziell gibt es so vieles nicht in Deutschland, Ma'am." Und sah dabei so bitter drein, dass Douce ihm mitleidig die Hand reichte.

„Ich bin Douce. Lassen wir das mit dem dummen Ma'am und Miss."

„Dann müssen Sie mich auch beim Vornamen nennen."

„Ernest?"

„In Ihrer Sprache ja."

„Ihre Eltern müssen Humor gehabt haben bei der Wahl Ihres Vornamens."

Er lachte. „Ja, zu dumm, nicht? Sie ahnen nicht, wie häufig ich als Kind deshalb von meinen Kameraden aufgezogen worden bin."

„Ich kann es mir vorstellen", erwiderte Douce still. „Wer hier auf den Inseln Patois spricht, hat es auch nicht immer leicht."

„Patois?"

„Den normannischen Dialekt der französischstämmigen Inselbewohner. Hier auf Herks sind das nur die Barbets."

„Aber Ihr Pfarrer hat doch auch einen französischen Namen?"

„Lance DuBois? Oh, sicher. Aber der ist ein Überbleibsel von Hastings."

„Hastings?"

„1066 und so weiter."

„Achso, Sie meinen, er gilt als waschechter Brite. Und die Ressentiments auf den Kanalinseln sind so stark gegen das Patois?"

„Nun, nicht so wie Sie sich das jetzt vermutlich vorstellen. Wir werden nicht offen diskriminiert. Es gibt nirgends Schilder, auf denen stünde ‚Normannen unerwünscht'. Aber jeder bleibt schön für sich."

„Aber Mr. Barbet am Hafen unten ist doch mit einer Engländerin verheiratet. Ist er eventuell Ihr Bruder?"

„Ist er", sagte Douce. „Zumindest auf dem Papier. Er hat mir mein uneheliches Kind nie verziehen."

„Weil es von einem englischen Vater ist?"

„Nein, weil sich der Vater vorher von zu vielen Frauen französisch verabschiedet hat. Und vor allem, weil er einst besessen hat, was Jean nie zu gewinnen hoffen konnte, weil Jean Patois spricht."

„Und das wäre?"

„Die Hand seiner jetzigen Frau." Ernst Lacher blickte Douce verwirrt an. Sie beantwortete seinen Blick mit einem nervösen Lachen. „Himmel, ich weiß wirklich nicht, warum ich Ihnen das alles erzähle. Aber wer weiß, wofür es gut ist?!"

Der Abend in der Küche verging unter Douces Erzählen in Windeseile. Später, als Douce im Bett lag, fiel ihr ein, dass sie vergessen hatte, Alexej sein Essen ins Versteck zu reichen. Zu Tode erschrocken stand sie noch einmal auf und begab sich auf Zehenspitzen nach unten.

Als sie schließlich die Falltür hob, sah sie Alexej mit seinem Malzeug beschäftigt. „Alexej", flüsterte sie. Er sah auf. „Es tut mir so leid. Bitte verzeihen Sie mir."

Er stand auf, ergriff ihre Hand und drückte einen Kuss darauf. „Ich weiß, dass Deutscher hier."

„Ja, aber er weiß nichts von Ihnen, Alexej. Sie brauchen keine Angst zu haben. Sie sind hier sicher."

Der Russe nickte. „Ich weiß. Danke." Und dann formulierte er vorsichtig einen für ihn langen Satz in der fremden Sprache. „Passen auf sich auf, bitte. Nicht vergessen Vater von Andrew."

Douce sah ihn gerührt an; in ihren Augen glänzten Tränen. „Nein, Alexej", flüsterte sie. „Ich werde Marc nicht vergessen. Wie könnte ich das je?"

Schweren Herzens schloss sie darauf wieder die Falltür und ging nach oben. In ihrem Schlafzimmer lauschte sie den ruhigen Atemzügen ihres Sohnes, während über den Flur die Schreckenslaute des an Alpträumen leidenden Ernst Lachers an ihr Ohr drangen.

*

„Alpträume?"

Brian öffnete die Augen. „Ja, sicher. Nicht jeder deutsche Soldat war ein Sadist wie Werner von Ploßnitz, der sich daran ergötzte, wenn ein anderer unter ihm litt."

„Alpträume wegen seiner Verwundung?"

„Anne, bitte."

„Das ist noch nicht an der Reihe? Also erzählen Sie mir Ernst Lachers Geschichte noch?"

Brian seufzte. „Gut. Greife ich also vor."

*

Ernst Lacher hatte sich freiwillig gemeldet wie so viele junge Männer. Er war 30 gewesen, als er in den Krieg zog. Zunächst ging's in die Niederlande. Dann folgte Frankreich. Der Krieg war ein Spaziergang für die Deutschen, und niemand war im Zweifel über den Ausgang dieser Unternehmung. Auch nicht Ernst Lacher, der sich rasch verdient machte.

Er war 34, als er in Südfrankreich, in der Nähe von Lyon in einen Hinterhalt der Résistance geriet. Er war gerade zum Hauptquartier in Marseille aufgebrochen. Eigentlich hätte an seiner Stelle ein anderer sitzen sollen, der sonst immer die Verbindung zum südlicheren Hauptquartier betreute. Aber dieser Mann lag mit Sommergrippe im Bett. Der Kübelwagen fuhr auf eine Mine auf, der Fahrer starb, und Ernst Lacher verlor fast ein Bein.

Ein mitleidiger Bauer fand den bewusstlosen Oberfähnrich blutüberströmt einige hundert Meter entfernt von dem qualmenden Wrack und beförderte ihn auf seinem Karren ins nächste Lazarett. Lacher hatte Glück, dass der dortige Arzt sein Handwerk verstand und das Bein rettete. Es dauerte ein Vierteljahr, bis Lacher wieder einigermaßen beisammen war. Dann schickte man ihn mitsamt Leutnantspatent zur Erholung nach Herks.

Er wusste, dass er kein willkommener Gast sein würde. Schließlich wurde er bei jemandem zwangseinquartiert. Als er mit dem Motorrad den Hügel auf der Westseite von Herks hinaufgefahren wurde, war er sich noch immer nicht schlüssig, wie er sich seinen Gastgebern vorstellen würde. Er beschloss, das von der Situation abhängig zu machen.

Les Silences übertraf all seine Hoffnungen. Ernst Lacher seufzte wohlig bei dem Gedanken, in diesem malerischen Cottage seine Verwundung ausheilen zu dürfen. Doch Douces Reaktion auf ihn war wie eine kalte Dusche. Sie wies ihm die Rolle in ihrem Haushalt zu, in die er nie hatte schlüpfen wollen: die des Feindes. Nur der schwarzlockige kleine Sohn seiner Wirtin brachte ihm keine Feindseligkeit entgegen. Aber Douce wusste wohl, Andrew ihm möglichst fern zu halten. Nur morgens und abends schien sie jeweils für eine halbe Stunde zu vergessen, dass sie ihn, den Deutschen, nicht als Gesellschaft für ihren Sohn wünschte.

Ernst Lacher irritierte dieser merkwürdige Bruch in Douces Verhalten, aber nicht genug, um nach den Hintergründen dafür zu suchen. Er fühlte sich furchtbar einsam und begann, Gedichte zu schreiben. Täglich ging er hinunter ins Dorf, um sein Bein in Bewegung zu halten und die Muskulatur zu stärken. Und um seine Muttersprache zu hören.

Von den Soldaten in Herks wurde er allerdings eher mit Misstrauen betrachtet. Was wollte ein Leutnant von einfachen Schützen oder Gefreiten? Kaum einer konnte sich vorstellen, dass es nur die Sehnsucht nach den heimatlichen Lauten sein sollte, die ihn in ihre Unterkünfte trieb oder in die Kantine. Und was Offiziere betraf, hatten sie vor allem die üblen Launen eines Werner von Ploßnitz noch allzu genau im Gedächtnis.

Manchmal verriet ihm ein Halbsatz, ein Scherz über den Mittagstisch hinweg, dass auf der Insel Schlimmes geschehen war und noch geschah. Er sah die Elendskarawane der Häftlinge morgens und abends an Les Silences vorüberziehen. Auch er machte es sich zur Pflicht, keinen Tag zu verpassen. Während Douce im Garten stand und den Halbverhungerten unauffällig Lebensmittel zusteckte, stand Ernst hinter der Gardine seines Mansardenfensters und erschrak täglich erneut über die Grausamkeit, deren Menschen gegen ihre eigene Art fähig waren. Und er fragte sich, warum sich niemand dagegen wehrte.

Dieser Gedanke weckte erneut die Alpträume, die ihn schon lange vor Kriegsbeginn fast jede Nacht heimgesucht hatten. Aber er weckte auch das Bewusstsein, dass in diesem Haus noch einer das Unrecht sah und ihm zu wehren suchte, unter dem Damoklesschwert drastischer Strafen. Er war Douces Verbündeter, ohne dass sie es ahnte. Sie tat, wozu er nie den Mut besessen hatte, nicht zu Hause in Deutschland, nicht in Frankreich. Und auch hier auf Herks nicht. Er hatte das Unrecht gesehen und aus Angst um sich selbst nichts getan. Um sich selbst und um seine Familie. Er kam sich vor wie ein schrecklicher Feigling.

Als ihm das klar geworden war, fasste er allen Mut, um zunächst Douce zu signalisieren, dass er Brücken schlagen wolle, wo andere sie eingerissen hatten. Dass er ihren Kummer sah und ihn verstand. An jenem Abend kehrte er entschlossen von einem schon wieder kärglicher gewordenen Mittagessen in den Baracken in Herks Village und einem langen Lesenachmittag in der Bibliothek neben der Schule zurück. Es gelang ihm, Douce auf der Treppe abzufangen. Als sie ihn in die Küche einlud, nicht zu seinem einsamen Abendessen in der seit seiner Ankunft von ihr nicht mehr benutzten guten Stube, flog er geradezu in sein Zimmer. Er wusch sich, kämmte sich sorgfältig, wechselte seine Uniform, obwohl er erst am Morgen eine frische angezogen hatte, und benutzte sogar noch etwas von dem Rasierwasser, das er sich für besondere Anlässe aufgehoben hatte. An diesem Abend wurde der Grundstein für seine Freundschaft mit Douce Barbet gelegt. Er hörte zu. Das hatte Douce gebraucht – und er auch.

*

„Hat er sich in sie verliebt?" unterbrach ich neugierig.

Brian lächelte. „Vermutlich. Ich glaube, niemand, der Douce kannte, konnte sich ihrem Charme entziehen. Sie war so natürlich. Und ich bin mir sicher, sie wusste nicht einmal, wie faszinierend sie auf Menschen wirkte. Sie muss von innen gestrahlt haben, ein Sonnenschein, ein Wesen voll Wärme für alle lebenden Geschöpfe um sie herum. Und besonders für die hilflosen. Sie war für viele auf Herks der Inbegriff von Nächstenliebe. Oder vielleicht war sie das damals noch nicht; vermutlich wurde sie es erst, als der Krieg vorüber war und man ihre Rolle darin erkannte."

„Dann liebte sie auch Ernst Lacher?"

„Douce liebte fast alle Menschen, denen sie begegnete. Sie erkannte in jedem Menschen dessen eigenen Wert, dessen Wert für andere Menschen. Liebe hat bekanntlich viele verschiedene Facetten. Eine winzige ist die sexuelle; diese Liebe hegte Douce einzig für Marc Harmon. Doch für ihn hegte sie auch die Liebe für den Vater ihres Sohnes, die für den Narren, für den Geschlagenen, die für den mit seinen Schwächen Kämpfenden. Sie liebte auf eine dieser verschiedenen Arten Alexej Miranow. Und sie liebte Ernst Lacher. Sie liebte die Unterdrückten, wie sie unter den Unterdrückern auch lieben konnte. Sie dachte nicht darüber nach, wie sie liebte. Sie wusste, von wem sie wie gebraucht wurde. Und es gab keinen Zweifel: In ihrem Haus brauchten Freund und Feind ihre Zuwendung, jeder auf seine

Weise. Auch wenn sie bei Lacher noch nicht gleich wusste, weshalb und wie er sie brauchte."

„Aber er wusste, warum", stellte ich fest. Brian nickte stumm. „Das klingt fast, als habe er sie benutzt."

Brian räusperte sich und veränderte seine Sitzposition ein wenig. „Nein. Er öffnete ihr nur die Augen dafür, dass sie beide auf derselben Seite standen. Aber dafür brauchte er eine Weile. Und er ließ sich auch Zeit, obwohl er immer damit rechnen musste, zurück an die wirkliche Front zu müssen, sobald ihn der Arzt im Insellazarett für wieder einsatzfähig erklärt haben würde. Ernst Lacher konnte von Glück sagen, dass der deutsche Arzt mindestens genauso eine Abneigung gegen Hitlers arisches Programm hegte, das zu diesem wahnwitzigen Krieg geführt hatte, wie gegen englisches Essen."

„Klingt nach Widerstand", tastete ich vor.

„Richtig", bestätigte Brian. „Denn es gab ihn. Zumindest latent. Hier ein Attest bei den Ärzten, dort Lebensmittel für geächtete Bedürftige, hier verlangsamte Produktion, dort nachlässige Bewachung. Nur offen wagte selten jemand, sich zu widersetzen."

„Sie sagten vorhin, Ernst Lacher habe noch vor Kriegsbeginn unter Alpträumen gelitten. Und Sie erwähnten das in Zusammenhang mit der Karawane des Elends?" Ich blickte Brian erwartungsvoll an.

„Ja, und das hing auch zusammen", bestätigte Brian. „Ich habe ein wenig vorgegriffen, und ich glaube, ich sollte jetzt streng chronologisch erzählen, auch wenn die Erklärung dann noch ein wenig auf sich warten lässt."

*

Das Verhältnis zwischen Douce und Ernst entspannte sich merklich, auch wenn Ernst vermutete, dass sie ihm Dinge verheimlichte. Gut, es war ihr Recht. Schließlich kannte sie seine Geschichte auch nicht ganz. Er hatte nur durchblicken lassen, dass er irgendwo in der Nähe von Köln zu Hause war. Nacht um Nacht Luftangriffe auf die Domstadt. Die Sorge um seine Familie, die längst aufs Land geflüchtet war. Das waren Dinge, die sie vermutlich auch von den deutschen Soldaten hatte erfahren können, die Rundfunk hörten.

Der Winter auf Herks war verhältnismäßig mild, aber er wurde hart auf andere Weise. Wer nicht gründlich für Vorräte gesorgt hatte, den traf es bitter mit der Versorgung an Grundnahrungsmitteln. Überhaupt war Vorratshaltung eigentlich untersagt, aber die Kommandantur in The Manor sah das menschlicher.

Längst waren die Gesichter der meisten erwachsenen Inselbewohner eingefallen vom Hunger; an vielen hingen die Vorkriegskleider wie Säcke an Vogelscheuchen. Nur die Kinder waren noch einigermaßen wohlgenährt, da sie oft genug die Rationen der Erwachsenen zugesteckt bekamen. Douce hätte bitteren Hunger mit Andrew gelitten, hätten nicht Irene und Julian sie über Wasser gehalten.

Doch auch für die beiden Farmer war das Leben nicht einfach. Zunächst waren da die äußeren Umstände, die schlechte Nahrungslage, die dazu führte, dass eimerweise Milch aus der Milchkammer verschwand, dass über Nacht Kartoffeläcker heimlich geerntet wurden und dass die Leute von Herks ihre Kinder tagsüber zum Betteln schickten, weil sie ahnten, dass Irene die kleinen Geschöpfe nicht mit leeren Händen zurückschicken würde.

Doch mit etwas anderem hatte Irene viel mehr zu kämpfen: mit der Gnade oder dem Fluch ihrer herrschaftlichen Geburt. Sie merkte bald, dass es mit dem guten Willen, die Klassenschranken zu überschreiten, allein nicht getan war. Zwar war Julian ein liebevoller Ehemann, aber mitunter fehlte ihm die Feinsinnigkeit, die sie von zu Hause gewohnt war. Dann waren es seine gröberen Manieren, die sie erzürnten, während sie sich im nächsten Augenblick sagen musste, dass es so ihre Wahl gewesen sei.

Auch der Tagesablauf wurde anstrengender. Früher hatte sie der Ruhe gepflegt, einen Spaziergang unternommen, zu einem Buch gegriffen, wenn sie Lust darauf verspürt hatte. Jetzt brüllten die Kühe danach, gemolken zu werden, die Felder wollten versehen werden, und waren es nicht Pflanze und Tier, die versorgt werden wollten, so waren es deren Produkte. Irene lernte es zu rahmen, zu buttern, zu käsen, Wurstfülle zu würzen und in diesen schweren Zeiten zu strecken und damit frisch geputzte Därme zu stopfen. Beim ersten Mal war es ihr dabei speiübel geworden, und sie hatte sich gerade noch aus der Wurstküche hinaus in den Garten retten können. Julian hatte sie daraufhin kräftig verspottet.

Von Douce sah Irene kaum noch etwas. Julian trug immer die Grüße zwischen Cawdry's Love und Les Silences hin und her, wenn er die Wochenration Milch, Butter und Getreide in die stille Bucht brachte.

„Ich glaube nicht, dass Douce so furchtbar viel mit Andrew oder mit diesem deutschen Leutnant zu tun hat, dass sie nicht hierherkommen könnte", grübelte Julian eines Tages laut.

„Nein?" fragte Irene neugierig.

„Nein", und Julian versank in Schweigen, um nach einer Weile mit der flachen Hand auf den Tisch zu schlagen und heiser zu sagen: „Eine Schande, Geheimnisse vor einem guten Freund zu haben."

„Welche Geheimnisse sollte Douce wohl vor uns verbergen wollen?" lachte Irene. „Vermutlich versteckt sie einen Deserteur, was?"

Nun musste Julian ebenfalls lachen. Wie nahe Irene der Wahrheit gekommen war, ahnte er nicht.

*

„Frohe Weihnachten Euch beiden. Hier liegt dick Schnee. Das Rote Kreuz hat uns köstliche Gaben geschickt. Besucht Andrea Euch bald? Ich liebe Dich, Douce, Marc."

Douce ließ das Briefformular sinken und weinte ein paar Minuten, bis sie der kleinen Hände auf ihrem Knie gewahr wurde. Andrew sah sie unverwandt und verwundert an.

„Weh getan, Mama?"

Sie hob den Kleinen hoch. „Nein, mein Schatz. Mami freut sich nur so über einen Weihnachtsgruß von deinem Papa." Ein Weilchen spielte sie mit Andrew. Dann drückte sie ihm einen Stoffhasen in den Arm und setzte sich an den Küchentisch.

„Marc, Liebster, Weihnachtsgruss dankbar erhalten. Andrea vorerst noch bei Billy. Andrew und ich sind gesund. Irene und Julian versorgen uns. Sei unbesorgt. In Liebe, Douce."

Es war immer dasselbe. Douce hatte das Gefühl, mit den erlaubten 25 Wörtern nichts gesagt zu haben. Nur, dass die Amerikaner inzwischen in Großbritannien stationiert waren, weil sie irgendwann die Westfront erneuern wollen würden. Dass Marc sich um sie keine Sorgen machen solle. Dass der Postweg funktionierte. Aber eigentlich nichts von dem, was sie gern gesagt hätte. Nichts davon, dass ein deutscher Offizier in ihrem Haus Quartier bezogen hatte und dass er sich als ausgesprochen menschlich erwies. Und schon gar nichts von dem russischen Zwangsarbeiter, den sie in einem Loch unter den Dielenbrettern vor den Deutschen versteckte. Nichts von ihrer Angst.

Es wurde Weihnachten. Es war nasskalt, wie üblich ohne Schneefall. Douce ließ Andrew mit Leutnant Lacher in die Kirche gehen. In der Zwischenzeit konnte sie Alexej für eine Weile aus seinem Versteck lassen und ihm sein Weihnachtsessen geben.

Der junge Russe hatte wieder ein wenig Fleisch auf die Rippen bekommen. Aber er war blass wie eine Grünpflanze, der das Licht fehlt. Er bewegte sich nur verstohlen und zuckte bei jedem unerwarteten Geräusch zusammen. Als Douce in der Küche ein Topfdeckel aus der Hand rutschte und mit blechernem Lärmen zu Boden fiel, vernahm sie nur noch das hastige Zuschlagen der Falltür in der Diele. Alexej hatte sich in Sicherheit gebracht. Douce öffnete noch einmal die Tür.

„Alexej? Alles in Ordnung?"

Der Russe hockte bleich und zitternd mit angezogenen Knien im finstersten Winkel. Er nickte mühsam.

„Es kann nicht mehr lange dauern, Alexej. Die Amerikaner sind schon in Italien gelandet. Und sie sammeln sich in England. Sie werden uns bald befreien."

Alexej sah sie unsicher an. Dann nahm er eine braune Ölpastellkreide aus der Schachtel, die Douce ihm gegeben hatte, und sah sie herausfordernd an. „Deutsche denken, dass so." Und er zeichnete schwungvoll ein „V" an die Wand über seinem Lager. „Aber wir machen, dass so!" Und er zeichnete noch ein „V" darunter, aber diesmal mit der Spitze nach oben. Ein „X".

„Ja, Alexej", sagte Douce fest. „Wir werden sie besiegen." Und sie schloss die Falltür und verbarg sie wieder unter dem Flickenteppich.

*

„Das Andreaskreuz", flüsterte ich atemlos. „Es ist also das Symbol für eine Botschaft des Widerstands gegen die Deutschen!"

*

Der Weihnachtsabend 1943 verlief überaus harmonisch. Ernst Lacher spielte mit seiner Mundharmonika und feuchten Augen deutsche Weihnachtslieder. Andrew saß ihm dabei rittlings auf den Knien. Und Douce trug einen Plumpudding herein. „Alles nur aus Ersatz", lächelte sie entschuldigend.

Auch Leutnant Lacher erhielt Weihnachtspost aus Deutschland. Ein dicker Umschlag wurde ihm am Weihnachtstag nach Les Silences gebracht. Er las den Absender und zog sich dann in sein Zimmer zurück. Er kam den Rest des Tages nicht mehr herunter und entschuldigte sich mit dicker, belegter Stimme, als Douce an seine Tür klopfte, um ihn zum Abendessen zu holen.

Anderntags saß er am Frühstückstisch mit rotgeränderten Augen, trank seinen Eichelkaffee und knabberte lustlos an seinem Marmeladenbrot herum. Douce war ratlos, wagte aber nicht, ihn nach dem Grund für seine offensichtliche Traurigkeit zu fragen. Vielleicht war es auch nur Heimweh nach seiner Familie. Nicht einmal Andrews fröhliches Geplapper vermochte, die Schatten auf dem Gesicht Ernst Lachers zu vertreiben.

So kam Silvester. Und Neujahr 1944. Und Dreikönige. Und Douce hatte immer noch nicht gefragt, obwohl die Trauer auf Lachers Gesicht nicht mehr gewichen war. Andrew trottete jeden Morgen vor dem Frühstück in Ernst Lachers Zimmer zum Spielen, während Douce Alexej versorgte. Und auch die abendliche Routine verlief wie üblich. Andrew funktionierte ideal als Ablenkungsmanöver.

Eines Morgens, Mitte Januar, war Andrew wieder bei Ernst Lacher und tobte durch dessen Zimmer, offenbar im Rahmen einer Kissenschlacht. Douce hatte Alexejs Frühstück auf ein Tablett gestellt und gerade die Falltür geöffnet. Sie sah hinunter und entdeckte den Russen zusammengekrümmt auf seinem Lager. Schlief er noch?

„Alexej!" flüsterte Douce und hob ihm das Tablett entgegen. „Dein Frühstück."

Der Russe drehte ein wenig den Kopf und sah sie mit fiebrig glänzenden Augen an. Er bewegte die Lippen, brachte aber keinen Laut hervor.

„Alexej, bitte, nimm mir das Tablett ab, rasch. Ich weiß nicht, wie lange ich Andrew noch bei dem Leutnant halten kann", flehte sie ihn an.

„Kein Essen", stöhnte Alexej und hielt sich die rechte Seite.

Da wurde Douce schwindelig, und ihr entglitt das Tablett, das krachend auf den nackten Dielenboden aufschlug. „Nein Alexej," stieß sie hervor. „Nicht krank werden. Nicht jetzt!"

Douce wusste, dass ihr Gestammel sinnlos war. Die Gefahr, vor der sie sich die ganze Zeit gefürchtet hatte, schlug wie eine Riesenwelle über ihr zusammen und drohte, sie und Andrew zu verschlingen. Und alle anderen, die sich darauf verlassen hatten, dass sie für sie da war. Die Hungerkarawane und Marc. Und Irene, die durch sie Les Silences in sicheren Händen wusste.

Ein Laut auf der Treppe holte Douce aus ihrer Lähmung heraus. Sie drehte sich um. Am oberen Ende der Stufen stand Ernst Lacher. Er sah die offene Falltür und das Versteck darunter. Er sah das zerschellte Frühstück, das nicht für ihn bestimmt gewesen war. Er erfasste die gekrümmte Gestalt in dem Loch und Douces ihm hilflos hingestreckten Hände. Er stieg ganz langsam eine Stufe hinunter, dann noch eine. Er schwieg, und Douces Atem flog schluchzend. Oben an der Treppe stand jetzt auch Andrew und starrte hinunter. Er allein begriff nicht, was vorging; nur, dass es etwas Schreckliches sein musste, denn seine Mutter war blass wie die Wand. Und das Versteck war offen.

Douce sah Ernst Lacher immer noch hilflos an. Was sollte sie sagen? Welche Worte hätte sie für diese Situation finden sollen? Ihre Stimme klang wie ein verrostetes Gartentor, als sie hervorpresste: „Werden Sie mich jetzt sofort ausliefern? Oder erst nach dem Frühstück?"

Nun stand Ernst neben ihr. Er nahm ihre Hände in seine. Dann blickte er hinunter in das dunkle Versteck, aus dem ihm zwei Augen entgegenfieberten. Dann sprach er ganz ruhig, während er Douce in die Augen sah. „Ich denke, es ist Zeit für ein Spiel mit offenen Karten, Douce. Ich bin im Widerstand."

10

Die Katastrophe in Les Silences schien perfekt. Ein deutscher Widerstandskämpfer in Offiziersuniform. Ein kranker russischer Häftling. Douce, die jetzt beide decken musste. Und ein Kind, das eigentlich nichts hätte mitbekommen dürfen, damit es nichts verrate. Andererseits war Douce jetzt in Sicherheit: Lacher würde sie nicht verraten. Aber Alexej ging es von Stunde zu Stunde schlechter. Zwar hatten Douce und Ernst ihn mit vereinten Kräften in das Mansardenzimmer des Offiziers verfrachtet. Aber wie sollten sie weiter verfahren? Es gab keinen Zweifel daran, dass Alexej ärztliche Hilfe benötigte.

„Was soll ich nur tun?" fragte Douce wohl zum hundertsten Mal in panischer Angst. „Ich kann doch nicht hinunter ins Dorf laufen und offiziell einen Arzt aufsuchen?!"

Ernst sah sie nachdenklich an. „Ich kenne mich nicht so genau aus, aber ich denke, wir haben es hier mit einer Blinddarmentzündung zu tun. Das schaffen wir nicht ohne ärztliche Hilfe, Douce. Gibt es denn keinen vertrauenswürdigen Arzt auf der Insel?"

Douce schüttelte den Kopf und brach in Tränen aus. „Ich kann doch Dr. Yorick nicht in die Geschichte hineinziehen! Wenn es herauskommt, dann bringen sie ihn um, und wir haben auf Herks gar keinen Arzt mehr für die Zivilbevölkerung."

Lacher schritt auf und ab in dem Zimmerchen, während Douce Alexej Miranows heiße Stirn mit einem feuchten

Waschlappen zu kühlen suchte. Miranow stöhnte vor Schmerzen und wand sich unter Douces Hand. Im Fieber murmelte er russische Wörter.

„Für uns alle besteht die Gefahr, dass er im Fieber zu schreien und zu toben anfängt", überlegte der Leutnant laut. „Wir müssen das verhindern. Douce, haben Sie Beruhigungstabletten hier? Und vielleicht Schmerztabletten?"

„Schlaftabletten", stieß Douce hervor. „Natürlich." Und sie rannte förmlich hinüber in ihr Schlafzimmer, um das Röhrchen zu holen. Tabletten, die sie selbst nie benutzt hatte. Während Lacher die Schultern Miranows stützte, flößte Douce dem Kranken zwei Tabletten mit einem Glas lauwarmen Wassers ein. Es dauerte vielleicht zehn Minute angestrengten Wartens, bis Miranows Atemzüge regelmäßiger wurden und er eingeschlafen war.

Dann saßen sich die beiden Menschen gegenüber am Krankenbett. Zwei Menschen, die der Krieg politisch auf so verschiedene Seiten gebracht, menschlich so eng verbunden hatte.

„Erzählen Sie mir von sich", unterbrach Douce das Schweigen. „Alles scheint so unfassbar."

„Lassen Sie uns unten frühstücken", schlug Lacher vor. „Auf nüchternen Magen erzählt es sich nicht gut."

Sie ließen den Kranken vorübergehend allein. Aber eine halbe Stunde später saß Lacher schon wieder oben an seinem Bett, während Douce Andrew nach Cawdry's Love brachte. Für ein Kind war in dieser Situation Les Silences kein geeigneter Platz.

Irene freute sich, den kleinen Lockenschopf aufzunehmen. „Aber sag mal, Douce, ist irgendetwas bei euch passiert?" fragte sie misstrauisch, als sie den Kleinen vor einem Korb frisch geworfener Kätzchen sich selbst überlassen hatte.

Douce errötete, schüttelte aber den Kopf. „Nein, nichts. Ich fühle mich im Augenblick nur nicht so ganz auf dem Damm. Und da dachte ich, jetzt, wo die Feiertage vorbei sind, kann ich es ja jemandem kurz zumuten. Nur für den Rest der Woche." Douce hoffte inständig, dass Alexej bis dahin wieder genesen sein werde. Hastig verabschiedete sich Douce von Irene, winkte Julian auch nur von fern zu und eilte dann zurück nach Les Silences.

„Da brat mir einer einen Storch", murmelte Irene, als sie der Freundin hinterhersah. „Von wegen nicht ganz auf dem Damm bei dem Tempo! Wenn da nicht mehr dahintersteckt. Viel mehr."

*

Ich saß mit weit aufgerissenen Augen und halboffenem Mund auf der Wolldecke bei La Trétête und las Brian jedes Wort von den Lippen ab. Was für eine Geschichte!

„Brian", wagte ich schließlich meine Stimme in eine Erzählpause. „Brian, gab es auf Herks wirklich einen Widerstand? Oder war das eine Falle für Douce?"

Brian öffnete die Augen und sah mich spöttisch an. „Warum möchten Sie das jetzt schon wissen, Anne? Halten Sie's sonst nicht aus? Douce musste das auch. Der wirkliche Trost für

Menschen wie Douce, deren Leben einmal verwirkt gewesen wäre, hätte man sie erwischt, war, dass man nur einmal sterben kann. Deshalb wäre es für sie fast bedeutungslos gewesen, ob Lacher wirklich im Widerstand war oder nicht. Er hatte entdeckt, dass sie Alexej Miranow versteckte. Er wusste, dass sie bereit war, auch ihn, den Widerständler, zu decken. Wäre er beispielsweise ein Agent der Gestapo gewesen, hätten beide Verstöße gegen das Kriegsrecht sie den Kopf gekostet."

„Ich weiß", erwiderte ich rau. Dann bedrängte ich Brian nochmals. „War Ernst Lacher wirklich im Widerstand? Sie haben doch bis dahin gar nichts davon erzählt, dass es so etwas auf Herks im engeren Sinne überhaupt gegeben hätte."

Brian lächelte rätselhaft und schwieg. Er beantwortete meine Frage nicht, sondern erzählte einfach weiter.

*

Als Douce zurück nach Les Silences kam, schlief Alexej immer noch, während Ernst Lacher an seiner Seite wachte. Das Gesicht des Russen war aschfahl, und der Atem ging flach. Die Mundwinkel waren gequält nach unten verzogen, und auf der Stirn stand kalter Schweiß. Douce erschrak.

„Wie geht es ihm?" fragte sie Ernst leise.

„Schlechter", erwiderte er besorgt. „Er ist zwar nicht aufgewacht, aber zwischendrin hat er sich unruhig bewegt und gekrümmt. Er hat auch immer wieder geredet. In seiner Sprache. Und ohne das Bewusstsein erlangt zu haben."

Douce setzte sich. „Ich habe Angst."

Ernst sah langsam von dem Kranken hoch, wandte ihr das Gesicht zu und blickte dann zum Fenster hinaus. Er seufzte. „Ich auch."

„Was tun wir, wenn er uns unter den Händen stirbt?"

„Daran dürfen wir jetzt nicht denken."

„Woran denn sonst?"

„Vielleicht ist er ja doch noch zu retten."

„Aber wie denn?" Douce rang verzweifelt die Hände, sprang von ihrem Platz auf dem Bett auf und lief unruhig zwischen Tür und Mansardenfenster hin und her. „Ich kann Dr. Yorick nicht bitten, hierher zu kommen. Das hieße ihn gefährden. Außerdem würde er uns nicht viel nutzen. Er ist kein Chirurg. Wenn das hier eine Blinddarmentzündung ist, würden wir einen Chirurgen benötigen. Alles andere wäre zu riskant."

Ernst sah sie bitter an. „Den deutschen Lazarettarzt kann ich ebenfalls nicht um Hilfe bitten. Er ist zwar gegenüber den deutschen Soldaten großzügig. Er hat so manchem schon längere Urlaubszeiten von der Front verschafft als nötig. Er verteilt auch Essen an die Leute im Dorf. Aber ob er damit auf der Seite der sogenannten russischen Untermenschen steht, dafür habe ich keine Sicherheit. Am Ende will er vielleicht nur das Blut seines Volkes schonen, aber der Ideologie hinter der Zwangsarbeit stimmt er zu."

„Wirklich?"

„Ich weiß es nicht", stieß er verzweifelt hervor. „Was weiß ich, wem in diesen Zeiten noch zu trauen ist? Der Feind steht oft in der gleichen Uniform neben dir, während du auf einen Freund schießen musst, weil er den verkehrten Kittel anhat." Er stöhnte und barg sein Gesicht in den Händen.

Douce trat leise auf ihn zu, setzte sich neben ihn und zog ihm die Hände vom Gesicht fort. „Was ist passiert, Ernest? Hat es mit dem Brief zu Weihnachten zu tun?"

Überrascht flackerten seine Augen auf. „Sie haben ihn gelesen?" Douce verneinte. Er atmete auf. „Ich bin Ihnen ein paar Erklärungen schuldig, fürchte ich." Und sie nickte ihm ermunternd zu.

Er löste seine Hände aus den ihren, stand auf und trat ans Fenster. „Dann hören Sie die Geschichte des Feiglings Ernst Lacher, der sich zu spät ein Herz fasste."

*

Ernst Lacher war 1909 in Köln geboren. Sein Vater war ein erfolgreicher Rechtsanwalt mit einer großen Kanzlei, die er eines Tages seinem Ältesten zu vererben hoffte. Ernst bekam bis 1914 noch sechs Geschwister. Dann kam der Krieg und holte den Vater an die Front. Als er zurückkam, war er ein gebrochener Mann, dem sein Kampf für das Recht des kleinen Mannes sinnlos vorkam. Er hängte seinen Beruf an den Nagel und ging unter die

Schieber und Trinker. Ernst besuchte unterdessen ein Gymnasium und unterstützte den Haushalt mit Jobs als Piccolo in einem Hotel, als Zeitungsjunge und als Schuhputzer. Seine Noten litten. Er flog in der zehnten Klasse schließlich hochkant aus der Schule, weil er in der Mathematikprüfung zur Mittleren Reife betrogen hatte. Den Vater kümmerte es nicht, die Mutter grämte sich.

Ernst Lacher behielt seine Jobs nach diesem Zwischenfall bei. Er rief weiter früh morgens Zeitungsschlagzeilen aus, putzte tagsüber Schuhe und sprang abends – er war ein schmucker Bursche mit seinen sechzehn Jahren – als Eintänzer in den Tanzclubs der Halbwelt ein. Mit Jitterbug und Foxtrott betörte er seine Tanzpartnerinnen, und als der Charleston von Amerika herüberschwappte, war er unter den Ersten, die ihn beherrschten. So manches halbseidene Nachtschattengewächs schob ihm Geld zu. Noch lieber waren ihm Naturalien, denn die Inflation machte den großen Schein von gestern zum Papierflieger von heute.

Eines Nachts, er hatte gerade einen heißen Tango mit einer kessen Mieze aufs Parkett gelegt und zündete sich eine Zigarette an, ertönte in seinem Rücken eine heisere Frauenstimme: „Na, Kleiner, gehörst du nicht besser ins Bett, damit du in der Schule morgen ausgeschlafen bist?" Er drehte sich um, eine scharfe Antwort auf den Lippen. Aber es verschlug ihm die Stimme, als er in das verwelkende Gesicht einer stark überschminkten, aber sichtlich gutmütigen, molligen Frau blickte. Sie fuhr fort: „So ein Schuppen ist doch nichts für so einen jungen Mann wie dich. Der verdirbt dir doch das Leben."

Ernst schluckte. „Ich tanze aber sehr gern hier."

„Sicher, mein Junge. Aber der Tanz sollte erst immer nach der Arbeit kommen, nie davor. Worüber willst du in zehn Jahren mit deinen Partnerinnen reden? Über den neusten Tanzschritt? Über die Farbe einer Federboa? Über den aktuellsten Charleston-Titel? Junge, geh zur Schule. Danach kommt das Tanzen von allein. Und nicht nur, weil manche Frauen keinen Partner abgekriegt haben, sondern weil sie *dich* wollen. Bist du dir nicht zu schade als Lückenbüßer, bis ein anderer mit mehr Geld und Reputation kommt, der dir die Mädchen wieder wegschnappt?"

Die Frau betrachtete ihn nachdenklich. Etwas arbeitete in ihm, etwas hatte ihn berührt. Da war ja wieder der Traum, den sein Vater für ihn gehegt haben musste, bis er völlig deprimiert aus dem Krieg zurückgekommen war. Er schluckte. Die Frau nahm ihn beim Arm und führte ihn an einen Tisch in einem hinteren Winkel der Bar. „Setz dich, Junge. Wie heißt du denn?"

Ernst nannte seinen Vornamen. Seinen wirklichen, nicht das Pseudonym des Eintänzers. Und erfuhr, dass die Frau Rosalie hieß. Sie wehrte an jenem Abend einen Bekannten nach dem anderen ab und sprach mit Ernst über dessen jugendliche Verwirrtheit. Schließlich ließ Rosalie einen rundlichen Mann an den Tisch kommen, der schon zweimal in der letzten halben Stunde von ihr abgewiesen worden war. Ernst rutschte unbehaglich auf seinem Stuhl hin und her.

„Vicky, das hier ist Ernst Lacher, ein jugendlicher Freund von mir", stellte sie den Jungen dem Mann vor. Der Mann ignorierte den geschniegelten Jüngling vollständig. Umso mehr Zeit hatte Ernst, ihn näher zu betrachten. Eine Weste aus edlem Goldbrokat, ein cremefarbenes Seidenhemd, eine cremefarbene Seidenhose, eine dicke goldene Uhrkette, ein lässig um den Hals geschlungener Seidenschal mit orientalischem Muster. Kein Zweifel, der Mann stank geradezu nach Geld. Warum kam er zu Rosalie, der dicken, viel zu alten Prostituierten, die nicht einmal mehr im Halbschatten der Bar über ihre verschenkte Existenz hinwegtäuschen konnte?

„Ernst, das ist Victor Rosenbaum, ein überaus gebildeter Mann, der mit Vorliebe jungen Talenten auf die Sprünge hilft." Ernst und Victor schüttelten einander die Hand – Rosalie zuliebe. Denn keiner wusste, worauf das alles hinauslaufen sollte.

Weiß der Himmel, welche Schuld Victor gegenüber Rosalie zu begleichen gehabt haben mochte oder was Ernst an ihr faszinierte. Am Ende brachte der Sechzehnjährige in dieser Nacht einen Banklehrvertrag nach Hause. Und hatte zum ersten Mal mit einer Frau geschlafen. Davon wusste Victor oder Vicky, wie ihn auch Ernst später, viel später nennen durfte, allerdings nichts. Rosalie wollte schließlich auch etwas gewinnen. Das Geld des einen und den jungen Körper des anderen.

Ernst begann seine Laufbahn als Lehrjunge in der Rosenbaumschen Bank überaus ehrgeizig. Rosalie hatte in sein Herz einen Samen gepflanzt, der eher aufgehen konnte als das Gejammer seines alkoholisierten Vaters über den verlorenen Sohn oder die tränenreichen Mahnungen der viel zu früh ergrauten

Mutter. Und Ernst machte sich gut in der Bank. Sogar so gut, dass Victor Rosenbaum bald in ihm wirkliches Talent zu erkennen meinte und Ernst trotz verpfuschter Mathematikprüfung vorzeitig aufrücken durfte. Tagsüber Zahlenkolonnen, Publikumsverkehr, Bankpapiere und Mahnbriefe. Nachts die weiche, welke Haut von Rosalie unter den streichelnden Händen. Der Körper einer stöhnenden Frau, der er alles verdankte und die er liebte – als sei sie seine Mutter.

*

In diesem Augenblick stöhnte Alexej Miranow auf und stieß einen Schwall russischer Wörter hervor. Seine Hände griffen ins Leere. „Mascha, Mascha, ja ljublju …"

Douce erschrak. Was auch immer er sagen mochte, wen auch immer er in seinen Fieberträumen sah, Alexej war zu laut. Was, wenn einer der Aufseher aus der Organisation, die so passend Todt hieß, seine Stimme vernahm und ein Übriges schloss? Auch Ernst Lacher hatte sich beunruhigt dem Kranken zugewandt und blickte Douce wie aus Träumen gerissen ratlos an.

„Wir sollten ihm vielleicht noch eine Schlaftablette geben?" bat sie ihn um eine Entscheidung.

Er trat auf das Bett zu und hob vorsichtig ein Lid des Kranken. „Er sieht mehr tot als lebendig aus", erwiderte er. „Ich weiß nicht, ob das nicht zu riskant wäre. Vielleicht sollten wir doch zu diesem – Dr. Yorick?"

Douce schüttelte heftig den Kopf. „Was sollte ich ihm denn erzählen? Dass hier oben ein russischer Häftling liegt? Sterbenskrank?"

Ernst betastete Alexejs Handgelenk. Die Haut des Kranken war fahler geworden; sie fühlte sich kalt und feucht an. Der Puls flog. Der Leutnant blickte besorgt von Alexej zu Douce und wieder zurück.

„Vielleicht kennt er etwas, was anstelle einer Operation helfen könnte", erwiderte er hoffnungslos. Zu gut kannte er die Gesichtszüge Sterbender. Noch wies Alexej nicht alle Symptome auf, aber Ernst glaubte auch nicht mehr wirklich an seine Rettung.

Douce erkannte die Entschlossenheit auf Ernst Lachers Gesicht. „Ich *muss* gehen, nicht wahr? Wenn ich es nicht tue, verschenke ich vielleicht Alexejs Chance weiterzuleben."

Ernst Lacher nickte still. Da ging Douce schweigend hinaus, zog sich Schuhe an und eilte hinab nach Herks.

*

„Würde es denn heute unter solchen Umständen für jemanden Hoffnung geben?" fragte ich Brian aufgewühlt. „Könnte ihm heute jemand das Leben retten?"

„Ach, Annie." Brian nannte mich zum ersten Mal so, und mir wurde ganz weich im Leib. „Wer sollte darauf hundertprozentig Antwort geben können?"

„Ich meine, ist die Medizin nicht heute vielleicht so weit … ich meine … ich spüre, dass Alexej stirbt." Meine Stimme versagte unter plötzlichen Tränen.

Brian streckte seinen Arm nach mir aus, und ich sank an seine Schulter, an der er mich tröstend für einen Augenblick festhielt. „Ich weiß nicht, ob es immer so wichtig ist, dass ein einzelnes Menschenleben gerettet wird. Es ist doch so viel wichtiger, was aus einer einzigen Situation gelernt wird."

„Aber wie kann man einen Menschen so hilflos sterben lassen?" fuhr ich auf. „Wie kann man nicht alles aufbieten wollen, ihn zu retten?"

„Aber genau das tat doch Douce", erwiderte Brian still. „Sie vertraute darauf, dass Dr. Stephen Yorick ihr Anliegen unter sein Arztgeheimnis rechnen würde. Sie setzte doch schon ihr Leben aufs Spiel. Und die Zukunft von Andrew."

„Warum ging sie nicht ins Lazarett, wenn sie schon so viel wagte?"

„Warum log Petrus noch, Christus nicht zu kennen, wo er doch ohnehin schon dem Soldaten, der Christus verhaften wollte, das Ohr abgehauen hatte?"

„Alexej ist nicht Christus!" erwiderte ich heftig.

„Nein", lächelte Brian nachsichtig. „Aber auch Christus war für viele Menschen damals nur ein Alexej. Wer hat *ihn* errettet? Dürfen wir Menschen verurteilen, die damals nicht zu den Mächtigen unter den Römern liefen, um ihn zu retten? Dürfen wir Menschen verurteilen, die aus Angst um ihre Familie nicht auch noch den letzten Schritt gingen? Taten sie nicht ohnehin schon mehr als alle anderen?"

Ich schwieg betroffen. Dann fasste ich erneut Mut. „Dann sind Menschen wie Douce Menschen, die nie von jenen verschwiegen werden sollten, die durch sie etwas gelernt, etwas gewonnen haben."

Brian sah mich lange wortlos an. „Sie hat einen Menschen gefunden, der ihre Geschichte erzählt, weil ein anderer sie der Nachwelt erhalten wird."

*

„Ich brauche dringend Ihre Hilfe!" Douce keuchte noch nach dem Gewaltmarsch, und Dr. Yorick fühlte überaus ernsthaft ihren Puls.

„Sie sind den ganzen Weg hierher gerannt? Ihr Puls ist dafür sehr kräftig." Das rosige Gesicht mit dem kunstvoll gezwirbelten Bart und der weiß umkränzten Glatze blickte zweifelnd. „Ihnen fehlt, was den Kreislauf angeht, nichts, Douce. Ein wenig mehr Gewicht würde ich Ihnen wünschen, aber das betrifft wohl in diesen Zeiten so ziemlich jeden auf Herks."

Douce wand sich. Wie sollte sie für ihr Anliegen wohl am besten Worte finden? „Ich komme nicht meinetwegen, Dr. Yorick", brachte sie endlich hervor.

„Wie, es geht um Andrew? Hoffentlich nichts Ernstes? Schildern Sie mir die Symptome, Douce!" Und immer noch

316

gespannt lauschte er mit dem Stethoskop Douces Herztöne ab. „Nichts Ungewöhnliches, wahrhaftig", murmelte er.

„Wenn jemand furchtbare Schmerzen im Unterleib hat, rechts. Und er krümmt sich, wenn er seine Beine anwinkelt ...“

„Hmmm ...könnte das der Blinddarm sein." Douce atmete auf. „Aber auch etwas Anderes."

Douce erschrak. Dann besann sie sich und schilderte weiter Alexejs Symptome, als seien es Andrews. „Dazu Fieber, kalter Schweiß, Bewusstlosigkeit. Sprechen im Schlaf. Graue Gesichtsfarbe. Seine Nase wirkt so unnatürlich spitz ...“

„Schon länger?" fragte Dr. Yorick. Douce bejahte. Dr. Yorick nahm Douces Hand und führte sie sanft zu einem Stuhl.

„Sie müssen jetzt furchtbar stark sein. Er wird sterben, Douce, denn er zeigt bereits die Symptome einer Blutvergiftung, die den gesamten Körper erfasst hat. Ich kann da nicht helfen, selbst wenn ich wollte. Alles, was ich Ihnen geben kann, ist ein wenig Morphium, vielleicht genug, um den letzten Schritt hinüber zu erleichtern." Douce schluchzte leise. Dr. Yorick drückte Douce eine Spritze und die Droge in die Hand.

„Ich kann das nicht", wehrte sie sich leise.

„Es ist Ihr Sohn", versuchte Dr. Yorick sie zu beruhigen. Douce wollte etwas erwidern. Doch sie klappte ihren Mund nur auf und zu.

„Danke, Dr. Yorick", brachte sie gerade noch hervor. Nur kein falsches Wort. Sie brach hastig auf und verschwand in der Dämmerung.

„Armer kleiner Andrew", seufzte Dr. Yorick ihr nach. „Möge Gott seine Seele zu sich nehmen."

*

Alexej war unruhig gewesen, solange Douce fort gewesen war. Mit Mühe hatte Ernst einen Wortschwall des Russen mit der Bettdecke erstickt, als die Karawane der Häftlinge auf dem Rückweg ins Dorf vorbeigekommen war. Vermutlich waren die Gefangenen verwundert gewesen, dass die Frau im Garten heute Abend nicht ihrer geharrt hatte.

„Um Himmels willen, wie soll ich ihm denn eine Spritze verabreichen?" jammerte Douce. „Ich kann doch nicht einmal bei Andrew zusehen, wenn er eine bekommt!"

Ernst lächelte. „Es geht einfacher, als man glaubt." Er nahm ihr das Glasgerät mit der bedrohlichen Spitze ab und widmete sich eine Weile Alexej Miranows Armbeuge. „Dachte ich", fügte er hinterher hinzu, etwas grünlich im Gesicht, und verließ rasch den Raum.

Douce sah Ernst erwartungsvoll an, als er wieder zurückkehrte. „Sie haben einfach gewusst, wie Sie ihm das Morphium spritzen mussten?"

Ernst wusste, dass genau das nicht der Fall gewesen war. Er wusste aber auch aus Dr. Yoricks Worten, dass Alexejs Leben nicht mehr zu retten, sondern seine verbleibende Lebenszeit nur noch zu mildern sei. „Ja, natürlich", behauptete er deshalb.

„Trotzdem ist Ihnen schlecht geworden?"

„Ist das nicht legitim?" erkundigte er sich vorsichtig. „Ich bin kein Arzt. Ich dachte, ich hätte Ihnen das deutlich genug geschildert ..."

Douce sah verlegen beiseite. „Sicher. Natürlich ..."

Sie lauschte auf Alexejs Atem. Der ging flach und fast lautlos, aber regelmäßig.

„Erzählen Sie weiter", bat Douce. „Ich glaube, auch Alexej würde Ihre Geschichte gern noch zu Ende hören."

„Alexej?"

„Sicher. Wer sagt, dass er uns nicht hört?"

*

Ernsts Geschwister waren nach und nach auch den Kinderschuhen entwachsen. Der Vater hatte sich eines Tages in seinem Arbeitszimmer eingeschlossen und erschossen. Nun fiel Ernst die Rolle des Ernährers zu. Doch bald hatte er Unterstützung in seinem zwei Jahre jüngeren Bruder Karl. Der hatte nach der Mittleren Reife in einer Druckerei angefangen und war den Nationalsozialisten beigetreten, die gerade die ersten Erfolge zu verzeichnen begannen. Karl druckte Flugblätter für die noch junge Bewegung; sein Druckereileiter trug auch schon das „Bonbon" genannte Parteiabzeichen – unter dem Revers.

Ernst hatte mit der Politik hingegen nicht viel im Sinn. Er quälte sich an der Abendschule zum Abitur. Montag bis Freitag

Euklid, Horaz und Molière. Samstag war sein freier Nachmittag, an dem er lernte und durch Köln streifte, und jeden Sonntag hörte er die glühenden Tiraden seines Bruders. Seine kleinen Schwestern hingen gebannt an den Lippen des volltönenden Halbstarken. Für Ernst waren die unvergorenen Wiederholungen von Hassparolen und Arierstolz entnervend, aber er schwieg. Das Theater würde sich schon von selbst legen.

Viel mehr interessierte sich Ernst in dieser Zeit – im Frühjahr 1931 nämlich – für die Tochter seines Chefs. Helene hieß sie. Eines Tages war sie mit wippendem Röckchen in seinem Büro aufgetaucht, hatte ihm ein freundliches Lächeln geschenkt und war wieder verschwunden. Seither war Ernst entbrannt und versuchte, ihr unauffällig den Hof zu machen, wann immer es ihm sein Arbeitstag ermöglichte. Victor Rosenbaum bemerkte, dass Ernst ein Auge auf seine Helli geworfen hatte. Er nahm es dem jungen, fleißigen Burschen nicht übel, sondern lud ihn eines Tages zum Mittagessen zu sich nach Hause ein.

Ernst war verwirrt. Er hatte zum ersten Mal das Gefühl, er habe zwei linke Hände, der Krawattenknoten sitze schief, und auf seiner Nase glühe ein knallroter Pickel. Die Stimme krächzte plötzlich wieder wie zu Zeiten seines Stimmbruchs, und all seine geistreichen Äußerungen, die er sich sorgfältig zurechtgelegt hatte, waren wie hölzern auswendig gelernt oder blieben im ersten Ansatz stecken.

Helli amüsierte sich insgeheim über die Hilflosigkeit des jungen Mannes. Die junge Dame, gerade vom Lyzeum abgegangen und auf einem der großen Debütantinnenbälle Kölns in die Gesellschaft eingeführt, war natürlich wesentlich weltgewandter als Ernst, dessen Schritte ins Erwachsenenleben von niemandem wirklich begleitet worden waren. Sicher, er hatte ein ordentliches Zuhause dank seiner Mutter. Aber Rosalie war nicht gerade eine Empfehlung als Mentorin. Und Vater Rosenbaum – er war selbst ein Selfmademan und erwartete streng solche Eigendynamik in anderen Menschen.

„Was sagen Sie zu den Bildern des Blauen Reiters?" erkundigte sich Helli bei dem errötenden jungen Mann, der gerade mühsam einen viel zu groß gewählten Bissen hinunterschluckte, um antworten zu können.

Wer war nun dieser verflixte Blaue Reiter? Sollte er mit einem Bonmot die Frage in eine Nichtigkeit verkehren, die ihm den Fluchtweg bedeutete, ihn aber auch im Dunkeln ließ? Sollte er sich die Blöße geben? Ernst beschloss Letzteres.

Nun war es an Helli zu erröten, denn sie hatte ihn nicht in Verlegenheit stürzen wollen. Gleichwohl sah sie ihn bewundernd an, wusste sie doch, dass es nicht einfach gewesen sein konnte, diese Wissenslücke zu offenbaren. „Ach, wissen Sie, Herr Lacher, Sie haben doch sicher am Sonntagnachmittag Zeit? Würden Sie mir die Freude bereiten, mich in eines unserer sehenswerten Museen zu begleiten?"

Ernst verschluckte sich beinahe vor Aufregung, ließ sich dann jedoch nur zu gern einen Zeitpunkt von ihr nennen, an dem er sie von daheim abholen durfte.

Am folgenden Sonntag zeigte Helene Rosenbaum dem Kunstnovizen Ernst Lacher, was es mit dem Blauen Reiter auf sich hatte. Er krauste die Stirn, kaufte sich am Ende eine Kunstpostkarte von Franz Marcs „Kleinen gelben Pferden" und lud seine Lehrmeisterin zum Kaffee ein.

Von nun an war es wie ein ungeschriebenes Gesetz, dass Ernst und Helli die Sonntagnachmittage miteinander verbrachten. Konzerte, Theaterbesuche, Galerien und Museen – Helli Rosenbaum half Ernst, seine kulturellen Defizite abzutragen. Und Ernst war ein dankbarer Zuhörer und nahm die Informationen auf wie ein Schwamm. Eines Abends überraschte er sie mit Opernkarten. Und weil die Karten für einen Samstagabend galten und Helli nicht durch ihn in Verruf geraten sollte, bat Ernst ihren Vater, sie doch zu begleiten. Auch die Opernsamstage wurden zur Tradition, wobei sich Victor Rosenbaum allmählich immer öfter entschuldigte und schließlich dem Pärchen ganz das Feld überließ. Zwischen Helene und Ernst entspann sich so ganz zart eine Romanze.

Überschattet wurde das junge Glück nur durch die zunehmende Judenfeindlichkeit, die auch Ernst Lacher zu treffen begann. So wurde er schon manchmal in der Nachbarschaft schief angesehen, wenn er abends heimkam.

„Der verdient Judengeld", hieß es halblaut hinter seinem Rücken.

„Judendiener", zischelte es gehässig.

Aber wenn er sich dann umdrehte, war natürlich niemand mehr da, dem er es hätte herausgeben können.

Eines Samstagabends, er brachte Helli gerade von einem Opernbesuch heim, begegnete er seinem Bruder Karl. Der war auf dem Heimweg von einer Lokalversammlung der Nationalsozialisten und trug die volle Uniform.

„Hallo, Karl!" rief Ernst seinen Bruder an. Der blieb stehen und betrachtete das Pärchen mit zynischem Grinsen.

„Hallo, Bruderherz", näselte er. „Bringst du deine Judenbraut nach Hause? Sieh nur zu, dass sie dir nicht ihre Brut an den Hals hängt." Damit wandte er sich zackig ab und verschwand im Dunkeln.

Ernst war wie vom Schlag getroffen. Sprachlos starrte er seinem Bruder nach, dann blickte er Helli an. Sie war blass geworden, trug es aber mit Fassung.

„Bringst du mich jetzt bitte nach Hause?" fragte sie leise. Ihre Stimme bebte kaum merklich, aber als er ihr seinen Arm bot, fühlte Ernst, dass sie wohl am ganzen Leib zitterte. „Vater sagen wir wohl besser nichts davon", fügte sie noch tapfer hinzu. „Es würde ihn nur unnötig kränken."

Der Rest des Heimwegs war Schweigen, aber ihr Abschied fiel inniger aus als alle Abende zuvor. Und dann marschierte Ernst noch hinunter zum Rheinufer, um sich im Nachtwind den Zorn zu kühlen. Was maßte sich sein Bruder an? Wie kam er dazu, einen Menschen, der ihm nichts getan hatte, anzupöbeln, zu beleidigen? Noch dazu eine hilflose, junge Frau?

Als Ernst nach Hause kam, saß Karl in der Küche und trank ein Bier aus der Flasche. Ernst maß Karl schweigend mit den Augen und verschwand in seinem Zimmer. Karl lachte schallend und schlug mit der Faust auf den Küchentisch. „Zu feige, um zuzuschlagen! Schöner Judenbräutigam!"

*

„Zu feige, verstehen Sie, Douce? Seither habe ich immer unter diesem Vorwurf gelitten." Ernst schwieg bitter und drehte sich um.

Douce kühlte Alexejs Stirn, strich ihm sanft über die Wangen. „Wäre er denn ein Wort der Erwiderung wert gewesen?" fragte sie sanft.

Ernst atmete tief ein. „Er war mein Bruder. Ihm hätte ich das nicht durchgehen lassen dürfen."

„Hätte ein Wort des Zorns etwas geändert? Wäre Karl deshalb von seinem Standpunkt abgewichen?"

„Vermutlich nicht", gab Ernst Lacher zu. Dann schwieg er, drehte sich wieder um. „Dann kam 1933 und der Erdrutschsieg der Nationalsozialisten. Wir glaubten ja noch alle an Mäßigung, weil Hitler den alten Hindenburg für sich hatte einsetzen können. Aber nur zu rasch wurde klar, dass der alte Mann nur eine gut kalkulierte Marionettenfigur war, die auch noch bald darauf starb. Mein Bruder Karl bekam in der Zeit Oberwasser. Nacht für Nacht kam er besoffen – Entschuldigung – betrunken nach Hause, oft genug mit ein paar seiner Kumpanen. Meine Schwestern verfielen dem Reiz der Uniform, und meine Mutter wagte nicht, sich dem rauen Befehlston zu widersetzen."

„Und Sie, Ernest?"

*

Victor Rosenbaum hatte das Unheil kommen sehen, doch nicht wahrhaben wollen. Erst als die Nationalsozialisten mit ihren Aufrufen, nicht bei Juden zu kaufen, auch bei ihm Wachen vor den Eingang stellten, erst als Steine die großen Fensterscheiben der Bankräume zerstörten, wurde sich Rosenbaum des Hexenkessels bewusst, in dem er fortan gefangen saß. Und Helli mit ihm.

Ernst tröstete beide. Das werde sich bestimmt alles rasch wieder beruhigen. Sobald der Führer davon erfahre, wie man die Juden im Deutschen Reich behandelte, werde er sicher gegen die Rabauken vorgehen. Helli hing mit hoffnungsvollen Augen an seinen Lippen, doch Victor seufzte bloß.

Die Geschäfte der Rosenbaumschen Bank wurden merklich schlechter. Immer mehr jüdische Kunden versuchten, ihre Gelder nach und nach ins Ausland zu transferieren. Auch Victor spielte schließlich mit dem Gedanken, sich abzusetzen.

„Zumindest in die Niederlande, bis der faule Zauber hier vorbei ist", schlug er Helli vor. Doch die reagierte wenig begeistert darauf. Wovon er sich denn dort ernähren wolle. Und ob er in seinem Alter noch Niederländisch zu lernen gedenke. Wo die Deutschen in ihrem Allmachtswahn vielleicht dieses Land noch erobern wollten bei der nahen Sprach- und Kulturverwandtschaft. Sie ahnte nicht, wie bitter Recht sie haben sollte. Und sie überzeugte Victor und Ernst davon, dass sie in Deutschland immer noch am besten zurechtkommen würden.

Dann kamen die ersten Judengesetze. Ernst durfte nicht mehr für Victor arbeiten und musste sich eine andere Arbeit bei einer anderen Bank suchen. Er fand auch etwas, doch wurde er von seinen Kollegen scheel angesehen, hatte er doch nicht nur für einen Juden gearbeitet. Es ging auch das Gerücht, er habe sich mit dessen Tochter, einer reinrassigen Jüdin eingelassen.

Für Ernst wurden die Tage lang, für Helli noch länger. War er nur den kleinen Boshaftigkeiten seiner Kollegen und Nachbarn ausgesetzt, so wurde sie durch offizielle Gesetze immer stärker in ihrer Bewegungsfreiheit eingeschränkt. Victor und Helli durften die Bänke in den Parks nicht gemeinsam benutzen. Sie mussten in den Judenwagen der Straßenbahn steigen. Sie durften nicht mehr einkaufen, wo sie wollten. Und schließlich durfte Rosenbaum die Bank nur noch für ganz wenige Stunden am Tag öffnen, ihren jüdischen Kunden aber kein Geld mehr auszahlen.

Ernsts Mutter jammerte, er möge doch sein Mädchen fahren lassen. „Du machst es dir nur unnötig schwer, mein Junge. Schau dir doch Karl an", beschwor sie ihn. „Der kommt voran. Der ist angesehen. Und Luzie wird bald seinen besten Freund, Günther, heiraten."

„Günther Fischer?" fragte Ernst betroffen.

„Ja, das ist so ein netter, schneidiger Mann. Der bringt's noch weit, warte nur!"

„Mutter, wie kannst du da nur einwilligen? Du weißt ganz genau, dass Fischer ein übler Schläger und Säufer ist, der seine eigene Großmutter für einen Handschlag des Führers verkaufen würde."

Sie wandte sich beleidigt ab. „Wie kannst du nur so etwas sagen? Ich würde mich auch über einen Händedruck des Führers freuen."

*

„Luzie hat diesen Günther Fischer dann geheiratet mit Pomp und Trara." Ernst schüttelte den Kopf. „Sie hatte fünf Monate später eine Fehlgeburt und kam buchstäblich mit einem blauen Auge davon. Der Arzt stellte außerdem zwei gebrochene Rippen und eine Prellung im rechten Oberarm fest."

„Wie bitter für Ihre Mutter", flüsterte Douce.

„Oh nein, sie nahm Luzie nur zu gern deren Geschichte vom Sturz die Treppe hinunter ab. Und Luzie fand im Zuge der Hitlerschen Politik allzu bald eine Möglichkeit, von ihrem Mann in Ruhe gelassen zu werden."

„Wie denn?" fragte Douce.

„Sie sorgte dafür, dass sie kontinuierlich schwanger war bis Kriegsbeginn. Sie wollte Hitler Söhne für das Reich schenken, wie sie sagte. Ironie des Schicksals – sie gebar nur Mädchen, und Günther Fischer war sauer. Er ließ sie schließlich im Sommer '39 sitzen und ließ sich mit irgendeinem Flittchen ein. Als der Krieg ausbrach, muss er sich freiwillig gemeldet haben; jedenfalls verlor sich seither seine Spur. Luzie zog mit meiner Mutter aufs Land, als die ersten Bomben auf Köln fielen. Da sitzen sie jetzt noch."

„Und Victor Rosenbaum und Helli?" Ernst Lacher schwieg. „Ernest? Was wurde aus Helli?"

„Ich habe sie allein gelassen." Lacher atmete mühsam und unterdrückte ein Schluchzen. „Ich war wieder feige. Unverzeihlich feige."

„Was ist denn geschehen?"

„Als die Gesetze immer judenfeindlicher wurden, ließ ich mich bei den Rosenbaums fast nicht mehr blicken. Helli und ich trafen uns noch gelegentlich in irgendwelchen unauffälligen Ecken in Parks, unter Brücken. Dann kam das erste Pogrom. Sie nahmen Victor Rosenbaum mit. Am Tag darauf begegnete ich Helli mit ihrem Judenstern. Ich – ich wandte mich ab und tat, als kenne ich sie nicht. Ich sah, dass sie weinend weiterging. Aber anstatt ihr hinterher zu rennen und sie zu trösten, statt ihr zu helfen, sie zu verstecken und zu ernähren, statt ihr Mut zu machen und eine gemeinsame Zukunft mit ihr zu suchen …" Ernst Lacher schluchzte nun hemmungslos. „Douce, ich ließ sie gehen. Ganz allein in dieses furchtbare Elend der Juden, von dem ich doch wusste. Ich war weder bereit, es mit ihr zu teilen, noch sie davor zu retten. Ich – ich war erleichtert, so einfach davongekommen zu sein."

„Was geschah dann?" fragte Douce nach einer Pause.

„Daheim wurde es mir zu bedrückend. Ich meldete mich noch vor Kriegsbeginn zur Wehrmacht. Als wir dann nach unserer Ausbildung eingesetzt wurden, meldete ich mich an die Westfront." Er lachte zynisch. „Ich war auch hier zu feige. Ich hatte Angst vor dem russischen Winter. Frankreich war dann ein Spaziergang. Eine Stadt nach der anderen fiel fast kampflos. Wir mussten nur unsere Stellungen ausbauen; der Rest war paradiesisch. Bis ich auf eine Mine der Résistance auffuhr. Den Rest der Geschichte kennen Sie."

In diesem Augenblick wurde Alexej wieder unruhig. Er begann, vor sich hin zu murmeln, mischte russische Sätze mit englischen Brocken. „Mascha, njet!" Er begann im Fieberwahn, aberwitzige Kräfte freizusetzen, er schlug um sich gegen unsichtbare Feinde, setzte sich zur Wehr gegen Douces und Ernsts Arme. Schließlich sank er entkräftet in die Kissen zurück. Douce keuchte.

„Alexej", sagte sie leise. „Alexej, Sie sind doch in Sicherheit!"

Als habe ihre Stimme ihn erreicht, öffnete Alexej mühsam die Augen. Doch Douce sah, dass er sie nicht mehr erkannte; seine Seele betrachtete etwas Anderes.

„Mamuschka …", flüsterte er matt, und über seine eingefallenen Wangen breitete sich ein seliges Lächeln.

„Mamuschka, ja …" Er beendete den Satz nicht mehr. Sein Körper bebte noch einmal, ein schmerzliches Zucken lief über sein immer spitzer werdendes Gesicht, seine Hände flogen noch einmal an seine rechte Hüfte. Dann seufzte er kurz.

Stille.

Die Wanduhr tickte. Ernst Lacher schluchzte leise in seine Hände. Douce strich sich den Rock glatt. Dann faltete sie Miranow die Hände. „Lebwohl, Alexej. Du hast es überstanden. Niemand wird dich mehr holen."

*

„Ist denn die ganze Geschichte nur bitter?" fragte ich Brian empört und wischte mir die Tränen aus dem Gesicht. Aber es nutzte nichts, weil schon wieder neue nachkamen.

„Bittersüß", berichtigte Brian mich.

„Wie haben sie denn Alexej überhaupt unbemerkt beerdigen können?"

„Wie das so ist – in einer Nacht-und-Nebel-Aktion. Am selben Abend ging Lacher hinunter zum Point Ste. Germaine. Er hob dort eine Grube aus und schleppte gemeinsam mit Douce den Leichnam durch das Wäldchen. Gemeinsam betteten sie Alexej in das Grab, schaufelten die Erde darüber und markierten das Grab mit Steinen. Geröll gibt es dort ja zur Genüge.

„Ist es denn keinem der deutschen Besatzer aufgefallen, dass es plötzlich an diesem Ort ein Grab gab, das vorher nie existiert hatte?"

Brian wiegte den Kopf. „Es hätte ihnen auffallen müssen", gab er zu. „Aber entweder schien es ihnen nicht von Bedeutung, oder es kam niemand auf die Idee, den Ort aufzusuchen. Ich gehe fast davon aus. Die Soldaten hatten immer weniger zu essen; die Lebensmittelqualität war auch für sie gesunken. Ein Spaziergang ohne Sinn und Zweck wäre für sie pure Kraftverschwendung gewesen."

„Wie reagierte Douce denn auf Ernst Lachers Geständnis? Hat sie ihn danach verachtet?"

Brian strich sich versonnen übers Kinn. „Ach nein, Douce war nicht der Mensch, jemand anders zu verachten. Er strafte sich doch schon selbst genug mit Selbstverachtung."

*

Douce hatte mit Ernst den 23. Psalm und das Vaterunser gebetet, als Alexejs Grab geschlossen war. Dann hakte sie sich bei dem Deutschen ein – zu dessen großer Überraschung – und trat mit ihm den Rückweg an.

„Möchten Sie mir jetzt sagen, was in Ihrem Weihnachtsbrief stand, Ernest?" fragte sie nach einer Weile stummen Gehens.

Er sah sie nicht an, sondern starrte blicklos in die Nacht über den Weg vor sich. „Es war ein Brief meiner Mutter. Günther Fischer ist mit nur noch einem Arm aus Russland heimgekehrt. Er hat Luzie gleich wieder geschwängert. Mutter arbeitet jetzt in Köln in einer Munitionsfabrik. In der gleichen Halle sitzen polnische Mädchen als Zwangsarbeiterinnen; sie bekommen fast nichts zu essen und hantieren mit den Chemikalien ohne Handschuhe oder Atemmaske. Die Jüngste ist gerade zwölf Jahre alt."

Douce schwieg. Sie wusste, dass er noch nicht gesagt hatte, was ihn am meisten berührte. Was ihn so verstört hatte. Was ihn wohl letztlich in den Widerstand getrieben hatte, von dessen organisierter Existenz sie bis dahin nichts geahnt hatte.

Plötzlich blieb Lacher stehen. „Sie haben Helli umgebracht."

Douce fragte nicht weiter. Sie drückte nur mitfühlend seinen Arm. „Kommen Sie, Ernest. Es war ein harter Tag."

Beinahe willenlos ließ er sich heimführen ins Cottage. Douce geleitete ihn hinauf in sein Zimmer, an sein frisch bezogenes Bett, in dem wenige Stunden zuvor der russische Zwangsarbeiter Alexej Miranow an einer Blinddarmentzündung gestorben war.

Dann ging sie die Treppe noch einmal hinunter. Sie öffnete die Falltür, stieg in das nun leere Versteck und tastete im Dunkeln nach der Schachtel mit den Ölpastellkreiden. Im

Zwielicht der Klappe zog sie die braune Kreide heraus. Dann legte sie die Farben zurück an ihren Ort und stieg wieder hinauf.

Es war nachts gegen drei, und der Mond schien. Nicht sehr hell, aber nicht ungefährlich für Heimlichkeiten. Douce wanderte mit einer Taschenlampe und der Ölpastellkreide den Weg der Elendskarawane nach, die Bay Détournée entlang, dann hin bis St. Andrew's Point. Sie blickte auf die Hochfläche. Hier war der Ort, an dem die Häftlinge immer zu den Bunkerarbeiten eingeteilt wurden. Hier fanden die Schau-Bestrafungen widersetzlicher Zwangsarbeiter statt. Hier war das älteste Bauwerk der Insel.

Douce schlich geduckt auf das Dolmengrab zu. Irgendwo rief ein Käuzchen. Douce verharrte im hohen Gras. Kein Laut außer dem Wind und den Brandungsgeräuschen. Dann huschte sie entschlossen zum Eingang des Grabs und schlüpfte hinein.

Drinnen fand sie im Pegel der Taschenlampe die Zeichnung der Grabwächterin. Douce betrachtete sie einen Augenblick, dann nickte sie entschlossen und setzte die Kreide an. „Für dich, Alexej, und für alle anderen", flüsterte sie erregt. Und dann zeichnete sie ein aufrechtes und ein umgedrehtes „V", so wie das Alexej in seinem Versteck getan hatte. „Wir werden noch siegen, auch wenn ihr es nicht glaubt."

Dann warf sie die Kreide in eine der Seitenkammern von La Trétête, wo man vermutlich nicht nach ihr suchen würde. Rasch knipste sie die Taschenlampe aus und schlüpfte aus dem Grab.

Im Garten von Les Silences hätten die Bewohner von Herks ein merkwürdiges Schauspiel gesehen, wären sie denn gegen halb fünf Uhr früh, noch vor der ersten Dämmerung, dort gewesen. Im schwindenden Mondlicht tanzte eine Frauengestalt mit offenem Haar über die leeren Beete und reckte die geballten Fäuste gen Himmel. Douce feierte ihren Sieg – ihr unbemerktes Eindringen in die Bastion der Deutschen.

11

Der Tag nach diesem Abschnitt in Brians Erzählung erwies sich für mich in jeder Hinsicht als grau. Der Himmel war geradezu trostlos dicht mit Wolken verhangen. Die Wiesen und der Vorgarten von Les Silences trieften noch von der Nässe des Regens nachts zuvor. Ich hatte mir bei dem Picknick eine Erkältung zugezogen. Brian war wieder hinüber nach Guernsey gefahren. Und überhaupt trauerte ich um Helli Rosenbaum und Alexej Miranow. Ich weiß, ich hatte die beiden nicht wirklich gekannt. Und möglicherweise hätte ich sie, wäre ich ihnen je begegnet, nicht einmal besonders gemocht. Aber ihr Schicksal hatte mich bewegt.

Bevor ich ganz zwischen Kamillen-Dampfbädern und Tempotüchern sowie zeitweise Tränen meines Weltschmerzes zerfließen konnte, beschloss ich, auch diesen angebrochenen Tag nicht völlig ungenutzt verstreichen zu lassen. Natürlich riss mein rechter Schnürsenkel, als ich mir meine festen Schuhe zubinden wollte, und der provisorische Knoten drückte empfindlich auf meinen Rist. An meinem Anorak klemmte der Reißverschluss – vielleicht war ich inzwischen auch nur zu ungeduldig geworden, ihn vorsichtiger und damit erfolgreich zu handhaben. Kurz, ich stand ziemlich unter Dampf, als ich den Hügel hinunter nach Herks Village stapfte.

Es war ganz gut, dass mir keine Menschenseele unterwegs begegnete. Derjenige hätte sich nicht schlecht über meine Laune gewundert. Immerhin fing sie an, sich zu heben, als ich bei Rebecca Gordon völlig problemlos Schnürsenkel in der gewünschten Farbe und Länge erhielt. Und als sie mich tröstete, auf den Inseln halte sich schlechtes Wetter nie lange.

„Schönes aber auch nicht", setzte ich trotzig dagegen, nur um widersprochen zu haben.

Rebecca lachte. „Ach, es kommt immer darauf an, was man aus dem Wetter macht."

„Hmmm …", brummelte ich. „Was soll man aus der Suppe schon machen?"

„Nun, was machen *Sie* denn?" erkundigte sich Rebecca neugierig.

„Naja, ich gehe hinüber zur Herks News und schaue wieder ein bisschen in die Archive. Vielleicht sehe ich ja auch Dave und kann ihn ein wenig löchern."

„Na sehen Sie!" lachte Rebecca. „Für so ein Vorhaben wäre schönes Wetter schlechtes Wetter."

Gegen meinen Willen musste ich lachen. Und dann kaufte ich trotz meiner strengen Vorsätze doch noch eine Schachtel Pralinen – für die Naschkatze Alicia und mich.

Keine halbe Stunde später brütete ich über dem Archivordner mit der Jahreszahl 1944, der schon merklich dünner war als die Jahrgänge davor. Alicia leckte sich die schokoladenverschmierten Fingerspitzen genüsslich sauber, während sie über einem Groschenroman träumte.

„Was glaubst du, Anne", fragte sie plötzlich. „Die ganzen galanten Männer in den Romanen, die man so liest – hat es so etwas wirklich gegeben und sind die nur ausgestorben? Oder sind die von vorne bis hinten erfunden?" Sie beugte sich über eine Stelle in dem Heft und las mir vor: „Sir Duncan verneigte sich tief über die ihm dargebotene, zarte Hand. Seine Lippen streiften mit ihrem Atem ihre Fingerspitzen, und sie errötete bis in den Nacken. ‚Verzeiht die Störung, Milady', sagte er rau. ‚Doch Euer Gatte wollte meine kleine Flotte nicht freiwillig unterstützen. So müssen wir Euch denn um die Kiste Sovereigns und Euren Halsschmuck ersuchen.' Damit sie das Gemetzel um die Kutsche nicht mitansehen musste, vertrat er die Tür und zog die dunkelroten Samtvorhänge zu."

„Oh Gott, Alicia, was liest du für herrlichen Schund?" fragte ich belustigt. „Der galante, adelige Straßenräuber entbietet seiner Herzdame einen Gruß, um ihr mitzuteilen, er habe soeben wegen einer Kiste minderwertiger legierter Geldstücke ihren Gatten gemeuchelt. Toll!"

„Ja!" seufzte Alicia verträumt. „Ich hätte ihm auch noch mein Strumpfband gegeben."

„Dein Strumpfband", wiederholte ich fassungslos. Dann prusteten wir beide los. „Natürlich sind Männer heute viel weniger romantisch", stieß ich schließlich mühsam zwischen zwei Kicheranfällen hervor. „Heute schicken sie dir per Post ein Bankformular, in das du nur noch die Summe und deine Kontonummer eintragen musst."

Alicia bog sich vor Lachen. „Stell dir vor, wie komisch der arme Bankangestellte gucken würde, wenn er morgens den Kasten mit den Überweisungen öffnet und er zwischen allen Formularen ein Strumpfband findet!"

Das ernüchterte mich wieder. „Ehrlich, Alicia, hast du jemals Strumpfbänder getragen?"

„Kannst du dir bei meinen eleganten Elefantenschenkeln allen Ernstes Strumpfbänder vorstellen?

„Och", setzte ich an.

„Sag nichts! Lies weiter!" drohte sie grinsend. Dann vertiefte sie sich wieder in die Lektüre über den noblen Straßenräuber Sir Duncan und die rosige, kleine Lady in ihrer Kutsche.

Ich hatte auch nichts dagegen einzuwenden und machte mich nun auf die Suche nach einschlägigen Hinweisen auf eine Widerstandsbewegung. Vergebens. Wenn es also so etwas auf Herks gegeben hatte, dann war die Gruppe nicht aufgeflogen. Denn das hätte ich im Archiv gefunden.

Ich stieß auf Rezepte für Eicheln, Löwenzahnblätter, Kohl mit Kartoffeln und Kartoffeln mit Kohl. Auf Tipps zum Einsparen von Gas und Kohle. Auf Kreuzworträtsel und deutsche Kindermärchen. Auf Deutschkurse, darunter eine weitblickende Lektion 8, „Wir trinken Kaffee auf dem Ku'damm". Die Alliierten hatten dann hinterher ja auch jahrelang Gelegenheit dazu, spottete ich innerlich. Auf Nähanleitungen – „Heute Mutters Schürze, morgen Marys Kinderkleid". Auf Tipps für Männer, „So fahren

Sie Rad mit dem Gartenschlauch" oder „Möbel ohne Hobelbank – aus alt mach neu". Ein einzelner Theaterabend zu Ehren des Besuchs von Herks durch Major Werner von Ploßnitz. Ich stockte.

Um Himmels willen, musste dieses Monster denn wieder zurückkommen? Konnte dieser größenwahnsinnige Machtbesessene nicht einfach sein Unwesen auf *einer* Insel weitertreiben? Wann war von Ploßnitz wieder zurückgekehrt? Am 20. April 1944. „Auch noch Führers Geburtstag", stöhnte ich. „Wie geschmackvoll."

Alicia blickte verständnislos auf. Anstelle meiner Pralinen knabberte sie jetzt ihre Fingernägel.

In diesem Augenblick kam Dave zur Tür herein und stellte seine Kameratasche auf den Tisch. „Puh", machte er und wischte sich den Schweiß von der Stirn. „Sie sind da."

Nun war es an mir, ratlos zu gucken. „Wer ist da?"

„Die ersten Papageientaucher der Saison", erklärte Dave. „Ich habe sie tatsächlich erwischt."

„Das sind doch diese großen, drolligen Vögel, die ein bisschen so aussehen wie Clowns im Frack, so Pinguinverschnitte, oder?"

„Fast richtig", lachte Alicia. „Sie sehen aber immer nur auf Postkarten und in diesen Nahaufnahmen von Tierfilmern so riesig aus. In Wirklichkeit sind sie winzig und verstecken sich so perfekt in ihrer Umgebung, dass ein ungeübtes Auge sie auf den ersten Blick gar nicht sieht." Dann sah sie zu Dave hinüber und sagte im Brustton der Überzeugung: „Aber Dave sieht eben alles."

Der verdrehte die Augen nur kurz, dann schien das Kapitel für ihn erledigt.

„Dave", ergriff ich die Gelegenheit, ein neues Thema anzuschneiden. „Ich habe gerade gesehen, dass Werner von Ploßnitz 1944 wieder nach Herks zurückkehrte. Und Brian hat mir angedeutet, zu diesem Zeitpunkt habe es bereits einen organisierten Widerstand auf der Insel gegeben. Aber statt von Ploßnitz eins auf die Mütze zu geben, hat man sogar einen Theaterabend für ihn veranstaltet!" Ich griff nach dem besagten Zeitungsexemplar und hielt es Dave unter die Nase. „Hier steht's. Bunter Komödienabend mit Kabaretteinlagen. Die Ausführenden: Meine Güte, Dave, das gibt's doch nicht! Deutsche und Engländer! Wo war da der tapfere Widerstand?"

Dave schmunzelte in seinen eisgrauen Bart und sah mich nachsichtig an. „Auf der Bühne, Anne. Immer schön auf der Bühne."

„Was?!"

„Was man verstecken will, sollte man immer zuoberst kehren. Das ist schon die Maxime bei Edgar Allen Poes Krimis. Es funktioniert noch immer. Meistens zumindest. Bei Ihnen zum Beispiel hat es nicht funktioniert."

„Wie meinen Sie das?"

„Ganz einfach, Anne. Wir zeigen Außenstehenden von unserer Insel immer zuerst La Trétête, um gerade über unsere Geschichte hinwegzutäuschen. Sie haben das bemerkt.

„Und mit dem Widerstand auf Herks war das genauso?"

„Ganz genau."

*

Eines Morgens stand Douce vor der Tür, hatte ihren Flickenteppich über die Gartenmauer gelegt und klopfte ihn aus Leibeskräften. Um ihre Lippen hatte sich ein trauriger Zug eingegraben. Sie war zwar erleichtert, dass sie niemanden mehr wirklich versteckte, denn Ernst Lachers Rolle im Widerstand hätte ihm niemand unter den Deutschen abgenommen. Aber gleichzeitig vermisste sie Alexej; er war so sanft gewesen, eine künstlerisch-verträumte russische Seele, ein freundlicher Mensch, der ihre Wärme mit Wärme vergolten hatte.

Douce schlug zu. Wumm! Wumm! Der Staub wirbelte in die kalte Morgenluft; Staub, unter dem Alexej geatmet hatte. Wumm! Wumm! Zuletzt war er doch durch die Deutschen gestorben. Denn sie hatten gewissermaßen seine Operation verhindert. Wumm! Douce senkte den Teppichklopfer und fuhr sich mit der freien Linken über die Augen. Eine Spur aus Staub und Tränen blieb zurück.

„Mommy!" rief Andrew. Er war längst wieder zu Hause. Ihm hatte es bei Irene und Julian so gut gefallen, dass er die Trennung auf zwei Tage gar nicht richtig wahrgenommen hatte. „Mom, Tante Irene!"

Der Kleine hatte unbemerkt in der offenen Tür gestanden, jetzt wies er aufgeregt in Richtung The Grove. Dann hielt es ihn nicht länger, und er stürzte der sich nähernden Gestalt rufend und winkend auf seinen kurzen Beinchen entgegen. Irene blieb stehen, ging in die Hocke und öffnete ihre Arme ganz weit für den kleinen Burschen. Dann kam sie mit Andrew auf dem Arm auf Douce zu.

„Guten Morgen, Douce", lächelte sie.

Douce erwiderte den Gruß, dann legte sie der Freundin die Hand unter den Ellbogen und geleitete sie ins Haus. Irene setzte sich an den großen Tisch in der Küche, und Douce brühte einen Eichelkaffee auf.

„Was gibt's, dass du schon so früh nach Les Silences kommst?" fragte Douce verwundert.

„Setz dich erst einmal", erwiderte Irene. Douce wunderte sich darauf noch mehr, kam dem Wunsch aber nach.

„Und?"

„Werner von Ploßnitz kommt zurück."

Betretene Stille.

„Wann?"

„Am 20. April."

„Der Geburtstag seines Herrn und Meisters. – Für wie lange?"

„Drei bis vier Wochen."

„Ich werde es Ernest sagen. Wir müssen die Gelegenheit nutzen."

„Es wird zu gefährlich. Du weißt, wie brutal er zurückschlägt. Du weißt, dass ihm kein Menschenleben etwas gilt. Nicht einmal das seines eigenen Kindes."

„Es war ja ein Bastard in seinen arischen Augen."

„Du hast keine Angst?"

Douce atmete tief ein. „Natürlich habe ich Angst. Aber wenn wir jetzt etwas tun, dann haben wir einen der Motoren in der Hitlerschen Maschinerie getroffen."

„Hast du eine Idee, wie wir es anstellen sollten?"

„Ja und nein. Vor allem dürfen wir um Himmels willen nicht auffallen. Lass uns ein Fest für von Ploßnitz organisieren. Es muss gelingen, es muss ihn ablenken, so amüsant und unterhaltsam muss es sein. Und vor allem müssen alle von uns bei beiden Aktionen mitmachen. Keiner darf außen vor bleiben, damit keiner verdächtig erscheint; soweit kenne ich Ernests Plan."

„Und bist du dir sicher, dass wir Ernest wirklich, wirklich vertrauen können?"

„Ganz sicher", sagte Douce leise. In ihrer Erinnerung sah sie Ernst Lacher, wie er damals mit ihr von Alexejs Grab gekommen war und ganz herb und kurz vom Tod seiner großen Liebe gesprochen hatte. „Sie haben Helli umgebracht." Nein, er würde sie dafür bezahlen lassen. „Ich werde Andrew heute Abend bei Mary Jenkins abgeben. Seit die Schulbehörde sie nicht mehr regelmäßig bezahlt, ist sie froh über jeden Extraverdienst. Anschließend komme ich dann auf eine Stunde zu dir und Julian, damit wir unseren Plan weiter besprechen können."

„Bringst du Ernest mit?" fragte Irene zweifelnd.

Douce lachte freudlos. „Es wäre wohl nicht besonders klug. Besser, Julian und er treffen sich tagsüber in der Kleiderkammer bei der Marina."

Irene nickte. Sie erhob sich wieder, umarmte die Freundin und war schon fast wieder zur Haustür hinaus. Da drehte sie sich abrupt um. „Ich habe etwas vergessen." Sie suchte in ihrer weiten Manteltasche, dann drückte sie ein Papiertütchen in Douces Hand. „Für Andrews Tee." Sie zwinkerte Douce zu, und dann wehte sie den Hangweg hinab auf das Wäldchen zu.

Douce sah ihr nach, bis sie verschwunden war. Dann öffnete sie die krampfhaft geschlossene Faust und blickte neugierig in die Tüte. Sie war gefüllt mit Rübenzucker.

*

Dave sah mich mit ironisch verzogenem Mund erwartungsvoll an. Ich klimperte heftig mit den Wimpern.

„Keine Angst, Dave", hauchte ich mit Marilyn-Monroe-Timbre. „Ich weiß, was Rübenzucker ist. Und ich weiß, dass er damals etwas ganz Besonderes war. So eine Art Bestechungsmittel für Andrew, damit er brav gehorchen sollte, wenn Mami Douce ihre Verschwörung plante."

Ich provozierte ihn bewusst. Himmel, er war aber auch zu arrogant.

Keiner von uns beiden hatte unterdessen auf Alicia geachtet, die mit kugelrunden Augen dasaß. „Kann mir jemand erzählen, was für eine Verschwörung das war?"

In dem Augenblick knarrte die Haustür, und man hörte, wie ein Schirm rasch auf- und zugeklappt wurde, wohl um die Tropfen aus der Regen-Nebel-Mischung vor der Tür abzuschütteln. Alicia rührte sich noch immer nicht; stattdessen hörten wir das Quietschen der Klapptür in der Rezeptionstheke und den unregelmäßigen Rhythmus eines festen Tritts. Hinken, dachte ich entzückt. Brian ist zurück! Ich wandte mich mit wild klopfendem Herzen der Tür zu, und tatsächlich stand er im nächsten Moment darin. Ich fürchtete, mein Erröten müssten alle sehen (ob *er* es sah, war mir egal).

„Ich dachte, ich sehe einmal nach, ob noch irgendjemand auf dieser Insel lebt. Und Zeitungen erfahren meist zuerst davon", scherzte Brian. „Die Straßen sind so ausgestorben. Das Pub ist noch geschlossen. Die Boote liegen vollzählig vor Anker. Was für ein Tag!"

„Naja, du hättest ihn auch drüben auf Guernsey verbringen können", warf Dave ein. „Gemütlich im La Mère de la Laine ein Pub-Lunch essen, Marjorie besuchen, im Grange Lodge übernachten …"

Brian ging nicht auf Daves Worte ein. Stattdessen steckte er Alicia eine Schachtel Karamellen zu. Dann kam er zu mir an den Tisch.

„Hallo, Brian", sagte ich heiser. „Schön, dass Sie wieder da sind. Aber Sie waren ja nur ganz kurz weg …"

Er nickte. „Sturmwarnung", sagte er trocken. Ich wagte nicht zu fragen, ob er dann überhaupt seine Frau habe besuchen können. Er beugte sich über den Archivordner, klappte kurz den Deckel hoch. „1944." Er nickte wissend. Dann drehte er sich unserer kleinen Runde zu, breitete seine Arme aus und fragte: „Meine Damen, Mr. Simmons! Darf ich Sie heute Abend zu mir zu Tisch bitten? Ich habe Seeohren mariniert und Berge frischer Erdbeeren zum Dessert. Dazu eine Flasche echten Bordeaux aus dem Jahr 1944 und endlich den Rest der Kriegsgeschichte von Herks."

Alicia und ich nickten begeistert. Dave hatte bei dem Wort „Seeohren" aufgehorcht und schloss sich nun ebenso enthusiastisch an.

„Ich habe allerdings keine Ahnung was das ist", flüsterte ich Alicia halblaut ins Ohr.

Sie lachte. „Eine Delikatesse, die man nur noch ganz selten hier auf den Inseln bekommt. Eine Art Seeschnecke, die man brät wie Steak. Köstlich, sage ich dir."

Ich schlug entschlossen den Ordner zu. „Gut." Ich erhob mich und stellte das schwere Teil zurück an seinen Ort. „Dann werde ich mich wieder in meine Klause aufmachen und mich geistig auf heute Abend vorbereiten." In Wirklichkeit fühlte ich mich von Dave zu sehr beobachtet. Wenn er etwas von meinen Gefühlen für Brian ahnte, würde es für Brian und mich sicher unangenehm werden. Daves Zunge war scharf wie eine Rasierklinge.

Also verabschiedete ich mich recht formlos mit einem „Bis später", und streckte schaudernd meinen Kopf vor die Tür. Es war, falls das überhaupt noch möglich war, noch feuchter geworden. Die Luft tropfte förmlich, ohne dass es geregnet hätte, und die Kälte fuhr mir bis ins Mark. Ich trabte los. Als ich eine halbe Stunde später in Les Silences ankam, war ich patschnass, aber mir war warm.

*

Douce hatte keine Ahnung gehabt, dass sich im Lauf der Zeit ein Widerstand auf Herks formiert hatte. Zu abgelegen war Les Silences, zu beschäftigt war sie mit dem Kind, dem versteckten Russen und der Angst vor Ernst Lacher gewesen. Daher war sie aus allen Wolken gefallen, als der Deutsche ihr gestand, in ihrem politischen Lager zu stehen. Oder in dem, was er für ihr Lager hielt.

Douce selbst hatte sich nie Gedanken darüber gemacht, ob sie politisch handelte. Sie handelte, wie es ihr ihre innere Stimme befahl: in Güte zu den Menschen, die ihre Hilfe brauchten. Deshalb nur hatte sie den Russen versteckt; nicht, weil er vielleicht antideutsch oder kommunistisch gewesen war. Deshalb hatte sie Ernst Lacher gelauscht; obwohl er deutsch war, eine Uniform trug und sie in ihrem Haus einengte. Deshalb hielt sie

Marc Harmon die Treue; auch wenn er sie betrogen hatte und ein Egoist erster Güte gewesen war.

Ob nun Ernst Lacher ihr Motiv bemerkte oder nicht, er hatte ihr Verletzbarkeit signalisiert, als sie sich ihm ausgeliefert geglaubt hatte. Und ein paar Tage nach Alexej Miranows Begräbnis, über das keiner der beiden mehr ein Wort verlor – außer, dass Ernst ihr riet, Miranows Papiere so zu verwahren, dass sie bei einer eventuellen Hausdurchsuchung niemandem in die Hände fallen konnten –, tastete sich Douce vorsichtig wieder an das Thema Widerstand heran.

Ernst Lacher sah sich unsicher um. Douce verstand. „Keine Angst, Ernest", sagte sie leise. „Andrew ist unten im Dorf bei Mary Jenkins, unserer Lehrerin. Sie selbst hat keine Kinder und hütet gern mal eines."

Ernst holte tief Luft. „Als ich erfuhr, was man Helli angetan hat", begann er, „da wusste ich endlich, dass ich nicht mehr still zusehen kann. Dass ich etwas tun muss, um dem ganzen Übel etwas entgegenzusetzen. Ich weiß, dass ich nur eine ganz kleine Nummer bin in diesem Krieg; ich werde niemandem helfen, wenn ich für eine politische Seite sterbe. Aber ich kann leben, um für etwas Höheres zu kämpfen."

Douce hörte ihm mit schräg gelegtem Kopf zu. „Aber nicht allein, nicht?"

Ernst schüttelte den Kopf. „Je mehr sich zusammentun, umso besser. Desto größer wird das Potenzial, etwas auszurichten. Desto eher kann man andere begeistern." Er war an das Fenster in der guten Stube getreten, das über die Bucht in die Endlosigkeit von Meer und Himmel hinausblickte. „Ich musste nur suchen, wo solche Menschen zu finden sein mussten."

Douce spielte nervös mit einer Quaste an ihrer Sessellehne. „Und wo sind die hier auf Herks?"

Ernst wandte sich zu ihr um. „Sie sind buchstäblich überall. Da sind Nelly Perkins und Harry Simpson ..."

Douce nickte. Sie verstand. „Wenn *sie* dabei sind, sind auch Julian und Irene Cawdry dabei", setzte sie plötzlich fieberhaft fort. „Und Jean Barbet. Und Dr. Yorick und Lance DuBois und Pierre Sheaffer, unser armer Polizist, der immer zwischen den Stühlen sitzt, weil er zwei Obrigkeiten dienen muss. Und ..."

„Alle. Alle, bis auf Janet Barbet, die zu niemandem mehr gehört außer ihrem Mann", sagte Ernst schlicht. „Alle Menschen, die auf Herks gelebt haben, bevor der Krieg begonnen hat. Und alle, die unter seiner Knute leiden. Die Zwangsarbeiter, die Soldaten, deren Familien ihre Heimat durch Bombenangriffe sinnlos verloren haben."

Douce sah Ernst an. „Nur ich nicht, nicht wahr?"

Er sah ihr in die Augen, dann zuckten seine Mundwinkel. „Alle anderen reden nur", antwortete er auf ihre Frage. „Sie, Douce, Sie haben gehandelt. Allein."

Verlegen sah sie auf ihre abgearbeiteten Hände. „Wen hätte ich denn mit hineinziehen sollen?"

Ernst streckte ihr seine Hände entgegen in einer Geste, die nur „Eben!" besagte.

„Und was möchte dieser Widerstand bewirken?" fragte Douce nun den Deutschen. „Ich meine, uns geht es relativ gut, seit von Ploßnitz nicht mehr auf der Insel ist. Schätzungsweise wäre es auch völlig unvernünftig, uns den Soldaten in den Weg zu stellen und der Organisation Todt die Zwangsarbeiter zu entführen." Douce ertappte sich dabei, wie sie zynisch wurde. „Himmel, so viel Idealismus, so viele Menschen – und wirklich kein Ansatz, wie man etwas ändern könnte?"

Ernst sah sie traurig an. „Genau das ist ja der Punkt, Douce. Natürlich haben wir Pläne. Aber nur für Extremfälle. An die jetzige Situation haben wir alle uns schon so sehr gewöhnt, dass sie uns nicht einmal mehr extrem erscheint!"

Douce schien unter der Erkenntnis zu wachsen. „Ernest, erzählen Sie mir von den Plänen. Ich bin dabei. Ich möchte auch helfen."

*

Ich leckte mir genüsslich einen Klecks Knoblauchsauce vom Zeigefinger. Die Seeohren waren einfach himmlisch gewesen. Und die Sauce hatte ich entgegen aller Etikette einfach mit einem Stück Weißbrot vom Teller gestippt, bis zum letzten Tropfen. Wohlig seufzend nahm ich einen Schluck Bordeaux.

„1944", murmelte ich und hielt das Glas gegen das Licht.

„Ist das nicht ein krasser Gegensatz? Hier sitzen wir und völlern, und dieser Jahrgang kommt aus einer absoluten Krisenzeit. Wo andere hungerten und eine Prise Zucker ein Geschenk des Himmels war."

Alicia kaute nachdenklich an ihrem Brotkanten und schluckte. Dave hob sein Glas. „Auf den Widerstand von 1944", toastete er. Es klang irgendwie falsch in meinen Ohren. Nicht, weil er es nicht gemeint hätte. Aber die Geste schien zu banal. Einen Stein hätte man dem Widerstand setzen müssen. Aber, fiel mir in diesem Augenblick ein, den hatten sie ja. La Trétête war da. Und die beiden Gräber am Point Ste. Germaine.

Brian tischte eine Riesenschale Erdbeeren und eine fast ebenso große Schale echter Herks-Sahne auf. Mir lief das Wasser erneut im Munde zusammen. Dennoch riss ich mich zusammen.

„Und Douce ließ sich von Ernst nun tatsächlich mit dem Widerstand zusammenbringen?"

Brian nickte. „Dave hat Ihnen ja von dem Gespräch zwischen Douce und Irene berichtet. Douce kam nach und nach mit allen zusammen, immer verstohlen. Sie trafen sich nie mehr als zu dritt. Es musste immer nach nachbarschaftlichen Besuchen aussehen, damit niemand Verdacht schöpfte."

„Und es schöpfte keiner Verdacht?"

Brian schüttelte den Kopf. „Nicht einmal, als Dynamitstäbe verschwanden. Nicht, als einige Zünder fehlten.

Nicht, als Ernst Lacher immer öfter in Cawdry's Love Besuche abstattete."

„Dynamit?" fragte Alicia atemlos. Und auch ich saß stocksteif vor Aufregung da und erstickte fast an einer besonders dicken Erdbeere.

„Die Organisation Todt benötigte den Sprengstoff für den Bau der Bunker und MG-Nester auf der Nordseite von Herks. Seit von Ploßnitz die Insel verlassen hatte, herrschte unter den Soldaten eine gewisse Laxheit. So etwas wie Erleichterung. Man konnte nun besser mit den Engländern reden. Und die wiederum konnten die Situation besser ausnutzen."

„Und da stahlen sie Sprengstoff", schlussfolgerte ich. „Aber was wollten sie damit in die Luft jagen?"

Brian zeigte sein feines Lächeln, das kaum seine Augen erreichte. „Sie wussten es zu dem Zeitpunkt selbst noch nicht."

„Aber so etwas hat doch gar keinen Sinn!" erwiderte ich heftig. „Wer begibt sich in solche Todesgefahr ohne ein weiteres Resultat?"

„Sorge in der Zeit, dann hast du in der Not." Das war, ganz lakonisch, Dave.

„Erzählen Sie bitte, bitte weiter, Brian", bat Alicia. Sie griff eifrig zum Sahnelöffel, und ich lehnte mich erwartungsvoll in meinem Stuhl zurück.

*

Werner von Ploßnitz hatte Urlaub bekommen. Fronturlaub sozusagen. Zu kurz allerdings, um zurück nach Deutschland zu reisen. Die Wege dorthin waren zudem jetzt nicht mehr ganz ungefährlich und zudem unbequem. Und ob er seine Verlobte, Margarete von Uhlendorf, noch in ihrer Heimat antreffen würde, das stand in diesen unruhigen Zeiten in den Sternen. Andererseits hatte er zu viel Zeit, um darin nicht andernorts Vergnügungen zu suchen.

Was blieb, waren also Frankreich oder die Nachbarinseln. An der Küste wütete die Résistance, und von Ploßnitz wollte nicht gern sein Leben riskieren. Also entschied er sich für die Inseln. Und da er in seiner Eitelkeit den Fortgang seiner Pläne und Schöpfungen auf Herks beobachten wollte, ließ er sich bei nächster Gelegenheit von einem kleinen Patrouillenboot an der Mole von Herks absetzen. Damit war er allerdings genau dorthin geraten, wovor er sich sicher geglaubt hatte: in ein Dorf voller Widerständler.

Es war der 20. April 1944, und man hatte die Baracken und alle Häuser ordnungsgemäß beflaggt, wie Major von Ploßnitz zufrieden bemerkte. Er legte die Hände auf den Rücken und stolzierte langsam die Pier entlang auf den jetzigen Inselkommandanten zu, einen blassen, nervös wirkenden Menschen, der vor dem Ruf des Ankömmlings innerlich zitterte. Entsprechend dick standen die Schweißperlen auf seiner Stirn, und seine Brillengläser beschlugen, sodass er das Gestell ständig abnehmen musste, um sich neuen Durchblick zu verschaffen.

„Heil Hitler", grüßte das Männchen stramm und schlug die Hacken zusammen. „Melde gehorsamst, Hauptmann Kämmer, Herr Major."

„Heil Hitler", grüßte von Ploßnitz lässig. „Wischen Sie sich die Suppe aus dem Gesicht." Das klang gefährlich, und Hauptmann Kämmer schwitzte noch mehr. Der Major warf einen spöttischen Blick auf den Kommandanten, den er soeben vor seinen Leuten gedemütigt hatte. Der wahre Herr der Insel war wieder zurück; das sollten nur alle gleich merken.

„Gibt es kein besseres Willkommen hier?" dröhnte von Ploßnitz plötzlich los. „Bloß die paar lumpigen Soldaten? Wo sind die bäurischen Insulaner?"

„Größenwahn", wisperte es hinter dem Rücken des Majors. Von Ploßnitz hörte es zum Glück nicht, weil er angestrengt die Fenster der angrenzenden Wohnhäuser absuchte.

„Die Inselbevölkerung bereitet Ihnen zu Ehren einen besonders festlichen Abend vor, Herr Major", quetschte Hauptmann Kämmer hervor, während von Ploßnitz an ihm vorüberschritt. Im Stillen verwünschte der schmale Offizier diesen Berserker, der nichts Besseres zu tun hatte, als den Inselfrieden, soweit er denn vorhanden war, durch seine Anwesenheit zu stören. Konnte von Ploßnitz nicht woanders auf der faulen Haut liegen? Musste er seine Nase in die Angelegenheiten von Herks stecken?

Kämmer bemerkte die Unzufriedenheit in den Augen seiner Leute, wie maskenhaft sie auch die Mimik wahrten.

Soldatisch, arisch, stolz – ha, aber doch nicht unverwundbar, doch menschlich bis ins Herz. Dann fiel Kämmers Blick auf den Stacheldrahtzaun um die Baracken der Zwangsarbeiter. Und plötzlich stieg in ihm die Ahnung auf, dass Menschlichkeit immer mit zweierlei Maß gemessen wurde: der, die man in sich selbst empfand, und der, die andere erfuhren. Und so menschlich verpflichtet er sich bisher gegenüber seinen Soldaten empfunden hatte, so wenig menschlich wurden die Häftlinge der Organisation Todt behandelt. Was, wenn er es anders handhaben würde? Kämmer schüttelte den Kopf über sich und folgte von Ploßnitz. Im Krieg durfte es keine Menschlichkeit für den Feind geben. Punktum.

*

„Was für ein Mensch war Kämmer denn wirklich?" unterbrach ich Brian.

„Ein Mitläufer", antwortete er. „Wie so viele. Im Innersten wusste er, dass Unrecht geschah. Aber er wusste auch, dass ihm Unrecht geschehen würde, wenn er sich für die anderen einsetzte, sich für sie wehrte. Er hatte Angst und schwieg."

Auch ich schwieg betreten. Hätte einer in unserer Runde den Mut gehabt, sich damals gegen so etwas wie die Naziherrschaft aufzulehnen? Ich sah die friedlich verträumte Alicia an; sie hatte einen von ihr unbemerkten Sahneklecks im Mundwinkel. Und Dave mit seiner scharfen Zunge, der im

Frühjahr immer auf die ersten Papageientaucher wartete. Und Brian, der wie ein lebendiges Geschichtsbuch war, auf dessen Wort alle vertrauten, und der Woche für Woche seine Frau im Krankenhaus besuchte, immer hoffend und Hoffnung gebend. Und ich? Ich war vor meiner verletzten Eitelkeit geflohen, vor Thomas' Beziehung mit Gisela, und war eher per Zufall in eine andere Welt gestolpert, als ich ein Dolmengrab besucht hatte. Hätten wir uns anders verhalten als ein Hauptmann Kämmer oder ein Heinrich Wetter?

*

Der Abend des 20. April 1944 war wunderbar mild, und die Fenster zur Theaterbaracke standen weit offen, um die Frühlingsluft hereinzulassen. Der Bühnenvorhang bauschte sich in der milden Abendbrise; das Publikum hatte sich herausgeputzt. Die Deutschen saßen vorn, die Leute von Herks drängten sich, soweit sie nicht Sitzplätze gefunden hatten, hinten auf den Stehplätzen. Von Ploßnitz thronte in der ersten Reihe auf einem Ehrenplatz, eine Hand lässig aufs Knie gestemmt, in der anderen eine dicke Zigarre. Niemand wagte, ihn zu bitten, die Stinkmorchel zu löschen, und so qualmte das Blatt zwischen seinen behandschuhten Fingern unablässig weiter.

Endlich öffnete sich zu einer ziemlich verkratzten Grammophonplatte der Vorhang, und eine fette, hässliche Frau rollte auf die Bühne. Aus den hinteren Rängen kicherte es verstohlen.

„Guten Abend, meine hochverehrten Damen, guten Abend, meine noch geschätzteren Herren", fistelte Julian Cawdry und rutschte sich die Kissen zurecht, die sein Kostüm auspolsterten. „Eigentlich sollte ich heute an einer Geburtstagsfeier teilnehmen, aber mein Cousin Winston hatte etwas dagegen!" Himmel, das war gefährlich! Ein paar Leute im Publikum machten bedenkliche Gesichter. Aber Julian rettete die Situation. „Da habe ich beschlossen, er muss es ja nicht wissen, dass man trotzdem feiern kann. Guten Abend, Herr Major! Willkommen auf unserer wunderschönen Insel Herks! Cousin Winston hat sicher nichts dagegen, wenn wir die Regeln der Gastfreundschaft befolgen und mit Ihnen feiern."

Ein herablassendes Lächeln glitt über von Ploßnitz' Gesicht, dann lehnte er sich zu seinem rechten Nachbarn hinüber und fragte: „Wer ist denn der Clown?"

„Julian Cawdry, Herr Major." Es folgte kein Kommentar, keine Erklärung. Sicher musste doch der Major wissen, dass es der Bruder der Frau war, mit der er ein intimes Verhältnis gehabt hatte.

Von Ploßnitz räusperte sich und lehnte sich zurück. „Aha."

Julian witzelte noch ein wenig über das Schicksal Torte liebender alter Frauen in Zeiten wie diesen und kündigte dann die erste Nummer an: Steptanz. Mary Jenkins hatte zu Beginn der

Besatzungszeit mit den wenigen jungen Frauen von Herks eine Tanzgruppe ins Leben gerufen. Allerdings war sie seit Frühjahr 1943 immer seltener aufgetreten und hatte schließlich ganz aufgehört. Zum Tanzen brauchte man Energie, und dazu fehlte die notwendige Nahrung.

Dann trat Lance DuBois mit einigen Monologen aus Shakespeare-Tragödien auf, die er so herrlich überzogen vortrug, durchzogen mit Slapstick, dass sich selbst die Deutschen, die sich noch nie mit dem englischen Dichterfürsten auseinandergesetzt hatten, vor Lachen bogen. Bevor Lance abtrat, musste er dem dröhnenden Gestampfe und Gejohle Genüge leisten und noch eine Zugabe bieten.

Es folgte Douce mit einigen englischen Balladen, die Irene am Klavier begleitete. Das war eine lyrische Szene, die in die Salons des vorigen Jahrhunderts entführte, in denen man ebenfalls Meister darin gewesen war, heile Welt zu spielen.

Der Polizist Pierre Sheaffer jonglierte mit Bällen, Keulen und Fackeln. Jean Barbet führte zur Überraschung aller einen schottischen Reel auf. Und fürs große Finale kamen alle Kinder von Herks auf die Bühne, sangen ein deutsches Lied – es gibt Leute, die behaupten es sei „Muss i denn, muss i denn zum Städtele hinaus" gewesen – und warfen Blumen ins Publikum.

Der Abend war ein Erfolg, und Werner von Ploßnitz war hochzufrieden, eine so friedliche Gefolgschaft gefunden zu haben. Wenn er Herks nach Kriegsende heim ins Reich führen würde, wären diese Barbaren zwar sicher nicht Bürger erster Klasse, würden unter den Besiegten aber sicher vordere Ränge einnehmen. Was wieder einmal bewies, wie sinnvoll eine harte Hand sein konnte.

Im Anschluss an die Aufführung wurde von Ploßnitz zu Ehren sogar noch ein kleines Buffet eröffnet mit allem, was Küchen und Keller auf Herks noch herzugeben hatten. Die letzten Zuckervorräte hatten hergehalten, ebenso das letzte Weißbrot. Der Major wäre beinahe gerührt gewesen.

Die Leute von Herks spielten die liebevollen Gastgeber so perfekt, dass sich sogar die deutschen Soldaten täuschen ließen. Enttäuscht sahen sie, wie die Insulaner den Major umschwirrten und ihm alle Wünsche von den Augen abzulesen schienen. Verwirrt entdeckten sie, wie vor allem eine Frau diesem dekadenten Lackaffen schöne Augen machte. Sie wollten ihren Augen nicht trauen.

*

„Janet?" fragte ich mit angehaltenem Atem.

Brian schüttelte den Kopf. „Janet saß in der Mansarde, die sie mit Jean Barbet, ihrem Mann, nun seit geraumer Zeit teilte. Sie wollte von Ploßnitz nicht mehr sehen, denn er hatte ihre Träume von einem besseren Leben zerstört."

Alicia blickte aus ihren Träumen auf. „Es war Douce, nicht wahr, Brian?"

Brian sah zu ihr hinüber. „Wie kommen Sie darauf, Alicia?" fragte er neugierig.

„Sie musste ihn noch viel mehr hassen als alle anderen", erwiderte sie sachlich, während ihre Augen auf irgendeinen Gegenstand jenseits von Hier und Jetzt gerichtet zu sein schienen. „Er hatte Marc verurteilen lassen; ihr damit den Geliebten und das Zuhause geraubt; sie so dazu gezwungen, bei ihrer Familie Zuflucht zu suchen, die ihr nicht gewährt wurde. Er hatte die Zwangsarbeiter auf Herks gequält und die Standards für deren Behandlung gesetzt, in deren Folge Alexej Miranow gestorben war. Sie war nie direkt mit ihm in eine Beziehung getreten, konnte sich für ihn also als Eroberungsobjekt zur Verfügung stellen. Sie lief sicher nicht Gefahr, ihm zu verfallen. Und sie kannte Ernst Lachers Pläne. Sie war die direkte Verbindung zwischen Ernst Lacher und Werner von Ploßnitz."

Bewundernd blickte ich zu Alicia hinüber. Zugleich schämte ich mich. Nur weil sie mitunter gern Trivialromane las, hatte ich ihr Urteilsvermögen unterschätzt. Innerlich leistete ich ihr zutiefst Abbitte.

Brian schien es zu bemerken und sah mich belustigt aus Augen an, die durch ihre schrägen Lider so rätselhaft tief erschienen. „Genau deshalb hatte man Douce für diese Rolle ausersehen. Alicia hat es erkannt. Dafür", er wandte sich ihr vergnügt zu, „werde ich Ihnen nachher noch einen besonderen Mitternachtsimbiss kredenzen." Er drehte sich zu Dave und mir um. „Natürlich sind alle anderen Gäste dazu ebenfalls herzlich eingeladen."

Mir sank für einen Augenblick das Herz. Warum war Brian heute Abend so ausnehmend vergnügt? Ich verspürte einen Stich Eifersucht auf Alicia, die so wunderbar unschuldig dasaß, ihre grünen Augen hinter der dicken Brille versteckt. Ich verwarf den Gedanken. Ich wusste doch, dass Brians Herz insgeheim für mich schlug. Oder?

„Wie bitte?" Verwirrt sah ich Dave in die Augen.

„Nichts für ungut", spöttelte er. Er hatte genau bemerkt, dass ich für einen Augenblick mit anderen Gedanken beschäftigt gewesen war.

*

„Sehen Sie, Herr von Ploßnitz ..." Sie kam nicht weiter, denn Werner von Ploßnitz zog sanft ihren Arm an sich und hakte ihn bei sich unter.

„Miss Barbet ... Douce ... Sie würden mir eine Freude machen, wenn Sie sich entschließen könnten, mich beim Vornamen zu nennen", beschwor er sie.

„Wönö", lachte Douce. „Nein, das kann ich nicht. Ich weiß, dass ich es falsch ausspreche, und ich möchte Ihnen das nicht antun."

„Aber es klingt so distanziert, wenn Sie mich immer mit meinem Nachnamen ansprechen."

Ein köstlicher Gedanke durchfuhr Douce in diesem Augenblick, und sie sah den gestriegelten Widerling mit großen Unschuldsaugen an. „Wissen Sie, dass es Tradition unter sehr eng verbundenen Engländern ist, sich mit ihrem Titel anzureden? Nennen Sie mich immerhin bei meinem Vornamen, ich werde Sie einfach ‚Major‘ nennen.“ Sie kicherte verspielt. „Das klingt ein bisschen wie ‚Mylord‘ in einem viktorianischen Roman.“

An seinen Augen erkannte Douce, dass sie den richtigen Ton getroffen hatte. Mochte er sie nur für ein naives Dummchen halten, wenn sie nur ihr Ziel erreichte.

*

„Ihn in sich verliebt zu machen?“ fragte ich unseren Erzähler.

„Genau.“

„Warum? Ich meine, es wäre doch bestimmt nicht in ihrem Sinne gewesen, an dem Ort zu enden, an dem Janet mit ihm gelandet war?“

„Sicher nicht“, bestätigte Brian. „Eben aus diesem Grund hatte der Widerstand von Herks sie für diese Aufgabe bestimmt. Sie hatte sich nie jemandem angebiedert, um für Andrew einen Ersatz-Vater zu finden. Sie war die optimale Persönlichkeit, um Major Werner von Ploßnitz ins Verderben zu führen. Und sie war bereit dazu.“

*

„Schön, dass Sie heute Nachmittag Zeit für einen Besuch in Les Silences haben", begrüßte Douce ihren Gast, der soeben einem Kübelwagen mit Verdeck entstiegen war. „Schade nur, dass das Wetter uns heute zwingt, im Haus zu bleiben. Ein Spaziergang hinunter an den Strand in der Bay Détournée hätte Ihnen sicher gefallen, Major."

Douce blickte in die verliebten Augen Werner von Ploßnitz', und es wurde ihr beinahe übel. Dieser Mann glaubte doch nicht ernsthaft, dass eine Frau das Monster, das er war, lieben konnte?

Sie führte ihn in die gute Stube, in der schon Ernst Lacher wartete. Von Ploßnitz' Miene überzog sich mit Unwillen. Douce überspielte die Situation mit viel Charme, und am Ende konnte sie ohne Gewissensbisse beide Männer ihrem Gespräch überlassen, während sie die vom gesamten Inselwiderstand gesammelten Kaffeevorräte zu einem kräftigen Getränk braute, das selbst der englische König zu schätzen gewusst hätte.

Am Ende kam sie mit dem Tablett, den dampfenden Tassen und der Kanne herein. Von Ploßnitz strahlte. Ernst Lacher blickte zufrieden drein.

„Douce, ich werde morgen mit Lacher die Festungsanlagen besichtigen gehen." Der Major nickte seinem Gegenüber zu. „Wir werden dazu eins der Segelboote im Hafen benutzen, weil die Patrouillenboote zurzeit anderes zu tun haben."

„Wir nehmen die ‚Gilliatt'. Cawdry leiht sie uns bestimmt", ergänzte Lacher. Und nun wusste Douce, dass ihr gemeinsamer Plan Stufe für Stufe erfüllt werden sollte. Sie schluckte und nickte, während Lacher ihr heiter signalisierte, dass er sich wohlfühle. Douce wurde das Herz schwer.

*

„Ich ahne ja Furchtbares", entfuhr es mir.

„Furchtbares für wen?" fragte Dave.

„Es ist nur so ein Gefühl", erwiderte ich und ignorierte ausnahmsweise seinen Spott.

Alicia nickte heftig. „Ich habe auch so ein Gefühl."

Brian lächelte bitter. „Was für ein Gefühl?"

„Mord!" stießen Alicia und ich hervor. Dave schwieg.

*

„Heute Abend?" flüsterte von Ploßnitz Douce ins Ohr und verspürte mit einem Mal all die Romantik, die ihm weder die Verlobung mit der Kleinen von Uhlendorf noch seine Affäre mit Janet Cawdry beschert hatte.

Douce nickte ihm geheimnisvoll lächelnd zu und hauchte: „Heute Abend. Ich bin ja so glücklich!"

Von Ploßnitz glaubte ihr. Er glaubte diesen großen Augen, dem schmalen, dennoch weiblichen Mund mit dem lustigen Grübchen im linken Winkel. Er glaubte daran, dass sie lange genug ohne Mann im Bett gewesen war und sich wieder nach einem sehnte, der er ihr sein konnte. Er vertraute – ihrem guten Ruf im Dorf und bei den Soldaten.

Ernst Lacher stand in voller Uniform an der Reling der „Gilliatt" und begrüßte den Major mit einer Trillerpfeife, als sei eine ganze Truppe an Deck. Von Ploßnitz grinste plötzlich jungenhaft, als sei er um Jahre jünger und aus auf einen Lausbubenstreich.

Er neigte sich hinab zu Douces Gesicht. Sie wandte sich leicht ab, sodass sein Kuss nur ihre Wange streifte.

„Heute Abend", versprach sie scheinbar verschämt.

Er nickte. „Bis heute Abend!"

Dann stieg er steifbeinig an Bord. Er war kein Freund des Meers, und seine hohen Schaftstiefel waren nicht unbedingt dazu geeignet, ihn eines Besseren zu belehren.

Douce hob noch einmal grüßend die Hand. Sie blickte Lacher stumm und bitter in die Augen, während ihr Mund Heiterkeit log. Dann drehte sie sich um und schritt langsam die Mole zurück zum Dorf.

*

„Warte Douce!" klang es atemlos hinter ihr, als sie schon die Rue Les Rocquettes halb hinter sich hatte. „Warte! Geh' jetzt nicht allein zurück!"

Douce drehte sich langsam und wie in Trance um. Irene erreichte mit fliegenden Röcken und hochroten Wangen die Freundin. „Du darfst damit nicht allein sein."

„Dann komm mit", sagte Douce nur mit toter Stimme und ging weiter bergauf. Irene fiel in ihr Schritttempo ein und hielt sich schweigend an ihrer Seite. Doch während sie an der Weggabelung nach Les Silences lenken wollte, wählte Douce den Weg hinunter zum Point Ste. Germaine.

„Douce, nein!" rief Irene heftig. „Das darfst du nicht tun. Du zerstörst dich, wenn du das tust!"

Douce sah Irene an, zum ersten Mal an diesem Morgen. „Wir sind es ihm schuldig, Irene. Alles, was ich für ihn tun kann, ist bis zum Schluss dabei zu sein und seine Zeugin zu sein."

Irene schwieg. Dann fragte sie: „Du glaubst, du bringst ihn um, nicht wahr?"

Douce sah sie gequält an. „Nicht ich allein, Irene. Wir alle haben ihn auf dem Gewissen. Er tut es für uns. Es war seine Idee, sein Plan. Und keiner hatte etwas dagegen einzuwenden. Wir haben ihn alle unterstützt. Julian und Jean, die das Dynamit an Bord der ‚Gilliatt' gebracht haben; Pierre, der mit seiner Uniform dafür gesorgt hat, dass das Ganze legitim wirkte. Lance, der ihm die Beichte abgenommen hat. Du und ich, die wir gemeinsam von Ploßnitz abgelenkt haben, du mit den Abendveranstaltungen, ich mit schamlosem Flirten. Und jetzt …" Douces Stimme brach.

Irene nahm die Freundin zärtlich in den Arm. „Bist du sicher, dass du sehen willst, wie Ernest stirbt?"

Douce würgte, dann hob sie plötzlich stolz den Kopf und sagte mit fremder Stimme: „Ganz sicher. Keiner von uns wagte, sein Leben aufs Spiel zu setzen, um der Brutalität auf der Insel ein Ende zu setzen. Aber wir können Ernest wenigstens begleiten, während er seines opfert." Sie hatte sich aus Irenes Armen gelöst und machte nun einen Schritt vorwärts. Noch einmal hielt sie kurz inne. „Kommst du mit, Irene?" Sie wartete die Antwort nicht ab, sondern flog plötzlich den Pfad hinab auf die Küste zu, als würde sie von unsichtbaren Kräften vorangetragen. Sie kam zur rechten Zeit.

Auf der glitzernd blauen Wasserfläche strahlte das weiße Großsegel der „Gilliatt". Marc Harmons Boot, dachte Douce. So wendet sich das Blatt. Hoch ragte der schlanke Bug über der Gischt; am Hauptmast flatterte lustig das Wappen der Harmons. Der Union Jack war nicht aufgezogen worden – aber Ernst Lacher hatte auch die deutsche Kriegsflagge nicht aufgezogen. Douce begriff die Geste des Deutschen an sie. Von Ploßnitz würde nicht mit irgendeinem, er würde mit dem Schiff Marc Harmons untergehen.

Jetzt zog Lacher das Tuch noch stärker ein; das Boot gewann an Fahrt. Von Ploßnitz betrachtete eingehend die Küste von Herks und wurde durch Lacher offenbar immer wieder vom Blick nach vorn abgelenkt.

Douce stand da und sandte ein Stoßgebet aus: „Lieber Gott, mach, dass er nicht merkt, wohin Ernest steuert!" Irene stand kreidebleich mit zusammengepressten Lippen neben ihr, die Finger verschränkt.

Die „Gilliatt" flog auf The Queen's Arms zu, die tückischen Klippen unterhalb des Point Ste. Germaine. Der Major wandte sich dem Leutnant zu und schien etwas zu sagen; Lacher nickte heftig. Douce konnte nun sein Gesicht erkennen. Er wirkte heiter, fast befreit. Dann wandte er seinen Blick die Steilküste hinauf und sah die beiden Frauen in ihren vom Wind gezausten Röcken. Er winkte hinauf und rief etwas. Douce verstand nicht, was er sagte.

In diesem Augenblick schien Werner von Ploßnitz auf die scharfen Felskanten aufmerksam zu werden, die vor ihnen aus den Wellen ragten und auf die die „Gilliatt" genau Kurs nahm. Er sprang auf Lacher zu, versuchte, ihm das Ruder zu entwinden und es herumzureißen, aber der Impuls, den er dem Boot mit der kleinen Wendung gab, beschleunigte die Fahrt nur noch mehr.

Über Irenes Gesicht breitete sich ein grausames Lächeln. „Ja, Werner von Ploßnitz, du Sadist, du Menschenschinder, du Mörder!" schrie sie in den Wind, hinab auf das schon mit den ersten Klippen kollidierende Boot. „Fahr du nur, du abartiger Satan! Fahr zur Hölle!"

In diesem Augenblick schlug der Bug frontal in einen Felswinkel. Dumpf ertönte eine Detonation. Dann noch eine. Die ersten Rauchwolken drangen aus der „Gilliatt". Ernst Lacher rang mit von Ploßnitz, um zu verhindern, dass der sich mit einem Sprung über Bord rette. Noch eine kleine Explosion, und dann plötzlich wurde die „Gilliatt" ein einziger riesiger Feuerball, in dem das große Segel flatterte und sich schwärzte und in Rauch aufging.

Irene stand noch da mit geballten Fäusten. Douce starrte auf das Feuermeer in den Klippen, das sich in den Fluten in kleinere Brände auflöste. Taureste und Planken taumelten im Strudel der Felsen, andere wurden hinausgetrieben aufs Meer; einige hatten sich im Felslabyrinth der Queen's Arms verfangen. Ein paar Proviantkisten und zwei Rettungsringe dümpelten mit den Wogen auf und ab. Ein Verbandskasten trieb gegen die Steilküste und zerschellte in der Brandung. Von Ernst Lacher und Werner von Ploßnitz war nichts zu sehen.

Da atmete Douce mit einem trocken schluchzenden Geräusch tief ein. Irene löste sich aus ihrer wütenden Gebärde. „Wir haben es geschafft", sagte sie heiser. „Er ist tot."

Douce nickte. „Und wem wird es nutzen?" fragte sie.

Irene sah Douce erschrocken an. „Wie?" Dann schüttelte sie Douce aus ihrer Betäubung auf. „Uns wird es nutzen, Douce. Uns allen. Den armen Sträflingen, die wieder aufatmen können. Janet und Jean, deren Gespenst tot ist. Marc, der gerächt ist. Sogar der Schmächtling Hauptmann Kämmer wird erleichtert sein, dass ihm die Demütigungen durch diesen Unmenschen künftig erspart bleiben."

Douce sah wehmütig in die Tiefe. „Aber wenn jeder Tod eines Menschenschinders das Leben eines Menschenfreundes kostet?"

Irene legte Douce ihren Arm um die Schultern. „Sieh mal, Douce. Ernest wollte gar nicht mehr leben. Er wollte sterben; das weißt du genauso gut wie ich. Er muss da Gefühl gehabt haben, am Tod seiner Helli mitverantwortlich gewesen zu sein. Er hatte alles wieder gutmachen wollen nach dem Krieg. Und plötzlich war da nichts mehr, was er noch hätte wenden können; niemand, den er noch hätte trösten können. Er war innerlich schon mehr tot als lebendig."

Douce sah Irene zweifelnd ins Gesicht. „Dann waren wir alle das Vehikel für ihn, um zu sterben?"

Irene wiegte nachdenklich den Kopf. „Ich bin mir nicht sicher. Ernest wollte Gerechtigkeit, und er sah in von Ploßnitz einen Menschen, den er stellvertretend für die Mörder an Victor und Helene Rosenbaum strafen konnte."

Douce schwieg und wandte sich vom brüllenden Meer am Point ab. „Bist du dir dessen bewusst, Irene, dass wir uns alle zu Mördern gemacht haben?"

Irene blickte auf den schmalen Pfad zu ihren Füßen, der sich durch den goldenen Stechginster zu dem Steineichenwäldchen hin wand. „Wegen von Ploßnitz werde ich keine schlaflosen Nächte haben", sagte sie fest.

„Und wegen Ernest?"

Irene blieb stehen. „Ernest war ein erwachsener Mann, Douce. Kein Kind, das nicht gewusst hätte, was es tat. Er hat sich in vollem Bewusstsein entschieden, sein Leben dafür einzusetzen, einen Mörder zu richten, der sonst vielleicht ungestört in alle

Ewigkeiten seinen Weg weitergegangen wäre. Könntest du mit diesem Wissen leben?"

„Ich habe trotzdem das Gefühl, ich hätte ihn in den Tod geschickt."

„Douce!" rief Irene heftig. „Douce, wach auf! Ernest hätte den Tod immer gesucht, auf die eine oder andere Weise. Sei dir dessen sicher. Er war mit seinem Leben fertig. Was hatte er denn noch? Er saß überall zwischen den Stühlen. Und er hatte allen Halt verloren. Douce! Seine große Liebe war tot. Tot, verstehst du? Wofür sollte er weiterkämpfen, sich weiterwinden zwischen dem, was ihm als Pflicht genannt wurde, und dem, was er als seine Pflicht empfand?"

Douce schwieg. Sie schwieg noch, als Irene sich am Garten von Les Silences verabschiedete. Sie schwieg, als ihr Andrew am Fuß der Treppe mit einem farbigen Holzklotz entgegenpurzelte und davon erzählte, dass Onkel Julian ihn auf einer Kuh habe reiten lassen, während sie so lange weg gewesen sei. Irritiert sah der Kleine auf, als seine Mutter ihn wehmütig lächelnd in den Arm nahm und ihn dann in der guten Stube auf den dicken Wollteppich zum Spielen absetzte.

Dann schleppte sich Douce die Treppe hinauf in ihr Schlafzimmer, wo sie sich vor ihrer Frisierkommode auf den Ankleidehocker sinken ließ. Sie fühlte sich zutiefst erschöpft. Aus dem Spiegel sah ihr ein mageres, verbittertes Gesicht entgegen, mit tiefen schwarzen Ringen unter den Augen und einigen neuen, scharfen Falten um die Mundwinkel. „Douce Barbet", flüsterte sie und stützte ihre Hände auf den Tisch. „Weit bist du gekommen."

Unter ihren Fingern raschelte Papier. Achtlos wollte sie es zunächst zusammenknüllen. Dann erkannte sie, dass es ein Brief war. Ein Brief an sie. Von Ernst Lacher. Es war ein langes Gedicht, voll Todessehnsucht. Und als sie es fertiggelesen hatte, wusste sie, dass Ernst niemandem die Schuld an seinem Tod zuschrieb. Da konnte sie endlich über sein Leben weinen.

12

„Ein Schiff, Mom, ein Schiff!" Andrew hüpfte aufgeregt von einem Bein auf das andere und war nicht zur Ruhe zu bringen. Douce drehte sich langsam vom Herd zu ihm um.

„Andrew", sagte sie vorwurfsvoll. „Du sollst mich doch nicht beim Brotbacken stören."

Der nun schon Dreieinhalbjährige schmollte kurz, doch dann gewann die Aufregung wieder überhand. „Aber, Mom, unten ist ein großes Schiff. Und da sind rote Kreuze drauf. Vorn eins und eins in der Mitte. Mom, gehen wir runter zum Hafen und gucken? Bitte!"

Douce drehte sich langsam um. Ihr war, als müsse sie träumen. Ungläubig starrte sie ihren kleinen Sohn an. „Was sagst du, Andy?" Sie wischte sich die bemehlten Hände an der Schürze ab, trat die wenigen Schritte auf ihn zu, fasste ihn sanft an beiden Schultern und sah ihm tiefernst in die Augen. Erzählte der Kleine Geschichten?

„Ganz groß, Mom, und mit roten Kreuzen. Es fährt zum Hafen. Können wir hin?"

Douce richtete sich auf, als schmerzten sie plötzlich alle Knochen. Dann sackte sie nieder auf den nächsten Küchenstuhl. „Gelobt sei Gott", stieß sie hervor. Dann vergrub sie erschüttert ihr Gesicht in den Händen.

*

Sie hatten Hunger gelitten. Hunger, der schon unerträglich geworden war. Es hatte ungefähr um die Zeit begonnen, als Werner von Ploßnitz mit der „Gilliatt" in die Luft gesprengt worden war. Damals schon war das Essen knapp bemessen gewesen, und auch die Rationen der Soldaten hatten mehr und mehr aus „Ersatz" bestanden. Sägemehl im Brot; verwässerte Milch, die beim Schütten fast azurblau war; kein Zucker mehr, kaum noch Mehl. Zum Fischen reichte der Treibstoff nicht mehr; das bisschen Fleisch – wenn es denn noch welches gab – war meist sehnig und zäh. Die Blumengärten von Herks waren dem Anbau von Kohl und Kartoffeln gewichen, von Steckrüben und Getreide.

Eines frühen Morgens vor Sonnenaufgang war Douce davon aufgewacht, dass jemand halblaut fluchte. Sie war aus dem Bett gesprungen und hatte einen deutschen Soldaten dabei beobachtet, wie er sein Knie rieb, das er sich offenbar beim Satz über die Gartenmauer gestoßen hatte. Dann hatte er sich über das Äckerchen mit ihren jungen Kartoffeln hergemacht.

Douce hatte kaum gewusst, was sie tat. Sie war hinab in die Küche geschlichen, ohne Licht zu machen, hatte sich das Beil geholt, das neben dem Herd auf dem Holzblock lag, und war auf Zehenspitzen zur Haustür gegangen, so schnell sie konnte. Mit einem Ruck hatte sie die Tür geöffnet, dem Mann zugeschrien, er solle verschwinden, und das Beil in seine Richtung geschleudert. Sie hatte Glück gehabt, denn weder hatte das Beil den Mann getroffen noch hatte der die nun wehrlose Frau angegriffen, wie das auf anderen Inseln in solchen Fällen oft genug vorkam. Er hatte sich, so schnell er konnte, davongemacht. Douce hatte zitternd im Türrahmen gelehnt. Ihr war kalt gewesen, und zugleich hatte ihr der Schweiß auf der Stirn gestanden.

Erst am nächsten Vormittag, als sie im Dorf unten Irene begegnet war, hatte sie von dem nächtlichen Vorfall erzählt. „Ich weiß nicht, was in mich gefahren ist, das Beil zu werfen", hatte sie nachdenklich den Kopf über sich geschüttelt. „Es war doch nur ein armer Teufel, der furchtbar Hunger hatte."

Irene hatte böse gelacht. „Ja, aber ihm war es gleichgültig, dass er damit jemand anderem die Nahrung nahm, einer jungen Mutter und ihrem Kind. Wann bist du denn das letzte Mal nicht mit knurrendem Magen aufgewacht, mitten in der Nacht? Träumst du in deinen schlimmsten Alpträumen nicht auch davon, dass dein Kind in deinen Armen stirbt, während jemand anders vor deiner Nase Braten isst und Torte und Fisch und Pudding und …"

„Hör auf, Irene!" hatte Douce leise geantwortet. „Hör auf. Du hast ja Recht. Aber wenn er nur an meine Tür gekommen wäre und gefragt hätte, dann hätte ich wohl nicht hart bleiben können."

Irene hatte die Freundin lange angesehen und dann genickt. „Nein", hatte sie festgestellt. „Du würdest auch dann noch dein letztes Stück Brot herausrücken."

Als Irene nach Cawdry's Love zurückgekommen war, hatte sie erzählt, was Douce in der Nacht zuvor passiert war. Julian war sofort zu Jean gegangen und anschließend zu Pierre und Lance. Bald hatten sie eine kleine Patrouille zusammengehabt, insgesamt zehn Männer, die sich Nacht für Nacht über die Insel schleichen sollten, abwechselnd und immer nur zu zweit, damit sie nicht entdeckt würden. Denn es gab ja immer noch die Sperrstunde, und die begann inzwischen noch lange vor Einbruch der Dunkelheit.

Die Deutschen mussten etwas davon gemerkt haben, dass mit den Leuten von Herks nicht mehr so gut Kirschen essen war. Die Diebstähle wurden seltener. Nur die Hunde und Katzen verschwanden von der Insel; Hasen und Fasane gab es schon lange nicht mehr. Und Julian und Irene bangten ständig um ihre immer magereren Kühe; die fanden auch nicht mehr so fettes Weideland wie früher, weil so viel zu Äckern umfunktioniert worden war. Aber vielleicht waren die Kühe auch etwas wie ein Lichtblick, eine nie ganz versiegende Nahrungsquelle, sodass keiner ihnen wirklich zu nahe zu kommen wagte.

Hauptmann Walter Kämmer war auch den Umständen nicht weiter nachgegangen, die zum Untergang der „Gilliatt" beigetragen hatten. Er hätte es tun müssen, weil es sich um einen ranghohen Offizier gehandelt hatte; aber ihm kam die Unfallversion recht. Er glaubte gern daran. Ihn interessierte auch nicht, warum Werner von Ploßnitz nicht mehr unter den Lebenden weilte. Er war nicht mehr da – das genügte. Es schien auch der Kommandantur auf Guernsey zu genügen.

An Ernst Lachers Mutter schrieb er freilich einen Kondolenzbrief, nicht als sein Vorgesetzter, sondern als Kommandant des Gebiets, auf dem sich Lacher zum Zeitpunkt seines Ablebens zufällig befunden hatte. Das Gepäck Ernst

Lachers war von zwei Gefreiten bei Douce abgeholt worden, die alles sorgsam zusammengelegt und in den großen Seesack des Toten gepackt hatte. Nur sein Gedicht hatte sie aufgehoben und zusammen mit Alexej Miranows Ausweis sicher unter einer Bodendiele unter dem Bett versteckt. Sein Tod sollte nicht wie ein Selbstmord aussehen, auch wenn er es in letzter Konsequenz gewesen war.

Dann kam der 6. Juni 1944. Am Horizont sah man nachts Flak leuchten; dumpf dröhnten die Gefechtskanonen von Schiffen, die Einschläge von Bomben und Granaten. Manchmal sah man am Tag Rauchschwaden am Himmel stehen.

Und dann wurde es wieder friedlich und still. Am Horizont. Nicht unter den Deutschen. Die gingen plötzlich nicht mehr so forschen Schritts umher. Mancher machte eine bekümmerte Miene. Die wenigsten Gesichter zeigten Hoffnung. Verschiedentlich hängten sich Soldaten an die Einwohner von Herks. „Wir sind doch immer gut miteinander ausgekommen."

Die Leute von Herks reagierten darauf misstrauisch, aber sie konnten auch nicht das Gegenteil behaupten. Es stimmte ja. Mit den meisten Soldaten hatten sie eine ruhige Notgemeinschaft gehalten. Sie hatten gemeinsam Kino und Theater gehabt; sie hatten gemeinsam an sonnigen Tagen in den Wiesen gelegen (die Strände waren der Minen wegen ja nicht mehr benutzbar). Die Deutschen hatten die Kinder mit Süßem verwöhnt, solange sie selbst noch so viel wie nur ein Stück Würfelzucker hatten. Die Frauen hatten fürs Wäschewaschen – und auf anderen Inseln war es auch mehr – hier einen Laib Brot, da eine kostbare Schachtel Zigarettenwährung erhalten. Was machte die Deutschen dann so unruhig?

Am 20. Juli ging ein Aufschrei durch das Barackenlager, und dann bekamen auch die Einwohner von Herks die Nachricht von einem Anschlag auf Hitler mit. Plötzlich ließen sich die Nachrichten nicht mehr zurückhalten. Deutschland war also auf dem Weg in den Untergang. Der 6. Juni, der Tag, an dem die Alliierten an einer vereinigten Westfront endlich losgeschlagen hatten, war nur der Anfang gewesen. Hauptmann Kämmer standen Tränen in den Augen, als er im Lager verkündete: „Der Führer hat das Attentat überlebt."

Jean Barbet, der von seinem Mansardenfenster aus einiges beobachtet hatte, war sich nicht sicher. Aber er meinte, er habe in diesen Worten Trauer mitschwingen hören.

*

Alicia seufzte schwer. „Ist es nicht gut, dass wir wissen, dass der Krieg 1945 zu Ende ging? Dass das Schlimmste schon vorüber war?"

Dave schüttelte bei diesen Worten den Kopf. „Das Schlimmste ist selten der Krieg selbst. Da sind die Leute alle begeistert mit dem Feindgedanken beschäftigt. Das Schlimmste ist, wenn sie wieder Zeit haben, an sich selbst zu denken. Nach dem Krieg."

„Oder im Krieg", gab Brian zu bedenken. Ich sah ihn fragend an. „Wenn man sich vergessen glaubt."

„Aber wieso glaubten sich die Leute von Herks vergessen?" fragte ich entrüstet. „Sie sahen doch, dass da heftig gekämpft wurde."

„Ja, aber an ihnen vorbei. Der 6. Juni 1944 war für sie ein Tag, an dem die Hoffnung für viele von ihnen verloren ging. Sie erfuhren, dass Frankreich befreit wurde, dass die Amerikaner in den Niederlanden einmarschierten, dass die Russen begannen, den deutschen Osten aufzurollen. Aber die Kanalinseln – blieben in deutscher Hand."

„Aber auch das konnte doch nicht ewig dauern", wandte Alicia nun ein. „Ich meine, wenn die Deutschen so abgekappt waren von ihren eigenen Leuten."

„Sie meinen, von der Versorgung über das Festland?" fragte Brian vorsichtig nach, und Alicia nickte heftig.

„Das war tatsächlich das größte Problem", bestätigte er. „Denn nun gab es gar nichts mehr, was noch auf die Inseln durchgekommen wäre. Keine Nahrungsmittel mehr. Keine Briefe."

„Hatte Douce denn noch an Marc schreiben können, dass von Ploßnitz …?" Ich wusste nicht genau, wie ich die Frage formulieren sollte. Das Wort „ermordet" war mir zu starker Tobak; schließlich war dem Verbrecher in Uniform ja Recht geschehen. Und „umgekommen" traf nicht den Sachverhalt, dass sein Tod geplant worden war. Ich errötete, weil ich mir vorkam wie ein dummes Schulmädchen.

Doch Brian ignorierte mein Unbehagen. „Sie hatte es ihm geschrieben, verklausuliert natürlich wegen der Zensur. Aber seine Antwort erreichte sie nicht mehr, so er denn eine schrieb; alle Verbindungen zur Außenwelt waren gekappt."

„Wussten denn die Briten nicht, wie es auf ihren Inseln aussah?" wagte ich mich erneut aus meinem Schneckenhaus heraus. „Ich meine, sogar Konzentrationslager bekamen Pakete vom Roten Kreuz, soviel ich weiß. Kümmerte sich das Unterhaus denn gar nicht darum, was die Menschen auf den Inseln machten? Wovon sie lebten?"

Brian zögerte. Er griff langsam zu seinem Weinglas und betrachtete seinen Inhalt ausgiebig. „Doch, sie wussten es. Im Unterhaus gab es Menschen, die den ganzen Krieg über warnten und mahnten, die ständig in dieser Wunde wühlten. Sie hielten es im Bewusstsein, dass ein Teil Großbritanniens seine Freiheit verloren hatte. Aber sie wurden immer wieder nach außen totgeschwiegen. Weil man dem Volk die Tatsache am Anfang in seiner Tragweite nicht geschildert hatte und nicht vier Jahre später damit antanzen wollte. Was hätte das für Fragen aufgeworfen? Welche Zweifel an der Stabilität des Empires? Welche Zweifel an der Widerstandsfähigkeit des eigenen Volks? Und weil man nicht helfend einschreiten muss oder kann, wo man eben noch behauptet hat, es sei alles in schönster Ordnung, überlässt man die

Geschichte sich selbst. Die Regierung log nicht wirklich über die Inselbevölkerung. Sie sagte nur nicht alles."

„Wie Churchill in seiner Geschichte des Zweiten Weltkriegs, in der er die Standhaftigkeit seines Landes rühmt?" erkundigte ich mich.

„Wofür er den Nobelpreis bekommen hat", schnaubte Dave und versank wieder in Schweigen.

„Dafür, dass Tausende von Menschen Hunger litten und Verzweiflung", ergänzte Alicia. Wir sahen einander an. Fassungslos.

„Staatsraison", konstatierte Brian trocken. „Die Alliierten würden einen starken Verbündeten lieber unterstützen als einen schwachen. Freiwillig geht kaum einer in seinen eigenen Untergang."

Wir schwiegen lange. Die Uhr im Esszimmer tickte laut und vernehmlich, das Räderwerk knackte. Keiner wagte zu atmen.

Es war Alicia, die schließlich den Bann brach. „Aber dann merkte man irgendwann, dass es doch nicht so weitergehen konnte, nicht wahr? Und das Rotkreuz-Schiff kam."

Brian nickte, nahm einen Schluck Wein und setzte seine Erzählung fort.

*

Andrew war ungeduldig geworden. Er wollte das Schiff sehen, und schließlich riss sich Douce zusammen, zog erst ihn, dann sich an und trat vor die Tür. Es war kalt. Und das war auch ganz normal, denn es ging auf Ende Dezember zu. Weihnachten war vorüber, das kargste und elendste, an das die Bewohner von Herks sich je würden erinnern können. Es hatte fast nichts mehr zu essen gegeben. Die Mütter verzichteten oft auf die ohnehin schmalen Rationen ihren Kindern zuliebe, aber auch denen waren Hunger und Mangel anzusehen. Weihnachten? Douce hatte zwei Kartoffeln in etwas Nähmaschinenöl gebraten und dazu einen eingelegten Hering mit Andrew geteilt. Es war ein Festmahl gewesen. Das bisschen Mehl, das sie heute Morgen zu Brot verarbeitet hatte, war ein Weihnachtsgeschenk von Janet gewesen. Heimlich natürlich nur, hinter Jeans Rücken, der immer noch nicht mit seiner Schwester sprach.

War das Schiff wirklich für Herks gekommen? Oder würde sich Andrews aufgeregte Mitteilung als Wunschtraum entpuppen? War am Ende alles nur eine schöne Illusion, der man besser nicht nachging? Douce ließ sich Zeit auf dem Weg durch das Wäldchen. Aber jenseits davon, auf der Rue Les Rocquettes, sah sie das Schiff vor der Insel im noch rauen Gewässer vor Anker liegen. Auf seinem grauen Rumpf prangten zwei leuchtend rote Kreuze. Und vor der Mole machten ein paar kleinere Boote los, um zu dem Schiff zu gelangen.

Da wachte Douce wie aus einem Nebel auf. „Lauf, Andrew, lauf, was deine Beinchen können!" rief sie und zog ihn an der Hand mit. Sie flog, und Andrew segelte fast in der Luft hinterher. Sie zog ihn, sie trug ihn. Sie wusste nicht, wie sie es schaffte, mit den ersten wieder anlegenden Booten unten am Hafen anzukommen. Pierre Sheaffer und ein paar deutsche Soldaten drängten die Zivilisten zurück, während die Kisten an der Pier ausgeladen wurden. Douce blickte mit brennenden Augen dorthin.

Etwas zupfte sie am Ärmel. „Du, Mom?"

„Was denn, Andrew?" Sie blickte nicht hinab; sie starrte auf die Pakete wie auf eine Halluzination. Als könnten sie jeden Moment wieder verschwinden.

„Mom, wie heißt das Schiff?"

„Vega", erwiderte sie knapp.

„Steht das auch auf den Paketen?"

„Nein, da steht ‚Care' drauf."

„Du, Mom, ist da was zu essen drin?"

Jetzt blickte Douce doch hinunter in die viel zu ernsten Augen des schon zum Weinen verzogenen Kindergesichts. Sie beugte sich hinab und nahm ihn auf den Arm. „Ich glaube ja, mein Schatz", flüsterte sie heiser und strich eine Strähne aus seiner verschwitzten Stirn. „Und wir werden ein Paket mit nach Hause bekommen."

Andrew kuschelte sich an ihre Schulter. „Und dann?"

„Dann kochen wir etwas ganz Leckeres", versprach Douce lächelnd. „Du und ich zusammen."

Am 27. Dezember 1944 trug auf Herks jede Familie ein Care-Paket nach Hause. Sie kamen aus Kanada, und die schwedische „Vega" sollte bis Kriegsende jeden Monat einmal kommen, um weitere Pakete zu liefern.

Für Douce war es wie Weihnachten in der Kindheit, als sie ihre Schätze zu Hause in Les Silences auf dem Küchentisch ausbreitete, während Andrew mit großen Kulleraugen danebenstand und kaum zu atmen wagte.

„Mehl und Kekse, Trockenmilch, Kondensmilch, Butter, Käse", jubelte Douce. „Was haben wir denn hier? Schweinefleisch in der Dose! Getrocknete Äpfel, kalifornische Trockenfrüchte, Lachs, Salz, Kaffee, Tee! Zucker, Andy! Und Corned Beef! Und Kakao und eine Tafel Schokolade!"

Dann plötzlich nahm Douce ein winziges Päckchen auf und drückte es in stillem Entzücken ans Gesicht. Andrew sah sie verwundert an. Douce bemerkte es und lachte leise. „Riech mal, Andrew. Seife!" Er verstand nicht, was daran so toll war, aber er nickte ernsthaft, während sie lachend sein Haar zauste. „Mein kleiner Dreckspatz, du wirst eines Tages begreifen, was das bedeutet. Sauberkeit, mein Schatz, Sauberkeit ist Luxus."

Andrew war das zu hoch, und fast wäre er vor dem seltsamen, ungewohnten Gebaren seiner Mutter nach draußen geflohen, als er es rascheln und knacken hörte. „Hier, mein kleiner Seelentrost." Sie streckte ihm etwas entgegen. „Heute ist ein ganz besonderer Tag, und den wirst du feiern mit deinem ersten Stück Schokolade.

Misstrauisch betrachtete er den braunen Riegel. Der sah so gar nicht verlockend aus. Was für eine ekelhafte Farbe! „Iss, mein Junge!" Da streckte er ganz vorsichtig die Zunge heraus und leckte einmal rasch über die Rippe. Hm, das schien gar nicht so schlecht. Ein zweites Lecken überzeugte Andrew, und er zog sich mit dem Riegel Schokolade auf die unterste Treppenstufe zurück. Kurze Zeit später fand ihn Douce dort und bekam einen hysterischen Lachanfall. Andrews Gesicht war um den gesamten Mund herum mit Schokolade verschmiert, während sich der kleine Mann mit todernster Miene die Finger leckte.

*

„Bei welcher Gelegenheit ich Alicia endlich auf den Sahneklecks in ihrem Gesicht aufmerksam machen darf", nutzte ich die Pause erheitert.

Dave starrte sie an, dann blickte auch Brian auf Alicia. Schließlich fuhr sie sich irritiert mit den Fingern ins Gesicht und brachte sie sich sahnebeschmiert wieder vor Augen. „Oh nein!" lachte sie.

Und dann lachten wir alle, weil wir so erleichtert waren, dass in das Leben der Leute von Herks endlich nach fast fünf Jahren wieder ein Lichtstrahl gefallen war. Brian holte den Mitternachtsimbiss, in Schokolade getauchte Früchte. Und jetzt konnten wir sie alle mit Appetit essen. Jetzt, wo die Leute in unserer Geschichte auch nicht mehr hungern mussten.

*

Als ich aufwachte, wusste ich sofort, noch bevor ich die Augen öffnete, dass draußen ein heißer Frühlingstag auf mich wartete. Die Vögel klangen anders, wenn sie sangen; das Meer brandete nicht so wild an den Strand; der Wind wisperte sanfter in den Zweigen von The Grove. Und ich meinte sogar, Bienen draußen im Garten summen zu hören. Wohlig räkelte ich mich. Dolce far niente – das muss die englische Variante süßen Nichtstuns sein, dachte ich. Jetzt ein Frühstückstablett ans Bett mit kross gebratenem Speck, gegrillter Tomate, Rührei, Champignons, einem Toast mit Orangenmarmelade und womöglich obendrein ein heißer Bückling – mein Paradies wäre perfekt gewesen.

Meine eigene Unvollkommenheit hatte allerdings auch meinen Kühlschrank aufs Unvollkommenste versorgt, und so musste ich mich mit einem Glas Orangensaft, einer Portion alt gewordener Cornflakes und einem labberigen Toast mit einer Scheibe noch wabbeligeren Frühstücksschinkens zufriedengeben. Wann würde mich wohl ein Prinz auf dem weißen Pferd aus dieser Situation erretten?

Leider fiel mir in diesem Augenblick ein, dass meine Zeit auf Herks nicht ewig andauern würde. Nur noch ein paar Tage, und Käpt'n Keith würde den nächsten Touristen von Guernsey abholen, wenn er mich denn erst abgesetzt hätte. Vermutlich würde der nächste seine Nase nicht in die Angelegenheiten der Insel stecken, sondern nur über den Kult keltischer Urvölker spekulieren, die Mär vom Choleragrab hinnehmen, die Fotos im

Belview Hotel betrachten und nach fünf Minuten beeindruckter Verständnislosigkeit wieder vergessen.

Nur noch ein paar Tage. Mit einem Mal war mir, als fahre eine dicke schwarze Wolke über meinen inneren Sonnenschein hinweg. Ich wollte nicht fort. Nicht, dass es hier so wahnsinnig aufregend war. Ich meine, natürlich war es das durch diese ganzen Geschichten. Aber eigentlich war es eine Mini-Insel mit ein paar Fischerbooten, einem Laden, einem heruntergekommenen Pub, einer ausgesprochen lokalen Zeitung und einem Hotel – das war's dann auch schon so ziemlich.

Nein, war es nicht. Denn hier gab es den wunderbarsten Menschen auf der ganzen Welt. Und er schenkte fast all seine Zeit mir. Solange seine Frau nicht da ist, warnte mich eine innere Stimme. Wenn Marjorie zurückkommt, dann sieht die Welt ganz anders aus. Und wenn die Touristen mit Sonnenbrand und Bienenstichen, Muschelschnitten und vertretenen Fußgelenken die Praxis belagerten, würde Dr. Brian Slater auch keine Zeit mehr haben, sich um eine liebeskranke, penetrant neugierige, ziemlich neurotische Frau in einer Art Midlife-Crisis zu kümmern.

Carpe diem – nutze die Zeit, die dir noch bleibt, sagte ich mir. Und ich zog rasch feste Schuhe an, nahm meine Wetterjacke mit – man wusste ja auf diesen Inseln nie ... – und wanderte im Sturmschritt hinunter ins Dorf. Am Liberty Square lief ich Brian fast in die Arme.

„Hallo!" lachte er. „Schon wach?"

„Oh ja! Mir hat der Rest der Geschichte keine Ruhe gelassen."

„Ich muss hinüber zu den Walters, in dem blauen Haus hinter der Marina. Eins der Kinder hat sich verbrüht. Nicht schlimm, aber ich sehe besser nach ihm. Sagen wir in einer halben Stunde hier am Square?"

Ich nickte eifrig und sah ihm dann nach. Eigentlich unmöglich, mich in ihn zu verlieben, dachte ich und versuchte, ihn kritisch zu betrachten. Er trug schlammfarbene Cordhosen, ein senfgelbes Rollkragen-Shirt und einen blauen Blazer – was für eine Kombination! Früher hätte es allein meinen Augen schon gegraust. Cordhosen! Schlammfarben! Dennoch bewegte er sich darin so natürlich und irgendwie elegant (sah man von seinem Hinken ab), dass man glauben konnte, alten Landadel vor sich zu haben. Die widerspenstige Locke im Nacken bog sich über dem Kragen nach außen. Plötzlich drehte sich Brian um, als habe er bemerkt, wie intensiv ich ihn beobachtete. Er lächelte mir zu, und mir stiegen grundlos Tränen in den Augen auf. Gott, wie verrückt, jemanden so – zu lieben.

*

Ende September 1944 waren die letzten Gasvorräte auf der Insel aufgebraucht gewesen, und zum Heizen und Kochen war man nun auf jedes bisschen Holz angewiesen. Eigenartigerweise fiel niemand über The Grove her, und als es doch einmal einer wagte, ein winziges Bäumchen dort oben zu fällen, wurde er von der ganzen Inselgemeinschaft einen Monat lang geächtet. Er würde nie wieder etwas Ähnliches tun.

Die „Vega" schien die härteste Zeit auf Herks zu beenden. Aber nicht für alle. Die deutschen Besatzer litten. Für sie waren keine Care-Pakete angekommen; ihre Rationen waren zu Ende. Die Zwangsarbeiter starben wie die Fliegen. Sie hatten dem Sterben keinen Willen mehr entgegenzusetzen. Dumpf warteten sie auf die Erlösung aus dem Elend. Sie hatten ihre Identität verloren; sie glaubten, ihre Würde verloren zu haben. Körper, die an der Übermacht des Unmenschen im Menschen zugrunde gerichtet worden waren.

Wer unter den Deutschen noch einigermaßen Kraft hatte, durchsuchte nachts heimlich die Mülltonnen, angelte mit den Fingern Fleischfasern und Fett aus leeren Konservendosen, aß die harten Strünke von Rüben, weggeworfene Stückchen fauliger Kartoffeln. Er stahl. Er bettelte.

Nichts mehr von Stolz oder von patriotischen Siegesliedern. Im deutschen Barackenlager war es still geworden. Die Bauarbeiten an der sogenannten Atlantikfestung waren eingestellt worden. Hauptmann Kämmer hatte es so befohlen, um seine Männer zu schonen. Er ahnte, dass ihnen allen die Gefangenschaft drohte. Er wollte, dass seine Leute sie er- und überlebten. Was sollte die große, leere Geste einer Siegerpose angesichts des Nichts?

Die Leute auf Herks waren keine Unmenschen. Sie tauschten Lebensmittel gegen Ferngläser und Parteiabzeichen, gegen Uniformstücke und Porzellanteller mit deutschen Motiven. Solange sie selbst nicht hungern mussten. Douce organisierte eine Suppenküche, die für die Zwangsarbeiter zum Segen wurde. Lance Dubois fand ebenfalls Mistreiter, die für die deutschen Besatzer mit aufkamen. Sonntags war die Kirche gestopft voll. Lance brauchte kein Blatt mehr vor den Mund zu nehmen. Das akzeptierten die Deutschen. Das begrüßten seine Landsleute. Das nutzte er.

„Ihr kennt das Gebot Christi", predigte er, als der April 1945 anbrach. „Liebet eure Feinde. Es ist nicht einfach. Gewiss nicht. Nicht für uns Menschen von Herks, die wir jahrelang schon in Unfreiheit leben. Und nicht für die Deutschen, die plötzlich leben müssen wie der arme Lazarus vor den Toren des reichen Hauses. Aussätzig und hungrig. Woher sollen wir mitten im Krieg die Liebe nehmen? Der eine hat den Hof des anderen besetzt, dafür hat der andere eine ganze Stadt bombardiert. Der eine hat seine Eltern verloren, der andere dafür seine Kinder. Der hat zu essen. Der nicht. Der wird gewinnen. Der nicht. Kein Krieg währt ewig. Und kaum jemand wird sich darauf besinnen, warum er als Individuum hineingezogen worden ist in diesen Strudel. Was trennt ihn eigentlich vom Feind? Der Hass. Worauf? Auf etwas, das ihm von außen eingepflanzt worden ist. Wird der Gouverneur unserer Inseln den Kommandanten der Feldkommandantur 515 persönlich gehasst haben und umgekehrt? Jean, Julian, Pierre, habt ihr Hauptmann Kämmer im Mai 1940 gehasst und umgekehrt? Ihr habt einander nicht gekannt. Ihr konntet einander nicht persönlich hassen. Aber gegeneinander kämpfen konntet ihr, weil irgendjemand da oben in zwei Regierungen befohlen hat, dass ihr einander hassen und bekriegen müsst. Ihr habt aber die allerhöchste Instanz vergessen; ihr habt sie überhört. Weil es leichter ist zu hassen als zu lieben; weil es leichter ist, gewinnen zu wollen als Kompromisse zu schließen. Unsere gemeinsame Instanz ist der christliche Gott. Es ist Zeit, dass wir die verschiedenen irdischen Regierungen vergessen und auf unsere gemeinsame himmlische Regierung hören. Und die sagt: Liebet eure Feinde! Wir stehen alle in einer Hand. Wir haben alle dasselbe zu verlieren. Liebt einander! Haltet zusammen! Stärkt einander in der Not!"

Sie sangen „Lobet den Herren" und „Nun danket alle Gott". Lance DuBois hatte bewusst nur Choräle gewählt, die der anglikanischen und den deutschen Kirchen gemeinsam waren.

Am 30. April vermeldeten die Nachrichten, dass Adolf Hitler gefallen sei. Die Deutschen und die Einwohner von Herks hielten gemeinsam den Atem an.

*

Ich saß mit Brian in St. Paul's, der Inselkirche. Wir hatten eine Bank irgendwo an der Seite gewählt. Eine Plakette sagte, dieser Platz werde an Sonntagen von Bernard Shearer belegt.

„Einer unserer Fischer", erläuterte Brian.

„Hat hier jede Bank ihren festen Eigentümer?" fragte ich überrascht.

„Mhmmm", brummelte Brian. „Dort vorn die erste Reihe gehört heute noch den Harmons. Dahinter saßen die Barbets und Pierre Sheaffer, der Polizist. Die Reihe dahinter saß …"

„Dann saß Douce mit Andrew in derselben Reihe mit Jean und ihren Eltern? Und sie sprachen trotzdem kein Wort miteinander?"

Brian nickte. „Jean hat, glaube ich, nie wieder mit ihr gesprochen. Am Anfang war es Zorn gewesen. Und später fehlte ihm der Mut, seine Schuld zuzugeben, über seinen Schatten zu springen und ihr die Hand zu reichen."

„Aber Janet hat es geschafft, nicht wahr?" überlegte ich verwundert. „Ich meine, sie war doch diejenige gewesen, die Douce zu Weihnachten 1944 Mehl geschenkt hatte!"

„Richtig. Sie hatte an Jeans Verhalten gemerkt, wie falsch es ist, an Zorn und Strafe festzuhalten, über Jahre hinweg, wenn man irgendwo eine Beleidigung wittert."

„Und Douce nahm das Geschenk an, ohne ihr Vorhaltungen zu machen?"

„Es war auch eine große Geste seitens Douce, kein Zweifel. Denn mit Janet Barbet wollte auf der ganzen Insel niemand mehr etwas zu tun haben. Erst recht nicht, seit die USA in den Krieg eingegriffen hatten. Douce nahm das Mehl und damit

Janets Bitte um Verzeihung an. Und zeigte ihr zugleich damit, dass sie Janet nicht verurteilte wie all die anderen."

Ich seufzte. „Es muss hart gewesen sein für Janet."

„War es. Sie saß fast den ganzen Tag oben in der Mansarde und betreute Jeans Eltern. Im Laden konnte sie nicht helfen. Es gab fast nichts mehr zu verkaufen. Und wäre ihr Schatten über die Schwelle gefallen, hätten die Kunden den Laden verlassen. So wie ihr die Leute aus dem Weg gingen, wenn sie spät am Nachmittag ein wenig durch den Ort spazierte."

„Aber wieso nahmen es die Leute Jean nicht übel, dass er sie geheiratet hatte?"

„Oh, das war etwas ganz Anderes! Jean hatte damit etwas Großzügiges getan. Und er hatte sich ja nichts zuschulden kommen lassen. Im Gegenteil, er hatte von Ploßnitz mit in die Luft gesprengt."

Ich grübelte und fuhr mit meinem Zeigefinger die geschnitzten Schnecken an der Banklehne vor mir nach. Das Holz war zugleich rau und weich. „Hatte Janet nicht furchtbare Angst vor dem Kriegsende? Ich weiß, dass zum Beispiel in Frankreich allen Frauen, die mit Deutschen befreundet gewesen waren, die Haare abgeschnitten wurden."

„Natürlich hatte Janet Angst. Sie wusste nicht, was genau passieren würde. Auf Jersey sollten die Inselbewohner mit solchen Frauen noch viel Schlimmeres tun, als ihnen nur das Haar abzuschneiden. Manche von ihnen konnten nie wieder Kinder bekommen. Andere wurden nackt durch die Straßen gehetzt. Sie wurden geteert und gefedert, und eine junge Frau wurde sogar an einem Baum gekreuzigt. Das war Jersey – eine Insel, auf der 800 Frauen sogenannten War Babys, Kindern deutscher Soldaten, das Leben schenkten."

Mir fuhr eine Gänsehaut über den Rücken. Das war doch nur ein paar Jahrzehnte her und erinnerte ans tiefste Mittelalter. „Und auf Guernsey und Herm, Sark und Herks …?" fragte ich mit schwacher Stimme und weichen Knien.

Brian starrte vor sich hin. „Ich weiß nicht, warum die Menschen hier so anders reagierten. Auf diesen Inseln haben sie die Kriegskinder nie gezählt. Sie haben versucht zu ignorieren, dass es solche Kinder gab; dass es Frauen gegeben hatte, die ihren Körper an deutsche Soldaten verschenkt hatten."

„Dann war Janets Angst ganz umsonst gewesen?"

„Gewissermaßen. Aber Jean wollte nicht, dass sie weiter geschnitten würde. Er wollte ein normales Leben mit ihr, irgendwo, wo niemand Janets Geschichte kennen würde. Einen Monat nach dem sogenannten Liberation Day, dem Tag der Befreiung der Kanalinseln, hatte er sein Geschäft verkauft und zog mit Janet und seinen Eltern aufs französische Festland."

Ich scharrte mit meinen Füßen; der Parkettboden unter ihnen war schon sehr schäbig geworden im Lauf der Zeit. Und der Knieschemel mit der aufwändigen Kreuzstich-Stickerei war auch schon eingedellt, wo das Polster regelmäßig von Mr. Shearers Knien belastet worden war.

„Erzählen Sie mir, wie das war mit der Befreiung von Herks, Brian. Sie hatten mir irgendwann einmal gesagt, dass nirgends in Europa der Krieg später beendet wurde als auf den Kanalinseln."

*

Wie die Nachricht in die Zeitungen kam, weiß eigentlich keiner mehr so genau. Am 7. Mai 1945 hieß es darin, ab dem 8. Mai um 15 Uhr dürfe auf den Inseln wieder die britische Flagge gehisst werden. Das brachte ungeheure Aufregung unter die Leute. Die Büroräume der Herks News wurden fast eingerannt, weil alle wissen wollten, ob das denn stimme. Pierre Sheaffer und Lance DuBois kamen schließlich winkend die Main Street herunter.

„Leute", schrie Pierre und strahlte über sein ganzes hageres Gesicht. „Churchill wird gleich im Rundfunk sprechen. Kommt!"

„Radio?" Ungläubig schauten einige den Polizisten an.

„Kommt mit!" rief er. „Ich stelle den Apparat ins Fenster, damit alle zuhören können."

Da hatte doch ausgerechnet der Polizist der Insel während der gesamten Besatzungszeit ein Radio versteckt gehalten! Und Lance DuBois, der Pfarrer, genauso. Klar, bei ihnen hätte man so etwas am wenigsten vermutet. Deshalb waren ihre Häuser auch nie durchsucht worden.

Und nun drängten sich alle Inselbewohner – Douce hatte den Weg mit Andrew genauso gemacht wie die beiden Cawdrys von der Farm her – vor den Fenstern der Polizeiwache und vor dem Pfarrhaus. Es rauschte heftig in den Leitungen, dann hörte man die langvermissten Glockenschläge von Big Ben. Es knackte und rauschte. Plötzlich kam aus dem Äther die Stimme von Sir Winston Churchill, dem Premierminister. So klar und nahe, als stünde er in der Küche des Pfarrhauses oder am Schreibtisch von Pierre Sheaffer. „Unsere geliebten Kanalinseln werden frei sein."

Die Menschen waren stumm. Sie hörten nicht mehr, was danach gesendet wurde. Douce drückte Andrew an sich und hatte Tränen in den Augen. Irene fiel Julian jubelnd in die Arme. Jean brüllte: „Gott schütze den König!" Und alle miteinander waren völlig aufgewühlt, fielen vom Lachen ins Weinen und konnten es nicht glauben, dass der Krieg zu Ende sein sollte. Sie konnten sich voneinander nicht trennen, als würden sie dadurch diese Wirklichkeit wieder aufgeben. Und doch wollte jeder nach Hause, um die Fassung wieder zu gewinnen, um Vorbereitungen zu treffen. Und dann rissen sie sich doch voneinander los und gingen heim.

„Es ist vorbei!" jubelten sie immer wieder. Einige flüsterten es nur. Ungläubig. Und Douce drückte Andrew fest an sich: „Nun kommt dein Vater bald nach Hause." Es war erst das zweite Mal in all den Jahren, dass sie Marc gegenüber Andrew erwähnte.

Doch der Krieg auf Herks dauerte an. Die Deutschen versuchten hastig, Waffen zu vernichten. Oder zu verkaufen. An Flucht war nicht zu denken; und Hauptmann Kämmer ermahnte alle zur Ruhe. Er begab sich zu Julian Cawdry und marschierte mit ihm zu Jean Barbet, in dessen Laden sich die Männer des Orts versammelt hatten, um zu beraten, was nun zu tun sei.

Man bot Hauptmann Kämmer den einzigen Stuhl im Laden an, aber er lehnte ihn dankend ab. Er kam als Verlierer, um mit den Leuten von Herks über einen möglichst friedlichen Abschluss der Inselbesetzung zu verhandeln.

„Meine Männer werden keinen Widerstand leisten", erklärte er. „Wir haben nur ein kleines Problem: Solange Admiral Hüffmeier daran festhält, nicht zu kapitulieren, dürfen wir es offiziell auch nicht. Wir unterstehen ihm und haben keine Befugnis, seinen Befehlen zuwider zu handeln."

„Aber, mein Freund", klopfte ihm Lance DuBois beruhigend auf die Schultern. „Es erwartet ja auch niemand, dass Sie und Ihre Leute sich noch in den letzten Stunden dieses furchtbaren Krieges der Gefahr eines Kriegsgerichts aussetzen. Zumindest eines *deutschen* Kriegsgerichts." Die Männer lachten dröhnend. „Machen Sie sich's noch den Rest der Zeit gemütlich. Gehen Sie spazieren. Machen Sie noch ein paar Erinnerungsfotos. Und warten wir einfach gemeinsam ab, wie lange der alte Knabe da drüben braucht, um zur Vernunft zu kommen."

Kämmer blickte den Pfarrer dankbar an. Dann sah er fragend in die Runde und traf auch in den Gesichtern der anderen

Männer auf Wohlwollen. „Es ist bedauerlich", sagte er schließlich leise. „Wirklich bedauerlich."

Lance DuBois nickte. „Ist es, mein Freund, ist es. Wir hätten alle miteinander Freunde sein können, wenn uns nicht ein paar Größenwahnsinnige dies hier aufgezwungen hätten."

Hauptmann Kämmer drückte ihm die Hand, dann reichte er sie zögernd Julian. Auch der schüttelte sie kräftig. Und dann folgte ein Händedruck nach dem anderen. Auf Herks war der Frieden besiegelt worden. Der andere Frieden ließ noch auf sich warten.

*

„Wie lange noch?" fragte ich.

„Guernsey wurde am 9. Mai 1945 befreit. Nach Sark und Herks kamen die britischen Befreier erst am 10. Mai. Dennoch feiert man auf allen Inseln den Liberation Day Jahr für Jahr am 9. Mai."

„Man feiert ihn immer noch so richtig?"

„Oh ja", bestätigte Brian. „Mit Kostümierungen und Feuerwerk, mit Paraden und Buden. Es ist ein einziges großes Volksfest. Und es kommen nicht nur die einstigen Befreier dazu auf die Inseln zurück, sofern sie noch leben. Nein, es ist ein echtes Friedensfest, denn auch die deutschen Besatzer von einst kommen zurück. Und sie werden mit Hallo in die Mitte genommen. Und

dann werden die Erinnerungen ausgepackt. Es ist unglaublich."
Brian wischte sich eine Träne der Rührung aus dem Augenwinkel.

„Und wie war das dann am Tag der Befreiung damals?"

„Morgens kamen zwei graue Kriegsschiffe, die weit vor der Mole im Meer ankerten. Es waren die HMS Beagle und die HMS Bulldog, und die gesamte Mannschaft beider Schiffe fuhr in schweren Schlauchbooten zur Mole. Selten sind wildfremde Menschen vermutlich so stürmisch und herzlich in Empfang genommen worden wie diese Männer in Uniform. Sie waren Landsleute derer, die sie befreiten."

„Und die Deutschen?"

„Geknickt", sagte Brian kurz. „Geschlagen, verzweifelt. Voll Angst um ihr Zuhause. Voll Heimweh."

„Sie wussten, dass sie nicht so bald nach Hause kommen würden, nicht wahr?"

„Natürlich. Und während die Leute auf Herks mit Kuchen, Süßigkeiten und Alkohol feierten, den ersten Luxusartikeln seit Jahren, saßen die Deutschen stumm in ihren Baracken und warteten auf ihren Abtransport in die Kriegsgefangenschaft."

„Mussten sie lange warten?"

„Nein. Auf Herks nicht länger als zwei oder drei Monate. Man behielt sie da, um Minen zu räumen, Stacheldrähte zu beseitigen, Bunker zuzuschütten. Dann gingen sie eines Tages in Reih und Glied an Bord eines Gefangenen-Transportschiffs nach England. Lance DuBois verabschiedete sich von Hauptmann

Kämmer und sagte, er solle wiederkommen nach seiner Gefangenschaft. Und die Leute von Herks winkten den Deutschen nach."

„Kam Kämmer wieder nach Herks?"

„Ja, nach etwa zehn Jahren. Er brachte seine Frau mit und seinen Sohn. Und er war nicht der einzige, der im Lauf der Jahre wieder hierherkam. Auch Heinrich Wetter kam zurück. Und Harry Simpson besuchte ihn lange Jahre in Deutschland."

„Wie schön", sagte ich leise. Dann stand ich auf und ging vor zum Altarraum. In einer Nische war eine Steinplatte eingelassen mit den Namen aller Einwohner von Herks, die nicht aus dem Krieg zurückgekehrt waren.

„Amy Cawdry?" fragte ich verwundert, während ich die in Stein gehauenen Namen las.

„Sie kam bei dem Bombenangriff auf Coventry um", erklärte Brian, der mir still und etwas langsameren Schritts gefolgt war.

„Paul Perkins steht auch bei ihnen."

„Natürlich."

„Fünfzehn Menschen, Frauen und Männer."

„Die Menschen von Herks hatten Glück", erwiderte Brian leise. „Auf den anderen Inseln waren es noch viel mehr. Der Stein für die Zwangsarbeiter von Herks trägt viel mehr Namen. Sehen Sie."

Ich wandte mich um und folgte seiner Handbewegung mit den Augen. Die ganze gegenüberliegende Seite des Altarraums war mit Steintafeln und Namen verkleidet. Ich wurde blass. „So viele?"

„Zu viele."

„Alexej Miranow?" fragte ich und wusste die Antwort schon.

„Er fehlt darauf, genauso wie es nie einen Stein für Ernst Lacher gegeben hat."

Ich sah Brian an. „Bitte, gehen wir hinaus."

Er verstand mich und brachte mich den großen Gang hinab zur schweren Eingangstür. „Sehen Sie, Anne, Krieg ist immer ungerecht", versuchte er, mich zu trösten. „Menschen werden darin als Helden gefeiert, die zufällig im richtigen Augenblick am richtigen Ort waren. Und viele werden verschwiegen, die wirkliche Helden waren. Aber das heißt nicht, dass sie nichts bewegt hätten. Und es heißt auch nicht, dass sie vergessen worden wären."

Ich drückte stumm seine Hand, während er mit der anderen das schwere Tor öffnete. Draußen strahlte die Sonne, und das saftige Grün des Kirchhofs mit seinen schräg eingesackten Steinen und halbverwitterten Platten, der Wind in den Zweigen der Bäume und das Vogelgezwitscher holten mich zurück in die Gegenwart. Ich schloss für einen Moment die Augen und atmete tief die würzige Luft ein, voll Salz und Blütenduft.

Brian war ein paar Meter weiter gegangen. „Fast scheint mir, als wollten Sie den Rest der Geschichte gar nicht mehr hören", neckte er mich vom Törchen aus, neben dem er jetzt an der Kirchhof-Mauer lehnte.

„Doch!" protestierte ich. „Ich dachte, sie wäre schon zu Ende."

„Fast", bestätigte Brian. „Aber eine Geschichte ist noch offen."

„Die von Douce und Marc, nicht wahr?"

*

Douce Barbet und ihr Söhnchen blieben in Les Silences. Es war in den Jahren der Besatzung ihre Heimat geworden. Und Douce wollte nicht zurück in das Herrenhaus, an das so viele schlimme Erinnerungen geknüpft waren. Auch Irene hatte das schließlich nicht gewollt und bewirtschaftete mit Julian die Farm. Sie sagte, sie sei dort glücklicher und führe das Leben, das sie sich immer gewünscht habe. Abseits des landadeligen Getues, zum Nutzen der Gesellschaft.

So stand The Manor still und unbewohnt in seinem großen Park. Keiner sah nach, wie es drinnen aussehen mochte. Ob das Mobiliar noch ganz war. Wieviel von der Bibliothek fehlte. Ob das Klavier noch alle Saiten hatte. Ob Mäuse und Ratten durch das Gemäuer huschten. Dass die Fenster noch alle heil waren, sah man auch so. Allerdings vernagelte Pierre Sheaffer eines Tages die Fenster zum Schutz gegen Wind und Wetter und jugendlichen Unfug.

Die Barbets zogen fort von der Insel, und eine Familie namens Gordon übernahm den Laden. Jeremiah war sonntags außerdem Organist in St. Paul's. Douce stand mit Andrew an der Mole, als das Boot mit ihren Eltern, ihrem Bruder und der einst so feindlich gesinnten Schwägerin in See stach. Sie winkte, und Janet winkte dankbar zurück. Jean starrte seine Schwester an; seine Eltern ignorierten sie. Douce tat so, als bemerke sie es nicht.

„Alles Gute!" rief sie.

„Danke!" schien Janet zu erwidern, aber über dem Lärmen des Schiffsmotors und dem Geräusch der gegen den Kai schlagenden Wellen konnte Douce sie nicht hören. Sie verstand trotzdem.

Und dann setzte die Zeit des Wartens ein. Der Juni verstrich. Im Juli wurden die deutschen Kriegsgefangenen abtransportiert. Der August brachte große Hitze, und Douce ging oft mit Andrew hinab in die Bay Détournée, um im Meer Abkühlung zu suchen. Jeden Tag ging sie hinunter zu den Gordons und fragte Rebecca nach Post. Doch die schüttelte, immer gleichmäßig freundlich und bedauernd, den Kopf. Nein, wieder nichts dabei für Douce. Nein, auch Julian und Irene hätten keinen Brief von Marc Harmon erhalten.

„Apropos, wissen Sie schon das Neuste?" fragte Rebecca und strahlte über beide Wangen, und Douce verneinte fragenden Blicks. „Irene Cawdry erwartet was Kleines!"

Douce war überrascht. „Woher wissen Sie das denn?"

„Oh, nichts leichter als das! Heute Morgen kam sie hierher, um Fisch zu kaufen. Und da wurde ihr plötzlich … Also sie musste ganz rasch – naja, wie das halt bei werdenden Müttern morgens so ist."

„Ach so, Sie meinen, sie litt unter morgendlichem Unwohlsein?" Douce lachte. „Rebecca, sind Sie sicher, dass es nicht der Geruch Ihres Fisches war?"

„Oh!" schnappte Rebecca entrüstet. „Mein Fisch ist immer fangfrisch!"

Douce zwinkerte ihr lustig zu und verlangte nun selbst ein Pfund, um Rebecca Gordon zu beruhigen. Dann ging sie innerlich beunruhigt wieder zurück nach Les Silences. Warum schrieb nur Marc nicht? Er musste doch inzwischen erfahren haben, warum er ein Jahr lang keine Post mehr von ihr erhalten hatte. Er konnte doch nicht annehmen, dass sie zu guter Letzt doch noch mit jemand anders eine Beziehung angefangen hatte.

Douce zermarterte sich das Gehirn. Auch Irene konnte sie nicht beruhigen. „Vielleicht ist er schon hierher unterwegs?" schlug sie vor.

Doch Douce schüttelte den Kopf. „Dann hätte er uns Bescheid gegeben. Nein, ich glaube, ihm ist im letzten Moment doch noch etwas zugestoßen."

„So ein Unfug", tadelte Irene. „Vermutlich steht er eines Tages ganz überraschend hier auf der Insel und ist putzmunter und gesund. Du wirst schon sehen. Inzwischen solltest du dich ein wenig zusammenreißen. Was muss denn Andrew von seiner

Mutter denken, hm?" Und Irene versetzte Douce einen freundschaftlichen Knuff.

Indessen verging der August, und der September kam und ging. Und kein Marc Harmon landete an. Douce sammelte Vorräte. Sie arbeitete mit auf Cawdry's Love und half Rebecca manchmal, wenn neue Ware gekommen war, beim Einräumen der Regale. Und jedes Mal, wenn das Boot kam, das Käpt'n Keith von und nach Guernsey steuerte, stand sie an der Mole und sah nach, ob nicht einer unter den seltenen Passagieren ein Gesicht wie Marc hatte. Ende September war Douce so fest davon überzeugt, dass er nicht mehr lebte, dass sie gar nicht mehr zum Hafen ging.

Und dann eines Tages – es war schon Mitte November, und ein kalter und rauer Wind trieb die Gischt bis weit über die Pier in Herks – stand ein hagerer, ärmlich gekleideter Mann in einer viel zu großen Jacke und mit einer winzigen abgeschabten Reisetasche am Ende des Kais. Kein Mensch hatte gesehen, wie er von einer Jolle dort abgesetzt worden war. Er stand einfach da und stützte sich auf einen Stock.

Douce hatte gerade die Obst- und Gemüsekisten vor dem Laden hereingeholt. Die salzige Gischt sollte die Ware nicht verderben. Und ohnehin – wer hatte bei solchem Wetter schon die Muße, Tomaten oder Äpfel draußen auszuwählen?

„Ich hole nur noch Kittys Napf", rief sie Rebecca zu und eilte wieder hinaus. Der Wind hatte zugelegt, und sie schloss einen Moment lang genießerisch die Augen, um seine Wucht noch besser zu spüren. Ob wohl alle Boote gut festgemacht waren? Sie warf einen Blick hinüber zur Mole. Und da sah sie ihn.

Einen Augenblick schwankte Douce, und sie musste sich am Türrahmen festhalten. „Marc?" fragte sie leise in den Wind und sah diese abgehärmte Gestalt mühsam den Kai heraufhinken. Dann war sie sich sicher. Mit einem Schrei raffte sie ihre weiten Röcke zusammen und rannte, als gelte es ihr Leben. „Marc!"

Sie erreichte ihn, als er fast am Anfang der Mole angelangt war. Da überkam sie plötzlich eine ungekannte Scheu. Wie, wenn er doch nicht zu *ihr* zurückkam? Wenn er nichts mehr von ihr wissen wollte?

„Marc?"

Unsicher trat sie einen Schritt auf ihn zu. Mit einem Mal nahm sie alles in sich auf: die tiefen Furchen um den Mund und auf der Stirn, die eingefallenen Wangen, die brennenden Augen in ihren viel zu tiefen Höhlen, die mageren Hände, den Stock, die schäbige Kleidung, das kurzgeschorene Haar.

Er öffnete die Lippen, brachte keinen Laut hervor. Da stand dieses zierliche Wesen im kräftigen Wind und wurde doch nicht davongepustet. Müde wirkte sie. Falten um den Mund zeugten von bitteren Erlebnissen. Dünn war sie geworden. Das Haar hatte sie unter einem Kopftuch verborgen, wohl damit es ihr beim Arbeiten nicht im Weg sei. Wie lange hatte er davon geträumt, wieder an ihrer Seite zu sein, an der Seite einer Frau, die er so schäbig benutzt hatte? An der Seite der Mutter seines Sohnes? An der Seite der Frau, die ihn während seiner jahrelangen

Haft gestützt hatte durch ihre Briefe? 25 Wörter im Monat. Er hatte davon geträumt, wieder vor ihr zu stehen. Er hatte davon geträumt, sie um Verzeihung zu bitten. Er hatte davon geträumt, ihr so vieles zu sagen. Er hatte davon geträumt, dass sie ihn nicht mehr haben wollte. Und jetzt stand sie vor ihm, und er brachte kein Wort heraus. Er würgte.

„Douce", krächzte er schließlich mühsam. Da warf sie sich ihm um den Hals, und beide weinten, als würde es ihnen das Herz zerreißen. Sein Stock war ihm aus den Händen geglitten, und ihr Kopftuch trug der Wind davon.

*

„Und sie zogen zusammen nach Les Silences und wurden glücklich miteinander, nicht wahr?" schluchzte ich.

Brians Gesicht nahm einen bitteren Ausdruck an. „Sie zogen nach Les Silences. Und Andrew lernte endlich seinen Vater kennen. Aber dieser Vater war nicht mehr der leichtlebige Marc Harmon, der 1940 Andrews Tante und dann seine Mutter verführt hatte. Marc Harmon war krank. Er wachte nachts schreiend auf. Tagsüber überfiel ihn manchmal ein unkontrollierbares Zittern. Dann griff er zur Flasche und trank, bis er zu müde war, um wach zu bleiben."

„Nachwirkungen von der Gefangenschaft?"

„Eben das. Er erzählte Douce nicht, was ihm geschehen war oder was er gesehen hatte. Es war zu grausam, als dass er

Worte dafür hätte finden mögen. Denn Worte schienen ihm nicht genug, das zu beschreiben. Und er wollte Douce auch nicht erschrecken. Er wollte versuchen, normal zu leben; und immer wieder kamen doch diese nächtlichen Alpträume oder tagsüber diese kleinen Situationen, ein Wort oder eine Geste, die in ihm diese Erinnerungen wachriefen."

„Gab es denn keine Psychotherapeuten, die ihm hätten helfen können?"

„Doch. Aber damals gab man ungern zu, dass Krieg nicht nur Verletzungen des Körpers mit sich bringt, sondern auch solche der Seele."

„Dann gab es keinerlei Hoffnung für Marc?"

„Douce war seine Hoffnung. Und sie half ihm enorm. Noch mehr half ihm vielleicht, dass Andrew ihn brauchte. Der kleine Junge hatte nun endlich einen Vater, auch wenn der nicht mit seiner Mutter verheiratet war."

„Bestand Douce denn nicht darauf?"

„Zu heiraten? Natürlich wünschte sie sich das. Aber sie wollte Marc noch ein wenig Zeit lassen. Sie hatten übrigens getrennte Schlafzimmer. Weihnachten und Neujahr vergingen. Und eines Tages besuchte Irene ihren Bruder."

*

Marc saß in der Küche von Les Silences und schnitzte an einem Holzsteckenpferd, das Andrew zu Ostern bekommen sollte.

Andrew besuchte vormittags den Kindergarten, der seit Oktober wieder auf der Insel geöffnet hatte.

„Guten Morgen, Marc!" grüßte Irene und setzte sich zu ihm an den Küchentisch. Sie brachte den Duft von frisch gebackenem Brot und warmer Milch herein.

Er sah auf und nickte ihr zu, kaum dass ein Lächeln seinen Mund verzog. „Guten Morgen, Irene. Douce ist hinunter in den Ort gegangen. Du wirst sie erst in gut einer Stunde wieder hier antreffen."

„Ich weiß, Marc. Ich bin ihr unterwegs begegnet. Das ist auch ganz gut so, denn ich wollte eigentlich mit dir sprechen."

„Mit mir." In seiner Stimme schwang Verwunderung mit.

„Ja." Irene faltete die Hände im Schoss; der Bauch wölbte sich schon hochschwanger. „Ich wollte mit dir über Douce und Andrew sprechen."

„Was gibt es da zu sprechen?" fragte Marc unwillig und schnitzte weiter.

„Nun, die Leute im Dorf reden schon. Ob du Douce nicht endlich heiraten und Andrew als deinen leiblichen Sohn anerkennen willst."

„Die Leute", schnaubte Marc.

„Ehrlich gesagt", gab Irene zu, „haben Julian und ich uns das auch schon gefragt."

„Was?" brauste Marc plötzlich auf. „Hört es denn nie auf, dass immer jemand meint, mein Leben bestimmen zu müssen? Ich habe fünf Jahre meines Lebens nicht gelebt, wie ich wollte. Fünf

Jahre, Irene! Ich habe diesen Deutschen die Stiefel geleckt, wenn sie es so wollten. Ich habe vergessen müssen, woher ich komme, wer ich bin! Und nun denken alle Leute, einschließlich meiner Schwester, sie könnten mir sagen, wie ich zu leben habe! Sie könnten über mein Leben bestimmen!"

„Schluss!" schrie Irene. Sie war aufgesprungen und schlug mit der Faust auf den Tisch. „Schluss, Marc Harmon!"

Er sah sie verblüfft an, schien etwas erwidern zu wollen.

„Hör endlich auf mit deinem ewigen Selbstmitleid! Glaubst du, wir hätten hier auf den Inseln nicht gelitten? Glaubst du, wir hätten gelebt, wie wir es uns gewünscht hätten? Glaubst du, auch nur einer hier hätte nicht geduckt und den Deutschen nötigenfalls die Stiefel geleckt, wie du es nennst, nur damit seine Familie überleben konnte? Hör endlich auf mit deinem Gejammer und werde erwachsen. Alle Jahre vorher hattest du ein Leben, in dem es außer Marc Harmon niemanden sonst gab. Du hast dafür büßen müssen. Aber es gibt keinen Grund dafür, deinen Sohn deinen Egoismus büßen zu lassen. Noch die Frau, der du dieses wundervolle Kind zu verdanken hast. Verdammt Marc, du bist ihnen etwas schuldig!"

Marc hatte sein Schnitzmesser beiseitegelegt und den rohen Pferdekopf in den Schoss sinken lassen. „Und was soll ich deiner Meinung nach tun?"

„Überleg mal, Marc! Was könntest du tun?"

„Schön, Irene, ich kann natürlich offiziell meinen Sohn anerkennen. Was bringt ihm das?"

410

„Du könntest auch Douce heiraten."

„Ich bin ein Krüppel, körperlich und seelisch, Irene. Ich glaube nicht, dass Douce das verdient hat."

„Ganz recht, Marc. Du bist ein Krüppel. Du lebst mit ihr unter einem Dach. Du spielst mit dem Sohn, den sie für dich allein hat großziehen müssen. Du sitzt an ihrem Tisch und lässt sie für dich arbeiten. Und, weiß der Himmel, wenn es dich einmal überkommt, ihr Schlafzimmer ist ja gleich gegenüber von deinem. Sie nimmt dich in den Arm, wenn es dir wieder einmal schlecht geht; sie erhält nicht einmal Antwort auf ihr Warum. Sie lächelt dich an, wenn du grimmig vor dich hinstarrst. Du hast Recht, Marc, das hat sie nicht verdient. Und du verdienst sie auch nicht. Weil du nämlich ein Krüppel bist, Marc Harmon!" Irene stieß es hervor und begann haltlos zu schluchzen. „Du – du hast kein Herz!" Und damit stürzte sie zur Tür hinaus.

Marc Harmon vergrub sich für den Rest des Tages in seinem Zimmer, und Douce wusste nicht, was ihn diesmal bekümmerte. Andrew zuliebe tat sie so, als sei nichts geschehen. Aber der Kummer zerfraß sie langsam. Was sollte sie nur tun, um Marc zu helfen?

In dieser Nacht wütete ein furchtbarer Sturm, und Andrew kroch aus seinem Kinderbett hinüber zu Douce und versteckte sich an ihrer Schulter. Marc wanderte die ganze Nacht in seinem Zimmer auf und ab. Manchmal zündete er sich eine Zigarette an, trank einen Schluck Gin.

Der nächste Morgen war grau; über den Himmel jagten Wolken, aber das Wetter beruhigte sich wieder. Nach dem Frühstück stiefelte Andrew los zum Kindergarten. Douce wollte hinaus in den Garten, um Kartoffeln zu stecken und ein paar Primeln zu setzen. Die ersten Blumen nach fünf Jahren. Doch Marc hielt sie am Arm zurück.

„Bleib einen Moment, Douce", sagte er rau. „Bitte. Ich muss …" Er stockte, während sie erwartungsvoll in sein graues übernächtigtes Gesicht blickte. „Ich muss mich bei dir entschuldigen. Für alles, was ich dir – und Andrew – angetan habe. Damals. Jetzt. Ich weiß, es gibt eigentlich keine Entschuldigung. Ich weiß, ich habe dich deine Familie gekostet. Und den Ruf. Und ich fürchte, ich habe keine Garantie dafür, dass mich nicht irgendwann wieder der Egoismus überkommt und ich etwas tue, was für dich nicht gut ist. Oder für Andrew. Oder auch für mich."

Douce senkte den Kopf. „Es ist für niemanden einfach, immer das Richtige zu tun, Marc", erwiderte sie. Dann hob sie den Kopf und sah ihm gerade in die Augen. „Aber wir können es alle versuchen."

„Das versuche ich gerade", gab Marc zu und verfiel wieder in hilflose Wortlosigkeit. Douce half ihm diesmal nicht aus der Klemme, und er riss sich zusammen. „Douce, ich kann es nicht versprechen, fehlerfrei zu sein, und ich hinke, und ich habe nachts furchtbare Alpträume. Aber – Douce, könntest du dir trotzdem vorstellen, mich zu heiraten?"

Ihre Augen glänzten, als sie Marc am Hafen verabschiedete. Er wollte mit dem Boot hinüber nach Guernsey fahren, um ihr einen Verlobungsring zu kaufen. Sie winkte, und er lachte. Er lachte zum ersten Mal wieder seit seiner Verhaftung damals. Die Muskeln um den Mund schmerzten ihn von der ungewohnten Bewegung. Und sein Herz fühlte sich so seltsam leicht an. Er wusste, dass er richtig gehandelt hatte, und dankbar dachte er an seine Schwester und an deren Standpauke.

Damals fuhr das Boot nur einmal am Tag, genauso wie heute. Marc musste auf Guernsey übernachten, und Douce putzte das Haus von oben bis unten. Sie schmückte es mit frischen grünen Zweigen. Sie briet Geflügel und buk Kuchen. Es sollte ein richtiges Verlobungsfest geben.

Andrew purzelte zwischen ihre Beine und war den ganzen Tag im Weg. Er wurde nicht geschimpft, sondern immer wieder gedrückt, erhielt hier einen Löffel Teig zum Abschlecken, da ein Stückchen gebratenes Fleisch. Douce flog durch das Haus, schwebte durch den Garten. Sank am Abend todmüde ins Bett.

Der nächste Vormittag brachte das Boot von Guernsey und Marc Harmon mit dem Verlobungsring für Douce. Sie hatte noch rasch einen dritten Kuchen für das Fest gebacken, weil sie fürchtete, zwei würden nicht reichen. Und so war sie erst am Ende des Wäldchens oberhalb des Hafens angelangt, als sie das Boot schon hereinstampfen sah. Sie begann zu rennen. Gut, dass Andrew im Kindergarten war, denn sie rannte über Stock und Stein. Für seine kurzen Kinderbeinchen wäre das nichts gewesen.

Marc sah Douce den Hügel herunterwirbeln. Sie flog geradezu. Sie lachte und warf die Arme in die Luft. Und er schwenkte das Päckchen, in dem der kostbare Ring war, auf den sie all die langen, elenden Jahre so geduldig gehofft hatte. Dann sah er sie vom Weg abbiegen.

Douce wollte die Zeit wieder einholen. Der Weg über den Strand war kürzer als die Straße vorbei an der Marina und dann hinunter um die Ecke zur Pier. Was der Sturm vorgestern nicht alles angeschwemmt hatte! Holzplanken und eine halbe Fischreuse waren dabei. Douce registrierte es und wich den Hindernissen fast unbewusst aus. Und dann trat sie auf etwas Hartes. Das Meer hatte eine Mine angespült. Marc sah im einen Moment Douces zartblaues duftiges Sommerkleid fliegen, im nächsten verschlang ein Feuerball das Bild wie eine Illusion.

Douce wurde zwei Tage später am Point Ste. Germaine beigesetzt, neben Alexej Miranow. Marc gab ihr den Ring mit ins Grab. Er stand mit versteinerter Miene vor der Grube, während sich sein kleiner Sohn haltlos schluchzend in die Röcke Irenes vergrub.

Eine Woche später reiste Marc Harmon ab. Er nahm Andrew mit und suchte eine neue Heimat in Neuseeland, wie so viele der Menschen, die auf den Kanalinseln während des Kriegs ihren Trost und ihre Hoffnung verloren hatten.

Irene und Julian bekamen zwei Söhne. Und sie lebten glücklich bis an ihr Ende auf Cawdry's Love.

*

„Und Sie, Brian?" fragte ich nach einer Weile. Brian war verstummt und ließ die Beine von der Kirchhofmauer baumeln, während sein Blick in unfassbare Fernen schweifte. „Wer sind Sie in der ganzen Geschichte?"

Er sah mich an, tätschelte meine Hand und lächelte müde. „Ach, kleine, kluge Annie. Sie haben es längst erraten, nicht wahr?"

13

Meine Erinnerung setzt ein mit einem riesigen Schrecken. Ich saß einem wildfremden, streng riechenden Mann auf den Schultern, der nicht mein Vater war. Um mich herum waren tausende von Menschen, und ich schrie gellend nach meiner Mutter. Aber niemand achtete darauf, sondern alle schienen in einem seligen Taumel, in dem meine Angst gar nicht weiter auffiel. Und dieser Mann trug mich durch die Menge – ich wusste nicht, wohin. Ich suchte nur nach dem blondierten Lockenschopf meiner Mutter, die zur Feier des Tages eine schwarze Samtschleife hineingeflochten hatte. Aber wahrscheinlich waren an diesem besonderen Tag alle jungen Frauen auf Guernsey auf denselben Gedanken verfallen. Jedenfalls glaube ich, nie wieder so viele Samtschleifen in blondierten, weiblichen Lockenköpfen gesehen zu haben. Und nie wieder so viele verhärmte Männer mittleren Alters mit Schiebermützen auf dem Kopf.

Irgendwann landete ich wieder wohlbehalten in den Armen meiner Mutter, die mich ein Dummerchen schalt, aber mich liebevoll an sich drückte und mir zum Trost einen so großen Lutscher in die Hand gab, dass ich ihn gar nicht in meinen Mund bekam. Sie hat mir später erzählt, dass es die Befreiung von Guernsey gewesen sein muss, an die ich mich da erinnere.

Der Mann, auf dessen Schultern ich gesessen hatte, war ein britischer Soldat gewesen, einer unserer Befreier, der seinen eigenen kleinen Sohn schon lange nicht mehr gesehen hatte und dem ich wohl sehr ähnlichgesehen haben muss. Meine Mutter lieh mich diesem Mann aus lauter Dankbarkeit für eine Weile aus. Aber der arme Mann kam nicht mehr dazu, mich zu verwöhnen, wie er es wohl vorgehabt hatte. Denn kaum saß ich auf seinen Schultern, fing ich auch schon an zu brüllen. Und der gute Mann suchte über eine halbe Stunde nach meiner Mutter, die inzwischen eine Straße weiter gedrängt worden war.

Aber ich sollte vielleicht am Anfang beginnen. Wie Sie längst erraten haben, ist meine Mutter nicht meine leibliche Mutter; sie kannte diese nur ganz flüchtig. Sie hatte ihr bei der Entbindung geholfen. Wer mein Vater war, konnte sie mir nie sagen; sie mutmaßte nur ganz richtig, dass es ein Deutscher war. Meine leibliche Mutter war Janet Cawdry; so viel hatte sie der Frau immerhin verraten, die meine echte Mutter werden sollte. Ich wurde am 11. Januar 1943 in der Scheune von Paul und Frances Slater geboren.

Ich kann mich nicht daran erinnern, dass dieses Ehepaar mich je hätte spüren lassen, dass ich nicht ihr eigenes, sondern nur ein angenommenes Kind war. Sie ließen es an nichts mangeln. Ich durfte in den Kindergarten in der Victoria Road. Ich besuchte die Vauvert Grundschule und bekam mein erstes Fahrrad mit sechs Jahren, genau wie alle anderen Kinder. Manchmal ließ irgendjemand seltsame Bemerkungen fallen, oder die eine oder andere Nachbarin blickte mich an, als sei ich einer geheimen Schandtat verdächtig, und murmelte dennoch: „Armes Wurm." Ich verstand nicht, warum sie mich bemitleideten, und ich wurde wütend, wenn sie mir scheinheilig, mit Hass in den Augen, über das Haar streichelten. Meine Mutter, Frances Slater, brachte sie meistens geschickt zum Schweigen, indem sie einfach auf ein anderes Thema lenkte. Ich saß dann allein mit meiner Verwirrung, die ich aber über einem Keks oder einem interessanten Bilderbuch rasch vergaß.

Es war nicht so, dass meine Mutter gedachte, mir meine Herkunft zu verschweigen. Sie hielt mich nur noch nicht für alt genug. Und was sollte ich mich damit herumschlagen, dass ich ein Flittchen zur Mutter und einen anonymen Vater in Wehrmachtsuniform gehabt hatte?! Es genügte, so waren sich Paul und Frances einig, wenn ich es erführe, sobald ich mich für ein Mädchen zu interessieren begänne.

*

Brian und ich hatten uns diesmal The Manor als Ziel ausgewählt. Wir waren im Park den breiten Kiesweg hinaufgegangen und die große Treppe zum Hauptportal hinaufgestiegen. Brian hatte dann zu meiner Überraschung einen Schlüsselbund hervorgezogen und die Tür aufgeschlossen. Wir waren in die große, leere Eingangshalle getreten; unsere Schritte hallten auf dem staubigen Marmorboden, und die alte Pracht wirkte grau und von Spinnweben überzogen. Ein paar alte Portieren hingen verschossen an den Fenstern. Und in dem Perser vor der Treppe hatten Motten ein Fest abgehalten.

„Gehen wir hier entlang!" schlug Brian vor und führte mich auf einen Seitengang zu, um eine Tür zu öffnen. Er ließ mir den Vortritt, und ich stieß einen Laut der Überraschung aus. Es musste der Salon gewesen sein, in dem die Partys der Harmon-Kinder Marc und Irene stattgefunden hatten. Natürlich war alles staubig, und dicke Spinnweben hingen in den Ecken, aber das Mobiliar schien noch vollständig. Der Flügel stand in einer Ecke, anscheinend unversehrt trotz sicher manch rauer Benutzung durch Besatzerhände. Die Möbel waren mit Tüchern verhängt, die Brian nun zurückschlug.

„Bitte, nehmen Sie Platz, Anne!" Brian wies mir einen Sessel mit passendem Fußschemel. Er selbst wählte sich einen anderen, der ebenfalls den Blick durch die halbblinden Scheiben hinaus über die Terrasse und in den Park gewährte.

„Woher haben Sie den Schlüssel zum Herrenhaus?" fragte ich erstaunt.

„Von Pete", lachte er. „Sie vergessen, er ist der Enkel von Irene Harmon, und solange die neuseeländische Harmon-Linie nicht hier aufkreuzt, so lange bewahrt Pete die Schlüssel auf."

„Die neuseeländische Linie? Es gibt also noch Nachfahren von Andrew?"

„Francis Harmon", nickte Brian. „Er ist allerdings noch nie hierhergekommen. Er hat sich immer um das Gut unten bei Wellington gekümmert, wenn Andrew und Marc am Liberation Day kamen, um Douces Grab zu besuchen."

„Oh“, machte ich. „Da kommt mir noch eine Frage. Woher hatten sie eigentlich damals gewusst, wo man Douce am besten beerdigen solle?“

„Sie meinen, woher sie von Alexej Miranows Grab wussten? Douce muss es Irene und Julian kurz nach dem Krieg erzählt haben. Auch die Geschichte von Ernst Lachers Gedicht. – Tja, und nun kommen sie jedes Jahr hierher und besuchen Douce.“

„Und Sie kommen öfters in dieses Haus, Brian?“

Er schüttelte den Kopf. „Nein, ich war vielleicht zweimal hier drinnen. Ich dachte, es würde Sie interessieren. Nachher gehen wir noch hinunter zu Cawdry's Love; dann kennen Sie auch die Farm. Und damit eigentlich alle Schauplätze, die hier im Krieg von Bedeutung waren. Mit Ausnahme der Barackenlager natürlich, die sofort nach dem Abtransport der Deutschen abgerissen wurden.“

„Waren Frances und Paul, ich meine, waren Ihre …?“

„Ob meine Eltern je auf Herks gewesen sind? Nein. Warum auch? Mutter meinte, es sei meine Geschichte, nicht ihre. Und es sei auch nur dann meine Geschichte, wenn ich es wolle.“

„Sie hat Ihnen Ihre Geschichte also erzählt, als Sie ein Teenager wurden?“

*

Eines Tages, ich ging schon auf die Middle School gegenüber von St. James, auf dem Gelände des Elizabeth College, hatten wir einen neuen Geschichtslehrer. Es muss so in der siebten Klasse gewesen sein. Er kam nicht von den Inseln, sondern hatte irgendwo in Kent sein Zuhause. Sein Vater war unter den Befreiern der Inseln gewesen, und er begann, uns eine Riesengeschichte zu erzählen vom Heldenmut seines Vaters und von den deutschen Schweinen und den kleinen Bastarden, die sie englischen Flittchen angehängt hatten.

Ich weiß nicht, warum er mit diesem Geschichtskapitel überhaupt anfing, denn eigentlich war gerade die Schlacht bei Hastings an der Reihe. Vielleicht dachte er, er könne sich über die Rolle seines Vaters im Krieg besondere Beliebtheit in unserer Klasse verschaffen. Er begann nach und nach zu fragen, ob unsere Eltern alle im Krieg auf den Inseln gewesen seien oder ob sie den Krieg von England aus erlebt hätten. Und als ich ahnungslos sagte, hier auf der Insel, lachte einer unserer Nachbarjungen kess und sagte, das sei eine Lüge. Und jeder wisse, dass ich keinen Vater hätte. In meiner Wut stürzte ich mich auf den frechen Kerl, der so etwas zu behaupten wagte. Der Lehrer brachte uns schnell auseinander und die Stunde zu Ende. Ich hatte ein blaues Auge, und die Nase des anderen war etwas deformiert.

Ich ging sehr bedrückt nach Hause an diesem Tag. Natürlich bemerkte meine Mutter gleich, dass etwas nicht mit mir stimmte. Zumal ich mich nach einer flüchtigen Begrüßung gleich in mein Zimmer verdrückte und bis zum Abendessen nicht mehr zum Vorschein kam. Als ich dann bei Tisch saß, brachte ich fast keinen Bissen herunter. Und als mein Vater mich neckte, ich sei wohl frisch verliebt, blickte ich ihn misstrauisch an.

Der Mann, der mit mir Drachen gebaut und Fische geangelt hatte, der mit mir auf Pleinmont im letzten Herbst Pfirsiche über einen Gartenzaun geklaut hatte und mit mir schwimmen ging, wenn es heiß war im Sommer – dieser Mann sollte also nicht mein Vater sein. Ich schluckte.

„Kind, was ist nur heute mit dir los?" fragte mich meine Mutter besorgt. „Du sprichst fast nichts, du isst fast nichts. So kenne ich dich gar nicht. Was ist passiert? Hast du vor irgendetwas Angst?"

Ja, sie hatte den Nagel auf den Kopf getroffen. Ich hatte Angst. Ich hatte eine geradezu höllische Angst davor, mein Zuhause zu verlieren. Zu erfahren, dass ich ein Kuckucksei sei, jemand, der alles andere als erwünscht sei. Und so blickte ich ihr gequält ins Gesicht.

„War es etwas in der Schule?" fragte Paul schmunzelnd. Ich zuckte zusammen. „Ich meine ja nur. Immerhin hast du heute ein prächtiges blaues Auge mitgebracht. Ich gehe davon aus, dein Gegner sieht mindestens genauso gut aus."

„Er hat 'ne blutige, dicke Nase", murmelte ich.

„Wer war's denn?" wollte er wissen. Ihn schien das Ganze sehr zu amüsieren.

„Ken."

„Kenneth Bradwell?"

Ich nickte.

Frances schlug die Hände über dem Kopf zusammen. „Junge, wie oft habe ich dir gesagt, er ist es nicht wert, dass man sich mit ihm prügelt?"

„Diesmal schon", brachte ich hervor.

„Wieso?" fragten nun beide.

„Er hat gesagt, dass ich keinen Vater habe." Ich sah hilflos zu Paul Slater hinüber, den ich bisher für meinen Vater gehalten hatte, an dessen Rolle ich nie gezweifelt hatte. Ich bemerkte, dass die beiden einen langen Blick wechselten. „Es stimmt, oder?" fragte ich verzweifelt.

Aber bevor ich aufstehen und wegrennen konnte, legte meine Mutter mir liebevoll eine Hand auf meine.

„Brian, erwachsen zu werden, ist manchmal gar nicht einfach. Und was ich dir jetzt erzählen werde, ist schwer, sehr schwer sogar. Es verlangt von dir viel Kraft. Aber ich weiß, dass du sie haben wirst. Denn du wirst von uns geliebt, das weißt du. Und du liebst uns, das spüren wir. Und damit hast du es einfacher als ein Junge wie Kenneth. Er glaubt, er werde geliebt, wenn er Geschichten verstreut. Aber er setzt sich damit erst recht dem Misstrauen der anderen aus – denn die nächste Geschichte, die er erzählt, kann ja schon über *sie* sein."

Ich nickte und verstand kein Wort.

„Natürlich hat jedes Kind einen leiblichen Vater. Aber nicht jeder Vater liebt sein leibliches Kind. Und deshalb steht die Mutter eines solchen Kindes vor einer ganz schrecklichen Entscheidung. Sie verliert den Mann, wenn sie das Kind behält, und sie verliert das Kind, wenn sie den Mann behält. Deine leibliche Mutter war so eine Frau, Brian. Aber sie wusste, dass wir dich liebhaben würden wie ein eigenes Kind."

Ich sprang auf, und ich heulte wie ein Schlosshund. Aber ich rannte nicht hinaus, weil mich die Liebe dieser beiden hilflosen Menschen in diesem Zimmer festhielt. Sie waren auf Gnade und Ungnade darauf angewiesen, dass ich an ihnen festhielte. In Paul Slaters Augen standen Tränen, und auch Frances weinte.

„Mein Sohn", flüsterte sie.

„Unser Sohn", berichtigte Paul sie. „Du brauchst dich nicht sofort zu entscheiden, wie du zu uns stehst. Aber vielleicht hilft dir die Überlegung, ob wir dir bisher das gewesen sind, was du dir von Eltern wünschst. Und dass wir dir das auch gern weiter wären, solange wir leben. Und dass wir dir keine Steine in den Weg legen werden, wenn du eines Tages den Spuren deiner leiblichen Eltern nachgehen möchtest."

Ich verbrachte eine annähernd schlaflose Nacht, und meine Mutter entschuldigte mich am andern Tag in der Schule. So etwas tat sie normalerweise nur dann, wenn ich wirklich krank war. Es musste also in ihren Augen etwas Schreckliches geschehen sein. Später, viel später hat sie mir gesagt, sie habe sich durch die Plötzlichkeit meiner Entdeckung überfahren gefühlt. Vielleicht sei es aber so am besten gewesen, denn so habe sie gar keine Zeit gehabt, lange nach Worten zu suchen; sie habe mir einfach eine Antwort geben müssen.

Ich hatte keine Ahnung, dass mein Vater an diesem Tag in die Schule ging und mit unserem Rektor über den Vorfall sprach. Ich hatte keine Ahnung, dass der Rektor Kens Eltern verständigte und er die Tracht Prügel seines Lebens erhielt; nicht, weil er etwas Ungehöriges gesagt hätte, sondern weil er sich dabei so blöd angestellt habe. Und ich hatte keine Ahnung, dass der Geschichtslehrer vor den Rektor zitiert wurde und seine Koffer packen musste.

Als ich in meine Klasse zurückkehrte, nur zwei Tage später, fand ich die Welt verändert. Meine Klassenkameraden begegneten mir mit äußerster Vorsicht, meine Lehrer wagten fast nicht zu atmen, und ich fühlte mich, als sei ich haltlos geworden, weil meine Eltern nicht die waren, für die ich sie immer gehalten hatte.

Irgendwann kam ich einigermaßen darüber hinweg. Ich meine, ich fürchte, ich behandelte meine Eltern lange Zeit, vielleicht gar über Jahre, als seien sie Fremde und nicht die, die immer für mich da gewesen waren. Ich tat so, als sei es eine Gnade, von ihnen Geschenke und liebevolle Gesten anzunehmen; als sei ich großzügig, wenn ich sie kameradschaftlich umarmte, statt sie wie früher zu küssen und mit Mutter zu kuscheln. Heute schäme ich mich entsetzlich dafür, was ich den beiden antat. Ich muss ihnen viel Leid bereitet haben. Es gibt dafür vielleicht nur eine Entschuldigung: Ich litt selbst entsetzlich.

*

„Wie haben Sie aber die Schule mit dem reservierten Verhalten Ihrer Kameraden ausgehalten? Und mit dem der Lehrer?"

„Ich musste es nicht sehr lange aushalten", gab Brian zu, und seine Augen ruhten weit weg auf einem Punkt in seiner Erinnerung. „Meine Eltern merkten, dass es mir nicht gutging. Sie merkten, dass die Hänseleien nicht aufhörten, sondern nur noch hässlicher hinter meinem Rücken weitergingen."

„Lassen Sie mich raten!" bat ich, um der Geschichte die Schärfe zu nehmen. „Paul und Frances nahmen Sie von der Schule und ließen Sie zu Hause von einer sehr verständnisvollen Gouvernante unterrichten."

Brian lachte, aber es war kein frohes Lachen. „Von der Schule nahmen sie mich, das stimmt so weit. Aber mein Vater gab seine Arbeitsstelle auf, meine Eltern verkauften ihr Haus, und wir zogen fort aus Guernsey. Meine Mutter hatte einen Bruder oben in Schottland; er führte ein Hotel in irgendeinem Dorf am Fuß des Ben Nevis. Dort bekam mein Vater eine Anstellung als Portier. Mutter half in der Küche und beim Bedienen im Restaurant. Wir wohnten in einem Anbau mit zwei Zimmern. Wir aßen mit den anderen in der Personalküche. In den Schulferien schleppte ich Koffer für die Gäste und führte deren Hunde aus. Manchmal musste ich auch babysitten. Wir waren nie mehr allein und nie mehr eine wirkliche Familie. Und ich fühlte mich schrecklich schuldig daran."

„Aber das war nicht Ihre Schuld, Brian!" rief ich empört. „Das war die Schuld der Menschen, die Sie für Ihre Herkunft verantwortlich machten. Und es war die Schuld Ihres Onkels, dass er Ihrer Familie nicht besser half."

„Nein." Brian schüttelte den Kopf und sah mich ernst aus seinen schönen, schrägen Augen an. „Es war niemandes Schuld. Denn jeder glaubte, das Beste zu tun. Und vermutlich war irgendwo im Verhalten eines jeden ein Punkt, an dem er anders hätte handeln müssen. Mutter hätte mich nie entschuldigen dürfen. Vater hätte nicht für mich kämpfen, ich hätte mich nicht hängen lassen dürfen. Der Lehrer hätte sich von seinem Enthusiasmus nicht so weit tragen lassen dürfen und der Rektor milder mit ihm verfahren müssen. Wir hätten nicht von Guernsey weggehen müssen; und wir hätten uns nicht auf die Hilfe eines anderen Menschen so verlassen dürfen, dass wir uns gehen ließen. Gary – das war mein Onkel – tat alles, was ihm möglich war. Aber er hatte selbst eine Familie. Und er hatte das große Hotel, das ständig Geld fraß, weil es immer etwas zu reparieren gab."

„Sie haben ein großes Herz, Brian, dass Sie alle Menschen entschuldigen können."

„Annie, ich kann jetzt verzeihen, weil ich zu verstehen gelernt habe. Sie sind noch so blutjung und verstehen schon so vieles, was ich erst viel später erkannt habe." Er sah mich liebevoll an, hob seine Hand, um meine Wange zärtlich zu berühren, ertappte sich und ließ sie wieder sinken. „Ich habe meine Jugend im Zorn verbracht und in bitterer Empörung. Und ausgerechnet die Menschen, denen ich am meisten zu verdanken hatte, mussten am meisten ertragen."

„Ich glaube, das ist immer so", wagte ich zu sagen. „Weil wir immer meinen, dass die Menschen, die wir am besten zu kennen glauben, am meisten ertragen können. Sie müssten uns doch eigentlich wortlos verstehen. Und deswegen muten wir ihnen all dies zu: Zorn und Verachtung, Ungeduld und Verzweiflung."

Er nickte. „Sie haben da etwas sehr Wesentliches erkannt, glaube ich. Anders gesagt: Wir sind gegen die uns am großmütigsten begegnenden Menschen oft am kleinmütigsten."

Wir schwiegen. Brian erhob sich und trat an die Terassentür. Er spähte durch die schmutzige Scheibe. Draußen bewegte ein kräftiger, milder Wind die Zweige der Bäume. Ein paar weiße Wolken zogen an einem azurblauen Himmel nach Osten. Schönes Wetter. Sah Brian dies? Oder war er so gefangen in seiner Geschichte, dass ihm die Schönheit draußen verlorenging?

„Was haben Sie nach der Schule gemacht? Haben Sie dann in Edinburgh studiert?"

Brian schien mit der Scheibe zu sprechen. „Edinburgh? Nein, ich wollte hoch hinaus, viel höher. Was bedeutete damals ein Studium in Edinburgh?! Ich wollte nach Cambridge! Ich wollte meine makelbehaftete Herkunft durch eine erstklassige Ausbildung kaschieren. Ich war doch mehr als der ungewollte Bastard einer leichtfertigen Engländerin und eines Nazis!"

*

Natürlich wollten meine Eltern nur das Beste für mich. Das Beste hieß für ich also Cambridge. Ich wurde in der Schule das, was man eine Streberleiche nennt. Meine Freizeit verbrachte ich über Büchern. Meine Schulkameraden waren ohnehin nicht an einer näheren Bekanntschaft mit so einem wie mir interessiert. Woher sie über mich Bescheid wissen sollten, darüber legte ich mir keine Rechenschaft ab. Mutter gab es bald auf, mich mit Gleichaltrigen zusammenbringen zu wollen oder mich aufzufordern, doch einmal ein paar Jungs einzuladen.

„Wohin denn?" fragte ich empört. „Hierher in die Personalküche? Oder in unser Schlaf-Wohnzimmer?" Ich sah es Mutters Gesicht an, dass ich sie schwer getroffen hatte, und es war mir eine Genugtuung. Ich bestrafte sie für meine Unzufriedenheit. Was war ich für ein ekelhafter Mensch!

Meine gesamte Freizeit verwandte ich auf das Lernen und auf das Geldverdienen. Ich wusste, dass meine Eltern mir ein Studium in Cambridge nicht würden finanzieren können. Und ich war mir nicht sicher, ob ich für ein Stipendium gut genug abschließen würde. Aber Cambridge sollte und musste es sein.

Mein Abschluss an der High School war nicht nur mit Auszeichnungen überhäuft, die meinen Hochmut fütterten; ich erhielt auch das ersehnte Stipendium für Cambridge. Und da ich mich für Jura nicht interessierte – ich wollte keine dieser albernen Perücken tragen und schon gar nicht eines Tages über Menschen zu Gericht sitzen, die vielleicht meinen leiblichen Eltern zu ähnlich waren –,wählte ich also die Medizin. Nicht aus Leidenschaft, sondern weil ich wusste, dass neben dem Rechtsanwalt der Arzt zu den angesehensten Berufen in Großbritannien gehört.

Mutter warnte mich. „Junge, vergiss nicht, dass du ein Leben lang mit deinem Beruf zusammenlebst. Länger als mit einem Menschen. Triff deine Wahl vorsichtig. Triff sie nach deinen Neigungen. Es wird Tage geben, an denen bist du allein, und dein Beruf ist dann alles, was dich von deinen Gedanken ablenken kann. Sieh zu, dass es ein Beruf ist, der dir Trost bringen kann."

Ich blieb stur. Und vielleicht hatte der liebe Gott ein Einsehen mit mir, auch wenn ich es wahrhaftig nicht verdiente. Denn nach den ersten drögen Semestern voll Anatomie und Medizinerlateins, voll Büffelns und makabrer Scherze der Kommilitonen, voll Enttäuschungen mit kleinen Mädchen in den Pubs am Universitätsgelände und störrischen Fernbleibens von meinem Zuhause in Schottland lernte ich jemanden kennen, der mir die Augen öffnete.

*

„Marjorie!" warf ich ein.

„Nein, nicht Marjorie."

Ich schwieg überrascht. Dann versuchte ich es erneut.

„Dann eine andere Frau. Jemanden, den sie lieben konnten."

Brian lächelte wehmütig. „Ja, jemanden, den ich lieben konnte. Weil seine Seele kostbar war und dieser Mensch mir zeigte, wie egoistisch ich gewesen war. Es war keine Frau. Und es war eine ganz andere Art von Liebe, gewiss keine körperliche. Er hieß Daniel Weitzman, und er war Jude."

„Der Name klingt eigentlich ziemlich deutsch."

„Daniel *war* Deutscher. Und er war mit einem Kindertransport nach England gekommen. Er hatte seine Eltern verloren, als er noch ein kleines Kind war. Er war von Menschen aufgenommen worden, die dachten, sie könnten ihn eines Tages zurückgeben. Sie glaubten, es handele sich um eine Übergangslösung, nur bis der Krieg vorbei sei. Und dann war der Krieg vorbei, und die Nachrichten tröpfelten herüber über den Kanal. Aus Auschwitz. Aus Bergen-Belsen. Aus Theresienstadt. Aus Friedberg. Von Daniels Familie hatte nicht eine Seele das Grauen überlebt. Und nun saß er da, der kleine Siebenjährige, und hörte täglich, dass er nicht gewollt war. Er war eine Last. Er aß zu viel. Er war faul. Er war Heide. Überlegen Sie, Annie: Einem kleinen Jungen wirft man vor, Heide zu sein!"

Mir standen die Tränen in den Augen. „Er war genauso wenig das Kind seiner Eltern wie Sie, nicht wahr? Das meinen Sie?"

Brian atmete tief ein. Er schluckte, er würgte. „Das meine ich."

Pause. Schweigen. Eine Fliege summte vergeblich gegen die matten Scheiben. Sie war wohl mit uns hereingekommen.

„Er hat versucht, für sein Zuhause zu bezahlen. Der kleine Judenjunge half, wo er nur konnte. Er machte sich fast unsichtbar. Er aß so wenig, wie er nur eben aushielt. Er lernte fleißig, damit seine Pflegeeltern, die ihm nie ihren Nachnamen anboten, stolz auf ihn sein durften. Er hielt sich fern von Streichen, wurde ein Musterschüler, der aber nie in den Ruf eines Strebers gelangte, weil er anderen half. Er gewann am Ende der High-School-Zeit ein Stipendium für Cambridge. Er wählte die Medizin aus Überzeugung. Daniel Weitzman war mein Zwilling und mein Gegenstück.“

„Und deshalb wurden Sie Freunde?“

„Trotzdem.“

*

Selten hat es zwei unterschiedlichere Menschen gegeben als Daniel und mich. Er kam ärmlich gekleidet ins erste Semester; aber sein Witz, seine Menschlichkeit machten das rasch vergessen. Ich hatte mir eine gute Garderobe zusammengespart und kam sozusagen mit gelecktem Scheitel und aufgereckter Nase an. Auch ich ließ die anderen nicht vergessen, wer ich eigentlich war – ich fühlte mich zu Höherem berufen.

Wir kamen über einer Leiche zusammen. Es war im dritten Pathologie-Semester. Wir sollten beide den Arm einer alten Frau sezieren, er den rechten, ich den linken. Er legte die Hand auf die Stirn der Frau, bevor er überhaupt etwas anderes tat. Ich hatte mein Skalpell schon in der Hand und hatte auch bereits zum ersten Schnitt angesetzt. Da sah ich, dass er ins Zwiegespräch mit der Leiche versunken schien.

„Versuchst du festzustellen, ob sie noch lebt?" spottete ich. „Warum schneidest du nicht los? Wir haben nur eine halbe Stunde Zeit für den Job."

Da sah mich Daniel aus seinen blauen Augen an und sagte: „Ich entschuldige mich bei ihrer Seele dafür, was wir ihr antun. Es ist kein Job. Sie hilft uns, den menschlichen Körper kennenzulernen. Und das Mindeste ist, uns bei ihr zu entschuldigen, dass wir ihr nach dem Tod antun, was das Leben ihr nicht angetan hat. Wir verletzen sie."

Ich sah den zierlichen Juden ungläubig an. „Bist du noch ganz normal? Ich meine, du entschuldigst dich bei einer Leiche? Du sprichst mit ihrer Seele? Das meinst du doch vermutlich nicht im Ernst?!"

Doch Daniel meinte es ernst. „Was glaubst du, was für Menschen hier vor uns liegen? Es sind Menschen, die niemanden hatten, der sie zu Grabe tragen wollte. Es sind Leute, die sich zu Lebzeiten verkauft haben aus Angst, sonst nicht zu überleben. Keiner wird es ganz freiwillig getan haben. Nicht diese alte Frau – das spüre ich. Was, wenn ich mich bei ihr entschuldige, dass ich ihren Körper zerschneide? Was, wenn sie mich vielleicht nicht hört? Und wer, Mister Neunmalklug und Obercool, sagt dir, dass sie mich nicht hört? Selbst, wenn sie's nicht tut – wem tut's weh? Lieber bitte ich um Verzeihung und mache mich in deinen Augen lächerlich."

Ich schnitt verlegen weiter, und ich zerschnitt versehentlich eine Arterie. Ich baute Mist mit Muskelfasern und Sehnen, und am Ende der Stunde dachte ich, ein Metzger mit seinem Beil hätte die Angelegenheit sauberer erledigt. Entsprechenden Spott erntete ich von meinem Pathologie-Professor.

Daniel, der sich Zeit gelassen hatte im Gespräch mit der alten Frau, erntete hingegen höchstes Lob. Er hatte saubere Arbeit geleistet, die feisten Sehnen freigelegt, die Arterien und Venen völlig unversehrt gelassen. Es sah aus, als könne man alles wieder in den Mantel der Haut zusammenpacken und als müsse der Arm im nächsten Augenblick wieder leben.

Ich war verwirrt. „Wie hast du das gemacht, Daniel Weitzman?" fragte ich.

„Es war ganz einfach", sagte er zu mir. „Ich habe versucht, mir vorzustellen, dass sie nicht tot sei und ihren Arm wieder brauchen werde, wenn sie aufwache."

„Das war alles?"

„Das war alles."

„Ich sollte das auch einmal versuchen."

„Das solltest du."

An diesem Tag gingen wir grußlos auseinander. Aber von da an standen Daniel und ich in den Pathologie-Seminaren immer am selben Seziertisch. Und er brachte mir mehr bei über die Menschen vor uns, als es die medizinische Terminologie geschafft hätte. Er lehrte mich Achtung, Mitgefühl, Verantwortung. Der kleine jüdische Junge in den ärmlichen Kleidern, den seine Pflegeeltern nicht wollten, hatte sich den großspurigen Dandy zum Freund gewählt, der seine Adoptiveltern nicht wollte.

Daniel wurde mein bester Freund, und durch ihn gewann ich andere Freunde. Wir begannen, um die Häuser zu ziehen. Ich bezahlte für Daniel, weil ich fühlte, dass ich es ihm schuldete. Und als er sein Mädchen kennenlernte, ein jüdisches Mädchen namens Rachel, bat ich ihn, unsere Freundschaft deshalb trotzdem nicht zu vergessen. Ich *bat* ihn! Wenige Jahre zuvor hätte mir niemand das Wort „Bitte" in Bezug auf Freundschaft nahelegen dürfen. Aber diese Bitte war auch völlig überflüssig. Rachel war nie ein Hindernis; sie wurde zur Bereicherung in unserer Freundschaft. Und wie oft tröstete sie mich freundschaftlich, wenn ich mein Herz wieder verloren und mit Füßen getreten glaubte.

Ich wurde Rachels und Daniels Trauzeuge kurz nach unserem Abschluss an der Universität. Rachel war eine zauberhafte Braut, und Daniel schwebte fast noch mehr als sie. Es war das erste Mal, dass ich bei einer jüdischen Hochzeit zugegen war. Daniels Pflegeeltern hatten ihre Teilnahme an dem „Heidenfest" verweigert. Aber Daniel und Rachel hatten genügend Freunde (und Rachel sogar noch ein paar Verwandte), die für ein Gelingen des Festes sorgten.

Daniel wurde wenig später nach Boston ans MIT berufen, und Rachel ging mit. Sie war damals schon schwanger. Ihren ersten Sohn nannten sie Ben Ruben Isaja Aaron Naphtali."

*

„Was für ein langer Name!" staunte ich. „Und alles aus dem Alten Testament."

„Aber die Initialen waren ein Geschenk an mich", flüsterte Brian sichtlich gerührt.

Ich dachte darüber nach, dann kam ich darauf: „Sie bilden Ihren Namen. Brian!"

Er nickte. Wieder eine dieser Pausen, in der mir bewusst wurde, wie rasch meine Zeit auf Herks jetzt ablief.

„Gehen wir?" fragte er. Und ich nickte.

Schweigend durchschritten wir den Park. Derselbe Weg, den Douce damals aus dem Herrenhaus genommen hatte. Die Main Street hinunter. Wie oft waren hier die Kübelwagen der Deutschen gefahren, mit geheimer, nächtlicher Fracht in Form vollbusiger, kichernder Mädchen?

Dann der Wiesenpfad zu Cawdry's Love. Es war Idylle pur. In den Wiesen blühten Glockenblumen und Butterblumen, Schafgarbe und Klee. Die Luft war voll von ihrem Duft. Die Erde lag weich unter unseren Füßen. Ich schwebte darauf hin, und zugleich wurde mein Herz schwer. Nur noch so kurze Zeit auf diesem wunderbaren Stückchen Erde. Nur noch so kurze Zeit an der Seite dieses Mannes, der so gnadenlos über sich sprach und so wundervoll war.

„Und nach dem Studium?" gab ich das nächste Stichwort. Wir hatten uns auf der Bank vor dem mit Spalierrosen bewachsenen Cottage niedergelassen, Pete zugewinkt, der im Stall zu tun hatte, und Sam, den schnurrenden Mäusefänger von Cawdry's Love, zwischen uns auf die Bank gelassen.

„Nach dem Studium ging ich nach Hause in das Hotel am Ben Nevis."

*

Natürlich waren meine Eltern mächtig stolz auf mich. Und zum ersten Mal nach all den langen Jahren fühlte ich mich gewissermaßen wieder zu Hause. Das hatte ich Daniel zu verdanken. Wir kamen einander wieder näher. Aber tief im Innern fühlte ich mich immer noch verunsichert. Eines Tages sprach ich mit Frances darüber, und sie riet mir, einfach nach Herks zu gehen, um zu sehen, wo sich meine Eltern vermutlich kennengelernt hatten. Und um ihre Spuren von dort aus zu verfolgen.

Es war merkwürdig, als ich um die Mitte des Jahres 1966 zum ersten Mal auf die Insel kam. Und es war gar nicht so einfach, jemanden zu finden, der bereit gewesen wäre, mit mir über die jüngste Inselgeschichte zu sprechen. Im Pub reagierte man ablehnend. Der Pfarrer in der Kirche zuckte die Achseln: Solche

Dinge wisse allenfalls sein Vorgänger. Und dessen Wissen falle möglicherweise unter das Beichtgeheimnis.

Schließlich wagte ich es doch und ging hierher, nach Cawdry's Love. Irene und Julian lebten damals noch. Ihre beiden Söhne, Morris und Marty, waren fast so alt wie ich. Marty half auf der Farm; er war damals schon mit Denise Doran verlobt, einer Bretonin reinsten Bluts, die auf Herks Urlaub gemacht und sich in Marty verliebt hatte. Morris war gerade aus Saudi-Arabien zurückgekehrt, wo er Ingenieur bei einer Ölgesellschaft war. Er fragte, ob ich nicht mitgehen wolle, wenn er in einem Monat wieder zurückreise. Ich blieb vage; ich wollte zunächst vor allem nur eines: meine Wurzeln aufspüren.

Irene und Julian behandelten mich wie einen lang vermissten Neffen. Der war ich natürlich; aber ich hatte damit gerechnet, dass man mich von Cawdry's Love wegjagen werde. Man hat als junger Mensch ja einen immensen Sinn für Dramatik. Vor allem, wenn es um einen selbst geht. Julian hatte sogar Janets Adresse, obwohl er ihr nie geschrieben hatte.

„Wir hatten nie etwas gemeinsam", gab er zu. „Und mit Jean – sicher sind wir Freunde gewesen. Aber wir haben einander eben aus den Augen verloren. Das kommt vor unter solchen Umständen."

Ich packte also erneut mein Bündel, musste aber versprechen wiederzukommen. Und so reiste ich nach Frankreich und suchte dieses kleine Kaff irgendwo in der Normandie. Es war ein winziges Nest mit teilweise schlimm zerschossenen Ruinen und einem heruntergekommenen Gasthof. In den mietete ich mich ein. Der Wirt interessierte sich nicht für meinen Pass, und ich nannte ihm einen falschen Namen, auch wenn mir der richtige kein Hindernis in meinen Nachforschungen bedeutet hätte.

Das Dorf hatte ich rasch durchquert. Und dann – im zweitletzten Haus – fand ich einen kleinen Laden mit ein paar Gemüsekisten vor der Tür und Küchenschürzen im Schaufenster. „Le Magazin" nannte sich das Geschäft, „Der Laden", weil es weit und breit vermutlich der einzige war. Ich zögerte einen Augenblick. Gleich würde ich meine Mutter sehen, meine eigene leibliche Mutter.

Mir schwindelte, und ich hatte das Gefühl im Bauch, als spränge ich von einem Wolkenkratzer in unendliche Tiefen. Dann riss ich mich zusammen und drückte die recht locker sitzende Klinke der Ladentür. Die quietschte heftig und wurde dabei noch übertönt vom Scheppern einer Glocke. Und dann stand ich da in einem schrecklichen Sammelsurium wie aus einer anderen Zeit und einer anderen Welt. Säcke mit Trockenfrüchten, Mehl und Zucker, ein Fass mit eingelegten Heringen und eines mit Sauerkraut, Bonbongläser auf der Theke und Würste unter der Decke. Ich sah mich verwundert um.

„Bonjour, monsieur. Vous désirez?" Ihre rauchige Stimme ließ mich zusammenfahren. Sie klang nach zu viel Whisky und Zigaretten und zu wenig Schlaf. Und erst dann sah ich sie, wie sie hinter einer Vitrine mit Gebäck hervorkam. Himmel, war das meine Mutter?

Sie war dünn und faltig, ihr Busen hing, und ihre Schultern tendierten dazu, in sich und nach vorn zusammenzusacken. Ihre Augen waren misstrauisch und nicht gerade freundlich. Ihr Harr, dünn und fluderig, war das Opfer zu vieler Färbungen und Dauerwellen geworden. Das Schürzenkleid, das sie trug, war schäbig und hing an ihr herunter wie ein Sack. In einem ihrer Strümpfe war eine Laufmasche. Sie war doch erst – ich rechnete schnell – 50, aber sie wirkte schon wie eine alte Frau. Irene hingegen, die fünf Jahre älter war als sie, hätte für Anfang 40 gelten können. Oh Mutter, was hast du mit deinem Leben, was hat es mit dir gemacht?!

Sie kam auf mich zu und starrte mich neugierig an. „Sie sind nicht von hier, nicht wahr?"

„N-n-nein", stotterte ich verlegen. „Verzeihung, ich wollte eigentlich gar nichts kaufen. Ich, ich bitte vielmals um Verzeihung." Schon stolperte ich rückwärts zur Tür, stieß in meinem Ungeschick gegen ein halbvolles Fass, das ich gerade noch vor dem Umkippen bewahren konnte, und war draußen.

Ich wollte diese Frau, die mich zur Welt gebracht hatte, plötzlich nicht mehr kennenlernen. Sie war nicht der Mensch, von dem ich Rechenschaft fordern wollte. Sie war nicht der Mensch, den ich mir vorgestellt hatte. Ich rannte die Straße hinunter. Hinter mir hörte ich die Ladentür klappen.

Dann hörte ich ihre Stimme schüchtern rufen: „Bis du es, mein Kind?"

Aber ich antwortete nicht mehr. Ich war nie ihr Kind gewesen. Und wollte es nie wieder sein. Im Gasthof bestellte ich an der Rezeption mein Zimmer wieder ab und stattdessen ein Taxi in die nächste größere Stadt. Eine Woche später war ich wieder auf Herks. Und drei weitere Wochen später flog ich mit Morris Cawdry sowie einem Visum und einem Arbeitsvertrag als Betriebsarzt einer Ölgesellschaft nach Saudi-Arabien.

Es war keine Flucht. Das sollte ich vielleicht dazu sagen. Im Gegenteil, ich fühlte mich zum ersten Mal frei. In mir gor nicht mehr das Gefühl, jemand zu sein, dem ich selbst misstrauisch begegnen musste. Kein Bastard mehr, kein Spross einer zweifelhaften Verbindung. Und das Wichtigste: Ich war nicht so wie sie, und ich würde nie so werden wie sie. Ich war frei. Frei von dem Bedürfnis weiterzusuchen. Frei von Ungewissheit. Und frei für die Liebe zu Frances und Paul Slater, die mir mein Leben lang wirkliche, liebende Eltern gewesen waren. Und diese Freiheit wollte ich genießen. Ich wollte Exotik, Abenteuer, Lagerfeuerromantik. Ich reiste ausgerechnet nach Saudi-Arabien.

Von Männergesellschaft hatte ich bald die Nase voll. Wenn man Frauen zu Gesicht bekam, waren sie so tief verschleiert, dass man gleich in ein Nomadendorf hätte gehen können – Beduinenzelte sind ähnlich erotisch. Exotik hieß Sand in allen Poren, Schwitzen bei unsäglichen Temperaturen und konstantem Ölregen in den Bohrgebieten, wohin mich meine Arbeit führte. Abenteuer, das waren explodierende Bohrlöcher und schreiende Arbeiter, die Verwundete in meine Praxis brachten, die aus einem Wohnwagen bestand oder, selten genug, aus einer festen Baracke.

Ich wurde Spezialist für schwerste Verbrennungen, für Quetschungen und Brüche. Ich zog Zähne, verschrieb Brillen und operierte entzündete Blinddärme. Ich zog Splitter, gab Kohletabletten gegen Durchfall und Quecksilberpräparate gegen gewisse Krankheiten, die sich die ausgehungerten Männer in illegalen Etablissements zuzogen. Ich nähte Schnittwunden aus Messerstechereien, und manchmal verschrieb ich einen Tag Urlaub und eine Flasche Whisky (in umgekehrter Reihenfolge) gegen Lagerkoller. Ich liebte meine Aufgabe, und ich hasste den Ort.

Im Winter flog ich zum Skifahren in die Schweiz. Den Rest des Jahres lebte ich in der heißen Hölle dieser Bohrgebiete. Die Schweiz wurde für mich zum Paradies. Hier konnte ich atmen, ohne dass mir Sand in die Lunge geraten wäre. Hier war ich einmal nicht rund um die Uhr von Raubeinen umgeben, deren Sprache meiner Mutter den Magen umgedreht hätte. Sie hatte sich solche Mühe gegeben, mir eine gewählte Ausdrucksweise anzuerziehen; und nun fluchte ich mit Kerlen um die Wette, die zum Teil gerade einmal ihren Namen schreiben konnten und Gabel und Kamm kaum auseinanderhielten – zumindest lag bei ihnen beides gleichermaßen neben dem Essteller. In der Schweiz durfte ich wieder kultiviert leben. Und ich durfte mit Frauen sprechen, mit ihnen tanzen, ihren Duft atmen.

So hielt ich es fast zehn Jahre, immer abwechselnd: Saudi-Arabien, Schweiz, Saudi-Arabien, Schweiz, Zölibat, Techtelmechtel, Bohrlöcher, Skilifte, Koje und Kingsize-Betten, Hitze und Kälte. Morris hatte schon längst aufgehört, bei der Ölgesellschaft zu arbeiten. Er hatte sein Geld genommen, in Cornwall ein Haus gekauft, eine junge Frau aus London geheiratet, die er irgendwann auf Herks kennengelernt hatte – so ähnlich wie sein Bruder Marty – und betrieb eine Tankstelle am Hafen eines nahegelegenen Fischerdorfs. Idylle pur für ihn; sie war ihm gegönnt, und ich vermisste ihn nicht weiter. Ich hatte mich an das Alleinsein gewöhnt.

Wie allein ich war, wurde mir im Juni 1976 buchstäblich mit einem Schlag klar. Es war ein Freitagabend, und die meisten von den Ölbohrtrupps bereiteten sich auf ihre Gebetsstunden vor. Ich machte noch eine Runde durch das Barackenlager Delta unseres Camps. Ich selbst nutzte das zugleich als Spaziergang, denn ich wohnte auf der anderen Seite der Bohrtürme im Barackenlager Alpha.

Ein Bohrcamp ist eine einzige Riesenbaustelle. Überall finden sich Stapel von Rohren, von Gerüsten, Lkw, Löcher von Fehlbohrungen. Es war verteufelt schwierig, sich allen Gefahrenstellen fernzuhalten. Nun, es passierte ungefähr auf der Hälfte der Strecke zu Camp Delta. Ich hörte einen hohlen Klang, der unglaublich schnell lauter wurde und den ich zunächst nicht orten konnte. Als ich sah, was los war, war es bereits zu spät. Einer dieser Rohrstapel hatte eine rostige Kette, die ihn zusammenhalten sollte, durch sein Gewicht gesprengt. Und diese Rohre rollten nun in einem irren Tempo auseinander und auf mich zu. Und dann traf mich das erste an der Hüfte.

Ich kann mich kaum noch erinnern, wie alles dann kam. Es schien mir nur so, als liege ich Ewigkeiten und als höre mich niemand rufen. Erst als die Männer von ihren Gottesdiensten zurückkehrten, fanden sie mich, Stunden später. Als sie mich aufhoben, um mich in meine Baracke zu bringen, muss ich das Bewusstsein verloren haben. Die Ölgesellschaft ließ mich noch am selben Tag ausfliegen nach Kairo. Im englischen Krankenhaus flickte man mich notdürftig zusammen. Trümmerbruch der Hüfte, hieß es. Als ich zurückkehrte nach Herks, das für mich zu einer zweiten Heimat neben Schottland geworden war, war ich 33 Jahre alt und ein Krüppel.

*

„Wegen dieses bisschen Hinkens nennen Sie sich einen Krüppel?!" staunte ich ungläubig.

Brian kraulte Sam hinter den Ohren, und der Kater schnurrte zufrieden. „Nannte", korrigierte Brian mich. „Ich hatte Schmerzen. Ich hinkte. Ich konnte nicht mehr richtig tanzen, keinen großartigen Sport mehr treiben – welches Mädchen findet so etwas wohl gewinnend an einem Mann?"

Fast wäre mir ein „ich" herausgerutscht, aber ich konnte es gerade noch hinunterschlucken. Er schien es zu merken und schmunzelte vor sich hin.

„Aber dann begegnete ich bei einer Nachuntersuchung drüben im Princess Elizabeth Hospital auf Guernsey Marjorie. Sie war dort Krankenschwester. Für mich war es Liebe auf den ersten Blick."

*

Sie arbeitete in der Ambulanz und hatte mit mir an diesem Tag eigentlich gar nichts zu tun. Aber sie schaffte es, dreimal in meine Untersuchung hereinzuplatzen. Und die dauerte keine zehn Minuten. Sie war ziemlich emanzipiert. Und ich fand es unglaublich beeindruckend, als sie mir draußen einen Zettel mit ihrer Telefonnummer zusteckte.

„Ich gehe heute Abend an der Strandpromenade spazieren. Sagen Sie mir Bescheid, wenn Sie anschließend Lust haben, mit mir etwas in Bertie's Landing zu trinken." Ich nickte sprachlos, und fort war sie wieder.

Den ganzen Tag sah ich ihr drolliges Lächeln mit den beiden Grübchen im linken Mundwinkel vor mir. Ihre Sommersprossen und ihr feuerrotes, welliges Haar, das sich vorwitzig allen Frisierbemühungen zu widersetzen schien, indem es unter dem Häubchen in allen Richtungen hervorquoll. Ihre überaus weibliche Figur. Und ihre kecken Bewegungen, so selbstbewusst und doch so – unwiderstehlich. Komischerweise dachte ich nicht im Traum daran, sie könne sich nur des Krüppels in mir erbarmt haben.

Noch nie habe ich so lange in einen Kleiderschrank-Spiegel gesehen wie vor meinem ersten Rendezvous mit Marjorie. Zum ersten Mal hatte ich das Gefühl, linkisch zu sein. Wie sollte ich mich mit ihr unterhalten? Wie sollte ich mich ihr vorstellen? Welche Gesten konnten sie vielleicht besonders zu meinem Vorteil beeindrucken? Sollte ich eine Krawatte anziehen? Oder wäre ein dezenter Rolli das Richtige? Sollte ich mein Haar mit Wasser glätten? Oder sah das am Ende zu geleckt aus? War ich gut rasiert? Sollte ich Rasierwasser nehmen, oder würde es sie stören? Sollte ich ihr Blumen mitbringen? Sollte ich vorsichtshalber einen Pfefferminzdrops lutschen, kurz bevor ich sie traf?

Heute muss ich über mich selbst lachen. Ich hielt mich für selbstbewusst, für einen reifen Mann. Und da brachte mich eine junge Frau von 25 Jahren so durcheinander! Vergessen war, was ich sonst getan hätte, wäre ich „nur" mit einem guten Freund ausgegangen. Schließlich fühlte ich mich scheußlicher als je und zog mutig in den Kampf. Mit einem Sträußchen geklauter Blumen.

Sie wartete unten an der South Esplanade auf mich. Sie stand da am Geländer, in Jeans mit Schlag und einer pinkfarbenen Rüschenbluse, die sich mit ihrer Haarfarbe innigst stritt. Und sie sah hinaus über den Jachthafen in den Abendhimmel über Herm.

Der Wind spielte mit ihrem jetzt gelösten Haar und den weichen Rüschen ihres Blusenkragens.

„Guten Abend", räusperte ich mich und streckte ihr unbeholfen die gestohlenen Blumen hin. Es war wie die Aufforderung zum Tanz in der ersten Tanzstunde. Naja, nicht ganz. Immerhin hatte sie mich wissen lassen, dass sie meine Gesellschaft wünschte und mir keinen Korb verpassen würde.

„Danke!" freute sie sich und errötete unter den Sommersprossen. „Guten Abend." Dann schwiegen wir uns beide an.

Gleichzeitig sagten wir: „Wollen wir dann?" Wir mussten lachen. Das brach das Eis ein wenig.

Wir gingen langsam die Pier entlang zu Bertie's Landing. Weil der Abendwind schon recht kühl vom Meer her wehte, suchten wir uns einen Tisch drinnen am Fenster. Ich rückte ihr den Stuhl zurecht, und sie schien sich auch darüber zu freuen.

„Ich heiße übrigens Brian Slater", stellte ich mich dem bezaubernden Wesen vor, das halb Prinzessin, halb Elfe war. Der Schalk saß ihr in den Augenwinkeln.

„Ich weiß", erwiderte sie. „Dr. Brian Slater", und betonte den „Doktor". Ich sah sie überrascht an. „Ich habe Ihr Krankenblatt gelesen. Trümmerfraktur der rechten Hüfte, OP in Kairo, englisches Krankenhaus. Nachversorgung durch uns. Sie leben derzeit auf Herks. Und ich heiße Marjorie."

Wir blieben nicht bei Bertie's. Wir landeten in der neuen Cocktailbar gegenüber von St. Paul's, die so neu war, dass sie noch keinen Namen hatte. Und dann landeten wir, reichlich beschwipst und lachend, bei La Mère de la Laine, das zu unserem Glück um 23 Uhr seinen Ausschank wie jedes ordentliche Pub schloss.

Worüber sprachen wir an diesem Abend? Ich glaube, es war eines dieser typischen Gespräche, die man führt, wenn man einander näherkommen möchte. Ich las gern Thomas Wolfe, Thomas Hardy, Thoreau und Sartre. Sie schwärmte für Fitzgerald, Austen, Fontane und Hugo. Ich hörte am liebsten Gershwin, Duke Ellington, The Doors. Sie stand eher auf Elgar, Sibelius und die Beatles. Ich war Einzelkind. Sie hatte einen älteren Bruder. Ihre Eltern lebten getrennt. Meine Eltern, die genetisch nicht meine waren, lebten anscheinend sehr glücklich zusammen. Ich hatte nie ein Haustier gehabt. Sie hatte einen fetten, alten Tigerkater. Ich war in der Welt herumgekommen. Sie hatte außer Guernsey nie auch nur eine der anderen Kanalinseln kennengelernt.

Und dann stellten wir jede Menge Gemeinsamkeiten fest. Sie kochte gern, und ich aß gern. Ich träumte von einer Praxis auf der Insel und sie davon, aus dem Krankenhaus in einen überschaubareren Wirkungskreis zu gelangen. Sie wollte später einmal heiraten. Ich auch. Aber leider hatten wir den richtigen Partner noch nicht gefunden. Wir sahen einander tief in die Augen, seufzten und bestellten uns noch ein Stout.

Ich bugsierte Marjorie in ein Taxi und fuhr selbst nicht mit, um ihren Ruf nicht zu ruinieren. Als ich in meinem Hotel ankam, stellte ich fest, dass ich weder ihren Nachnamen kannte noch wusste, wo sie wohnte. Und den Zettel, auf den sie ihre Nummer geschrieben hatte, hatte ich in meiner Unruhe so lange in meiner Jackett-Tasche zerknüllt, bis er von meinen feuchten Händen ganz aufgeweicht und die Schrift nicht mehr lesbar war. Das ernüchterte mich, soweit dies überhaupt in meinem Zustand möglich war, denn neben dem Liebesrausch hatte ich ja auch jede Menge in mich hineingeschüttet, um meine Verlegenheit zu überspielen.

Jeder Exzess wird von der Natur bestraft. Ich werde nie vergessen, mit welchem Brummschädel ich anderntags erwachte. Ich legte mir ein feuchtes Handtuch auf die Stirn, wankte wieder ins Bett und schloss die Augen. Draußen tobte der Straßenlärm schlimmer als an jedem Morgen. Und seit wann hatten sie im Hotel Reparaturen mit dem Presslufthammer? Aber es war nur das Zimmermädchen, das an die Tür klopfte, sie schließlich aufriss und mir Kaugummi kauend und schnippisch zur Kenntnis gab, wenn ich weiter im Bett zu liegen gedenke, würde sie mein Zimmer nicht in Ordnung bringen. Ich sah sie durch einen grauen Nebel an und murmelte nur, dann solle sie es eben bleiben lassen, und schloss meine Augen, während sie gnadenlos die Tür hinter sich zuschlug.

Erst am Spätnachmittag war ich wieder in der Lage, klar über meine Situation nachzudenken. Punkt eins: Schluss mit solchen Gelagen. Punkt zwei: Ich musste Marjorie wiedersehen. Punkt drei: Dazu musste ich ins Krankenhaus gehen, da ich ja nur noch unleserliche Fetzen ihrer Telefonnummer besaß.

Ich nahm also den Bus vom Weighbridge Tower hinauf ins Princess Elizabeth Hospital. Nur um dort zu erfahren, Marjorie habe ihren freien Tag. Ich war betroffen. Hatte ich sie so in Mitleidenschaft gezogen?

Als ich anderntags Marjorie wieder dort aufsuchte, lachte sie sich fast tot, als ich sie das fragte. Nein, sie habe mittwochs immer ihren freien Tag. Sie müsse wohl vergessen haben, mir das zu sagen. Und dann verabredeten wir uns wieder für diesen Abend, den wir ganz sittsam mit Tonic Water und Mineralwasser bestritten. Er war darum nicht minder ausgelassen. Und am Ende durfte ich Marjorie sogar ganz zärtlich (und fast unanständig lang) an mich drücken. Auch darüber lachte sie sich später fast schief. Ich hätte mich so wenig getraut und sei mir dabei so mutig vorgekommen. Die ganze Zeit habe sie auf einen richtigen Kuss gehofft. „Und wenn ich sage ‚richtig', dann meine ich ‚richtig'!" Und ich hätte sie nur festgehalten und gedrückt und gedrückt und festgehalten und gedrückt.

Dann fuhr ich zurück nach Herks, und wir hörten bis zur nächsten Krankenhaus-Untersuchung nicht mehr voneinander. So ging das ungefähr ein Jahr. Wir begannen, zwischendrein zu telefonieren. Dann schrieb ich ihr meinen ersten Liebesbrief. Und sie schickte mir einen mit Patschuli bedufteten zurück.

Dann schickte ich ihr zu Weihnachten einen Strauß roter Rosen und ein Telegramm: „Würdest du mich eventuell heiraten wollen?"

Sie schickte mir postwendend eine Flasche irischen Whisky und ebenfalls ein Telegramm. „Heb ihn dir gut auf, wenn du das vorhast. Du könntest ihn nötig haben."

Im Sommer kam sie nach Herks. Sie lernte Irene und Julian kennen und Marty mit seiner Denise. Wir durften nach Les Silences ziehen, das mir Irene nach ihrem Tod vererben sollte. Wir verbrachten herrliche Tage. Es schien ein Sommer voller klarblauer Himmel und milder Winde, singender Vögel und reifender Beeren, voll Bootsfahrten und Strandspaziergänge zu sein.

Es war der Sommer, in dem Dr. Yoricks Nachfolger endgültig beschloss, „diese dröge Insel" zu verlassen und irgendwo seine Praxis aufzumachen, wo er „mit interessanten Leuten" zusammenkomme.

„Wir sind ihm nicht prominent genug", brummte Rebecca Gordon.

„Wir sind ihm zu gesund", war sich Käpt'n Keith sicher, der die Verbindung zwischen den Inseln mit seinem Boot aufrechterhielt, das er in Anlehnung an ein anderes für Herks bedeutsames Boot „Gilliatt" getauft hatte. „Da sind ihm andere natürlich interessanter."

„Ich verstehe nicht, worin der Unterschied zwischen einer gebrochenen Zehe von Sir Ludolph Hackney und meiner im vorigen Jahr sein soll."

„Oh Rebecca", lachte Käpt'n Keith. „Dir konnte er nichts vormachen, wie leicht oder schwer dein Bruch war. Aber der Zeh dieses Sirs ist vergoldet …"

Am Ende verabschiedete Herks seinen treulosen Arzt und begab sich auf die Suche nach einem neuen. Doch offenbar lag das Inselchen für die meisten wirklich aus der Welt. Keiner konnte sich vorstellen, dass man von gerade einmal 50 Einwohnern sollte leben können. Und an Tourismus gab es so viel auch nicht."

„Wie wäre es eigentlich mit dir?" fragte Irene mich eines Abends unvermittelt.

Ich sah sie verständnislos an. „Wie, mit mir?"

„Warum nimmst du nicht die Praxis auf Herks? Du bist ein erfahrener Arzt. Deine Hüfte ist so weit geheilt, dass du wieder daran denken kannst zu arbeiten. Dir gefällt es auf Herks. Und auch Marjorie scheint es zu mögen."

Die Worte saßen und sanken immer tiefer in mein Gehirn. Konnte ich es mir vorstellen, nie wieder in fremde Länder zu gehen und hier eine kleine Landarztpraxis aufzuziehen? Ohne großen Ruhm? Ohne Karrierechancen? Ich konnte.

Marjorie und ich heirateten im Frühjahr 1978 in St. Paul's auf Herks. Die ganze Insel war auf den Beinen. Irene konnte das alles leider nicht mehr erleben. Sie starb in jenem Winter eines Nachts. Sie muss ganz friedlich eingeschlafen sein, und Julian fand sie am anderen Morgen an seiner Seite mit einem stillen Lächeln auf den Lippen.

Marjorie und ich hatten nun Les Silences und das Häuschen mit der Praxis in der Main Street. Es ist wenig sinnvoll, auf solch einer kleinen Insel zwei Häuser zu besitzen und beide bewohnen zu wollen. Wir beschlossen also, Les Silences künftig zu vermieten. Und weil wir genug Geld verdienten, konnte ich dafür auch eine Putzfrau einstellen.

So begann unser Leben auf Herks. Und es war sehr glücklich. Wir bekamen drei Söhne, von denen keiner auf die schiefe Bahn geriet. Daniel, mein Ältester, ist Dozent für englische Literatur in Oxford geworden. Marcus ist Chemie-Ingenieur bei einem Lebensmittelkonzern in der Nähe von London. Und Laurence, unser Jüngster, reist als Konzertpianist durch die ganze Welt. Sie sind gesund, verheiratet, sie besuchen uns regelmäßig. Und sie scheinen glücklich zu sein. Was können sich Eltern mehr für ihre Kinder wünschen?

Im Januar hat Marjories Arzt in St. Peter Port bei ihr Brustkrebs diagnostiziert. Es ist der einzige wirkliche Schatten, der uns in unserer Ehe je getroffen hat. Natürlich hatten wir manchmal Meinungsverschiedenheiten. Was sind da schon ein paar heftige Worte wegen einer längst vergessenen Lappalie? Was ist eine im Zorn zugeschlagene Tür? Was ein einsamer Spaziergang, um sich die Wut aus dem Körper zu laufen? Gott ist mein Zeuge: Begegnete ich Marjorie heute noch einmal, ich würde mich wieder in sie verlieben und sie noch einmal heiraten wollen.

*

Brian verstummte, und ich starrte auf die zarten Gräser, die sich zwischen den Pflastersteinen unter der Bank ans Licht gedrängt hatten. Er liebte Marjorie. Er liebte sie so sehr, dass für keine Frau sonst je Platz gewesen wäre. Und ich liebte ihn deshalb umso mehr, weil ich wusste, dass ich mir für mich auch solch einen Mann gewünscht hätte. Nur dass Thomas nicht dieser Mann gewesen war. Ich hatte mich getäuscht.

Brian spürte meine Nachdenklichkeit. „Keine Angst, Annie. Ich weiß, Sie werden eines Tages so einen Mann finden, wie ich in Marjorie so eine Frau habe. Lassen Sie sich nicht von den Thomasen in dieser Welt einfangen. Sie werden doch nur wieder enttäuscht werden."

„Aber wie werde ich merken, dass es der Richtige ist?" fragte ich in komischer Verzweiflung, die nicht wirklich komisch war, weil in mir plötzlich wirklich Verzweiflung aufstieg. Ich werde ihn verlieren, dachte ich. Ich werde Brian verlieren!

Brian sah mir tief in die Augen. „Man spürt es, Annie. Und in dem Moment, in dem man es spürt, weiß man es."

14

Es ist ein Trost zu wissen, dass, sobald man in der Lage ist, um eine neue Liebe zu weinen, die alte bereits vergessen ist. Zumindest redete ich mir ein, dass es ein Trost sei, denn ich weinte an diesem Spätnachmittag bitterlich, während ich meine Koffer zur Abreise packte. Ich schluchzte laut, und schließlich bekam ich heftigen Schluckauf. Dann fasste ich mich wieder, versuchte, klar zu denken, und fand mich dabei so unglaublich tapfer, dass ich darüber vor lauter Rührung erneut in Tränen ausbrach. Warum hatte ich auch mein Herz an Brian verlieren müssen? Lächerlich genug war es ja ohnehin. Was wusste ich denn von ihm wirklich?

Alles, argumentierte ich dagegen. Ich kannte ihn viel besser als vielleicht mancher seiner Weggefährten auf Herks. Er hatte seine Geschichte und die der Insel mit mir geteilt, aber er hatte auch seine Gedanken mit mir geteilt. Und er hatte mir eine stille, sanfte Zärtlichkeit geschenkt, eine Achtung, die mir sonst versagt gewesen war von den Männern, die ich je zu lieben geglaubt hatte. Ich hatte die Liebe in seinen Augen gesehen. Ich war doch nicht blind! Aber er hatte sich diese Zuneigung versagt, weil sie uns alle nur verletzt hätte, ihn und Marjorie und mich.

Die Zukunft erschien mir plötzlich grässlich weit und leer, bedrohlich fast. Ob es anderen Menschen je auch so ging? Vielleicht, ging es mir durch den Kopf, wäre eine Vernunftehe das Richtige. Eine Ehe, damit man die Leere überbrücken konnte durch Gespräche, durch gemeinsame Unternehmungen. Aber im

Hintergrund würde immer die verschenkte Hoffnung schweben, eines Tages doch noch den Menschen zu finden, mit dem man wirklich gemeinsam alt werden wollte.

Ich setzte mich an den Küchentisch, obwohl die gute Stube durch das Panoramafenster noch das herrliche Licht eines furiosen Sonnenuntergangs mitbekam. In dieser Küche war so unendlich viel geschehen. Hier waren alle wichtigen Entscheidungen der Geschichte von Herks gefallen. Alle, in die Douce verwickelt gewesen war, korrigierte ich mich. Auch ich stand an einem Scheideweg. Die erste Entscheidung, die ich an diesem Abend fällte, war die, hinunter ins Pub zu gehen. Wenn ich schon Abschied nehmen musste, dann konnte ich wenigstens versuchen, dort noch einmal in fröhlicher Runde Brian anzutreffen.

In diesem Augenblick hörte ich das Motorengeräusch eines Traktors den Weg heraufkommen. Was suchte Pete um diese Stunde hier? Ich erfuhr es nur zu bald, denn zwei Minuten später – der Motor tuckerte noch im Leerlauf draußen weiter – stand er mit roten Wangen und seiner Mütze in der Hand in meiner Küche und strich sich das zerzauste Haar aus der Stirn.

„Anne, würden Sie wohl Lust haben, Platz auf meinem Traktor zu nehmen und ins Dorf zu fahren? Ich würde gern mit Ihnen einen Schluck zum Abschied trinken."

Ich sah ihn aufs Äußerste verwundert an, nickte aber und holte meine Strickjacke von oben. Was war an Pete nur heute Abend so anders als sonst? Und warum holte er mich in das Pub ab? Er hatte sich doch den ganzen Aufenthalt über zwar freundlich, aber gewiss nicht an mir interessiert gezeigt. Nun ja, ich würde schon sehen, worüber er mit mir würde sprechen wollen. Er half mir galant auf einen der seitlichen Sitze neben dem Fahrersitz, und dann fuhren wir los.

Wahrhaftig, hier oben auf dem Traktor war der Weg durchaus gut auszuhalten. Jedenfalls bei weitem besser als in dem Anhänger, in dem ich schon einmal hier oben gelandet war. Der Waldboden von The Grove federte sanft, und die Schlaglöcher am oberen Ende der Rue Les Rocquettes erwiesen sich als weit weniger holperig, als ich sie in Erinnerung gehabt hatte.

Herks lag heute Abend seltsam still unter uns. Nur der Hund der Marina bellte hin und wieder. Aber die Lichter in den Häusern waren aus. Und es war keine Menschenseele zu sehen. Bis wir am Liberty Square ankamen und um die Ecke bogen. The Crown & Anchor hatte heute Abend sogar seine Fassade mit Lichterketten geschmückt. Alle Einwohner der Insel schienen sich eingefunden zu haben. Und dann sah ich ein großes Transparent über dem Eingang. Mir kamen die Tränen, als ich es las. „Bye-bye und Auf Wiedersehen, Annie!"

Pete grinste mich über beide Backen an. „Überraschung!" Dann half er mir von seinem bulligen Gefährt herunter, und in kürzester Zeit war ich von bekannten Gesichtern umringt.

Der Pulk trug mich in seiner Wellenbewegung zum Eingang des Pubs, an dessen Tür Käpt'n Keith, Dave und Brian standen. Natürlich – ich hätte es mir denken müssen, dass sie dahintersteckten. Brian stieß Käpt'n Keith leicht in die Seite, und der räusperte sich mächtig. Dann sah er mich direkt an. Und mir fiel auf einmal die altmodische Kleidung der Männer auf – das musste es auch gewesen sein, was mich heute Abend an Pete so irritiert hatte! Und die Frauen … Himmel, wie sahen die aus! Sie mussten in sämtlichen Truhen auf den Dachböden von Herks gesucht haben, bis sie diese Kostüme gefunden hatten!

„Liebe Anne, Sie wundern sich vielleicht über den merkwürdigen Auftrieb, den es hier heute Abend vor dem Pub gibt. Sie wundern sich über das Transparent. Und Sie fragen sich, ob diese Party wirklich Ihnen gilt. Die letzte Frage ist am kürzesten zu beantworten mit einem einfachen ‚Ja'. Und nein, wir tun das nicht bei jedem ersten Touristen der Saison und haben es bisher auch überhaupt für niemanden getan. Diese Party ist ganz exklusiv für Sie."

Ich wischte mir die Augen. Himmel, auch noch eine richtige Rede! Womit hatte ich das verdient?

„Am Anfang haben Sie uns alle ganz schön durcheinandergebracht. Wer hätte auch ahnen können, dass Sie so schnell unsere Geschichtslügen entlarven. Wir haben heimlich beratschlagt, während wir Ihnen alle mit grimmiger Ablehnung entgegentraten. Schließlich haben wir beschlossen, dass wir Ihnen die Geschichte erzählen lassen von einem, der selbst ein Teil von ihr ist und doch wieder Abstand davon hat. Von einem, dem wir alle vertrauen konnten, dass er die Geschichte für Sie nachvollziehbar erzählen würde. Und er erzählte uns, dass Sie verstehen wollten, dass Sie mitfühlten. Sie haben über unsere Insel in einer der schwierigsten Zeiten gehört. Und Sie haben uns Freundschaft entgegengebracht. Wir wollen Ihnen heute für Ihr Zuhören danken, Anne. Und deshalb feiern wir heute im Stil der 40er Jahre – so wie es gewesen wäre, wenn nie ein Schatten über unseren Völkern gelegen hätte."

Mir liefen nun wirklich die blanken Tränen übers Gesicht. Konnte es sein, dass all diese Menschen nur darauf gewartet hatten, ihre Geschichte einmal erzählen zu dürfen, ohne sich dabei ständig rechtfertigen zu müssen? Alicia drängte sich zu mir durch und nahm mich in den Arm. Ich linste mit verschwommenem Blick zu Käpt'n Keith, der nach einem Beifallssturm der Menge die Arme hob und noch einmal um Ruhe bat.

„Wir würden uns mehr solche Touristen wie Sie wünschen, Anne. Solche, die nicht nur kommen, um das milde Klima und die raffinierte Küche zu genießen, um Golf zu spielen und Geld anzulegen. Nein, solche, die uns wirklich kennenlernen möchten und dabei mit uns zu leben lernen. Sie sind uns Menschen von Herks in dieser Zeit ans Herz gewachsen. Bitte feiern Sie den Abend vor Ihrer Abreise mit uns – und kommen Sie wieder. Sie sind auf Herks immer willkommen."

„Hallo, Anne", strahlte mich Jeremy Oats plötzlich aus der Menge an. „Toll, dass Sie gekommen sind. Aber seien Sie vorsichtig mit Ihren Drinks. Heute Abend wird jeder für Sie bestellen wollen, und morgen haben Sie die Überfahrt auf der

‚Gilliatt' – passen Sie auf sich auf!" Er lachte schelmisch und tauchte wieder in der Menge unter.

„Du wirst ihnen etwas erwidern müssen", flüsterte mir Alicia ins Ohr. „Los doch! Sie erwarten es."

„Aber ich kann das doch nicht so verheult, wie ich bin. Was denken die dann von mir?!"

„Dass es dir schwerfällt, von hier wegzugehen. Na und?!"

Ich löste mich aus Alicias Umarmung und machte einen Schritt durch das Gedränge auf die Treppe zu. Und plötzlich bahnte sich mir ein Weg frei. Sie warteten wirklich auf eine Antwort.

Meine Gedanken rasten. Was sollte ich ihnen denn sagen? Mein Magen schlug lauter widerliche kleine Purzelbäume, und meine Knie waren so weich, dass ich dachte, ich würde es nie schaffen, die paar Stufen hochzugelangen. Außerdem standen die drei Männer dort oben. Wo sollte ich denn noch Platz haben? Aber als ich dort ankam, *war* plötzlich Platz. Reichlich Platz sogar – ich stand allein auf der obersten Stufe. Vor mir schwamm eine gesichtslose Masse, und ich war dafür zunächst auch nicht undankbar. Ich vermied den Blickkontakt mit mir bekannten Gesichtern. Alle sahen mich erwartungsvoll an.

„Liebe Freunde von Herks", begann ich zaghaft.

„Lauter!" rief jemand von hinten und erntete Gelächter.

„Ich bin nach Herks gekommen, um nach etwas ganz Anderem zu suchen als nach dem, was ich gefunden habe. Ich suchte eine heidnische Göttin der Urzeit und fand eine Geschichte der jüngsten Vergangenheit. Ich suchte die Einsamkeit und fand Freunde. Manchem war ich sicherlich anfangs ein Dorn im Auge, und angesichts dessen, was ich gelernt habe, wundert es mich nicht mehr. Danke, dass Sie trotzdem Verständnis für mich fanden und Antworten. Danke für die Zeit, die Sie mir geschenkt haben. Danke für das Teilen von Erinnerungen, die hart sind. Sie werden mich fragen, was ich mit all diesem Wissen anfangen werde, wenn ich von Herks erst einmal abgereist bin. Ich werde ein Buch schreiben. Ich verspreche es Ihnen heute allen: Ich werde Ihre Geschichte verbreiten. Es darf kein Unter-den-Teppich-Kehren mehr geben. Unrecht in der Geschichte beginnt mit dem Verschweigen. Ich will das Meine dazutun, dass damit ein Ende gemacht wird. Natürlich weiß ich nicht, ob es mir gelingen wird. Aber ob ich rede oder schreibe – ich weiß. Und dieses Wissen werde ich nicht verschweigen."

Jubel brach los. Und ich sah sogar den alten, tauben Jeremiah Gordon irgendwo in der Menge mit leuchtenden Augen stehen, als habe er mich verstanden.

„Danke für dieses Fest", fügte ich noch rau und leise hinzu. „Ich weiß nicht, womit ich es verdient habe." Dann stieg ich die Stufen hinab. Ich wollte nicht mehr so exponiert sein.

„Sie schaffen es, Annie", nickte mir Dave zu.

Ich sah ihn fragend an. „Sie meinen die Geschichte mit dem Buch?"

Er nickte. „Sie sind so intensiv – Sie scheinen Ihr Herzblut an das zu verschenken, womit Sie sich beschäftigen. Sie schreiben dieses Buch."

Dann hakte sich einer der Fischer bei mir unter, die mich noch vor gar nicht langer Zeit mit der „Gilliatt" am liebsten zurück nach Guernsey geschickt hätten. „Anne, ich glaube, wir müssen auf unsere Freundschaft anstoßen. Wozu darf ich Sie einladen? Aber sagen Sie jetzt bloß nicht Limonade."

Ich lachte schwach. „Ich habe doch noch gar nichts Richtiges im Magen. Ich werde nach dem ersten Glas Stout der Länge nach umsinken."

„Es würde mir nichts ausmachen, Sie aufzufangen", strahlte mich der Mann mit dem Stoppelbart an. Aber er hatte Erbarmen mit mir. „Jungs, macht der Lady hier ein paar von euren leckeren Käse-Sandwiches, damit sie den Abend durchhält!"

Und damit begann ein Fest voll heiterer Gesichter und liebevoller Blicke, voll freundschaftlicher Unterhaltungen. Ich wusste kaum, mich zu retten, als die Musikbox angeworfen und zu Melodien der 40er Jahre getanzt wurde. Ich kam mir in meinen Jeans und meiner praktischen Karobluse so vor, als sei ich in einen uralten Hollywood-Streifen versetzt worden.

„Sie werden wirklich ein Buch über uns schreiben?" fragte mich ein junger Bursche, dessen Gesicht ich nur einmal flüchtig bei der Marina gesehen hatte. „Kommen wir da alle drin vor?"

Ich sah ihn ratlos an. „Ja, ich denke schon. Soweit ich die Namen weiß …"

Er schwenkte mich im Quickstep in eine rasche Drehung, sodass mir kurz die Luft wegblieb. „Ich heiße Michael Thompson. Können Sie sich das merken?"

„Klar", sagte ich.

„Dann komme ich in dem Buch auch vor?"

„Natürlich", erwiderte ich und strahlte ihn an, während ich mich fragte, ob Brian noch irgendwo in dem Getümmel steckte oder ob er schon nach Hause gegangen war. Dann wurde ich abgeklatscht, und der Tanz ging weiter, scheinbar endlos, bis mir meine Füße wehtaten und ich – es war sicher schon gegen Mitternacht – um eine Pause bat. Doch niemand wollte mir so recht glauben, dass ich müde sei, bis Brian mich rettete.

„Ich glaube, Anne muss jetzt nach Hause gehen", sagte er bestimmt. „Wie soll sie denn die Überfahrt heil überstehen, wenn ihr dem Mädel so viel zu trinken gebt und ihre Seemannsbeine – entschuldigen Sie den Ausdruck, Anne – in Grund und Boden tanzt?"

Brian zog mich vom Tanzboden weg und in eine etwas ruhigere Ecke. „Anne", sagte er ernst. „Ich würde gern heute schon von Ihnen Abschied nehmen." Ich sah Brian entsetzt in die Augen und wollte etwas Törichtes erwidern. Aber er kam mir zuvor. „Wir wissen beide, dass es das Beste ist. Und ich dachte, wir hätten mehr Ruhe, wenn ich Sie noch hinauf nach Les Silences begleite."

„Wann?" hauchte ich fast tonlos.

„Wie wäre es mit – jetzt?"

Ich nickte. Und da ich bemerkte, dass ich in dem Trubel nicht weiter vermisst würde, stahl ich mich mit Brian ohne weiteres Abschiednehmen hinaus. Draußen war es stockdunkel; offenbar Neumond. Doch Brian zog eine Taschenlampe hervor.

„Traditionelles Inselaccessoire", spottete er.

Und so folgten wir dem Lichtpegel, der vor uns über den Weg tanzte. Zunächst schwieg ich. In meinen Augen brannten Tränen, und ich traute meiner Stimme nicht recht.

„Wie schnell die Zeit mit Ihnen vergangen ist", sagte Brian schließlich.

„Zu schnell", würgte ich vor. „Aber wie sagte schon Robert Frost? ‚Nothing gold can stay' – eine ziemlich bittere Einsicht. Nur für Sie und Marjorie hat sie nicht gestimmt."

„Und nicht für Irene und Julian. Nicht für Jeremiah und Rebecca. Nicht für meine Eltern."

„Aber immer muss einer an einer Stelle im Leben vom anderen Abschied nehmen", protestierte ich und war schon wieder dem Heulen nahe.

„Aber das sind nur ganz kleine Abschiede", sagte Brian überzeugt. „Alle nur vorübergehend."

„Ach, kommen Sie mir nicht damit. Bestimmt sind im Himmel auch wieder alle, die ich lieben könnte, nicht an mir interessiert."

„Klar!" lachte Brian. „Soweit ich weiß, sagt die Bibel, dass es so etwas wie irdische Gelüste dort nicht mehr gibt."

„Ziemlich kleinlich von Gott!" schimpfte ich und musste lachen. „Ich hatte mir immer vorgestellt, es gehe dort gerade so weiter wie hier."

„Mit allem Kummer?"

Wir schwiegen wieder. Die letzten Häuser von Herks lagen hinter uns. Der Ginster duftete betörend, die See rauschte an unsere Ohren. Wir blieben unwillkürlich stehen.

„Ist das nicht einfach unglaublich schön?" Brian blickte hinaus auf das glitzernde Dunkel, das aus Wasser und Sternen bestand. „Churchill hat einmal gesagt: ‚Alle großen Dinge sind einfach, und viele können mit einem einzigen Wort ausgedrückt werden: Freiheit, Gerechtigkeit, Ehre, Pflicht, Gnade, Hoffnung.' Ich glaube, er hat die Natur als Gottes Schöpfung dabei vergessen."

„Und die Liebe", warf ich ein. Brian sah mich fragend an. „Ja, die Liebe hat er vergessen! Denn ohne Liebe gibt es keine Freiheit und keine Gerechtigkeit. Ohne Liebe gibt es weder Ehre noch Pflicht – wem auch gegenüber? Ohne Liebe gibt es keine Gnade und keine Hoffnung. Und ohne Liebe hätte es keine Schöpfung gegeben. Denken Sie an die Geschichte von Herks. Alles, was in ihr Bewegung erzeugte, kannte nur einen Motor: Liebe!"

„Und Hass …"

„Der nur die Kehrseite der Liebe ist, sie also zur Voraussetzung hat!"

Atemlos sahen wir einander an. Dann gingen wir zögernd weiter. Ohne einander anzusehen. Es war uns zu gefährliches Terrain geworden. Am Eingang zum Wäldchen schließlich fanden wir wieder Worte.

„Sie werden das Buch schreiben, nicht wahr?" vergewisserte sich Brian mit einem Mal. „Es war nicht nur so eine spontane Idee von Ihnen, um auf Keiths Rede etwas zu erwidern?"

„Oh nein, nein!" rief ich aus. „Wissen Sie, Brian, vielleicht habe ich immer auf etwas gewartet, das es wirklich wert wäre. Vielleicht habe ich deshalb alle anderen Ideen immer warten lassen, sie anformuliert und beiseitegelegt. Ich hatte ja die Entschuldigung, eigentlich Galeristin zu sein. Aber jetzt – jetzt habe ich wirklich etwas mitzuteilen."

„Sie werden Ihren Weg gehen, Anne", sagte Brian plötzlich sehr ernst. „Ich weiß, dass es unser Buch geben wird. Und wo auch immer Sie dann sein werden, ich werde stolz auf Sie sein."

„Ich habe nur manchmal Angst vor der Einsamkeit, die damit verbunden ist", sagte ich leise hinaus in die Nacht und sah ihn nicht an. „Oder eigentlich nicht direkt davor. Die Menschen sehen einen so merkwürdig an, wenn man sich allein mit Dingen beschäftigt, in denen sie einen nicht verstehen. Als wäre man – ein Zombie!"

Die Zweige im Unterholz vor uns knackten. Ein Igel huschte über unseren Weg. Er verharrte einen Augenblick lang, nahm mit seiner spitzen, kleinen Nase Witterung auf und flüchtete auf die andere Seite ins Gestrüpp.

Brian fixierte mich mit seinen Augen. „Was, Annie, ist dir wichtiger?" Er merkte offenbar nicht, dass er mich mit einem Mal duzte. „Die Meinung der Leute oder die Erfüllung deiner Träume?" Ich schwieg. „Es sind deine Träume, nicht wahr?" Ich nickte. „Dann halte an ihnen fest, auch wenn dich die wenigsten Menschen verstehen werden."

„Ich denke immer nur ..." Ich suchte, meine eigene Verteidigung zu formulieren. „Ich denke nur, man kann seine Ziele nicht hoch genug stecken. Weil die Wirklichkeit von allein vieles kleiner und geringer macht. Und weil ich Angst habe, an meinem Lebensende Bilanz zu ziehen und herausfinden zu müssen, dass ich meine Zeit nur vergeudet habe."

„In den Augen anderer?"

„Nein! Vor mir selbst."

„Es wird nicht einfach sein. Aber du hast Recht, Mädchen: Das Leben kennt keine Rückfahrkarte. Also suche immer, das Beste zu erreichen, damit du nicht bereuen musst."

Der Rest unseres Wegs war Schweigen. Ich wollte lieber nicht wissen, wann er Marjorie nach Hause holen würde, wie sein Leben mit ihr weitergehen würde. Und er wusste offenbar gut genug, dass ich zunächst wieder als Single leben und eben arbeiten würde. Kein Thomas, niemand sonst in der Warteschlaufe.

Dann standen wir an der Haustür von Les Silences. Nun galt es. Wir mussten Abschied nehmen. Ich sah ihn zum letzten Mal von Angesicht zu Angesicht. „Annie", begann er leise. „Danke, dass du …" Er kam nicht weiter.

„*Ich* muss danke sagen", unterbrach ich ihn. „Ich finde nur nicht genügend Worte, um es richtig auszudrücken." Die Worte, die ich gefunden hätte, hätten wohl genügt, um ihm meinen gesamten Seelenzustand vollständig zu offenbaren. Aber sie wären wenig angebracht gewesen. „Danke – für alles."

Brian zog mich in seine Arme. „My clever little lass", sagte er zärtlich. „Lebewohl! Ich werde darum beten, dich irgendwo irgendwann wiederzusehen."

Ich sog seinen Duft ein. Ich prägte mir das Gefühl ein, in seinen Armen zu liegen. Ich musste alles so in mich aufsaugen wie Papier, das bedruckt wurde. Meine Hand griff nach seinem Haar, nach jener widerspenstigen Locke im Nacken. Es würgte mich in der Kehle, und ich brachte keinen Ton hervor. Dann ließ er mich los. Und da erst hatte ich mich in der Gewalt etwas zu äußern.

„Gott segne dich, Brian." Dann drehte ich mich um und flüchtete mich in das Cottage, in dem ich die letzte Nach schlaflos verbringen würde. So dankbar und so undankbar zugleich.

*

Was soll ich noch groß sagen? Am nächsten Morgen stand Pete Cawdry mit seinem Traktor und dem Anhänger pünktlich vor der Tür und brachte mich hinunter zum Hafen. Dort war von dem Fest des Abends zuvor nichts mehr zu spüren. Aber als wir an der Anlegestelle der „Gilliatt" hielten, wartete Dave dort auf uns. Ich war überrascht.

„Guten Morgen, Anne," grüßte er mich. Ich nickte ihm zu und nahm derweil meine Koffer von Pete in Empfang. „Haben Sie den gestrigen Abend gut überstanden?"

Ich nickte und dankte. Pete verabschiedete sich, und nun standen Dave und ich allein an der Mole. Käpt'n Keith würde wohl in zehn Minuten aufkreuzen.

„Alicia würde Sie dieser Tage gern drüben auf Guernsey besuchen", begann Dave zögernd. „Wenn das möglich wäre."

„Oh sicher, furchtbar gern!" sagte ich und versuchte, mich zu freuen. Die Trennung von Brian war noch zu frisch für ein Blitzen meiner Augen und ein allzu fröhliches Lächeln. Dann plötzlich stand vor mir noch eine letzte Frage bevor ich abreiste. Und ich wusste, jetzt war die letzte Gelegenheit sie zu stellen. „Dave, nehmen Sie mir's nicht übel, aber ich habe die ganze Zeit auf der Insel das Gefühl gehabt, dass Sie mich nicht wirklich mögen. Habe ich Sie irgendwann einmal aus Versehen verletzt?"

Dave trat verlegen von einem Bein auf das andere. „Nein", kam es schließlich etwas mürrisch hervor, und er kaute auf seinem Bart. „Nein, Anne, Sie haben mich nicht verletzt."

„Ja, aber irgendwie war ich Ihnen doch offenbar nicht so willkommen."

Dave holte tief Atem und sah mir dann ins Gesicht. „Marjorie Slater ist meine Schwester."

Ich sah Dave verständnislos an, dann dämmerte es mir allmählich.

„Es tut mir leid, wenn mein Misstrauen allzu deutlich war, Anne", sagte er. „Ich hatte nur Sorge … Ich meine, Marjorie war im Krankenhaus. Und Sie. Ich glaube, Sie könnten einen Eisblock zum Schmelzen bringen."

„Sie dachten, ich würde Brian Ihrer Schwester wegnehmen?"

Dave seufzte. „Ich habe gesehen, wie Brian Sie angesehen hat, Anne."

In diesem Augenblick kreuzte Käpt'n Keith auf. „Können wir?" fragte er lässig.

„Hier", sage Dave und drückte mir einen Briefumschlag in die Hand. „Er ist von ihm, und er hat mich gebeten, Ihnen zu sagen, Sie sollten ihn erst öffnen, wenn Sie bereits auf See seien." Er nahm mich in den Arm. „Danke, Anne. Danke, dass Sie Marjorie nicht seine Treue genommen haben."

Er verließ mich abrupt, und ich kletterte benommen an Bord, während Jeremy Oats mein Gepäck einmal mehr in die „Gilliatt" hievte. Dann stellte ich mich ans Heck. Ich wollte von Herks so lange wie möglich Abschied nehmen. Wenig später löste Jeremy die Leinen von den Pollern an der Pier, sprang an Bord, und wir fuhren.

Da lagen sie, die pastellfarbenen Häuser mit den duftenden Gärten. Und das Leben würde ohne mich weitergehen auf Herks. Vermutlich, als hätte es mich dort nie gegeben. Da leuchtete das Hotel in der Morgensonne oberhalb der Klippen. Dort sah ich Rebecca vor dem Laden die Obst- und Gemüsekisten sortieren. Im Pub öffnete man die Fensterläden. Der Hund der Marina lief an seiner Kette bellend das Grundstück entlang. Das Leben auf Herks ging einfach weiter.

Was mochte Brian mir geschrieben haben? Ich öffnete vorsichtig den Brief, voll Angst, der Wind könne mir seinen Inhalt auf immer entreißen, wenn ich ihn nicht fest genug hielte. Es war ein einziges Blatt. Darauf fand ich in einer markanten, eckigen Handschrift nur wenige Zeilen:

„You decide on what you hold,
Be it Nature's green or gold,
Be it twig or flower –
It is in your power.
All life has got its grief.
So, stick to this belief:
Each night must end in day.
Dark will never stay.

Pour mon ange doux, Anne

– Brian"

Robert Frosts ursprüngliche Zeilen summten durch meinen Kopf. Aber eine innere Stimme gebot meinem Grübeln mit einem Mal Einhalt. Brian hatte mir klargemacht, dass er die Welt völlig anders sehe. Es gab darin keinen Platz für Verzweiflung.

Ich hob meine Augen auf von der Gischt unter dem Heck der „Gilliatt" und blickte zurück nach Herks. Und dann sah ich ihn. Er stand am Point Ste. Germaine und sah dem Boot nach, das mich von der Insel fortbrachte. Er stand dort im Wind und sah mir nach. Am Grab von Douce. Ich winkte nicht. Ich wusste, er würde es genauso wenig erkennen, wie ich sein Gesicht, seine Arme würde sehen können. Und doch wusste er, dass die Gestalt im Heck der „Gilliatt" ich war, so wie ich wusste, dass niemand als er mir einen letzten Gruß vom Grabe Douce Barbets schicken würde. Da endlich fand ich Worte.

„Danke, Brian!" sprach ich in den salzigen Wind. „Es ist gut zu wissen, dass es auf der Welt Menschen wie dich gibt."

Ich sah zurück, bis ich Brian aus den Augen verlor. Dann schritt ich energisch zum Bug der „Gilliatt". Vor mir lagen Guernsey und die Erfüllung eines Versprechens, das ich gegeben hatte.

Bibliographie

Bell, William M. *I beg to report.* Guernsey Press, 1995

Bihet, Molly. *A Child's War.* Guernsey Press, 1998

Bihet, Molly. *Reflections of Guernsey.* Guernsey Press, 1993

Binding, Tim. *Island Madness.* Picador, 1998

Bunting, Madeleine. *The Model Occupation.* Harper Collins Publishers, 1995

Falla, Frank. *The Silent War.* Burbridge Ltd., 1994

Guernsey Weekly Press, May 8/9, 1945

Mahy, Miriam M. *There is an Occupation ... .* Guernsey Press, 1993

Manning, John. *Glimpses of Guernsey.* Guernsey Press, 1995

Marr, James. *The History of Guernsey.* Guernsey Press, 1982

Parker, Sheila. *An Occupational Hazard.* Sausmarez Brook Ltd., 1985

Stoney, Barbara. *Sibyl, Dame of Sark.* Burbridge Ltd., 1994

Stroobant, Frank. *One Man's War.* Burbridge Ltd., 1996

Toms, Carel. *Hitler's Fortress Islands.* Burbridge Ltd., 1996

Torode, George. *Donkey's Ears Ago.* George Torode, 1996

Wood, Jenny. *Herm. Our Island Home.* Herm Gift Shop, 1994

Nachwort und Danksagung

Manche Bücher brauchen Zeit. Viel Zeit. „Inseln im Sturm" habe ich 1999 auf den englischen Kanalinseln Guernsey, Herm und Sark intensiv recherchiert. Im Jahr 2000 erhielt ich nach vielen Absagen für die Erstfassung des Manuskripts die Zusage eines führenden deutschen Buchverlags – und hörte dann über neun Monate gar nichts mehr. Am Ende bekam ich mein Manuskript unveröffentlicht zurück. Man war sich hausintern uneinig gewesen. Die Hängepartie hatte mich zermürbt und entmutigt.

2014, ich war bereits in die Vereinigten Staaten ausgewandert, bat mich meine Mutter, wohl schon in der Ahnung ihres nahenden Endes, mein Manuskript pünktlich zum 70. Jahrestag des Endes des 2. Weltkriegs in Europa herauszubringen. Sie sollte es leider nicht mehr erleben. Allerdings veröffentlichte ich eine etwas wackelige, wenig elegante englische Übersetzung. Man lernt aus Erfahrungen. Heute helfen mir Erstleser über eventuelle idiomatische Hürden. „Islands on Storm" erschien noch vor dem 8. Mai 2015. Nachdem ich 2019 das Buch wieder zurückgezogen hatte, straffte ich das Originalmanuskript deutlich, übersetzte das englische Manuskript vollständig neu und korrigierte den Titel in „Islands in the Storm".

Das Gedicht auf den letzten Seiten des deutschen Manuskripts ist ein Gegengedicht zu Robert Frosts „Nothing Gold Can Stay"; Reimschema und Rhythmus im Englischen entsprechen dabei Frosts Original. Hier die Übersetzung für all jene, die sich im Englischen nicht so zu Hause fühlen:

„Du entscheidest, woran Du festhältst,
Am Grün oder Gold der Natur,
Am Zweig oder an der Blume –
Du hast es in der Hand.
Jedes Leben hat seinen Kummer.
Also glaube daran:
Jede Nacht endet im Tag.
Dunkelheit währt nicht ewig.“

Für meinen süßen Engel, Anne
– Brian“

Dank gebührt nach wie vor all jenen, die mir bei meiner Arbeit geholfen haben: den Teams des German Underground Military Hospital Museum, des German Occupation Museum und des La Valette Underground Museum auf Guernsey. Den Guildford Gondoliers von 1999, die meinen Erstentwurf inspiriert und ermutigt haben. Meinem ehemaligen Verlagsleiter und Mentor Siegfried Elsass, der meine schriftstellerischen Ambitionen von Anfang an unterstützte. Meiner Schwiegermutter Nancy Bacon, die mir zuriet, ein englisches Manuskript zu verfassen. Meiner Freundin, Bestseller-Autorin Anjali Banerjee, die mir seinerzeit so manchen Rat auf den Weg gab und mich ermutigte, das Manuskript zu überarbeiten. Und Dieter und

Denise Mielimonka, die die letzte Fassung des englischen Manuskripts mit liebevoll konstruktiver Kritik unter die Lupe genommen haben.

Meinem Vater, Heinrich Georg Scholz, verdanke ich militärhistorische Fakten, vor allem was Ränge und Hierarchien angeht.

Unschätzbar für mich ist, was meine Mutter, Ute Irma Scholz, mit ihrer Bitte hinsichtlich der Buchveröffentlichung bewirkte: Der schriftstellerische „Knoten" platzte. Außerdem verdanke ich ihr zahllose hilfreiche Ratschläge und Korrekturen der Erstfassung.

Danksagen möchte ich auch meiner Familie und all meinen Freunden für ihre fortwährende moralische Unterstützung und echtes Interesse an meinen literarischen Ambitionen. Karen Lodder Carlsson (https://germangirlinamerica.com/), Pamela Lenz Sommer (http://www.thegermanradio.com/) sowie Ben Sclair von The Suburban Times (https://thesubtimes.com/) möchte ich besonders danken für ihre intensive Unterstützung. Ebenso Multitalent Dorothy Wilhelm für so manche Sendung in ihrer Podcast-Reihe mit dem Titel „Swimming Upstream" sowie den Autoren Marshall Miller und Peter Stockwell von den Kitsap Literary Artists & Writers und Abraham-Lincoln-Biograph D. L. Fowler.

Aber vor allem danke ich meinem Mann Donald, der meine endlosen Schreibaktivitäten so liebevoll unterstützt. Er ist übrigens nicht mein Protagonist. Brian, ein Produkt reiner Fiktion, könnte ihm nicht das Wasser reichen.

Susanne Bacon, März 2020

Susanne Bacon wurde in Stuttgart, Deutschland, geboren, hat einen Doppelmagister in Literaturwissenschaft und Linguistik und arbeitet seit über 20 Jahren als Schriftstellerin, Journalistin und Kolumnistin. Sie lebt mit ihrem Mann in der Region South Puget Sound im US-Bundesstaat Washington. Sie können mit ihr Kontakt aufnehmen über www.facebook.com/susannebaconauthor.

Made in the USA
Columbia, SC
26 March 2020